Heiligenhafen   200

Harry Thürk

Sommer der toten Träume

Roman

Mitteldeutscher Verlag

Der Autor ist selbst Oberschlesier, lebte in Neustadt/Oberschlesien, kehrte nach dem Krieg dorthin zurück und blieb, bis er sich dann doch zur Flucht entschließen mußte. Seine Kenntnisse über die im Buch geschilderten Vorgänge sind im besten Sinne authentisch. Die Namen der im Roman genannten Orte sind teilweise leicht verfremdet, andere finden sich im Original. Die Figuren sind Gefährten jener Zeit nachempfunden.

ISBN 3-354-00808-3

Die Wälder leben

Aus dem Boden stieg der warme Geruch von Tannennadeln und Moos. Es war Ende Mai. Die Sonne stach bereits. Der Winter war hart gewesen, und es schien sich nun die Regel zu bestätigen, daß einer strengen Frostperiode ein angenehmer Frühling zu folgen pflegt.

Oswald Hirschke wachte davon auf, daß ihm ein Käfer ins Nasenloch krabbelte. Er fuhr hoch, blies die Nase frei und sah sich um. Neben ihm hätte Jakob Latta liegen sollen, ebenso wie er in zusammengesuchte, ziemlich zerlumpte Zivilsachen gekleidet, einen abgewetzten Plüschhut als Kissen unter dem Kopf. Der Hut, so hatte Hirschke erst vor Tagen gesagt, sah aus, als habe ihn eine NSV-Tante getragen, wenn sie mit der Sammelbüchse auf der Straße stand. Aber es mußte dabei fortwährend geregnet haben. Gehagelt sogar, nach dem Hut zu urteilen. Und die Dame habe wohl dann den Fehler gemacht, das Ding auf dem Ofen zu trocknen.

Wo war Latta? Hirschke erhob sich vorsichtig, nach allen Seiten blickend. Da war das Gestrüpp zwischen den Zweigen der noch jungen, niedrigen Fichten, nicht saftig grün, aber auch nicht mehr winterdürr. Und da war, an eine der kleinen Fichten gelehnt, so daß die Zweige ihn versteckten, Jakob Latta.

Er starrte auf die kleine Lichtung hinaus, die hinter der Fichtenschonung begann, mißtrauisch, nicht ängstlich. Als er jetzt hinter sich Hirschke hörte, machte er ihm ein Zeichen, leise zu sein. Er wartete, bis der Freund bei ihm war, dann flüsterte er ihm zu: »Da drüben ist eine Nonne.«

»Eine was?«

»Nonne. Sowas aus dem Kloster. Im vollen Ornat.«

»Was macht die?«

»Pißt an einen Baum.«

»Interessant«, flüsterte Hirschke zurück, »wie hält sie den Arsch dabei?«

»Guck sie dir an, sie kann uns nicht sehen«, forderte Latta ihn auf.

Hirschke erhob sich ein wenig, bis er über die kleinen Fichten hinwegblicken konnte. Und da war tatsächlich die Nonne! Schwarzbrauner Talar. Weiße Gesichtsblende. Haube. Zwei Schritt von einer Buche entfernt. Zwischen ihrem Unterleib und dem Stamm ein kräftiger Urinstrahl.

Hirschke fand das unglaublich. Er schloß die Augen, öffnete sie wieder, aber das Bild blieb. Mit seinen achtzehn Jahren hatte Hirschke schon so manches gesehen, aber dies hier schien den Rahmen seiner Lebenserfahrung zu sprengen, soweit sie Frauen betraf. Und Nonnen waren ja auch Frauen.

Er brauchte ein paar Sekunden, bis er sich gefaßt hatte, dann grinste er und stieß Latta an, sich dabei an die Stirn tippend.

»Das ist keine Nonne, du Idiot, das ist ein Mann!«

Jakob Latta, ebenso alt, ebenso verdreckt und zerlumpt wie Hirschke, und ebenso wenig religiös wie dieser, war Soldat gewesen. In derselben Einheit wie Hirschke. Derselben Kompanie. Fallschirmpanzerkorps. Dazu hatten sie sich freiwillig gemeldet, bevor man sie zu dem steckte, was leicht ironisch die ›Königin der Waffen‹ genannt wurde, gelegentlich auch ›Stoppelhopser‹, und was für sie beide nicht sonderlich reizvoll erschienen war, damals. Nun hatten sie es überlebt. Vorerst.

Latta brummte: »Das ist ein Mann, der sich aus Gründen, die nur er kennt, als Nonne verkleidet hat.«

»Ich wußte immer, du bist ein kleiner Hellseher. Was machen wir? Laufenlassen? Stoppen?«

Sie überlegten. Latta war stärker als Hirschke. Hatte bei der Eisenbahn im Schwellenlager täglich mehrere Tonnen Hartholz bewegt, oder Eisen, bevor sie ihn einzogen. Mit Hirschke war er seit der Volksschulzeit befreundet. Der war zwei Jahre später als er zur Eisenbahn gekommen, nachdem er auf der Handelsschule Englisch und Buchführung gelernt hatte. Fertigte dann im Güterbahnhof Waggons ab oder am Fahrkartenschalter Reisende.

Latta hatte Hände in der Größe von jungen Rhabarberblättern. Schwielig, immer noch. Jetzt meinte er: »Ich schaffe ihn notfalls allein. Aber zusammen ...«

Die sonderbare Nonne hatte sich auf der Lichtung in die Sonne gesetzt. Ließ sich durchwärmen, wie es schien. Hirschke musterte das Bild, das sich ihnen da bot, abschätzend. Er hatte zwar nicht die Hände Lattas, aber er war schnell. Und gefährlich, wenn er sich sagte, daß es bei einer Auseinandersetzung ums Leben ging. Das war er schon als Schuljunge gewesen. Er entschied kurzerhand: »Den Freund schnappen wir uns gemeinsam!«

Dies war der Kammweg, die Route nach Hause. Aus dem verlorenen Krieg nach Oberschlesien. In eine Stadt, die Neuhof hieß, und in der sie beide aufgewachsen waren.

Bis einige Dutzend Kilometer vor Prag waren sie, auf einem bei Görlitz erbeuteten T-34 sitzend, südwärts gefahren, dem Befehl folgend, der da lautete: Allgemeine Absetzbewegung Richtung Protektorat. Es war der letzte Befehl überhaupt gewesen. Irgendwo auf der Straße, auf der sich Militärkolonnen südwärts quälten und Trecks von Flüchtlingen nordwärts, war dann plötzlich die Schießerei losgegangen. Russen, von Prag her kommend, hatten den Treck zusammengeschossen. Die Soldaten hatten mit den letzten Panzerfäusten noch ein paar der Stahlkästen in Brand gesetzt, das Gefecht war über die Trümmer der Pferdegespanne, die Leichen der Bauern und die blutenden, jammernden Verletzten hinweg eine Weile hin und her gegangen, bis sich die Russen schließlich als stärker erwiesen, und die Klügeren unter den Soldaten das machten, was sie ›die Mücke‹ nannten.

Wer dabei zu spät kam, mußte die Hände heben und die Uhr herausgeben, er wurde gestoßen, geschlagen, angespuckt, manchmal auch gleich erschossen oder erschlagen, und für die Übriggebliebenen begann darauf der lange Zug in die Gefangenschaft.

Die zwei, die hier in den Fichten lagen, hatten zu denen gehört, die flüchteten, ohne sich um die MPi-Salven zu kümmern, die hinter ihnen her zirpten. Der eine würde sie als Klügere bezeichnen, der andere als Feiglinge. Das war Ansichtssache. Müßig, über Prädikate zu streiten, wenn es um das Leben ging. Und Leben hieß auch, frei sein. Nicht auf dem Marsch nach Sibirien.

Von da an bis heute waren sie marschiert. Zuerst ziellos in die dichten Wälder. Dort hatten sie dann eine verlassene Försterei gefunden, in der sie die Uniformen auszogen und sich in herumliegende Zivilsachen kleideten.

In einer Nacht hatten sie die große Nord-Süd-Straße überquert, Richtung Osten, waren querfeldein weitergezogen, bis an den Rand der schlesischen Gebirge.

Hirschke war dafür gewesen, bis auf den Kamm zu klettern, da man dort wohl kaum mit siegreichen Russen zu rechnen hatte. Und trotz durchschnittlicher Leistungen in Heimatkunde wußte er, daß sich die schlesischen Gebirge in einer kaum unterbrochenen Kette bis an den Rand ihrer Heimatstadt erstreckten. Warum in die Gefangenschaft der Russen gehen, von der nichts Gutes zu erwarten war, wenn man noch zwei gesunde Beine besaß, und wenn man den Mut hatte, die Wälder und die Bergkämme zum Verbündeten zu nehmen, vor denen sich die Sieger vorerst noch hüteten, wohl weil sie dort oben hinter jedem Baum einen Schützen vermuteten! Und schließlich gab es in den Bergen keine Beute. Da waren die Ortschaften, die an den asphaltierten Straßen lagen, schon einträglicher.

Die beiden Freunde waren bis in die Hohe Iser gekommen. Die letzten hundert Meter bis auf die Tafelfichte krochen sie auf allen Vieren über kahle Steinhalden, und dann waren sie allein auf der Welt, wie es ihnen schien. In der kühlen Luft der Höhe, weit von den Resten des Krieges entfernt, fanden sie den Kammweg. Keiner war da, sie aufzuhalten. Aber nach Tagen begegneten sie zuweilen Leuten, mit denen sie das gleiche Schicksal teilten: Alle wollten nach Hause, die einen von Norden nach Süden, die anderen umgekehrt.

Sie hatten sich keiner Gruppe angeschlossen. Hirschke hatte stets davor gewarnt. Seine Theorie: Gruppen fielen auf, wurden demzufolge leichter eingefangen als Einzelgänger. So blieben die beiden Neuhofer für sich. Klaubten ab und zu in einer verlassenen Baude ein paar Kartoffeln auf, die den Winter überstanden hatten, garten sie über Reisigfeuer, aßen sie, stiegen auch gelegentlich in eines der Sudetengebirgsdörfer hinab, wo noch Deutsche wohnten, verschüchterte, ratlose Leute, die ihnen Brot gaben, ein Stück versteckt gehaltenen Speck sogar manchmal, von der letzten Reserve, die die Russen nicht gefunden hatten. Am traurigsten wirkten meist die Frauen. Die hatten die Russen mit wenigen Ausnahmen gefunden. Sie reagierten unterschiedlich, wenn zivilgekleidete deutsche Soldaten kamen. Die einen schlugen die Augen nieder, als hätten sie sich zu schämen. Die anderen wieder blickten anklagend: Warum seid ihr nicht in der Lage gewesen, uns wenigstens das zu ersparen? Erlebnisse dieser Art führten dazu, daß die beiden seltener ins Tal stiegen, obwohl der Hunger sie quälte.

Jeder Tag war eine neue Herausforderung. Brachte tödliche Gefahren. Man konnte abstürzen, in eine Schlucht, oder eine Zufallspatrouille konnte einen abschießen. Man konnte etwas essen, das einen umbrachte, oder eine feuchtkalte Nacht bescherte die Lungenentzündung. Ungewiß war alles, für die beiden Heimkehrer ebenso wie für die Bewohner der Sudetendörfer. Nur daß sich für die Heimkehrer eben mit jedem dieser hungrigen, kräftezehrenden,

9

gefährlichen Tage die Entfernung zur Heimat verringerte. Von der Heimat versprachen sie sich Geborgenheit.

Und jetzt war da diese Nonne! Latta forderte seinen Freund kurz entschlossen auf: »Du bleibst hier. Ich schleiche um die Lichtung und rufe den Kerl von drüben an. Er wird hierher flüchten, und da bist dann du …«

Es klappte. Die sonderbare Nonne fuhr hoch, als Latta sie anrief: »Hände heben, los! Stehenbleiben!«

Die Nonne machte nicht einmal einen Versuch, zu fliehen. Latta ging auf sie zu, ein kurzes Stück Holz in der Rechten. Er sah drohend aus. Breitschultrig, abgerissen, schmutzig, mit hart blickenden grauen Augen. Als er heran war und das Gesicht sehen konnte, das der weiße Karton rahmte, knurrte er böse: »Nonne mit Bartstoppeln. Selten. Mach den Kopfputz ab, Dienerin des Herrn!«

Hirschke kam heran. Stellte sich neben der Nonne auf, während Latta sie nach Waffen abtastete. Er fand eine P–38, durchgeladen und gesichert. Pfiff durch die Zähne. Forderte die seltsame Nonne auf: »Nun setz dich mal hin, Bruder, und pack aus. Kannst du Deutsch?«

Die Nonne hieß Kurt Schliebitz. Ein halbes Jahr jünger als die beiden Neuhofer. Gymnasiast gewesen, dann beim Volkssturm, der letzten, zusammengekratzten Truppe des vergangenen Reiches. Hatte ein rundes, offenes Gesicht. War erleichtert, als er erfuhr, mit wem er es zu tun hatte. Ob er nach Hause wolle, fragte ihn Latta.

»Ich war zu Hause.«

»Hier in der Gegend?«

»Waldberg«, sagte der Junge. »Unten im Tal. Kleines Nest. Meine Eltern hatten da eine Pension. Ist zusammengeschossen.«

»Die Eltern?« Hirschke fragte es leise. Er ahnte die Antwort.

»Ich habe sie gesucht«, antwortete Schliebitz. »Es gab in der Ortschaft noch einen alten Mann, der konnte sich erinnern. Sind weggeschafft worden. Unbekannt wohin. Waren viele. Ist keiner zurückgekommen.«

10

»Und jetzt?«

Der Junge bewegte unschlüssig die Schultern. Dann holte er unter der Kutte eine Schachtel Korfu hervor und hielt sie den beiden hin. Latta hatte sie bei der flüchtigen Durchsuchung übersehen. Nun nahm jeder eine der guten Zigaretten und brannte sie mit Hirschkes Feuerzeug an, das immer noch funktionierte.

Hirschke zog den Rauch geradezu andächtig ein: ein unfaßbarer Duft! An sich herabblickend, betrachtete er die abgewetzten Fleischerhosen, das Jackett, an dem die Knöpfe fehlten. Er vermeinte, durch den Duft des griechischen Tabaks sich selbst zu riechen, die Mischung von Schweiß und tagealten Hautausdünstungen. Wann er sich das letzte Mal gewaschen hatte, wußte er nicht mehr. Es war an einer ziemlich kalten Quelle im Vorland der Iser gewesen, auf tschechischer Seite noch, und Waschen war eigentlich nicht das rechte Wort dafür, es war eher ein Befeuchten von Haut und Haaren gewesen.

Verdreckt und abgerissen zu sein kümmerte Hirschke nicht mehr, er hatte sich inzwischen daran gewöhnt. Und Latta sah nicht anders aus. Dreck war zu ertragen. Schlimmer war der Hunger.

Früher hatte er in Büchern gelesen, am schlimmsten sei der Durst, aber den hatten sie nicht zu leiden, hier gab es überall Bäche mit kristallklarem Wasser. Man müßte jetzt einfach in die nächste Gaststätte gehen können und Schweinebraten mit Klößen essen. So ungefähr hatte man es sich ja auch vorgestellt, daß es nach dem Ende des Krieges sein würde. Aber er war ganz anders zu Ende gegangen, als das die Redner immer vorausgesagt hatten, und – man war Gejagter.

Jeder Russe, der sich zufällig in der Gegend bewegte, konnte anlegen und schießen. Vermutlich würde er einen Orden bekommen, dafür daß er einen Gegner erlegt hatte, der sich nicht, wie es die Kapitulationsbedingungen vorsahen, in Gefangenschaft begeben hatte.

Rauchen ist gut gegen Furcht, dachte Hirschke, während er den Neuen musterte. Ein harmloser Junge. Die Dummheit mit der Pistole war zu verzeihen, alle diese Jungen liebten Waffen und fühlten sich unüberwindlich, wenn sie eine in der Tasche trugen.

Gegen Hunger, erinnerte er sich, ist Rauchen auch gut. Ein Soldat, der kein Essen bekam und dessen eiserne Ration längst aufgegessen war, konnte immer noch das bohrende Gefühl in der Magengrube mit einer Zigarette betäuben. Man hatte das oft genug machen müssen. Da war einer wie dieser Nonnen-Schliebitz gut dran, der hatte eine nahezu volle Schachtel richtiger Stäbchen. Hirschke dachte an die Blechbüchse, die er in der Tasche trug. Er zog sie hervor, um sie Schliebitz zu zeigen. Der roch an dem Tabak, der darin war. Nickte. Gestand, daß er auch schon Kippen aufgeklaubt hatte.

»Das da in meiner Schachtel«, klärte ihn Hirschke auf, »ist teils Tabak, teils Machorka.« Er zeigte ihm auch das zusammengefaltete Papier zum Drehen. »Dieser Machorka, den die Russen rauchen, das ist angeblich ein Unkraut, das dort irgendwo wächst. Ersatztabak. Wir haben das Zeug schon bei Gefangenen gefunden. Auch bei Toten. Nur Offiziere hatten meist richtige Zigaretten bei sich. Solche mit langen Pappmundstücken. Oder wenigstens Feinschnitt. Wir hatten Gelegenheit, das herauszufinden, wir beide, zuerst in Ostpreußen. Später an der Oder. Die Russen trugen das Zeug lose in der Hosentasche, manchmal waren Brotkrümel dazwischen oder Flusen vom Hosenstoff. Gewickelt haben sie es in Zeitungspapier …«

Schliebitz war seine Angst losgeworden. Er entspannte sich, während Hirschke erzählte. Jetzt nickte er. Dann erkundigte er sich: »Ist euch aufgefallen, daß die Kippen, die die Russen überall wegschmeißen, meist nach Kölnisch Wasser riechen?«

Latta bestätigte: »Das ist eine ihrer Gewohnheiten. Sie tunken ihren Feinschnitt in Parfüm, das sie hier in den Häusern finden. Vielleicht haben sie zu Hause kein Parfüm kennengelernt. Oder der Tabak schmeckt tatsächlich besser damit. Ja, merkwürdige Gewohnheiten haben sie schon, die Herren Sieger …«

Nach einer Weile, in der Hirschke an ein paar andere Gewohnheiten dachte, die er in Erinnerung hatte, bemerkte er leichthin: »Eine ihrer Eigenarten ist jedenfalls für uns günstig, Leute. Sie entfernen sich hier im Gebirge nicht gern von den Wagen. In den Bergwäldern trifft man sie kaum. Und deswegen liegen ihre Kippen meist weiter unten auf den Wegen herum. Allerdings – wenn die Dinger ein paarmal Regen abgekriegt haben, sind sie beschissen zu rauchen …«

»Männer!« erinnerte Latta schließlich. »Wir sitzen hier auf der Lichtung herum und dibbern über Tabak. Wollen wir nicht lieber weitermarschieren?«

Schliebitz erkundigte sich zaghaft: »Wir? Heißt das, ich kann mit euch gehen?«

»Das kommt darauf an, wohin du willst.« Latta schien nicht abgeneigt, den Jungen als Dritten zu nehmen. Und da sagte Schliebitz, seine Korfu ausquetschend und die Kippe sorgsam in der Schachtel verstauend: »Ich habe euch noch nicht alles gesagt, was ihr wissen müßt.«

Als die beiden ihn erwartungsvoll anblickten, setzte er fort: »Vor zwei Tagen habe ich noch gelebt wie ein Fürst. Ihr werdet es euch nicht vorstellen können, aber ich roch irgendwann plötzlich Holzqualm. Ging dem Geruch nach. Landete bei einem Mann, der mir einen Karabiner vor die Brust hielt …«

»Russe?«

»Deutscher.«

»Mitten im Wald? Ein Deutscher mit Lagerfeuer?«

»Nicht einer. Fünf Dutzend. Männlein, Weiblein. Haben mir nicht gesagt, woher sie wirklich kommen. Nur daß sie bereits im letzten Winter Proviant und alles mögliche an Waffen, Kochtöpfen und selbst Schnaps und Zigaretten hier herauf transportiert haben. Zelte auch. Geräte. Rechneten sich aus, daß die Russen das Land überrennen würden und sie für einige Zeit zu verschwinden hätten. Seit dem Frühjahr leben sie da. Sind bewaffnet. Ein richtiges Lager. Liegt sehr günstig. Quelle in der Nähe. Keine Wege. Keine Russen. Wollen abwarten, bis sich die Amerikaner mit den Russen verkrachen und sie aus Deutschland vertreiben. Ich bin ein paar Tage dort geblieben. Aber dann war mir die Sache nicht mehr geheuer, ich habe damals schon die Nonnenkutte gehabt, unterwegs aufgelesen. Ich bin abgehauen …«

»Und die Zigaretten sind von denen?«

»Die haben eine Menge davon!«

Latta schüttelte den Kopf. »Die Leute können bloß aus Tost sein, oder aus Branitz. Ausgekniffen.«

»Verrückte«, ergänzte Latta.

Schliebitz sagte leise: »Verrückte sind die auch. Aber anders. Nicht aus einer Anstalt. Wenn ich mich nicht getäuscht habe, sind das alles Parteibonzen aus ein und derselben Stadt. Hausen dort seit dem letzten Schneefall …«

»Und warten tatsächlich auf die Amerikaner?«

»Das tun sie, ja.«

»Rauchen Korfu dabei?«

»Ja.«

»Und du sagst, die haben Eßwaren dort?«

»Haben sie«, bestätigte Schliebitz. »Konserven, jede Menge. Sogar Brot in Blech. Kartoffeln, getrocknete. Rindfleisch in Büchsen …«

Er kam nicht weiter. Latta wandte sich an Hirschke: »Was meinst du, Ossi, sollten wir die nicht besuchen?«

Hirschke grinste. »Paar Tage anständig essen und dann weiter?«

»Genau so meine ich das!«

Um sich endgültig zu entscheiden, schnorrten sie zunächst eine weitere Zigarette von Schliebitz. Der gab sie ihnen gern, wie er sagte. Bat darum, mit ihnen gehen zu können.

14

Allein wüßte er nicht, wohin. Deutete zaghaft an, seine Freunde hätten ihn früher Kuli genannt, weil er Kurt hieß. Legte schließlich die Nonnenkutte beiseite. Er wolle sie nicht mehr tragen, es sei eine Idee gewesen, aber wohl keine sehr gute.

»Gehen wir zu dritt«, entschied Hirschke schließlich. »Bei uns zu Hause wird sich was für dich finden. Bloß die Pistole, die schmeißen wir weg. Das ist der sichere Tod für uns, wenn sie uns doch irgendwo mal stellen.«

Während er die P–38 einscharrte, bemerkte Schliebitz beiläufig, unten in der Ebene wären ja nicht nur die Russen. »Da gibts jede Menge Polen. Man weiß gar nicht, wo die plötzlich alle herkommen …«

»Aus Polen«, knurrte Latta.

»Die sagen, die wohnen jetzt hier.«

Hirschke hatte das auch schon gehört, und zwar viel früher.

Da hatte er, als der Obergefreite Haase aus Dresden noch den erbeuteten T–34 fuhr, in der Nacht manchmal mit ihm zusammen den Soldatensender Calais gehört. Der T–34 hatte ein deutsches Batterieradio gehabt, irgendwo erbeutet und mitgeschleppt. Zwischen Swing und Speisekarten der US-Army gab es Nachrichten, und einmal hatte einer darüber gesprochen, daß die Polen nach dem Willen der Alliierten einen ziemlichen Fetzen Land von den Deutschen bekommen würden, nachdem diese den Krieg endgültig verloren hätten. Ostpreußen, Pommern und Schlesien, bis an die Oder. Hinzugefügt hatte der Mann, daß es dabei wohl nicht bleiben werde, auch Gebiete westlich der Oder sollten noch ganz an Polen fallen. Jetzt klärte Oswald Hirschke den Neuling darüber auf, und der schüttelte ratlos den Kopf. »Was wollen wir dann noch hier? Wir sind Deutsche, oder?«

»Abwarten«, riet Latta. »Deswegen sind wir ja unterwegs. Um herauszufinden, ob das überhaupt stimmt. Wir sind da unten zu Hause, und wir entscheiden, du bist es ab sofort auch. Deswegen gehen wir dahin. Selber sehen. Und dann wird sich herausstellen, was wahr ist und was nicht. Kannst du irgendwas Praktisches?«

»Ich war Gymnasiast.«

»Kannst du Sprachen?«

»Etwas Englisch. Warum soll ich Sprachen können?«

Latta sagte: »Drücken wir es einfach aus, für dich Gebildeten. Wir beide, Ossi und ich, können nämlich ein bißchen Wasserpolnisch, wenn du weißt, was das ist …«

»Weiß ich nicht.«

»Nun ja, es ist ein polnischer Dialekt, um die Erklärung abzukürzen. Er wird in Oberschlesien von einer Menge Leuten gesprochen. Neben Deutsch. Besonders auf den Dörfern. Die Leute sind da unten nämlich etwas gemischt. Manchmal war ein Großvater Pole, manchmal die Großmutter, der Vater, die Mutter, der Onkel, oder der Hund. Und da wuchsen viele von uns in zwei Sprachen auf. Klar?«

»Du brauchst mit mir nicht zu reden wie mit einem Idioten!« protestierte Schliebitz. Latta grinste nur.

»Um so besser. Ob du kein Idiot bist, wird sich daran erweisen, wie du im Falle eines Falles den Idioten spielen kannst, wenn uns Russen erwischen.«

»Ich soll den Idioten für sie spielen?«

»Das, ja. Sollst du. Wir beide können ihnen nämlich auf Wasserpolnisch klarmachen, wir sind heimkehrende Zwangsarbeiter aus Polen. Du nicht. Also guckst du blöd, grinst, und wenns geht, läßt du ein bißchen Spucke aus dem Maul laufen. Kannst was in Englisch murmeln, möglichst undeutlich. Keine Angst zeigen. Blöd tun. Wirst du das können, wenns darauf ankommt?«

Kurt Schliebitz war weder ein Dummkopf, noch war er humorlos. Jetzt schlug er die Augen zum Himmel und sagte: »Madonna, in was für eine Gesellschaft bin ich da geraten? Ob ich das überlebe?«

Hirschke hatte Lattas Instruktionen belustigt mitangehört. Jetzt mahnte er den Jungen: »Du wirst überleben, wenn du

16

dich an solche Notfallregeln hältst. Wir haben sie uns nämlich ausgedacht, um zu überleben. Wir sind zwei polnische Zwangsarbeiter, die nach Hause gehen. Dich nehmen wir mit, du bist aus einem anderen Ausland. Und jetzt zeigst du uns den Weg zu den Fleischtöpfen deiner Hochwald-NSV!«

Sie marschierten los, sich nach der Sonne orientierend, allgemeine Richtung Süden. Immer so hoch, wie es nur ging, eben auf dem Kammweg. Es ging quer durch Wälder und Kahlschläge, über Bäche und Bergwicsen, sie krochen Felshänge empor und stiegen über Windbrüche. Manchmal rasteten sie eine Stunde im Schatten, manchmal wieder sonnten sie sich. Fichtensprossen, die sie auf dem Weg von den niedrigen Ästen pflückten, knabberten sie, und hin und wieder kauten sie ein Stück steinhartes Brot, das Hirschke und Latta noch aus dem Tschechischen bei sich hatten, gesammelt in einem kleinen Sack, den sie abwechselnd über dem Rücken trugen.

Am späten Nachmittag schliefen sie ein paar Stunden im Gebüsch, manchmal auch über Mittag, wenn die Sonne hoch stand. Dafür pirschten sie in den Nächten weiter südwärts, langsamer zwar als am Tage, aber sie nutzten die Zeit, weil es ohnehin zu kalt war, sich nachts hinzulegen.

Einmal ging gegen Morgen ein warmer Frühlingsregen nieder. Die drei hatten das Pech, triefnaß zu sein, bevor sie endlich einen uralten Laubbaum fanden, unter dem es einigermaßen trocken geblieben war.

»Ausziehen!« kommandierte Hirschke, als sie vom schnellen Lauf bergan wieder zu Atem gekommen waren. Latta war schon dabei. Nur Schliebitz zögerte noch, bis Latta ihn anspornte: »Los! Oder willst du an erkälteter Lunge verrecken?«

Sie hatten das öfter machen müssen: Schnell kratzten sie unter dem Baum trockenes Laub zusammen, suchten noch Fichtenzweige, die gut brannten, fanden sogar ein paar kräftige Äste, und dann zündeten sie ein Feuer an. Gegenseitig rieben und klatschten sie ihre Körper ab, bis sie wieder trocken waren, dann tanzten sie um das niedrige Feuer herum, ihre Kleidung in der Wärme schwenkend, um sie nach und nach zu trocknen.

Wie meist, hörte der Regen auf, bevor sie fertig waren. Aber sie schürten das Feuer weiter. Es war ein geringes Risiko, das wußten sie aus Erfahrung. Die Russen hatten gesiegt. Es gab keinen bewaffneten Widerstand mehr. Also genossen sie die Freuden des Sieges: reichlich essen, Alkohol, Weiber. Nachts durch einen regennassen Bergwald zu streifen, das gehörte nicht mehr zu den Gewohnheiten der Sieger.

Am Morgen nach dem Regen waren die drei steif und trotz der noch glimmenden Asche des Feuers ziemlich durchgefroren, aber sie brachen schon beim ersten Tageslicht auf. Mußten bald die noch nassen Schuhe ausziehen, zumal sie immer wieder durchweichten, weil der Wald noch vom Regen mit Feuchtigkeit gesättigt war. Barfuß liefen sie weiter. Ihre Kleidung war wieder einige Grade schmutziger als zuvor, und Hirschke riß sich ein Dreieck ins linke Hosenbein, als er über einen gestürzten Baum kletterte. Latta, dachte er, sieht mit seinem Schlapphut aus wie ein Wilderer!

Nach zwei Tagen erreichten sie eine nahezu kahle Hochfläche, erst einige hundert Meter unterhalb des Kammweges wuchs wieder Knieholz.

»Wir sind beinahe da«, konstatierte Schliebitz. Er war in den zwei Tagen mitmarschiert, ohne Müdigkeit zu zeigen, er hatte mitgehungert, wie die beiden anderen hatte auch er Harz von den Nadelbäumen gegen das Bohren im leeren Magen gekaut, sie hatten ihn angenommen, in dem guten Gefühl, daß ihr erster Eindruck sie nicht getäuscht hatte.

»Eulengebirge«, sagte Hirschke, »südlichster Teil.«

Schliebitz wies nach Westen. Dort zog sich der Kamm der Berge weiter. Obwohl sie keine Landkarte hatten, wußten sie, daß die schlesischen Gebirge hier gleichsam eine Ausbuchtung ins Tschechische hinüber beschrieben, bis die Heuscheuer ins Habelschwerdter Gebirge überging, das sich in einem Knick nach Nordosten dann als Glatzer Schneegebirge fortsetzte, auf der Landkarte jenes charakteristische Rechteck vollendend, an das sie sich noch aus der Schulgeografie erinnerten.

Latta und Hirschke hatten sich vorgenommen, vom Glatzer Schneegebirge aus auf tschechisches Gebiet überzuwechseln, um den Weg abzukürzen. Beim großen Schneeberg gab es eine Anzahl Bauden in großer Höhe. Und von dort konnte man bequem die Gipfel des nördlichen Altvaters erreichen, bis in die Nähe der Bischofskoppe gelangen, die wieder die alte Grenze markierte. Waren sie dort, hatten sie bis in die Heimatstadt nur noch ein paar Stunden zu marschieren.

»Eule oder nicht Eule«, ließ sich Latta hören, als sie am Rande der Hochfläche haltmachten, »schießen die Kerle vielleicht doch auf uns, wenn wir so einfach daherkommen?« Er sah Schliebitz fragend an, doch der lachte über das ganze rundliche Gesicht.

»Die schießen nicht. Die kennen mich.«

»Dann werden sie dich in den Arsch treten, weil du abgehauen bist, wie?«

»Werden sie nicht.«

»Hast du auch nichts geklaut? Ich meine Konserven. Oder Zigaretten?«

»Ich habe nicht mal die Schachtel Korfu geklaut, die haben sie mir geschenkt.«

»Dann gehst du zuerst hin und sagst, ich Idiot bin wieder da, und nach mir kommen noch zwei andere!«

»Es sind vielleicht drei Stunden«, rechnete Schliebitz. »Am besten erscheinen wir tagsüber dort. Sie haben Wachen stehen. Bei Nacht sind die nervöser als am Tage.«

Hirschke sah nach der Sonne. Da war noch Zeit. Sie klaubten wieder Harz von den Stämmen und kauten es. Das letzte harte Brot war aufgegessen. Wäre da nicht dieses

Lager, hätten sie bald einen Abstieg in eines der Dörfer wagen müssen. Wenigstens bis zu einer Miete mit verschrumpelten Kartoffeln. So kauten sie das Harz und schluckten den bitteren Speichel herunter. Verkrochen sich unter ein paar herabhängenden Tannenzweigen und dösten vor sich hin, bis Schliebitz schließlich drängelte: »Es wird Zeit.«

Sie umgingen die Hochfläche, auf der es nur niederen Bewuchs gab und stehengelassene Stubben, und auf der unteren Seite führte Schliebitz sie weiter, durch dichten Nadelwald, zuerst bergab, dann wieder bergan, bis sie an einem Wildwechsel anlangten, vor dem Schliebitz stehenblieb und den Finger an den Mund legte.

»Fünfhundert Meter weiter steht der erste Posten!«

Hirschke und Latta sahen einander an. »Zieh ab. Melde uns an. Sollen die Reichskriegsflagge zur Begrüßung hissen!«

»Ihr werdet lachen, sie haben eine!«

Als er weg war, drehten sie sich aus Kippentabak das, was man unter der zweisprachigen Bevölkerung in den Dörfern um Neuhof herum einen Skrind nannte, und zogen abwechselnd daran. Sie hatten gerade den Stummel ausgedrückt und den Rest wieder in Hirschkes Blechbüchse verstaut, als sie Schliebitz rufen hörten: »Ossi! Jako! Alles in Ordnung, ihr könnt kommen!«

Er stand auf dem Wildwechsel. Hinter ihm ein alter Mann in dunkel eingefärbtem Wintermantel, auf dem Kopf eine ebenfalls dunkle Wintermütze, am Riemen über der Schulter einen Karabiner. Der Mann wirkte unsicher, er schien sich zu fürchten. Als sie näherginge, sahen sie, daß der Mantel viel zu groß für ihn war.

Schliebitz grinste fröhlich. »Sei gegrüßt!« sagte Hirschke.

»Heil unserem Führer!« sagte der Mann. Hob die Hand, wobei ihm beinahe das Gewehr von der Schulter rutschte. Er war glatt rasiert, gewaschen, und seine Schuhe waren sauber.

»Hilfe!« stöhnte Latta leise, nahm seinen Plüschhut ab und erkundigte sich sachlich: »Ein Radio habt ihr wohl nicht, wie?«

Der Mann nickte eifrig, die Hand wieder senkend. »Haben wir, doch! Mit Dynamoantrieb.«

»Dann solltet ihr wissen, daß dem guten alten Führer kein Heil mehr hilft. Oder hört ihr nur die Russen?«

Er hielt dem Alten die Hand hin, und der nahm sie. Murmelte etwas von Lügen im Radio, und dann sagte er verlegen: »Wir sind eben Deutsche. Ihr seid zu uns eingeladen, wenn ihr wollt, könnt ihr bleiben. Wir halten durch, hier. Die Zeiten ändern sich. Bald wird sich das Blatt wenden ...«

»Danke«, erwiderte Hirschke, bevor Jakob Latta etwas Unfreundliches sagen konnte. Im Gegensatz zu ihm war er nicht so leicht zu erregen. Hier kam es wohl kaum auf Streit an, vielmehr auf ein paar anständige Mahlzeiten.

»Der Oberst will euch gleich sehen«, verkündete der Alte. »Er ist immer interessiert an Neuigkeiten, wie es da draußen aussieht ...« Und dann fügte er hinzu, er heiße Heisig. Sei Deutschlehrer.

Sie folgten ihm. Hinter sich hörte Hirschke, wie Latta halblaut spottete: »Heisig, Heisig heiß ich, sieben Haufen scheiß ich ...« Der Alte hörte es nicht.

Es war alles so, wie Kuli Schliebitz es beschrieben hatte. In den Boden gegrabene Bunker, die mit Zeltplanen abgedeckt waren, vorzüglich getarnt und üppig mit Matratzen und Wolldecken ausgestattet. Eine Quelle am Rande des Lagers. Und am anderen Ende die Grube mit dem Balken darüber, die sogar nach Chlorkalk roch. Die Bunker waren in einem Kreis angeordnet wie eine Wagenburg. An einzelnen Stellen waren Leute zu sehen, die neugierig auf die Ankömmlinge starrten. Frauen meist. Nicht mehr jung, aber auch keine Greisinnen. Kinder schien es nicht zu geben. Wie später zu erfahren war, hatte man sie nach Bayern evakuiert. Eine winzige Hakenkreuzfahne markierte den Eingang zu dem Bunker, an den der alte Heisig sie führte. Er schob die Zeltplane beiseite und verschwand. Man hörte, wie er die Hacken zusammenschlug und meldete: »Herr Oberst, die drei Besucher sind draußen!«

Eine dünne Stimme befahl, sie hereinzulassen, und gerade als Latta witterte, daß irgendwo Fleisch gekocht wurde, hielt der Alte ihnen die Plane auf, und sie kletterten abwärts, die Köpfe einziehend.

Es war erstaunlich hell hier unten. Das kam von einer Anzahl Hindenburglichte, die geschickt im Raum verteilt brannten. Die Einrichtung bestand aus Doppelstockbetten, die von rohem Holz waren. Schlafstellen für sechs Personen. Dazu Decken, Kissen, aufgehäufte Kleidung, Schuhe, Kochgeschirr und Eßteller, Bestecke, Sitzschemel – eigentlich alles das, was Soldaten sich an Einrichtung für ihre Bunker zusammenschleppten, vorausgesetzt, sie bezogen eine Stellung für längere Zeit.

Mittelpunkt des Raumes, in dem ein Petroleumofen brannte, dessen Abgase durch ein Rohr nach draußen abgeleitet wurden, war ein roh gezimmerter Tisch, auf dem Landkarten ausgebreitet lagen. Hier stand auch ein einfacher Radioempfänger, von dem eine Leitung zu einem jener Dynamo–Fahrräder führte, mit denen Strom erzeugt werden konnte.

»Heil unserem Führer, und Gottes Segen für unser liebes Land!« Der das sagte, feierlich und getragen, war ein kleiner, spillerig wirkender Mann um die Sechzig, an dem das auffälligste Detail seine großen, etwas abstehenden Ohren waren. Der Kopf war kahl, die Augen prüfend, streng. Er hob die Hand. Als die Besucher nichts sagten, rügte er sie sanft: »Kameraden, Sie sollten, wenn Sie einem Vorgesetzten gegenüberstehen, wenigstens straffe Haltung annehmen. Ich bin Oberst Clemens Baron, Kreisleiter der NSDAP von Bielenbach, zur Zeit in besonderer Frontstellung.«

»Angenehm«, sagte Latta ebenso gestelzt. »Jakob Latta. Aus Neuhof.« Er steckte demonstrativ die Hand in die Tasche seiner zerlumpten Hose.

22

»Und ich heiße Hirschke, Herr Baron.« Hirschke erinnerte
sich an Schliebitz und wies auf ihn: »Volkssturmmann Kuli.
Außer Dienst, wie wir alle. Wir haben den Wunsch, uns hier
mal auszuschlafen. Wenn möglich, hätten wir gern etwas zu
essen. Aber nur, falls Sie es entbehren können. Raucher
sind wir alle drei …«
Es war nicht provokant gesagt, aber der Oberst begriff,
woran er war. Unklug, sich mit diesen Burschen anzulegen.
Hatten die Disziplin verloren. Das war schwer rückgängig
zu machen, jedenfalls unter den hier herrschenden Bedingungen. Aufsässiges junges Volk eben. Man mußte sehen,
daß man sie bald wieder loswurde.
Immerhin versuchte er es nochmals, sich wenigstens ein
Quentchen Respekt zu verschaffen, als er sagte: »Liebe
Kameraden, wir haben hier eine Ausnahmesituation. Und
es ist erforderlich, eine gewisse Ordnung einzuhalten, ich
denke, das werden auch Sie tun …«
Hirschke erwiderte leichthin: »Versuchen wir es. Eigentlich
wollen wir nur eine Pause machen. Wir unterstehen niemandem mehr, seitdem unsere Befehlshaber entweder gefallen sind oder weggelaufen. Nach ihnen liefen dann auch
wir. Ums Leben. Macht Ihnen das unsere Situation einigermaßen klar?«
Der Oberst war im Zivilberuf, lange bevor er die Partei-
karriere begonnen hatte, Oberlehrer gewesen. Jetzt erinnerte er sich an gewisse pädagogische Kniffe, und er versuchte, in eine andere Tonlage zu kommen.
»Sie sind Oberschlesier?« erkundigte er sich versöhnlich.
Und als er sah, daß zwei der drei nickten, konstatierte er, es
sei noch ein langer Weg bis in die Heimat. Wenn sie bleiben
wollten, so könnten sie das. Man sei entschlossen, die Wende
der Dinge hier abzuwarten, sich notfalls zu verteidigen.
»Gegen eine Kompanie Russen?« fragte Latta.
»Gegen jeden Angreifer. Es gibt inzwischen auch Polen
da unten im Land. Die Russen haben sie hereingeholt. Sie
sitzen in unseren Häusern.«

»Und gegen die alle wollen Sie weiter Krieg führen?«
Der Oberst sah Latta ernst an. »Was bleibt uns? Sie töten.
Sie nehmen die Frauen mit Gewalt. Zerstören unsere
Welt.«

»Und Sie glauben ernstlich, eines Tages kämen die Amerikaner hierher und führten Krieg gegen die Russen?« fragte
Hirschke den Oberst.

Der nickte forsch.

»Das werden sie! Die prinzipiellen Meinungsverschiedenheiten zwischen den ehemaligen Alliierten sind bereits gewaltig. Sie werden den Bruch herbeiführen. Wir werden
wieder frei sein …«

Hirschke wollte ihn darauf aufmerksam machen, daß er
einer naiven Illusion nachhänge, aber dann unterließ er das.
Er verstand von Politik nicht viel, und es lohnte nicht, mit
Männern wie diesem Oberst aus dem Ersten Weltkrieg zu
streiten, das wußte er noch aus seiner Schulzeit, da hatte es
mehr als einen sogenannten Militäranwärter unter den Leh-
rern gegeben, und jeder von ihnen hatte alles besser gewußt
als alle anderen. Jeder hatte auch den Endsieg als ebenso
unvermeidlich vorausgesagt, wie jetzt dieser Herr Baron
den Angriff der Amerikaner gegen die Russen. Wozu streiten? Ein einziger Schwarm Russen, der dieses Versteck entdeckte, würde es binnen einer Stunde ausräuchern.

»Sind Sie bewaffnet?« fragte in diesem Augenblick der
Oberst.

Latta sagte langsam: »Wir haben den Befehl unseres letzten Oberkommandierenden befolgt und die Waffen nie-
dergelegt. Für uns ist der Krieg aus. Wie der Admiral
Dönitz sagte.«

Eine Weile Schweigen. Dann die ehrfürchtige Stimme Ba-
rons: »Ja, der deutsche Soldat hat Leistungen erbracht, die
in die Geschichte eingehen werden. Der Führer hat das
vorausgesehen …«

Latta hatte genug. Er besaß nicht die kühle Besonnenheit
Hirschkes. »Hören Sie«, unterbrach er den Oberst, »wenn

24

Sie Lust haben, dann bleiben Sie hier und warten. Wir jedenfalls sind auf dem Heimweg. Nach einem verlorenen Krieg. Wir werden sehen, was uns daheim erwartet. Wenn Sie uns in Ihrem Lager eine Nacht schlafen lassen und etwas zu essen geben, nehmen wir das mit Dank. Wenn Sie nein sagen, auch gut. Dann gehen wir wieder. Haben Sie das endlich verstanden?«

Der Oberst fuhr auf: »Was ist das für ein unerhörter Ton? Schließlich sind wir Deutsche! Volksgenossen!«

Er kam nicht weiter. Die Zeltplane flog auf. Eine Frau in grünen Wehrmachtshosen und gescheckter Tarnjacke stürzte herein, rannte dabei Schliebitz beinahe um, blieb dann vor dem Tisch stehen, starrte die Neuankömmlinge an und stammelte: »Also ... stimmt es doch, was Heisig erzählt!«

»Gott zum Gruße«, sagte Latta und verbeugte sich leicht.

»Meine Frau«, erklärte Baron, verärgert, weil er unterbrochen worden war.

»Freut uns, Frau Oberst!« sagte Hirschke. Die Situation nahm groteske Züge an. Werde ich noch überrascht sein, wenn jetzt gleich das Dienstmädchen hereinplatzt, in einem Schleifanzug, mit einem Tablett voller Sektgläser?

Die Frau kümmerte sich nicht um ihren Mann, sie suchte drei Schemel zusammen, für sich noch einen dazu, und sie gab keine Ruhe, bis alle saßen. Über die Schulter rief sie ihrem Mann zu: »Clemens, halt keine Reden, gib die Flasche heraus, und ein paar Gläser! Gäste muß man mit einem Trunk empfangen, nicht mit Worten!«

Aus der Innentasche der Tarnjacke zog sie Zigaretten und reichte die Schachtel herum. Es waren Korfu, die gleiche Sorte, wie Schliebitz sie bei sich gehabt hatte. Ihn lachte die Frau jetzt auch an: »Na, hat wohl nicht ganz geklappt, wie?«

Der Angesprochene murmelte etwas davon, daß er zwei Kameraden getroffen hätte, aber sie winkte nur ab. Goß Schnaps aus der Flasche in Aluminiumbecher und verteilte sie. Der Oberst bekam nichts.

Eine ansehnliche Frau, stellte Hirschke fest. Viel jünger als der Oberst. Und, wie es schien, praktischer veranlagt. Unter der Tarnjacke wölbte sich eine beachtenswerte Brust. Das Gesicht wies kaum Falten auf. Ihr Haar war blond, und es war kurz geschnitten, leicht gewellt, wohl von Natur. Ihre Lippen waren voll und schimmerten feucht im Licht der Hindenburgflämmchen.

»Prost, Jungens!« rief sie. »Kurtchen kennen wir ja alle schon, er war eine Weile bei uns. Also – dann auf euch alle!«

Schliebitz wurde rot, als sie das sagte, aber das sah nur Latta, der neben ihm saß und dachte, es wird daran liegen, daß er sich vor dem Schnaps fürchtet, auf nüchternen Magen, und damit zieht sie ihn auf. Aber wir alle drei haben leere Mägen. Also, hols der Teufel, wenn wir danach besoffen sind, ist es auch kein Unglück!

»Prost!« sagten die Jungen, einer nach dem anderen. Stießen mit den Bechern an. Spürten das Brennen in der Kehle. Und stellten fest, daß der Oberst kommentarlos den Bunker verlassen hatte.

»Kümmert euch nicht um ihn«, riet die Frau. »Er ist durcheinander. Die alte Welt, die er gewöhnt war, gibts nicht mehr. Keiner will mehr so recht Soldat spielen. Aber er wird veranlassen, daß Ihr erstmal was zu essen bekommt. Oder? Keinen Hunger?«

Latta hustete nach einem kräftigen Schluck und krächzte: »Wie die Karpatenwölfe im Winter!«

»Na also! Ich heiße Gusti. Und ich bin glücklich, daß wiedermal ein paar richtige Männer meine müden Augen erfreuen!«

Schliebitz wurde erneut rot, aber diesmal beobachtete es nicht einmal Latta, denn der dachte über die Frau nach.

Sie tranken den Schnaps, rauchten ein paar Zigaretten. Gusti redete hemmungslos. Wie jemand, der wochenlang keinen Menschen um sich herum gehabt hat. Zuletzt schlug sie vor: »Kommt mit, ich zeige euch das Lager! Und – wir haben einen leeren Bunker, in dem war Verpflegung, da könnt ihr schlafen …«

Es waren tatsächlich nur ein paar Dutzend Leute, die das Lager bevölkerten. Ein kleiner Teil davon Frauen. Ringsum gab es Schützenlöcher, in denen Männer dösten, mit Karabinern, manche auch mit Maschinenpistolen. Sie waren alle nicht mehr jung. Heimatkrieger, dachte Hirschke. Wie haben sie es bloß angestellt, bis jetzt nicht entdeckt zu werden? Und – wie dumm müssen sie sein, daß sie den Durchhalteparolen des Herrn Oberlehrers bis jetzt keinen eigenen Verstand entgegengesetzt haben?

Aber dann sagte er sich, es geht mich nichts an. Parteileute. Eine Kreisleitung. Hatten Angst vor den Russen, und die war nicht unbegründet, wie er sehr gut wußte. Er hatte dieses kleine Dorf am Rande Ostpreußens damals mit zurückerobert. Seitdem erwischte er sich manchmal, wie er sich einen lebenden Menschen, dem er gegenüberstand, als Toten vorstellte. So tot wie die Bauern in diesem Dorf damals. Und die Bäuerinnen. Nackt an ein Scheunentor genagelt. Oder auf ähnliche Weise zu Tode gekommen. Das Hirn von Menschen ist imstande, sich schier unglaubliche Dinge auszudenken ...

An der Quelle tranken sie, bis sie glaubten, die Bäuche würden ihnen platzen. Gusti führte sie zu einem Bunker, in dem es nichts mehr gab außer Wolldecken, Matratzen, Bekleidung, Handtüchern, Socken und ähnlichem Kram. Sie zündete Hindenburglichte an, die es hier offenbar in großer Menge gab, wühlte in den Kleidungshaufen und warf den Jungen Hosen zu, Jacken, Hemden, auch drei kleine Rucksäcke machte sie ausfindig. Nahm sie mit, als sie ging. Mit dem Versprechen: »Da stecke ich euch Marschverpflegung rein. Oder wollt ihr bleiben?«

»Bis morgen abend«, entschied Latta, ohne die anderen zu fragen.

»Ihr könnt euch waschen!« Sie warf ihnen Handtücher zu. »Seife ist an der Quelle. Schmierseife, in einer Schüssel.

27

Dann ruht euch aus. Abends gibts Makkaroni mit Rindfleisch im eigenen Saft ...«

Sie war verschwunden, bevor die Jungen noch die Handtücher aufgenommen hatten.

Hirschke fuhr aus dem Schlaf, als er das Geräusch an der Zeltplane hörte, die vor den Einstieg des Bunkers geknöpft war. Gleichzeitig erinnerte er sich, daß er damit gerechnet hatte, daß die Frau kommen würde. Latta hatte ihn aufmerksam gemacht, sie habe es ihm angekündigt. Sollte er nein sagen? Hirschke schüttelte den Kopf. Mitnehmen, was immer mitzunehmen war, daran hatte der Krieg sie alle gewöhnt. Sie informierten Schliebitz, damit der nicht etwa Alarm schlug. Aber Schliebitz zeigte sich nicht sonderlich überrascht.

»Bist du wach?« hörte Hirschke die Frau flüstern.

Latta, an den sie sich wandte, brummte etwas. Im Bunker war es stockdunkel. Nach einer Weile kam das Geräusch von beiseite geworfenen Decken und Kleidungsstücken aus der Finsternis, dann das gekeuchte »Ja ... ja ... ja!« der Frau, und hin und wieder ein Grunzton Lattas. Haut klatschte auf Haut.

Hirschke bildete sich ein, Schweiß zu riechen. Er lag keine zwei Meter neben Latta, und der ganze Vorgang, obwohl er vorauszusehen war, kam ihm gespenstisch vor. Trotzdem – in einem Krieg, diese Beobachtung hatte Hirschke selbst gemacht, entfalteten Männer wie Frauen bei bestimmten Gelegenheiten eine an Panik erinnernde Sucht, sich zu paaren. Fortpflanzungstrieb vielleicht, angesichts der ständig drohenden Todesgefahr. Er hatte es in Holland erlebt und in Masuren, in kleinen Orten Westpreußens, durch die sie auf dem Rückzug kamen, später auch am Westufer der Oder, bevor die Russen übersetzten. Und in Haases T–34, als sie schon über die alte tschechische Grenze südwärts rollten. Reife Frauen neigten eher dazu als junge Mädchen, wie es schien. Ob es mit der furchtbelasteten Vorahnung zu tun

28

hatte, daß bald die Sieger kämen, von denen es hieß, daß die meisten so ziemlich alle weiblichen Wesen auf den Rücken zwangen, vom Schulmädchen bis zur Großmutter? Wollte man zuvor noch einmal die Genugtuung haben, selbst darüber zu entscheiden, an wen man seinen Körper verschenkte? Viel mehr als der Körper war es wohl ohnehin nicht ...

»Schneller, schneller ...« keuchte die Frau. Sie forderte drängend: »Stoß tiefer ...! Ja, so!«

Hirschke drehte sich zur anderen Seite. Schlicbitz, der da lag, schien zu schlafen, jedenfalls ging sein Atem ruhig.

Und dann war da nur das rhythmische Geräusch der beiden Körper, die gegeneinander schlugen, bis die Frau endlich aufstöhnte, wimmerte, Latta anflehte, nicht aufzuhören, oder sie würde ihn umbringen.

Es dauerte lange, bis endlich Ruhe eintrat. Hirschke drehte sich wieder auf den Rücken. So konnte er sehen, wie Latta drüben ein Streichholz anriß, aus der Packung, die die Frau ihm geschenkt hatte. Zwei Zigaretten wurden angebrannt. Im kurzen Aufschimmern der Flamme war nackte Haut zu sehen. Sie werden sich erkälten, dachte Hirschke. Die Nächte waren noch kalt, und hier, unter der Erde, waren sie unangenehmer als oben, unter einem Busch. Wenn es nicht gerade regnete.

Was ist bloß aus uns geworden? fragte sich Hirschke. Wir gehen in den Krieg, weil das Vaterland verteidigt werden muß, wie sie uns sagen, und nachdem der Krieg verloren ist, schleichen wir wie flüchtiges Wild durch die Wälder. Behupfen in einer Enklave von Verlorenen schnell einmal ein Weib und ziehen dann weiter. Nach Hause. Was wir wohl dort vorfinden? Er rechnete damit, Sibylle wiederzufinden, die er hätte heiraten sollen, bevor er der Einberufung folgte. Oder besser nicht?

Eigenartige Sache war das gewesen, mit Sibylle. Er hatte sie eines Nachts auf dem Bahnhofsplatz getroffen, als sie sich mit einem riesigen Koffer in Richtung Stadt abschleppte. Der Bahnhof lag am äußersten Stadtrand, so hatte sie einen weiten Weg vor sich. Ein schlankes, selbst in der dicken Winterkleidung noch zierlich wirkendes Mädchen aus Hamburg. Ausgebombt. Zirkusartistin gewesen. Schleuderbrett. In einem Film über Charly Rivel hatte sie mit einigen anderen Mädchen im Hintergrund Radschlagen vorgeführt, wie sie später lachend erzählte. Filmberühmtheit! Und dann ein Berufsunfall. Aufgabe des Berufs, wegen eines nicht mehr belastbaren Fußgelenks. Die Hölle Hamburg verlassen, um in Neuhof, im fernen O/S, wo die Bomben der Engländer und Amerikaner noch kaum zu spüren waren, die leerstehende Wohnung der Schwester zu beziehen, die hier mit ihrem Mann gewohnt hatte. Ausbilder in der örtlichen Kaserne war er gewesen. Dann Ausbilder in einer anderen Kaserne, weit hinter Prag, wohin sie ihm nachgereist war.

Die ausgebombte Sibylle, verloren auf dem tief verschneiten Weg vom Bahnhof zur Stadt, nach dem letzten Zug, der hier hielt, mit ihrem Koffer in der fremden Gegend, hatte Erleichterung empfunden, als der junge Eisenbahner, der von der Spätschicht kam, ihr half. Er trug den Koffer etwa zwei Kilometer, als wäre es eine leichte Handtasche, bis zur Parkstraße, wo sie die Wohnung aufschloß, und wo sie dann gemeinsam die über die Polstermöbel gebreiteten Zeitungen einsammelten.

In der Küche die Gasflamme anbrannten und Wasser erhitzten. Sibylle hatte Kaffee im Koffer, eine ganze Tüte voll, und Hirschke, im Haushalt eines Stellwerkswärters und seiner sparsamen Frau aufgewachsen, trank in jener Nacht zum ersten Mal in seinem Leben das, was die Leute hier ›Bohnenkaffee‹ nannten, im Unterschied zu dem aus gerösteter Gerste hergestellten Gebräu, das man sich angewöhnt hatte, Kaffee zu nennen. Er sah das Mädchen an. Verliebte sich in sie, obwohl sie, wie er erfuhr, ein Jahr älter als er war. Unter den wenigen Freunden, die um diese Zeit noch nicht beim Militär waren, erregte er damals Auf-

30

sehen, wenn er sie mitbrachte, zu einer Runde in der Konditorei Puppe, wo man das kriegsübliche Gerstengetränk bekam, Eiscreme manchmal oder Kuchen. Auf Marken.

Sie ist ungewöhnlich hübsch, meinten die Freunde. Auch Latta, der noch da war. Viel zu hübsch für Neuhof. Und natürlich für Hirschke! Sie bekam durch die Vermittlung eines Schulfreundes, dessen Vater eine Spedition betrieb, eine Arbeit im Büro. Verdiente Geld. Freute sich, wann immer Hirschke nach der Spätschicht zu ihr kam. Entdeckte ihr Herz für ihn. Soll der Teufel die Leute holen, die darüber reden – er schlief bei ihr, ging von ihr zur Arbeit. Lief am freien Sonntag, wenn er als Lediger ausnahmsweise einen hatte, mit ihr durch den Park. Besorgte Fahrräder. Alte Krücken, die Alfons der sogenannte Halbjude, dessen Mutter den Stern tragen mußte, wenn sie aus dem Haus ging, aus Schrott zusammenbastelte, in der Werkstatt, in der er arbeitete.

Alfons war so etwas wie das Maskottchen der Gruppe junger Burschen, zu der Hirschke zählte, wie Latta auch. Manchmal wurde er von ihnen abgeholt und nach Hause begleitet, wenn wieder einmal die paar Kerle von der nicht sehr starken Hitlerjugend durchblicken ließen, sie würden den verjudeten Pinsel verrollen. Sie gaben den Wunsch auf, nachdem sie hatten erfahren müssen, daß mit diesen Eisenbahnern nicht zu spaßen war. Die fürchteten sich nicht vor den kurzen Dolchen. Sie schlugen zu. Und meist hatten sie Kartonhaken bei sich, die Hirschke aus der Güterabfertigung besorgte. Die hinterließen unangenehme Wunden.

Mit den Fahrrädern schafften es Hirschke und Sibylle, einem Sommer Inhalt zu geben, der für Hirschke der letzte vor der Einberufung war. Rollten durch die idyllischen Dörfer westlich der Stadt, wo das Gebirge begann. Besahen sich die alten Kapellen und den Eichendorff-Stein, die letzte Bastion der Schweden aus dem Dreißigjährigen Krieg, und tummelten sich im erfrischend kalten Gebirgswasser des großen

Strandbades von Freigrund, nur ein paar Kilometer außerhalb der Stadt. Tranken abends geschobenen Rotwein und pafften Egypski, die Hirschkes Kollegen aus Kattowitz schmuggelten. Bis der Briefumschlag mit der Einberufung kam, waren sie längst entschlossen, beieinander zu bleiben. Hirschkes Eltern hatten nach einigem Zögern zugestimmt. Aber noch bevor sie erkunden konnten, ob man einem siebzehnjährigen Eisenbahner gestatten würde zu heiraten, verschlug der totale Kriegseinsatz Sibylle nach Krappitz, in etwas, das im Volksmund die ›Muna‹ genannt wurde. Eine Fabrik für 8,8–Granaten und Stukabomben.

Sibylle kam noch einmal für einen Tag und eine Nacht nach Neuhof. Hirschke hatte dienstfrei. Er wunderte sich über ihr Haar, das einen rötlichen Schimmer bekommen hatte. Vorher war es kohlschwarz gewesen und samtweich. Sie meinte, er solle es nicht überbewerten, allen Mädchen dort ginge das so. Lag an der ›Muna‹.

Sie liebten sich, und sie verschoben die Heirat. Bis ›nach dem Krieg‹. Bevor er in den Zug nach Holland stieg, legte er Alfons ans Herz, sich um sie zu kümmern. Der versprach es, obwohl er nicht geringe eigene Sorgen hatte: die Mutter war zwar durch die Ehe mit einem sogenannten Arier bisher von den schlimmsten Dingen verschont geblieben, aber wie man hörte, sollte das jetzt bald anders werden.

»Tu mir den Gefallen und gewinne nicht den Krieg«, scherzte Alfons sarkastisch, als sie sich zum letzten Mal sahen. Dann war da nichts mehr gewesen, kein Brief, keine Nachricht, nichts. Keinnichts, wie die alten Leute auf den Dörfern sagten.

Latta und Gusti zerwühlten inzwischen zum zweiten Mal die Decken. Stießen grunzende Laute aus, stöhnten, lagen dann endlich wieder still. Brannten Zigaretten an, als gehöre das zum Akt. Und obwohl es gute, griechische Korfu waren, aus dem Bestand dieser eigenartigen Kreisleitung, hatte der Rauch in der feuchtkalten Nachtluft des Bunkers etwas Schales.

Hirschke war am Einschlafen, als die Frau sich über ihn wälzte. Sie zog ihm die Decke weg und griff nach seinem Körper. Drückte ihm ihre Lippen auf den Mund und drängte ihre vollen, geradezu strotzenden Brüste an ihn. Während er sich verzweifelt mühte, die Gedanken an Sibylle zu verscheuchen, hörte er ihr Flüstern: »Komm! Ich bin so ausgehungert ... und der Alte kann nicht mehr ...«

Eine Sekunde lang dachte er, ich kann mich bei Sibylle immer noch damit entschuldigen, daß diese scharfe Gans mich vergewaltigt hat. Aber dann glitt er in sie hinein, und die Gedanken waren fort. Und die Frau saß auf ihm, peitschte ihm ihre Brüste ins Gesicht und tobte auf ihm herum, ohne daß er auch nur die Umrisse ihres Kopfes erkennen konnte, wegen der Dunkelheit, rieb sich, spannte die Muskeln, seufzte und stöhnte, trieb ihn an, mit halblaut gezischten Worten, bis sie beide vom Gipfel der Lust herabstürzten in die Tiefe der Entspannung und Latta nebenan leise sagte: »Himmel, was für eine Nacht!«

Früh war sie weg. Latta grinste und schüttelte den Kopf. Hirschke fühlte nichts besonderes.

An der Quelle waren sie die ersten, die sich wuschen. Schließlich wollten sie zeitig aufbrechen. Sie griffen in die Schüssel mit der Schmierseife, rieben sie auf die Haut und wuschen den Schaum ab. Seife war ihnen schon lange nicht mehr untergekommen. Hirschke hatte sich vorgenommen, über die Nacht kein Wort zu verlieren. Aber Latta, aufgekratzt und zu Scherzen aufgelegt, blinzelte Schliebitz zu und erkundigte sich lauernd: »Na, Kleiner, du hast wohl zu tief geschlafen für das Vergnügen, wie?«

Eine Weile gab Schliebitz keine Antwort. Erst als Latta ihm keine Ruhe ließ, knurrte er: »Ich war wach. Die ganze Zeit.«

»Ach! Und da hast du uns beiden die ganze Arbeit überlassen und dich gedrückt?«

»Bei mir war sie nicht.«

»War sie, als du vor einiger Zeit hier gelebt hast, auch schon so ablehnend zu dir?«

»Nein. Sie besprang mich gleich in der ersten Nacht, wenn du es unbedingt wissen willst.«

Latta ließ nicht locker. »Und? Warst du nicht gut?«

Der Junge schöpfte Wasser über seine strubbeligen Haare, strich sie glatt und gab zurück: »Ich war überhaupt nicht.«

»Das muß eine Krankheit sein«, frotzelte Latta weiter, »bei den Titten!«

»Eben«, erwiderte Schliebitz ungerührt. »Eine Krankheit im Kopf. Ich weiß nicht, wie es euch geht, aber ich mußte die ganze Zeit an meine Mutter denken.«

Dann trocknete er sich ab, zog sich an, und als sie zum Bunker zurückgingen, um ihre Rucksäcke zu holen, mit den ›Spenden‹ Gustis, war er schon wieder der alte. Erkundigte sich in seiner stillen, höflichen Art, ob es nicht besser wäre, das Frühstück noch aus den Beständen des Lagers einzunehmen, damit man die eigenen Vorräte strecken konnte.

Eine Woche später stiegen sie vom Reichensteiner Gebirge ab, um sogleich wieder die Höhen des Altvaters zu erklimmen. Weiter führte der Kammweg sie südostwärts. Jetzt kannten Hirschke und Latta die Landschaft immer besser. Dies war das ehemalige Sudetenland gewesen. Tschechisch bis 1938, aber mit einer Grenze, die kaum jemanden störte. Man ging, so erinnerte sich Hirschke an seine Kinderzeit, aus Deutschland etwa ins tschechische Kunzendorf, wo der Vater ein Pilsener trank. Das war das Sudetengebiet, und in wechselvollen Zeiten war hier Geschichte geschrieben worden. Der legendäre Ziethen, Preußens hervorragendster Husaren-General, schlug sich hier für den Alten Fritz mit den Österreichern. Das geschah während der sogenannten Schlesischen Kriege, in deren Verlauf die Gegend, die unter österreichischer Herrschaft stand, zu Preußen kam. Während der Befreiungskriege dann war es der alte General Blücher, der hier gegen die Franzosen kämpfte und dem der König zum Dank für seinen Einsatz einige Ländereien schenkte. Ein paar Jahre später starb er auch hier. Heimatkunde!

Theodor Körner, der Dichter der Befreiungskriege, hielt sich hier auf, und er besang, als er auf seinem Weg durch die Wälder an einen alten Grenzpfahl gelangte, spontan den darauf eingeprägten preußischen Adler, bevor er sich ein Stück weiter im Lande in die ›Schwarze Schar‹ aufnehmen ließ, in deren Reihen er dann wenige Monate später fiel.

Eine geschichtsträchtige Gegend. Hirschke hatte das alles in der Schule viel besser gelernt, als er es sich gemerkt hatte. Am meisten waren ihm die noch weiter zurückliegenden Zeiten in der Erinnerung geblieben, man erzählte sich von den Mongoleneinfällen, den Hussitenkriegen, dem Dreißigjährigen Krieg. Und man ging über die tschechische Grenze, die früher einmal die Grenze zu Österreich markiert hatte, mit jener Selbstverständlichkeit, die Grenzlandbewohner nun einmal an sich haben, wenn sie in Zeiten leben, in denen man mit dem Nachbarland nicht gerade im Krieg steht.

Und da gab es die verschwiegenen Waldwege, auf denen man die Grenze überqueren konnte, wann immer man wollte, ohne Zeugen. Wer schmuggelte, und das waren nicht wenige der im Grenzbereich wohnenden Leute, der nahm solche Pfade. Das Geschäft konnte sich lohnen. Man tauschte ein altes Jackett in einem der zweisprachigen Dörfer, wo Bekleidung rar war, gegen eine fette Gans ein. Die brachte man ins tschechische Sudetengebiet, wo sie eine Menge Kronen einbrachte. Dafür nahm man Vlasta-Zigaretten und billige Schokolade mit zurück nach Deutschland, möglichst gleich einen Rucksack voll, und wenn man die dort verkaufte, wunderte man sich über die Menge Geld, die man plötzlich in der Hand hatte: Das unterschiedliche Preisgefüge in den verschiedenen Ländern sorgte dafür, daß jeder der am Handel Beteiligten Gewinn machte.

Mit der Angliederung des Sudetengebietes hörte das auf. Und um diese Zeit hatten auch die Spannungen zwischen Deutschen und Polen im Osten Oberschlesiens zugenommen.

Hirschke hatte das alles in der Schulzeit erlebt. Es gab in seiner Klasse Jungen aus Dörfern, in denen viel polnisch gesprochen wurde. Und die polnischen Flüche rollten saftig von der Zunge. Das führte dazu, daß Hirschke vor das Lehrerkollegium zitiert und mit Anzeige bei der Gestapo bedroht wurde, nur weil eine der Lieblingsschülerinnen des Rektors, von der Hirschke nicht viel hielt, behauptete, er habe sie auf polnisch eine Hure genannt. Die Episode markierte für Hirschke im gewissen Sinne das Ende der sorglosen Jugend – er mußte sich wehren.

»Siehst du den Kamm da vorn, der im Schatten liegt?« fragte er jetzt Schliebitz, der neben ihm hockte. Sie aßen immer noch von dem, was Gusti ihnen mitgegeben hatte. Rindfleisch im eigenen Saft, mit Keks.

Schliebitz nickte kauend. Er dachte an die Frau und das Lager der hoffnungsvollen Träumer zurück. Wie weit konnten Leute sich von der Wirklichkeit entfernen!

»Hinter diesem Kamm gibt es noch einen Berg. Den umgehen wir. Und dann sind wir zu Hause«, sagte Hirschke.

Schliebitz war bewußt, daß er nicht in Neuhof zu Hause war, und er wunderte sich, daß die beiden ihn überhaupt bis hierher mitgeschleppt hatten. Neuhof, das konnte ein Aufenthalt werden. Aber wohin von dort? Das elterliche Haus stand nicht mehr, davon hatte er sich selbst überzeugt, die Eltern lebten nicht mehr, und das Dorf selbst war nicht viel mehr als ein Trümmerhaufen gewesen – wer sollte das jemals aufbauen? Die Russen weideten ihre Gäule zwischen dem, was von den Häusern übriggeblieben war. –

In den Tagen ihres gemeinsamen Marsches waren Hirschke und Latta ihm zu Freunden geworden. Man verstand sich mit jener Selbstverständlichkeit, die wohl daher kam, daß sich alle als Gejagte sahen.

Die beiden hatten geduldig ihr Tempo gemäßigt, als Schliebitz sich in seinen schlecht passenden Schuhen Blasen gelaufen hatte. Am Abend hatte Latta einen Holzspan ange-
spitzt und die Blasen aufgestochen. Sie mit bespucktem
Zeitungspapier beklebt. Er hatte Eichenrinde abgeschnit-
ten, und sie hatten davon in einer alten Konservendose auf
einem kleinen Feuer ein Gebräu gekocht, das Schliebitz'
Durchfall vertrieb.

»Ich bin auf das alte Nest gespannt«, sagte Latta versonn-
nen. »Ob es die Mädchen noch gibt …?«

Er sah Hirschke von der Seite an, sich eine Zigarette aus Kippentabak drehend. Meinte dessen Sibylle. Sprach aber nicht
von ihr, weil er wußte, daß sie sich mit keinem einzigen Brief
bei Hirschke gemeldet hatte. Er erinnerte sich vielmehr an
sein Mädchen. Die Geigerin. Eines Tages hatte der Eilzug
nach Neisse am Schwellenlager anhalten müssen, wo Latta
und ein paar andere dabeiwaren, eine Weiche zu reparieren.
Ungeplant. Der Fahrbetrieb kam durcheinander. Andererseits mußte die Abzweigung zum Schwellenlager auch
schnell wieder instand gesetzt werden, und im Gegensatz zu
den sogenannten kriegswichtigen Zügen konnte ein ge-
wöhnlicher Eilzug schon mal eine halbe Stunde einbüßen.

Jakob Latta arbeitete halbnackt. Er schwang die Stopf-
hacke, daß der Schotter spritzte. Und erst als alles beinahe
ausgestanden war, merkte er, daß ihn aus dem Fenster
eines Abteils ein junges Mädchen beobachtete. Er winkte
ihr zu. Ein Bild von einem Mann, dachte das Mädchen.
Warf ihm einen Zettel mit ihrer Adresse zu. Latta war verblüfft. Aus dem Fenster des davonfahrenden Zuges winkte
verschämt eine ziemlich schmale Hand.

Neisse. Bis dahin waren es knapp dreißig Kilometer. Und
Lattas Dienstzeit lag so ungünstig, daß er nicht einmal mit
einem der abendlichen Güterzüge im Bremserhaus mitfahren konnte.

Es war Hirschke, der ihm – anfänglich im Scherz – den Rat
gab, die Draisine zu nehmen. Es gab eine im Schwellen-

lager. Älterer Typ, von Hand mit einem Schwengel zu bewegen, einigermaßen mühsam. Wenn sie allerdings erst einmal rollte, gewann sie rasch an Tempo. Und sie war so leicht, daß man sie bei Herannahen eines Zuges einfach von den Geleisen kippen konnte, bis er vorbei war. Dann zog man sie wieder herauf. Latta nahm sie, ohne zu fragen. Es war niemand in der Nähe, den er hätte fragen können. Und Hirschke verständigte die Stellwerke und Blockstellen unterwegs, daß die Draisine kam.

Das Mädchen hieß Hanna und war nach dem Konservatorium ins Stadtorchester übernommen worden. Sie saß sittsam wie ein lebender rechter Winkel auf ihrem Stuhl und geigte. Beobachtete Latta aus dem Augenwinkel. Tat so, als wisse sie von nichts. Sie war lustig und ein bißchen sentimental. Latta fand das später heraus. Er ging nach dem Konzert hinter die Bühne des Stadttheaters, schob einen Feuerwehrmann unsanft beiseite und landete schließlich in einem kleinen Raum, in dem Hanna soeben ihre Geige im Kasten verstaute. Sie hatte sich Zeit gelassen. Der Junge hat mich hier gefunden. Ob er vor dem Theater auf mich wartet?

»Danke für die Adresse«, sagte Latta. Er war befangen. Ein Instrument im Orchester eines Theaters zu spielen, das war eine Sache, die sich aus der Sicht eines Bahnunterhaltungsarbeiters in sehr großer Höhe abspielte.

»Lieben Sie Musik?« wollte sie wissen. Nahm den Geigenkasten und stand ihm gegenüber. Klein und schmal, aber selbstbewußt lachend. Er zupfte an seinem Schlips. Hatte den einzigen Anzug angezogen, den er besaß, und die schwarzen Schuhe. Beides erst einmal getragen, zur Beerdigung des Vaters. Die Mutter war schon länger tot. Er hatte geschwitzt auf der Draisine. Jetzt sagte er: »Ich finde Musik schön. Verstehe zwar nichts davon. Kann auch keine Noten lesen. Wollen wir ein Eis zusammen essen?«

Sie wollte. Sah lächelnd zu, wie er sich über dem Waschbecken Wasser ins Gesicht spritzte, wie er seine Haare kämmte und den Anzug abbürstete.

Am nächsten Morgen stand er wieder halbnackt in der Sonne, im Schwellenlager, und die Geigerin Hanna erwachte mit dem Gefühl, das Leben habe ihr eine der angenehmeren Überraschungen bereitet. So begann eine Freundschaft, auf deren Fortsetzung Latta baute.

»Tags arbeiten«, hatte er Hirschke einmal als Wunschtraum geschildert, »und abends den guten Anzug anziehen und ins Konzert gehen. Sie da sitzen sehen, wie ein Denkmal, auf ihrem unbequemen Stuhl, in der zweiten Reihe, nur daß sie die Hände bewegt, die Arme. Und mir immer dabei einbilden, es ist allein ihre Geige, die ich höre …«

Über den Altvaterkamm zogen ein paar schmutziggraue Wolken. Eines der im Frühjahr nicht seltenen Gewitter kündigte sich an. Zeit, sich nach einer Art Dach umzusehen.

Sie fanden einen überhängenden Felsen, unter dem sie den Regenguß abwarteten. Rauchend hockten sie im Trockenen, und dann entschlossen sie sich, unter dem schützenden Felsen den Rest des Tages zu verschlafen. Nachts, als sich die Feuchtigkeit schon wieder aus der Luft verloren hatte, marschierten sie weiter. Und als sie am nächsten Morgen auf dem Kamm des Altvaters rasteten, sahen sie unten Freiwaldau liegen. Eine einladende Stadt, wenn man sie aus der Höhe betrachtete. Aber in der Stille, die ringsum herrschte, nur von einem gelegentlichen Häherschrei unterbrochen, vom Knacken der Baumrinde, dem Gesumm der ersten Hummeln und Bienen, war der Gesang nicht zu überhören, der aus dem Tal kam. Ein mehrstimmiger, fremder Gesang, melodisch zwar, aber rauh, teilweise eher geschrien als gesungen, Soldatengesang eben. Eine einzelne klare Stimme begann jeweils, dann fielen die anderen ein.

»Iwane singen«, stellte Latta fest.

Hirschke dachte: Wie oft haben wir sie so singen gehört! »Anfangs«, sagte er, »habe ich geglaubt, sie machen sich damit Mut. Aber es scheint nicht nur um den Mut allein zu gehen. Einer bei unserem Haufen meinte, sie seien rettungslos sentimental. Heimat, Vogel im Walde, Nacht mit Sternen und sowas. Vielleicht hat er recht gehabt. Wir hatten einen Lehrer, der sagte, Sentimentalität sei weiter nichts als die Kehrseite von Brutalität ...«

»Böse Menschen haben keine Lieder«, warf Schliebitz ein. »Da kann man sehen, wie falsch solche Sprüche sind.«

Latta meinte nachdenklich: »Ich glaube, Kleiner, bei denen gibts ebenso viele Böse, wie es bei uns gab.«

»Die Menschheit ist so«, stellte Hirschke fest. »Der liebe Gott hat bei der Erschaffung der Lebewesen die Erde, aus denen er sie modellierte, vorher nicht gesiebt. Das war der Fehler, der uns all den Ärger des Lebens gebracht hat.«

»Und den Krieg«, sagte Latta.

»Und die Leute, die wir in Ostpreußen sahen, an die Scheunentore genagelt.«

»Und den Hunger.«

Hirschke unterbrach die Aufzählung, indem er Latta fragte: »Hast du die Russen gesehen, damals, die in den Baracken hinter unserem Güterbahnhof verreckt sind?«

»Die mit den aufgequollenen Bäuchen? Ja. Waren das nicht welche, die Getreide geklaut hatten?«

»Giftweizen«, sagte Hirschke. »Lagerte noch vom Mäusejahr 1938 in einem Schuppen. War lila eingefärbt. Sie hielten es für eine ganz besondere Art Getreide. Kochten es. Vergifteten sich.«

»Wie Mäuse«, sagte Latta. »Erinnerst du dich an unseren Feldwebel? Immer wenn er einen Toten sah, bemerkte er ganz ernst, es gäbe eben noch eine Menge Elend auf der Welt ...«

Schliebitz, der bisher ruhig zugehört hatte, mischte sich ein. Er deutete ins Tal, wo die Stadt lag und woher der Gesang kam. »Ihr zwei Philosophen – ihr wollt tatsächlich, wenn wir vor diesem Neuhof ankommen, so wie jetzt vor diesem Nest, da hineingehen und einfach da sein? Mitten unter den Russen?«

»Und Polen.« Hirschke nickte.

Latta stand auf. Streckte sich. »Alles, was ich euch sagen kann – wir gehen einer schönen Scheiße entgegen, Männer. Aber, wie man in unserer Truppe zu sagen pflegte, wir gehen aufrecht!«

»Und ihr glaubt, ihr könnt mich unter diesen Umständen so einfach in Neuhof mit unterbringen? Ich meine – ich bin ja nicht von dort ...«

Latta beruhigte ihn: »Kleiner, du scheinst noch nicht gemerkt zu haben, daß du von uns beiden sozusagen adoptiert wurdest. Verlaß dich drauf, wir finden einen Platz in unserem Nest, an dem wir dich ablegen!«

»Danke, Pappi!« Schliebitz grinste. Latta rollte die Augen.

Sie waren guter Laune, die Heimat rückte näher. Um Freiwaldau herum waren sie früher schon mit den Fahrrädern unterwegs gewesen, auf Ausflügen. Oder zum Schmuggeln, noch vorher ...

An Freiwaldau vorbei, in der Nacht. Zwischen Zuckmantel und Ziegenhals über die alte deutsche Reichsgrenze, in eine Gegend, in der sie nun bald jeden Waldweg kannten. Die ersten Dörfer kamen, in denen sie Freunde gehabt hatten. Aber sie entschieden sich, jetzt nicht in diese Ortschaften zu gehen. Von weitem schon war zu erkennen, daß sie von Russen wimmelten. Lastwagen standen herum und Panzer, in den Bächen badeten Soldaten ihre Füße, tränkten Pferde. Wenn man jetzt noch weggefangen wurde, war der ganze Weg umsonst gewesen. Da war es schon besser, erst einmal in der Heimatstadt unterzutauchen, die Lage zu erkunden. Herauszufinden, ob man da leben konnte oder nicht.

Sie erreichten das Waldbad Freigrund, nur noch wenige Kilometer von Neuhof entfernt, an einem späten Nachmittag. Der durch Stauung geschaffene See mit seinem kristallklaren Wasser, von waldigen Abhängen gerahmt, war eine Perle der alten Landschaft gewesen, und einer der liebsten Versammlungsorte der jungen Leute aus der Umgebung. Man konnte hier schwimmen oder rudern, sich am Sandstrand die Sonne auf die Haut brennen lassen oder auf der Terrasse des Cafés Eiscreme essen, man konnte Ball spielen oder flirten, faul sein oder den Körper fordern – eines der Paradiese, die man gern annahm, wenn man jung war.

»Nun seht euch das an«, sagte Latta, als der Blick auf das Wasser frei wurde. Sie standen oben am Hang, an einer lichten Stelle im Wald, von der aus man einen guten Blick hatte.

»Die Vandalen sollen auch so gehaust haben«, meinte Hirschke, »jedenfalls haben wir das in der Schule gelernt.«

»Die Vandalen«, bemerkte Schliebitz ironisch, »gehörten zu unseren sehr frühen Vorfahren, also Vorsicht!«

»Ach!« machte Latta. »Die müssen aber später weit nach Osten gewandert sein. Und da geblieben. Oder?«

Schliebitz spielte mit, wenn es diese gutmütigen Flachsereien gab. Er wußte vieles. War ein aufmerksamer Gymnasiast gewesen, offenbar. Aber er verstand es, die beiden anderen nicht mit seinem Wissen zu beleidigen. Deshalb bewegte er jetzt leicht den Kopf, grinste und sinnierte: »Möglich, daß auch welche nach Osten sind. Wenn ja, haben sie sich dort mit ihrer Lebensweise durchgesetzt. Aber die meisten sind, wie ich mich erinnere, westwärts gezogen und haben irgendwann mal Rom erobert. Später wurden sie dann wieder von den Byzantinern aufs Haupt geschlagen. Und ich habe den Verdacht, daß sich ein Seitenzweig dieser Sippe jetzt hierher verirrt hat ...«

»Eigentlich«, überlegte Hirschke, »hatte ich gedacht, wir schlafen uns hier nochmal aus und riskieren dann den letzten Sprung nach Neuhof hinein ...« Er war unschlüssig, angesichts dessen, was er sah.

Auf dem Wasser trieben Bootstrümmer und Matratzen, leere Fässer, Liegestühle und überhaupt jeder erdenkliche Kram, der im Bad zu finden gewesen war, ganz oder teilweise zerschlagen. Die ehemals sauberen Sandstrände waren mit schwarzen Flecken ausgebrannter Feuerstellen gesprenkelt. Sonnenschirme, zerbrochen und zerfetzt, lagen verstreut herum. Das Terrassencafé, unter dem sich die Umkleidekabinen befanden, wirkte wie ein Trümmerhaufen. Reste von Stühlen und Tischen waren zu Haufen zusammengeworfen. In der Nähe der Eingangshütte, dort wo man früher den Eintritt bezahlte, wenn man es nicht vorzog, heimlich irgendwo im Wald über den Zaun zu klettern, stand ein ausgebrannter Volkswagen-Kübel.

»Versuchen wir es mal«, schlug Latta vor. »Ich sehe mir das alles zuerst an. Ihr beobachtet mich. Wenn jemand mich hopp nimmt, könnt ihr mich ja vielleicht heraushauen ...« Er stieg abwärts. Die beiden anderen warteten.

»Das muß einmal ein schöner Platz gewesen sein«, meinte Schliebitz.

»Ein Paradies, Kleiner. Siehst du die vielen Kabinen, da an der Vorderfront des Cafés? Dahinter lagen ein paar Räume mit Vorräten, auch mit Geschirr und sowas. Eine Küche. Der Inhaber der kleinen Verkaufsbude, von der du da an der rechten Seite nur noch die zerschlagenen Bretterwände siehst, war der Vater eines Schulfreundes. Er ließ uns manchmal darin schlafen, im Hochsommer, wenn wir Ferien hatten. Weißt du, wie das ist, wenn keine Aufsicht mehr da ist, in so einem Ding, und ein paar Jungens mit ihren Freundinnen um Mitternacht, bei Vollmond, ins Wasser hechten?«

»Jako ist unten«, beobachtete Schliebitz. Sie sahen ihn mit seinem zerbeulten Plüschhut am Wasser stehen, die Gegend musternd. Nach einer Weile setzte er sich in Bewegung, und sie konnten sehen, wie er den See auf dem asphaltierten Weg umrundete, bis er schließlich am Café ankam. Er verschwand in der Trümmerstätte. Blieb längere Zeit verschwunden. Aber es gab kein Anzeichen dafür, daß er dort auf jemanden gestoßen war, alles blieb still.

In der Tat war das Waldbad verlassen. Latta stieg über Berge von zerschlagenem Mobiliar und Geschirr von einem Raum in den anderen. Irgendwo klaubte er ein abgebrochenes Stuhlbein auf, für alle Fälle. Unter seinem Tritt splitterten Reste von Tellern und Tassen. Exkrementen und stinkenden Resten ausgeweideter Schweine mußte er ausweichen. Fliegenschwärme stoben auf. Es stank nach Verwesung.

Die Treppen nach oben, zur Terrasse, waren nicht mehr da. Verfeuert an den Kochstellen draußen. Kein Mensch zu sehen, kein intakter Gegenstand. Der Inhalt von Matratzen lag herum, jemand hatte Federkissen aufgeschlitzt und den Inhalt verstreut. An manchen Stellen erinnerten die Federn an halbgetauten Schnee. Latta dachte an Häuser, die er auf dem Rückweg durch das Wartheland gesehen hatte, in Ortschaften, in denen vorher Russen gewesen waren. Was trieb sie nur dazu, jedes Kissen aufzuschlitzen? In nahezu jedem Wohnhaus hatte es dort so ausgesehen. Es mußte einen Grund haben. Vermuteten die Sieger in den Kissen geheime Verstecke? Wertsachen? Oder kannten sie einfach keine Kissen und waren deshalb neugierig? Der Teufel sollte sich da auskennen!

Latta lauschte. Aber er hörte keinen Laut außer dem Gesumm der grünen Fliegen. Mit dem Stuhlbein schlug er ein paar Glaszacken aus einem geborstenen Fenster, das auf den Vorplatz hinausging, und stieg hindurch. Lauschte wieder. Ging langsam bis zu dem Eingangshäuschen, wo der verbrannte Kübel stand. Spürte Leichengeruch. Und er entdeckte den aufgedunsenen Körper in der einstmals feldgrauen Uniform, die von dunkel gewordenem Blut gesprenkelt war. Die Knöpfe des Waffenrocks waren abgeplatzt unter dem Druck des sich ausdehnenden Körpers. Der Leib war offen. Grau, braun, schleimig. Ein Tier mußte daran gefressen haben. Vielleicht ein streunender Hund.

Der Mann war nicht mehr jung gewesen. Man sah es an den nackten Füßen, sie waren von der Art, die auf ein gewisses Alter des Toten schließen ließ. Kopf und Gesicht waren nicht mehr zu erkennen. Eine formlose Masse, durchsetzt von Knochensplittern. Latta hielt sich die Nase zu. Er verjagte die Fliegen und suchte am Hals des Toten nach einer Erkennungsmarke, aber es war keine da.

44

Er ging zurück zum Café. Winkte den anderen. Hockte sich auf einen Pfosten, legte das Stuhlbein über die Knie und drehte sich eine Zigarette. Als die beiden anderen herankamen, stand er auf.

»Willkommen im Paradies unserer Jugend«, knurrte er. »Schlafen kann man zur Not da drin in einer Ecke, wenn wir sie vorher säubern. Mehr nicht. Eßbares nicht zu entdecken.«

Hirschke und Schliebitz besahen sich den zerstörten Bau. Hockten sich dann draußen an den Rand des Wassers und blickten hinauf zur Hangkante, von woher sie gekommen waren. Wäre besser gewesen, wir hätten das nicht sehen müssen, dachte Hirschke, aber wer weiß, was wir noch alles sehen werden! Latta setzte sich neben ihn. Hatte in dem Wust von Trümmern eine Menge Kippen aufgelesen. Feinschnitt. Wie sonst auch, mit dem Rest eines Duftes nach Kölnisch Wasser behaftet. Jetzt trieselte er den Tabak aus dem Papier und verstaute ihn in seiner Blechschachtel. Gab den beiden anderen davon ab, wie es üblich war. Dann wandte er sich an Hirschke: »Erinnerst du dich an die Nacht, als wir hier den Rotweinpunsch gekocht haben? Bombenvoll, wie wir waren, schwammen wir um die Wette. Und dann kam das Gewitter ...« Er blickte versonnen auf die Matratzen im Wasser, auf die Teile der Boote.

Hirschke erinnerte sich wohl. »Und als wir uns abgetrocknet hatten, war da Ballo mit dem Koffergrammophon, und mit den Swingplatten, die sein großer Bruder, der bei der christlichen Seefahrt stand, heimlich mitgebracht hatte ...« Ballo war gefallen. Bei Arnheim. Sie hatten zu denen gehört, die ihn eingruben.

»Zu essen haben wir noch was«, bemerkte Schliebitz.

Latta sagte: »Aber vorher müssen wir den Toten begraben.«

»Toten?«

Eine müde Kopfbewegung zu der Kübel-Ruine hin. »Da vorn. Stinkt schon. Bloß – ich glaube, das sind wir ihm schuldig. Auch wenn es vielleicht ein Schleifer aus der Ausbildung war.«

»Ob es hier irgendwo eine Schaufel gibt«, fragte Schliebitz. Hirschke machte ihn aufmerksam: »Such mal hinter dem Gebäude. Da waren Toiletten. Und irgendwo dort hatten sie Feuerwehrzeug hängen. Beile. Spaten.«

Der kleine untersetzte Junge lief los. Blieb eine Zeitlang verschwunden. Sie sprachen nicht. Blickten auf das Wasser und die darauf schwimmenden Trümmer und hingen ihren Gedanken nach. Warum hat der Mensch Erinnerungen? Wer hatte gesagt, sie seien ein Paradies, aus dem man ihn nicht vertreiben konnte? Waren sie vielleicht auch die Hölle, der keiner ausweichen konnte?

Dann hörten sie plötzlich die Töne der Mundharmonika. Keine Melodie, just Fetzen.

Es war Schliebitz. In jeder Hand einen Feuerwehrspaten, zwischen den Zähnen eine leicht angerostete Mundharmonika, in die er beim Gehen hineinblies. Sie funktionierte.

»Hat wohl einer verloren«, vermutete er. Die beiden nahmen die Spaten. Schliebitz ging hinter ihnen her. Es gelang ihm, der Mundharmonika eine erkennbare Melodie zu entlocken.

Sie gruben am Rande des Hauptweges, zwischen zwei Birken, bis sie glaubten, das Loch sei tief genug. Inzwischen schleppte Schliebitz aus dem Café einen Rest alten Gardinenstoff heran, der das Chaos überstanden hatte. Sie zerrten die Leiche auf den Stoff, bedeckten sie einigermaßen damit, und dann ließen sie sie hinunter. Eine Weile ruhten sie sich aus. Starrten wortlos zu den zerstörten Anlagen hin, und dann begannen sie, den Toten mit der ausgeworfenen Erde zu bedecken. Sie fanden nicht, daß es eine besondere Tat war. Während der letzten Monate hatten sie einen Kameraden nach dem anderen eingraben müssen. Der Unterschied war, daß sie diesen hier nicht einmal dem Namen nach kannten. Aber sie hatten auch vorher schon Unbekannte eingescharrt. Da waren nach Angriffen Russen

46

gewesen, die herumlagen und um die sich ihre eigenen Landsleute nicht kümmern konnten.

Einmal, daran erinnerte sich Hirschke jetzt, während er eine Ladung Erde nach der anderen in das Loch schippte, hatten sie in einem Dorf Halt gemacht, auf dem Rückzug durch das Wartheland, im strengen Winter. Die Straße war glatt gefroren, und erst bei genauem Hinsehen entdeckten sie unter der Schicht von festgefahrenem Schnee und Eis, wie in Plexiglas eingeschmolzene Insekten, zwei russische Infanteristen, die wohl just an dieser Stelle getötet und später von Kettenfahrzeugen buchstäblich plattgewalzt worden waren. Eisregen hatte sie mit einer durchsichtigen Schicht überzogen.

Schliebitz hatte nach einer Weile Latta den Spaten abgenommen und an seiner Stelle gearbeitet. Er ließ die Mundharmonika nicht aus den Zähnen dabei, und immer wenn sein Atem schwer ging, entwich dem kleinen Instrument ein seltsam klagender Ton. Totenlied für den Begrabenen. Jetzt wölbte sich ein Hügel über der Stelle. Hirschke klopfte Schliebitz auf die Schulter. »Lassen wir es gut sein. Ich bin müde.«

Die anderen waren es auch. Sie beschlossen, die letzte Nacht in dem zerdroschenen Café zu verbringen. Es waren nur noch wenige Kilometer bis nach Hause, und man mußte sich hüten, in der Nacht in die Stadt zu gehen. Die Russen stellten Posten auf. Nachts sah man sie nicht, sie waren im Nachtkampf geübt, und sie wußten, wie man es anstellte, nicht aufzufallen. Außerdem schossen sie beim geringsten Anlaß. Am Tage hingegen konnte man die günstigste Stelle ausmachen, an der man die Stadt betrat. War man erst einmal zwischen den Häusern, in den vertrauten Straßen, gelang es wohl besser, einer zufälligen Patrouille auszuweichen. Und in ein paar Tagen würde man wissen, ob man in Neuhof offen auftauchen konnte oder nicht.

Sie zerrten ein paar der noch einigermaßen erhaltenen Matratzen aus dem Schutt, suchten sich Stoffreste von Vorhängen zusammen, die nicht mit Fäkalien beschmutzt waren, deckten sich damit zu und verschliefen so die Nacht zwischen den Umkleidekabinen und der ehemaligen Konditorei.

Die Nächte wurden jetzt schon spürbar heller und wärmer. Ein freundlicher Sommer kündige sich an, meinte Latta, als sie sich im ersten Morgengrauen am Stausee wuschen. Hinter den Hängen im Osten glomm rotes Licht. Wieviele solche Sonnenaufgänge hatten sie auf ihrem Marsch schon erlebt?

Seife fanden sie nirgendwo, so nahmen sie mit den Händen den feinen Sand am Ufer auf, rieben sich am ganzen Körper damit ein und tauchten dann prustend unter. Danach brannte die Haut angenehm, und Latta meinte, man sollte dieses Verfahren patentieren lassen, es wäre angenehmer, als sich mit der Tonseife zu waschen, die es seit dem ersten Kriegsjahr als Ersatz für echte Seife gab. Sie schäumte nicht und reinigte ebensowenig.

Schliebitz machte in einer Ecke voller Gerümpel im Café eine zerbeulte Büchse ausfindig, die Tee enthielt, einheimischen, aus getrockneten Brombeerblättern. Mit Kleinholz, das haufenweise herumlag, machten sie ein Feuer an und erhitzten Wasser, das sie am Einfluß des Sees holten.

Sie brühten die Brombeerblätter auf, tunkten das hartgewordene Brot, das sie noch von Gusti auf den Weg bekommen hatten, in den Sud, bis es vollgesogen war, und sie aßen dazu einen Rest Rindfleisch aus einer Büchse. Es roch zwar nicht mehr sehr gut, aber das störte keinen der drei, sie selbst rochen auch nicht besser, und ihre Därme waren in den letzten Monaten so gut trainiert worden, daß sie nicht mehr so sehr empfindlich reagierten.

»Leute«, Latta reckte sich wohlig in der frischen Morgenluft, »jetzt noch eine Gedrehte, und dann auf in Richtung Heimat!«

Hirschke schmunzelte, während er Papier aus der Tasche zog und Tabak darauf krümelte. »Weißt du noch, wie wir hier manchmal heimlich geraucht haben?«

Sie hatten immer heimlich geraucht, denn das Rauchen war für ihre Altersgruppe noch verboten gewesen, und Latta erinnerte sich selbstverständlich daran. Was war nicht alles verboten gewesen – auch nach neun Uhr abends noch auf der Straße zu sein oder in Restaurants. Lediglich ihre Eisenbahnermützen hatten sie damals vor allzu eifrigen Gesetzestreuen geschützt: Ein Eisenbahner, in dem vermutete man trotz jugendlichen Gesichts eben einen Erwachsenen!

Überhaupt – die Stadt in den ersten Jahren des Krieges war ein Quell von umwerfenden Geschichten gewesen. So hatte es am Ende der Neuen Straße, einer beliebten Flaniergegend, ein Café gegeben, das einem gewissen Swoboda gehörte. Einmal in der Woche spielte dort eine Kapelle von Amateuren züchtige Weisen. Getanzt durfte offiziell nicht werden. Also den ganzen Abend lang die eher melancholischen Melodien, die man sonst vom Sender Belgrad zu hören gewohnt war.

Doch die jungen Leute wußten sich Rat. Sie kannten in der Stadt so ziemlich jeden, der in dem Ruf stand, der Hitlerjugend oder gar der Polizei zu petzen. Und wenn das Lokal sozusagen ›sauber‹ war, schickte man ein paar Späher hinaus, die die Augen offenhielten, worauf dann die Kapelle richtig loslegte. Swing. Alles was als ›Negermusik‹ verboten war. Die Glanzleistung war ›Auf der grünen Wiese‹, eine eigentlich recht harmlose Sache. Aber die Kapelle hatte das Stück derart raffiniert ›verschrägt‹, daß die Tanzenden dabei förmlich in Ekstase gerieten.

Einmal hatten sie es sogar gewagt, einen legendären Scherz zu wiederholen, den sich Teddy Stauffer mit seiner berühmten Band kurz vor Hitlers Machtantritt noch in Berlin leistete: das Deutschlandlied so gekonnt verjazzt, daß man dabei das Gefühl hatte, einen amerikanischen Foxtrott zu tanzen. Sie taten das in Swobodas Café nur einmal, man mußte trotz allem vorsichtig sein. Es ging die

Kunde, daß eine andere Kapelle das gleiche in der Kattowitzer »Scala« gewagt hatte und dafür prompt eingesperrt worden war.

Mit Ehrfurcht vor den Opfern des Krieges war die Abstinenz von moderner musikalischer Unterhaltung begründet worden. Hirschke erinnerte sich, daß er einmal mit Sibylle darüber gesprochen hatte.

»Warum sollen gerade wir auf alles verzichten, was uns vielleicht den letzten Spaß macht, bevor wir eine Kugel einfangen? Aus Ehrfurcht? Ich brauche keine Ehrfurcht mehr, wenn ich tot bin. Ich will, bevor ich für mein Vaterland die Knochen hinhalte, wenigstens nochmal Swing mit dir tanzen!«

Er war nicht der einzige, der so dachte. Er war einer von einer ganzen Generation. Die Ausnahmen, die es gab, liefen schon in Uniform herum, bevor sie Feldgrau angepaßt bekamen. Aber diese Generation war es gewohnt, zu gehorchen, wenigstens achtete man, wenn man wie Hirschke dachte, darauf, daß es nach außen so aussah.

Sibylle hatte nur gelächelt, still und ein wenig verschmitzt, wie es ihre Art war, und sie hatte ihn getröstet: »Laß mal, Ossi, wenn das alles vorbei ist, tanzen wir bis zum Umfallen!«

Jetzt war alles vorbei. Anders als erwartet. Ob die Russen einen Sinn für Swing hatten? An der Front war davon nicht viel zu merken gewesen.

»Wenn wir in der Stadt sind, gehen wir getrennt in Richtung Bahnhof«, plante Hirschke, »zu dem Haus, wo ich gewohnt habe. Einer behält den anderen im Auge. Bei mir richten wir uns erst einmal ein. Und dann klären wir auf, wie die Dinge liegen ...«

Sie umgingen Langenbrücken, tauchten wieder in den Wald, und am späten Vormittag langten sie an der ›tschechischen Bahnlinie‹ an. Eine Strecke, die schon in den Zeiten, als es die Tschechoslowakei noch gab, durch einen Zipfel deutschen Gebietes geführt hatte. Als Jungen hatten sie manchmal ihre Fahrräder hier angehalten und den tschechischen Fahrgästen zugewinkt, die an den Abteilfenstern standen. Jetzt war die Strecke offenbar tot. Zwischen den Geleisen wuchs das erste Gras.

Sie überquerten sie. Dahinter kam Buschgelände mit vereinzelten jungen Bäumchen. Trümmer von Wehrmachtsfahrzeugen lagen herum, hier und da ein ausgebrannter T–34. Stahlhelme fanden sich und weggeworfene Gasmaskenbüchsen, in denen sie eine Weile nach Tabak suchten, weil sie wußten, daß Soldaten in diesen wasserdichten Behältern meist ihre Zigaretten aufbewahrten. Aber sie fanden nichts weiter als die alten Gummimasken mit den Glasfenstern. Dies war Frontgebiet gewesen. In Trichtern stand brackiges Wasser. Und plötzlich rief Schliebitz erschrocken: »Halt! Stehenbleiben! Nicht rühren!« Er war über einen in Knöchelhöhe gespannten Draht gestolpert, und dabei erkannte er, daß an diesem Draht ein Holzschild hing mit einem aufgemalten Totenkopf und der Schrift ›Minen‹!

Sie zogen sich Schritt für Schritt zurück. Aber sie waren noch nicht weit gekommen, als Latta plötzlich mit dem Arm nach vorn wies. Gleichzeitig brüllte er: »Mädchen, bleib stehen! Wo du bist, liegen Minen!«

Die beiden anderen blickten erschrocken in die Richtung, die er wies. Da vorn, zwanzig Schritte hinter dem Draht, war ein Mädchen, das eine bunte Wollmütze trug, wohl durch die drei aufgescheucht, unter einem Busch hervorgesprungen und im Begriff gewesen zu fliehen.

»Jesus«, keuchte Schliebitz, »es wird sie zerreißen!«

Das Mädchen schien Angst zu haben. Es blieb wie angewurzelt stehen und blickte mißtrauisch zurück.

Latta winkte ihr. Deutete auf den Boden und rief: »Du bist in einem Minenfeld, Kleine, weißt du, was das ist? Die Dinger liegen unter der Erde. Wenn du drauftrittst, fliegst du stückweise zu den Engeln …«

Sie blieb stehen. Ein schmales, dürr aussehendes Ding, das ebenso jung wie sie war. Trug einen verblaßten grauen

Rock und eine schmutziggraue, gestreifte Bluse. Wirkte gehetzt. Legte eine Hand auf die Brust. Musterte die Erde um sich herum.

»Wir müssen sie da herausholen«, sagte Schliebitz.

Hirschke fragte: »Wie? Wenn sie drei Schritte auf uns zu macht, kann es passieren ...«

Aber Schliebitz war schon entschlossen, etwas zu tun. Er hatte beim Volkssturm selbst Minen verlegen müssen, sagte er. Man konnte sie, wenn man geschickt genug vorging und langsam, mit einem eisernen Stichel, armlang etwa, aufspüren.

»Und woher, bitte, willst du so einen Stichel nehmen?« erkundigte sich Latta.

Es war Hirschke, der auf die Idee kam, die paar Schritte bis zur Bahnlinie zurückzugehen. Hier gab es die aus starkem Draht bestehende Leitung, mit der die Signale gezogen wurden. Er legte die Hände an den Mund, formte sie zu einem Trichter und rief dem Mädchen zu: »Hab keine Angst, wir holen dich! Aber es dauert. Du darfst nicht ungeduldig werden. Wir müssen einen Draht haben. Setz dich hin und warte, wir helfen dir ...«

Sie setzte sich gehorsam hin. Wischte über die Augen. An der Strecke fanden sie die Drahtleitung, die nur lose abgedeckt war. Sie war intakt, aber sie ließ sich langsam soweit lockern, daß Hirschke mit einiger Mühe den starren Draht hin und her biegen konnte, vielleicht hundert Mal, bis er endlich brach. Hirschke maß einen Meter ab und begann von neuem, das andere Ende zu biegen, bis er endlich ein Stück in der Hand hielt. Er zog es gerade. Schliebitz meinte: »Das genügt. Ich mache es ...«

Er hatte einen Blick des Mädchens aufgefangen, der so voller Angst war, daß er am liebsten ohne Draht zu ihr gelaufen wäre. Jetzt streifte er seinen Rucksack ab, und dann sagte er nur noch: »Haltet mir die Daumen, Männer!«

Damit warf er sich hinter dem Warnschild zu Boden und begann langsam und systematisch, das von Hirschke abgebrochene Stück Draht in kurzen Abständen senkrecht in die Erde zu bohren, gefühlvoll, Meter für Meter. Sein Körper lag immer da, wo der Stachel keinen Widerstand gefunden hatte. Die Minen waren offenbar vor langer Zeit verlegt worden, und die Erde wies keine lockeren Stellen mehr auf, die sie hätten verraten können. Trotzdem hatte Schliebitz bald die erste entdeckt. Mit den Fingern grub er um sie herum Erde aus, bis er unter sie greifen konnte. Eine der üblichen T-Minen. Er stellte sie beiseite, ließ den Zünder unangetastet. Das Mädchen sah ihm zitternd zu.

Hirschke und Latta hockten sich vor das Warnschild und sahen Schliebitz zu. Rauchten nervös. Sagten kein Wort. Immer seitdem sie den ›Kleinen‹ getroffen hatten, waren sie darauf bedacht gewesen, ihn zu beschützen, doch jetzt erwies er sich als jemand, der mehr Mut hatte, als sie ihm zugetraut hätten.

»Ob sie aus Neuhof ist?« rätselte Latta.

Hirschke zuckte die Schultern. »Das Gesicht kenne ich nicht.«

Sie verfolgten gespannt, wie sich Schliebitz voranarbeitete. Er machte seinen Körper so schmal wie nur möglich und hütete sich, die Beine zu spreizen. Hirschke dachte, man könnte ihn für einen erfahrenen Pionier halten, der jahrelange Routine im Aufspüren von Minen hat. Selbst wenn er die ausgegrabenen Metallteller beiseite legte, stocherte er zuvor noch genau den Platz ab, an dem er sie deponierte. Wir haben den Jungen unterschätzt.

»Jetzt greift er sie!« rief Latta halblaut aus. Es klang erleichtert. Sechs Minen hatte Schliebitz inzwischen abgelegt, der Rückweg war frei. »Ich habe immer was gegen Minen gehabt. Finde sie heimtückisch. Man hätte sie längst verbieten müssen wie Giftgas, wenn es nach mir gegangen wäre.«

Und wenn es nach mir geht, müßte man den ganzen Krieg verbieten, dachte Hirschke. Aber er sagte es nicht. Krieg schuf sich seine eigenen Gesetze. Man begann arglos, als

Verteidiger des Vaterlandes. Aber wenn dann der erste vertraute Kamerad neben einem fiel, ging im Kopf eine Verwandlung vor sich: von da an machte man jeden einzelnen Gegner ganz persönlich dafür verantwortlich, daß eben dieser Kamerad gefallen war. Es war Hirschke zum ersten Mal bewußt geworden, als er selbst einen im Loch zusammengekauerten Russen erschoß, mit dem Schrei: »Das ist für Hermann!«

Erst später hatte er begriffen, daß er sich hatte gehenlassen. Und als er mit Latta darüber sprach, nickte der nur nachdenklich und meinte: »Dieser Scheißkrieg sprenkelt nicht bloß die Äcker mit einer Menge Eisensplittern, er reißt nicht bloß Trichter im Weizenfeld auf, er verdirbt auch den Charakter. Such dir aus, was schlimmer ist ...«

Schliebitz sah das angsterfüllte Gesicht das Mädchens jetzt ganz nah vor sich. Ein schmales, seltsam ernstes Gesicht, kupferbraune Haut und sehr dunkle Augen. Sie kann sechzehn sein, dachte er, vielleicht siebzehn. Was hat sie hierher verschlagen? Flucht?

»Grüß dich«, versuchte er sie aufzumuntern, »ich bin da, der Ritter ohne Furcht, und jetzt krauchen wir denselben Weg zurück, du wirst sehen, es passiert nichts ...«

Er mußte sich den Schweiß aus den Augen wischen, der von seiner Stirn herabrann. »Das ist Angstschweiß«, flachste er, um sie zu erheitern. Woher mag sie mitten im Frühjahr schon die tiefe Sonnenbräune haben? Nun ja, das Frühjahr ist fortgeschritten, sagen wir, es ist Frühsommer, und vielleicht hat sie ja mehr Gelegenheit gehabt, sich zu sonnen, als wir.

»Du tust mir nichts?« Ihre Stimme war unsicher.

Er mußte lachen. »Doch! Ich schleppe dich aus dem Gelände heraus. Da hinten sind wir sicher, wo meine Freunde warten.«

»Und du bist Deutscher?«

»Klar doch! Oder hast du schon mal einen weißen Neger gesehen? Komm jetzt, ich nehme dich an den Händen, und

du guckst immer nur in meine Augen, während wir zurück-
kriechen, ich rückwärts, du vorwärts. Verstanden?«
Sie nickte. Streckte zögernd die Hände aus. Er griff zu. Kin-
derhände, dachte er einen Augenblick, aber ziemlich zer-
schunden. Und genauso dreckig wie meine.
Er zog sie ein kleines Stück auf sich zu. Sie half mit den
Knien nach. Schwitzte wie er auch. Blies einen Schweiß-
tropfen von der Nasenspitze weg. Weiter ging es, zurück.
»Früher hatte ich mal ein Taschentuch«, witzelte er. »Da-
mit hätten wir uns die Gesichter trocknen können. Heute
wird es ohne gehen müssen. Übrigens – ich heiße Kurt.
Schliebitz. Kannst Kuli zu mir sagen, wie die anderen ...«
»Ich heiße Alina.«
»Angenehm. Klingt wie aus einem Schlager. Paß auf, mach
die Beine nicht so weit auseinander. Mußt dich schlängeln.
Wir haben nur eine schmale Gasse ...«
Sie folgte seinem Rat. Ließ sich von ihm halb ziehen, halb
kroch sie selbst. Nach einer Weile machten sie eine Pause.
Verschnauften. Versuchten, die Angst zu verdrängen.
Schliebitz blickte zurück zu Latta und Hirschke. Die waren
aufgestanden. Hirschke rief, sie sollten langsam machen.
Du hast gut reden, dachte Schliebitz, ich werde froh sein,
wenn ich so schnell wie möglich aus diesem Gelände her-
aus bin! Und wenn es mich einen Liter Schweiß kosten
sollte, ich werde mich beeilen! Er streckte wieder die
Hände aus. Zog.
Das Mädchen sagte leise: »Ich glaube, ich verliere meinen
Rock. Warte, ich muß ihn hochziehen. Er paßt mir nicht be-
sonders gut ...«
»Geklaut, wie?« Schliebitz grinste vergnügt.
»Gefunden.«
»Mach dir nichts draus, wir tragen alle drei Klamotten, die
früher an Vogelscheuchen gehangen hätten.«
Sie zog den Rock zurecht und streckte wieder die Hände
aus. Die Bluse hatte an den Ärmeln keine Knöpfe, und
Schliebitz machte sich Gedanken darüber, wie dünn die

Arme des Mädchens waren, als er plötzlich über dem Handgelenk die Zahl sah. Wie mit Tintenstift geschrieben. A 71312. Während er rückwärts robbte, erkundigte er sich: »Was bedeutet die Nummer da?«

Sie folgte seinem Blick. Blieb still liegen. Dann entschloß sie sich zu sagen: »Das bin ich. Nummer 71312. Es ist tätowiert.«

»Komm, weiter«, drängte er. »Ich dachte, bloß Matrosen lassen sich tätowieren.«

»Es war nicht freiwillig.«

Er zog sie. Achtete auf ihre Füße. Merkte, daß sie wieder innehielt. Sah ihr ins Gesicht. »Was ist?«

»Wirst du mich auch aus den Minen ziehen, wenn ich dir sage, wie ich sie bekommen habe?«

»Die Nummer?«

»Ja. Oder läßt du mich dann hier liegen?«

Er atmete tief. Mädchen hatten manchmal eigenartige Einfälle. Meint sie, ich krieche hier herein, um sie dann wegen einer Zahl auf dem Unterarm liegen zu lassen und meiner Wege zu gehen? Zu kriechen! Und das bei diesen Augen!

»Sags mir, während du dich ausruhst, und dann ziehe ich dich weiter raus. Versprochen.«

»Ich bin Zigeunerin.«

Er nahm es ohne viel Erstaunen zur Kenntnis. Natürlich, Zigeunerinnen hatten solche Augen. Braune Haut. Und sie waren, das wußte er aus der Kindheit noch, ebenso hübsch wie scheu. Warum denkt sie, ich lasse sie hier liegen?

»Na gut«, sagte er, »bist Zigeunerin. Wahrscheinlich hast du keine Bleibe. Was ist dabei, wir haben auch keine. Du bist die erste Zigeunerin, die ich aus der Nähe betrachten kann, in aller Ruhe. Ich wußte bloß nicht, daß ihr Zahlen am Arm tragt.«

»Früher nicht«, machte sie ihn aufmerksam. »Wir bekamen sie erst im Lager.«

»Lager?«

»Auschwitz.«

»Aha«, machte er. Erinnerte sich an den Namen. War ein Ort unten im Süden. Polen. Er schlug ihr vor, weiterzukriechen. Erkundigte sich dabei: »Ist das ein Zigeunerlager?«

Nach einigen Metern gab sie zurück: »Gefangenenlager. Hast du nie davon gehört?«

Er schüttelte den Kopf. »Nichts Genaues.«

»Aber – du bist Deutscher, oder?«

»Natürlich. Warum?«

»Die Deutschen haben uns dort eingesperrt. Weil wir keine gute Rasse sind. Nicht bloß Zigeuner. Juden. Polen. Russen. Konzentrationslager hieß das. Nie gehört?«

Er verhielt wieder. Sagte langsam: »Jetzt, wo du es erwähnst, erinnere ich mich. Es gab Gerüchte darum. Ich habe mich nie weiter dafür interessiert. Und dort warst du?«

Sie nickte. Blickte ihn seltsam forschend an, als wolle sie herausfinden, was er jetzt dachte. Aber Schliebitz schüttelte nur den Kopf und brummte: »Du kannst froh sein, es hinter dir zu haben. Wie wir den Krieg.«

Sie zögerte. »Du wirst mich nicht totmachen?«

»Ich? Dich?« Er tippte an die Stirn. »Warum sollte ich?«

Sie zuckte die Schultern. »Niemand wußte warum, aber die Deutschen haben viele von uns totgemacht. Meine Eltern auch. Und zwei Brüder.«

»Jesus Maria«, sagte Schliebitz, »tu mir den Gefallen und verwechsle mich nicht mit den Leuten, die das gemacht haben!«

»Aber du bist auch Deutscher.«

»Na und? Ich weiß nicht, wieviele Sorten von Zigeunern es gibt, aber von uns Deutschen kenne ich ein paar Sorten, denen würde ich nicht mal sagen, wie spät es ist, selbst wenn ich eine Uhr hätte! Soll ich dich jetzt weiterziehen? Oder willst du nicht raus aus dem Feld, zu uns Deutschen?«

Sie beobachtete aufmerksam sein Gesicht. Sagte schließlich: »Ich weiß nicht, warum ich dir vertraue, aber ich tue es.«

Schliebitz knurrte nur: »Vernünftiger Entschluß. Komm, wir haben noch ein paar Meter!«

Hirschke und Latta hatten Zigaretten gedreht. Nachdem Schliebitz mit dem Mädchen bei ihnen angekommen war, hockten sie sich zusammen auf die angerosteten Eisenbahnschienen und rauchten.

»Reife Leistung, Kleiner«, lobte Latta.

Schliebitz deutete auf Alina und sagte: »Sie haben sie in einem Lager gehabt, in Auschwitz. Sie ist Zigeunerin.«

Latta schwieg. Hirschke fragte das Mädchen: »Und deshalb haben sie dich eingesperrt?«

Sie nickte. Latta brummte unwillig: »Klar doch, das haben die fertiggekriegt. Ich hab davon gehört, über drei Ecken. Als die Züge mit den Güterwagen auf unserer Strecke fuhren, an denen die Luken mit Stacheldraht versperrt waren. Gehen nach Auschwitz, sagten die Älteren …«

»Die Züge habe ich auch in Erinnerung. Seltsam, wir haben sie immer mit Kriminellen in Verbindung gebracht. Im Stellwerk gabs die Anweisung, daß sie mit Vorrang durchzulassen wären. Rangierten gleich hinter Militärtransporten.«

Eine Weile rauchten sie schweigend. Dann sagte das Mädchen: »Ich bin aus Beuthen. Uns haben sie auch mit so einem Waggon gefahren. Zwei Jahre her. Aber sie fuhren nicht weit.«

Schliebitz starrte auf seine Zigarette. Langsam verlor sich die Spannung. Er fühlte, wie der Schweiß auf seiner Haut trocknete. Schlechte Rasse, hat sie gesagt. Quatsch. Aber das mit den Gefangenen haben wir schon alle gewußt, bloß hat sich keiner Gedanken darüber gemacht. War normal, sozusagen. Der Führer macht das schon alles richtig. Hat doch jeder gedacht. Oder? Er fragte Latta.

»Fast jeder«, erwiderte er. Er wandte sich an das Mädchen: »Da haben die euch so einfach aus euren Wohnwagen abgeholt?«

»Wir hatten keinen Wohnwagen mehr. Drei Zimmer, in Beuthen. Mein Vater war Geiger. Im ›Olympia‹. Und meine Mutter hat dort saubergemacht.«

Geiger. Latta biß sich auf die Lippe. Dachte an Hanna. Blickte auf den Unterarm Alinas und sagte: »Brennen den Leuten Nummern in die Haut! Ich hab gehört, das machen sie in Amerika mit den Kühen!«

Alina spürte, daß ihr von diesen Jungen keine Gefahr drohte. Zum ersten Mal nach vielen Monaten, daß sie Deutschen gegenüber keine Angst zu haben brauchte. Ein eigenartiges Gefühl, Deutsche zu treffen, die sie als ihresgleichen behandelten. Ihr nicht grinsend abverlangten, aus der Hand zu lesen, wovon sie ohnehin nichts verstand.

»Ich habe auch saubergemacht«, sagte sie. »Im ›Olympia‹. Mit meiner Mutter zusammen.« Sie sah zu dem Minenfeld hinüber und schüttelte sich. Wie bin ich bloß da hineingeraten? Habe diesen Draht nicht bemerkt. Das Schild nicht gesehen.

»Die dort«, sagte sie jetzt, »im Lager, die hatten sowas am Kragen ...« Sie deutete auf den Totenkopf, der das Schild zierte.

Die Jungen schwiegen. Nach einer Weile erkundigte sich Schliebitz bei Alina: »Hast du Hunger?«

Sie lachte. Zum ersten Mal war zu sehen, daß sie zwei Reihen ebenmäßiger weißer Zähne hatte. Und daß sie überhaupt schön anzusehen war, wenn sie lachte. »Ich habe seit zwei Jahren jeden Tag Hunger!«

Sie suchten in ihren Rucksäcken Reste dessen zusammen, was Gusti ihnen mitgegeben hatte. Unterwegs hatten sie noch einmal eine Kartoffelmiete geplündert, jeder hatte eine Handvoll gekochter Kartoffeln bei sich. Sie teilten mit Alina.

Das Mädchen aß die Kartoffeln samt Schale, und keiner der Jungen wunderte sich darüber. Was Hunger war, hatten sie selbst erfahren. Beinahe fröhlich waren sie, nach der Mahlzeit, als Hirschke das Mädchen fragte, wohin sie denn jetzt wolle. Sie bewegte unschlüssig die Schultern. Schliebitz schlug vor: »Dann kommst du mit uns. Wir versuchen, in der Heimatstadt Ossis und Jakos unterzukommen.«

Sie willigte ein. »Nach Beuthen kann ich sowieso nicht zurück. Da sind jetzt die Polen.«

Latta machte sie aufmerksam: »In Neuhof werden sie auch sein. Aber es wird auch uns geben. Wir können uns schon mit ihnen vertragen. Wenn sie wollen.«

Das Mädchen entdeckte, daß neben dem Bahndamm in einem kleinen Graben Wasser stand. »Durst haben wir dort auch gehabt«, sagte sie. »Immer hatten wir diesen brennenden Durst. Schlimmer als Hunger.« Sie kniete sich hin, schöpfte Wasser mit der hohlen Hand und trank. Dann nahm sie plötzlich ihre Wollmütze ab und spritzte sich Wasser ins Gesicht. Die Jungen starrten auf ihren Kopf. Ein Zigeunermädchen. Hübsch. Aber mit einem geschorenen Kopf. Wer hatte das schon einmal gesehen!

»Das kann doch nicht wahr sein!« Schliebitz besah sich ungläubig die kaum zwei Millimeter langen Stoppeln am Kopf Alinas. Die spürte seinen Blick und zog sich verschämt die Mütze wieder über.

»Sie haben uns alle rasiert. Dort. Wegen der Läuse, sagte man. Aber unsere Aufseherin hat anderes gesagt. Sie meinte, sie stopfen die Haare in Matratzen.«

Latta schüttelte den Kopf. »Ich glaube, man wird uns, wenn wir nach Hause kommen, eine Menge unangenehmer Fragen stellen.«

Hirschke sah nach der Sonne. Sie würden noch bei Tage in der Stadt sein. Er nahm den Rucksack auf.

Schliebitz konnte den Anblick des geschorenen Mädchenkopfes nicht loswerden. Er hatte, wie Latta auch, eine Menge Toter gesehen, Schwerverletzter, die ihre letzten Atemzüge machten. Aber ein Mädchen wie dieses hier, ohne Haare, mit der Zahl über dem Handgelenk, das war eine neue Erfahrung. Er nahm wütend einen Stein vom Bahndamm auf und warf ihn nach dem Schild mit dem Totenkopf. Aber er warf zu weit, und da, wo der Stein auftraf, gab es plötzlich einen grellen Blitz, eine Erdfontäne schoß hoch und überschüttete sie, peitschte ihnen kleine Kiesel in die Gesichter.

60

Latta faßte sich zuerst wieder. Lächelte das Mädchen an und sagte: »Siehst du, die war für dich gemeint!«

»Oder für mich«, sagte Schliebitz. Dann nahm er das Mädchen bei der Hand und drängte: »Los, laßt uns hier verschwinden. Der Krach lockt vielleicht Russen an ... Welche Richtung?«

Hirschke ging voran. Sie gelangten auf die geschotterte Straße, die in Richtung Neuhof führte, durch den noch kaum belaubten Mischwald, der plötzlich an einem weiten Hang endete. Da unten lag die Stadt!

Wie viele dieser jahrhundertealten Siedlungen im Vorland der Sudeten, schmiegte sie sich in ein sanftes Tal, schwamm im jungen Grün des Vorsommers. Eine Idylle in satten Farben. Es war still. Hirschke erinnerte sich, daß da früher Geräusche gewesen waren. Das Jaulen der Eisenbahnräder beim Rangieren auf dem Güterbahnhof etwa, das sich weit hören ließ. Oder der Schrei der Sirene in der Leinenweberei, in der Schuhfabrik. Ein unbestimmbares Gesumm hatte der Stadtverkehr erzeugt, mit seinen Autos, Motorrädern, Pferdewagen. Nichts davon schien geblieben. Tote Stadt?

»Irgendwo müssen hier Leute sein«, meinte Latta.

Das Ortsschild war zerschossen. Hat einer mit der Maschinenpistole draufgehalten, dachte Hirschke. Immerhin war die Schrift noch zu lesen.

Die ersten Straßen waren Teil einer Villengegend. Auch hier herrschte Stille. Die Häuser waren unbeschädigt, aber die Türen standen offen. In der Gegend um die Kaserne, wo einmal ein Reiterregiment gestanden hatte, gab es die ersten Menschen. Russen. Hockten am Straßenrand und rauchten. Zwei versuchten, unter dem Gelächter der anderen, mit einem Fahrrad zu fahren. Auf den Felgen waren keine Reifen, es scheppterte.

Die Russen kümmerten sich nicht um die vier Daherkommenden, sie waren mit sich selbst beschäftigt. Dafür erschienen jetzt hin und wieder Zivilisten, die das Grüppchen argwöhnisch beäugten. Es waren keine Einheimischen, das erkannte Hirschke schon an der Art, wie sie sich kleideten, an den Gesichtern. Polen, aber keine von den Zweisprachigen, die früher in den Dörfern des Landkreises gelebt hatten. Es ging etwas sehr Fremdes von ihnen aus. Leiterwagen standen herum, Heu lag daneben, Grünfutter auch, für kleine, struppige Pferde.

Vor dem ehemaligen Café Swoboda, der Stätte heimlicher Swing-Orgien, war ein großer Haufen Pferdekot zusammengekarrt worden. Dies war die Stadtmitte, die ehemalige Flaniergegend, von der es zum Ring ging, dem Zentrum. An den Läden waren die Fenster meist geborsten. Hier und da lag ein Gebäude in Trümmern. Brände hatten ihre Spuren hinterlassen – Kriegsgebiete, in denen Gefechte getobt hatten, sahen so aus.

Den ersten Deutschen machte Hirschke im Eingang eines Papierladens aus. Er war der frühere Inhaber, bei dem die Schuljungen ihre Hefte gekauft hatten, Bleistifte, Radiergummis.

»Guten Tag, Herr Preiß!« sagte Hirschke. Er blieb stehen. Der Papierhändler, ein älterer Mann mit Stirnglatze, erstarrte. Entspannte sich dann, als er in Hirschke einen seiner ehemaligen Kunden erkannte. Er hielt einen Besen umklammert, mit dem er versuchte, Trümmer, Warenreste, Exkremente und allen nur denkbaren Unrat aus der Tür zu kehren.

»Junger Mann«, sagte er leise, blickte mißtrauisch nach allen Seiten, und flüsterte: »Sie müssen aufpassen, die Miliz geht hier in der Gegend Streife ...«

»Miliz?«

»Polnische, ja.«

Der Mann trat beiseite, so daß Hirschke in den Laden blicken konnte. Die Regale waren zerschlagen, die Ladentheke fehlte überhaupt. Alles, was aus Glas gewesen war, gab es nicht mehr. Waren auch nicht.

»So haben sie gehaust«, flüsterte der Papierhändler. Kehrte weiter. Murmelte warnend: »Nehmen Sie sich in acht, sie fangen die Leute von der Straße weg. Treiben sie zur Arbeit, irgendwo. Viele kommen nicht zurück. Es ist die Hölle geworden, in unserer schönen Stadt ...«

Sie überquerten den Ring trotzdem. Schließlich waren sie hier zu Hause. Wer wollte ihnen verwehren, in der eigenen Heimatstadt über die Straßen zu gehen?

Auf dem Turm des Klosters der barmherzigen Brüder war der Glockenstuhl zerschossen. Die Uhr stand auf Mittag. Das Zifferblatt war von Einschüssen durchsiebt.

Plötzlich waren da vorn die beiden Milizionäre. In alte blaue Feuerwehruniformen gekleidet. Auf den Schirmmützen der polnische Adler aus Blech.

»Du spielst den italienischen Blöden«, raunte Hirschke Schliebitz zu. »Grinse sie an, egal was sie machen!«

Alina flüsterte: »Keine Angst, ich bringe uns durch ...«

Gleichzeitig nahm sie ihre Strickmütze ab. Da war wieder der geschorene Kopf.

Latta ließ sich nicht durch den Karabiner beeindrucken, den der eine der Milizionäre auf ihn richtete. Er schwenkte seinen zerknautschten Plüschhut und rief ihnen im besten Wasserpolnisch zu: »He, Männer, wo gibts was zu rauchen?«

Der Karabiner blieb auf seinen Bauch gerichtet. Die beiden Polen waren noch jung. Bauerngesichter. Deutsche, die sie nach Rauchwaren fragten, hatten sie noch nicht erlebt. Auch nicht einen Mann wie Latta, der den Gewehrlauf sacht zur Seite schob und freundlich fragte, ob sie auf dem Kriegspfad wären. Sie verlangten Papiere.

Alina schob den Blusenärmel hoch und hielt ihnen ihren Unterarm hin, mit der auftätowierten Nummer. Fragte bissig, in hartem Deutsch: »Ist das genug Dokument? Zeigt mal eure Arme, los!«

Der Gewehrlauf senkte sich. Der Milizionär sagte beschwichtigend: »Schon gut! Wir waren nicht im Lager. Woher kommt ihr? Bleibt ihr?«

»Aus Auschwitz«, sagte Alina. »Und wir bleiben.«

Der zweite Milizionär bewegte den Kopf zu den Jungen hin. »Und ihr?«

»Sie bleiben auch«, stellte Alina fest. »Wir bleiben zusammen. Sie haben mich gerettet.«

Der zweite Milizionär kaute unentschlossen auf seiner Unterlippe herum. Der andere hängte das Gewehr wieder über die Schulter.

»Deutsche?«

»Wieviel Deutsche mit Volksliste vier gab es in Rybnik?« erkundigte sich Latta gezielt barsch. »Sie hatten uns ins Tschechische zur Arbeit geholt.«

»Bier machen«, sagte Hirschke im selben Dialekt. Er begriff die Taktik Lattas. »War auszuhalten. Seid ihr aus dieser Stadt hier?« Es kam darauf an, aus der Kontrolle eine Unterhaltung zu machen. Gelang das, hatten sie gewonnen.

»Und der da?« Der zweite Milizionär deutete auf Schliebitz. Alina schwieg verblüfft, weil sie sah, daß der Junge plötzlich Speichel aus dem Mund laufen ließ und daß er dabei dümmlich grinste.

»Den läßt du in Ruhe!« knurrte Latta den Milizmann an. »Der versteht weder polnisch noch deutsch. Der kann nicht mal richtig italienisch sprechen. Hat was am Kopf. Merkst du das nicht?«

»Italiener?«

»Ja, Italiener«, bestätigte Latta. Legte Schliebitz die Hand auf die Schulter. »Italia, he?«

Schliebitz nickte grinsend. Verschluckte sich beinahe an seinem Speichel.

»Wozu schleppt ihr den bloß mit?«

Latta holte tief Luft. Dann zog er den Milizionär ein wenig beiseite und erklärte ihm todernst: »Paß auf, das ist ein gutmütiger Kerl. Bißchen plemplem, na ja, aber der kann hart arbeiten. Und ich habe eine Schwester. Ebenso alt. Nur hat sie einen Klumpfuß. Kriegt nie einen Mann. Aber er wird sie heiraten. Ist schon ausgemacht. Sie kommt hierher. Vermassel uns nicht die Tour, verstanden?«

Der Pole lachte schallend. Schliebitz begann krächzend
›O sole mio‹ zu singen, bis Hirschke ihm begütigend auf die
Schulter klopfte und den Zeigefinger auf die Lippen legte.
Die Milizionäre hatten keine Fragen mehr. Grinsten mit
Schliebitz um die Wette. Der mit dem Gewehr informierte
Latta sachlich: »Sucht euch eine Bleibe. Was euch gefällt,
das gehört euch. Wenn Deutsche drin sind, schmeißt sie raus.
Und dann müßt ihr in eine Straße, die heißt Wallgraben.
Dort ist die Meldestelle. Ihr werdet eingeschrieben ...«
»Aber nicht mehr heute«, entgegnete Latta trocken, »ich
bin müde.«
»Morgen genügt«, meinte der Milizionär.
»Madonna! Morgen wollte ich ausschlafen! Aber wir werden das Büro suchen. Und ihr habt wirklich nichts zu rauchen?«
Der mit dem Gewehr griff in die Hosentasche. Brachte
eine Handvoll schwarzen Landtabak hervor. Der andere
riß Papier zurecht. Sie drehten Zigaretten und rauchten.
Die Polen wurden gesprächiger. Solche Leute, wie Latta
vorgab zu sein, waren nicht selten. Das System der Ein-
ordnung zweisprachiger Bürger in sogenannte Volks-
listen hatte sie hervorgebracht. Manche hatten eine gün-
stigere Einstufung dadurch erreicht, daß sie sich zur
Wehrmacht meldeten. Jetzt ließen sich die Milizionäre
von Latta und Hirschke erzählen, wie es in der Tschechoslowakei gewesen war, beim Bierbrauen. Die beiden
flunkerten ihnen etwas vor. Dann berichteten die Milio-
zionäre, sie seien beide in der Nähe von Lemberg aufgewachsen. Die Deutschen seien gekommen, dann die
Russen, und zuletzt hatten die Russen sie hierher geschickt, sie sollten sich in der Gegend ansiedeln. Als Kinder wären sie meist hungrig gewesen, von den Verwaltern
des Generalgouvernements zu allerlei untergeordneten
Arbeiten verpflichtet gewesen, bei niedriger Entloh-
nung. Nein, im Lager waren sie nicht. Als sie das sagten,
blickten sie auf Alina, die mit ihrem Blusenärmel Schlie-

bitz den Sabber vom Mund wischte. Aber die Deutschen so richtig in die Pfanne hauen, das wollten sie beide, deshalb gleich Miliz.

Der mit dem Gewehr erkundigte sich mit einem Blick auf das Mädchen leise: »Zigeunerin, was?«

Latta nickte. Bemerkte ernst: »Armes Ding. Flitzte aus einem Transport weg. Wir haben sie sozusagen adoptiert.«

»Zu klauen gibts ja bei euch sowieso nichts«, meinte der mit dem Gewehr anzüglich. Latta überhörte es, er kannte die Meinung, die Leute im polnischen Teil dieses Landes von Zigeunern hatten. Es war in Anbetracht der Lage nicht ratsam, zu widersprechen. Zuallererst bei diesen beiden ziemlich grünen Burschen, die sich mit ihren Waffen und den Milizmützen als Herren der neuen Welt fühlten.

Nachdem sie zu Ende geraucht hatten, eröffnete ihnen der zweite Milizionär: »Wir werden hier wohl nicht bleiben. Weiter nichts mehr zu holen. Die Russen haben die Gegend abgelaust. Hatten sie im Frühjahr erobert. Dann, als die Front weiter im Westen lag, haben sie alle Einwohner für drei Tage in ein Dorf getrieben, paar Kilometer weg, und während der Zeit haben sie ausgeräumt. Von der Nähmaschine bis zum Federhalter, alles. Findest höchstens nochmal durch Zufall was. Weiter oben im Norden soll es besser sein. Da gibts noch Dörfer mit vollen Häusern ...«

Alina, die etwas abseits bei Schliebitz stand, flüsterte dem zu, er solle wieder italienisch singen. Er krächzte los. Latta verabschiede sich hutschwenkend von den Milizionären: »Wir gehen besser, er wird nervös. Gleich fängt er an zu weinen. Schwer zu beruhigen, wenn er mal anfängt ...«

Als sie ein paar Straßenzüge weitergekommen waren, bis hinter die ehemalige Schule, sagte Hirschke zu Alina: »Danke, Mädchen. Du hast uns viel Ärger erspart mit der Nummer da.«

Sie wehrte ab. Erinnerte an das Minenfeld. Jetzt trug sie wieder ihre Wollmütze. Schliebitz ging dicht neben ihr. Er zog die Augenbrauen hoch, als Latta ihn lobte: »Das hast du hervorragend gemacht, Kleiner. Für einen Gymnasiasten singst du wie Stradivari!«

»Der hat Geigen gebaut.«

»Du weißt schon, wen ich meine!«

»Caruso.«

»Meinetwegen. Seht ihr da vorn, zwischen den Gärten, diese komische Brücke, die aussieht wie ein Kamelhöcker? Dahinter kommt eine Allee, dann eine Wiese, und dann sieht man schon den Bahnhof. Sind wir dort, kann uns nichts mehr passieren. Ossi wohnt in der Gegend.«

»Hoffentlich auch eine Speisekammer«, brummte Schliebitz. Sie schritten aus. Die Dämmerung war nicht mehr fern, es galt, vor Einbruch der Dunkelheit an Ort und Stelle zu sein.

»Himmel«, sagte Hirschke, als sie auf der Kamelhöckerbrücke standen und zurückblickten, »was ist bloß aus unserer Stadt geworden! Tot! Ein paar Uniformierte zu sehen, und Deutsche, die sich wie Mäuse verstecken. Und leere Straßen ...«

»Aber es wird Sommer«, erinnerte ihn Schliebitz. Dann sah er Alina an, und wieder fiel ihm ein, daß sie eigentlich ein hübsches Mädchen war. Keine Haare. Was solls, sie hat ein gutes Herz bewiesen. Ob wir weiter Glück haben?

»Sommer«, sagte Hirschke nachdenklich. »Was haben wir für Träume gehabt, für den ersten Sommer nach dem Krieg!«

»Träume sind Schäume«, meldete sich Latta. »Jedenfalls sagte das meine Großmutter immer.«

Und Alina meinte: »Ich bin so froh, daß ich es überlebt habe. Ich könnte jeden umarmen. Wenn ich bei euch bleibe, werde ich vielleicht die letzten zwei Jahre vergessen, einmal. Ich kann doch bei euch bleiben, oder?«

»Du mußt«, sagte Schliebitz. »Wer soll mir sonst zuhören, wenn ich italienisch singe ...?«

Tote Stadt

Als er aufwachte, blickte er in ein grinsendes Mongolengesicht. Schlitzaugen, hervortretende Backenknochen, ein paar Pockennarben, spärlicher Bart auf der Oberlippe.

Er stemmte sich auf der alten Matratze hoch, die er als Schlaflager benutzte. Warf den Vorhang ab, mit dem er sich zugedeckt hatte. Rieb sich die Augen. Das Mongolengesicht, das sich nicht verscheuchen ließ, war durch ein olivgelbes, verwaschenes Käppi mit rotem Stern gleichsam gekrönt: ein Russe!

Der Mann grinste weiter. Wie Schliebitz beim Zusammentreffen mit der polnischen Streife gegrinst hatte, etwas dümmlich. Nur daß er wohl nicht schauspielerte, er fand es einfach lustig, in einem Häuserblock, der sonst leer stand, einen einzelnen Jungen zu finden, der auf einer verdreckten Matratze seelenruhig schlief, in einen ebenso dreckigen Fenstervorhang eingewickelt, und das am späten Morgen.

»Ich Pascha!« sagte er jetzt, damit aufdeckend, daß er sich bemüht hatte, in die Anfänge der deutschen Sprache einzudringen. Setzte sich auf die Matratze, neben Hirschke, und zog Machorka aus der Hosentasche. Papier aus der Brusttasche. Er war ein kleiner, untersetzter Bursche, einige Jahre älter als Hirschke. Seine Uniform war fleckig, die Pluderhosen schlotterten um seine Oberschenkel. Anstatt Stiefeln trug er schwarze Lackschuhe. Sie sahen nach Beute aus. Auch der Aquamarinring am linken kleinen Finger stammte wohl von der Hand eines jungen Mädchens.

Als der Soldat aus dem zusammengefalteten Päckchen Zeitungspapier sorgfältig ein Blatt herausriß und es Hirschke reichte, sagte er, mit der freien Hand auf seine Nase tippend: »Ich Kasache …«

»Angenehm«, gab Hirschke zurück, »ich heiße Ossi. Oberschlesier.«

Er nahm das Blättchen und sah zu, wie der Kasache krümeligen Machorka darauf streute. Noch von den Gefangenen, die an der Eisenbahn gearbeitet hatten, kannte Hirschke die Methode. Der Kasache blickte anerkennend auf sein Produkt. Er selbst war etwas schneller fertig. Wieder griff er in die geräumige Hosentasche. Holte ein Feuerzeug hervor, das aus einer großkalibrigen Patronenhülse gebastelt war, das aber, sofort nachdem der Kasache das Rädchen drehte, eine zentimeterlange, schwarz qualmende Flamme erzeugte.

Hirschke hustete, obwohl er nicht zum ersten Mal Machorka rauchte. Das Zeug brannte in der Kehle und roch wie angekohltes Holz. Morgenzigarette vor dem Frühstück, dachte Hirschke. Vor dem Waschen sogar. Was der Kerl nur will? Scheint harmlos zu sein. Guckt nicht einmal, ob ich eine Uhr habe. Die Russen, denen wir bei Ankunft in der Stadt begegnet sind, haben kaum einen Blick an uns verschwendet. Und dieser hier weckt mich auf! Findet mich in einem Häuserblock mit sechs zerdroschenen Wohnungen, in denen nichts mehr das Mitnehmen lohnt, man ist froh, wenn man ab und zu noch so eine Matratze wie meine hier findet. Überall liegen die Bettfedern herum. Fliegen auf, wenn man vorbeigeht.

Ob er einfach Gesellschaft sucht? Ausgerechnet bei mir? Scheint nicht einmal eine Waffe bei sich zu haben. Kasache in deutschen Lackschuhen. Stinken tut er. Das ist Knoblauch. Er muß ihn pfundweise vertilgt haben. Wird man sich dran gewöhnen müssen, daß Neuhof jetzt so riecht?

Sie waren am Abend dort angekommen, wo das Siedlungshaus von Hirschkes Eltern hätte stehen sollen. Aber es gab da nur noch die Außenmauern. Ausgebrannt, wie eine Anzahl der Häuser in der Nachbarschaft auch. Kampfgebiet gewesen. Hirschke fand an der Vorderwand, neben der Stelle, an der die Tür gewesen war, die Nachricht, die seine Mutter mit einem Stück Kalkstein aufgekratzt hatte: »Waren hier, lieber Junge. Sind wieder in den Westen gemacht. Such uns in München. Oder da irgendwo.«

»Da irgendwo wäre ich jetzt auch lieber«, seufzte Latta, als sie vor der Ruine standen. »Wollen wir umkehren und den Weg zurück machen?«

Hirschke lehnte den Gedanken ab. »Erst mal sehen. Mensch, Jako, wir sind hier zu Hause! Warum sollen wir weglaufen?«

Latta bewegte die Schultern. Starrte auf die Trümmer. Das Ende eines Traumes von der Zeit nach dem Krieg.

Schliebitz deutete schließlich dorthin, wo die drei Häuserblocks standen, dreistöckige Klötzer, die erst kurz vor dem Krieg gebaut worden waren. Sie wiesen zwar auch Granateinschüsse auf, und in einigen Wohnungen schien es gebrannt zu haben, aber man sollte dort doch wenigstens übernachten können, meinte er.

So zogen sie dorthin und blieben. Sie fanden nur wenige ehemalige Bewohner vor, die ebenfalls auf Matratzen oder auf nacktem Boden kampierten. Die Wohnungen waren in jener Aktion, die der polnische Milizionär geschildert hatte, ausgeräumt worden. Jedes Stück, das Wert verkörperte, vom Teppich bis zur Gardinenleiste, war entfernt gewesen, als die Bewohner nach drei Tagen wieder in die Stadt durften. Es waren ältere, verschüchterte Leute. Sie lebten wie Tiere. Hatten kein Wasser in den Leitungen, kein Kochgas, keinen Strom, konnten nur von Früchten leben, die sie in nahegelegenen Gärten stahlen, und mußten schnell verschwinden, wenn eine Milizstreife nahte.

Die Frauen klagten über gewalttätige Russen, die selbst Großmütter noch auf den Rücken gezwungen hatten. Die Männer zeigten Narben vor, Zahnlücken, wiesen auf geplatzte Trommelfelle hin – wenn einer der Sieger ihnen zu seinem Spaß die Waffe neben den Kopf gehalten und abgedrückt hatte. Als Faschisten waren sie beschimpft worden, alle, und dabei konnten sie davon berichten, daß die tatsächlichen Anhänger der Hitlerei schon lange vor dem Nahen der Russen verschwunden gewesen waren, während man die anderen Leute bis zum Februar hinhielt, worauf sie dann eiligst bis ins Tschechische transportiert worden waren. Außer denen, die blieben. Und das waren nicht wenige, die sagten, wir haben den Krieg nicht gewollt, wenngleich wir ihn nicht verhindern konnten, wir haben keinem Russen persönlich etwas getan, warum sollten wir nicht in unseren Häusern bleiben und auf sie warten?

Tage zuvor waren noch die von Flugzeugen abgeworfenen Handzettel herabgeflattert, auf denen zu lesen stand, die Leute sollten sich auf die Befreiung durch die Rote Armee freuen, keine Gegenwehr zulassen, dann würde bald Frieden sein, und auch die Soldaten sollten Schluß machen, man würde sie korrekt behandeln und nach den Kampfhandlungen sogleich nach Hause schicken: Nichts von alldem war eingetroffen.

Die vier Heimkehrer hatten sich in einem Zimmer einer verlassenen Wohnung eingerichtet, auf Matratzen übernachtet, Wasser von gegenüber geholt, aus einem Garten, in dem es eine kristallklare Quelle gab. Alina hatte irgendwo verschüttete Grützekörner aufgelesen und sie in Wasser gekocht. Auch Salz fand sich, auf dem Fußboden verstreut. Satt und zufrieden hatten sie sich ausgeschlafen. Erst heute früh war Latta sehr zeitig aufgebrochen; er wollte an der Bahnlinie entlang bis nach Neisse marschieren und dort Hanna zu finden versuchen. Eine der alten Frauen, die in der Nähe des Bahnhofs bei einer Einheit der Russen verschiedene Arbeiten versah, gegen etwas Brot und gelegentlich warmes Essen, hatte Alina und Schliebitz geraten, mitzukommen, sie würden dort eine Wäscherei betreiben, und sie brauchten Arbeitskräfte. Es gäbe

Frauen unter den Soldaten, die hatten eine Menge deutscher Kleidungsstücke aufgelesen und wechselten sie oft. So war Hirschke allein geblieben, hatte tief geschlafen, und nun spürte er, daß die Machorkatüte ihm den leeren Magen umzudrehen drohte.

Der Kasache tippte ihm an die Brust und radebrechte: »Du ... Kamerad ...?«

Hirschke nickte, ein wenig abwesend. Was sollte daraus werden? Plötzlich holte der Kasache aus seiner unergründlichen Hosentasche ein paar deutsche Karabinerpatronen hervor und hielt sie Hirschke vor die Nase. Malte mit dem Zeigefinger die Zahl Hundert in den Dreck, der den Fußboden überzog, und rief immer wieder: »Wodka! Wodka!« Er gab sich viel Mühe, verständlich zu machen, was er meinte, und Hirschke begriff schließlich auch: Die russischen Soldaten, die offenbar nur leichten Dienst schoben, bei viel Freizeit, sollten die überall noch herumliegende deutsche Munition aufsammeln. Für je hundert Patronen gab es als Prämie eine Flasche Wodka.

»Pascha ... und Kamerad ... Wodka!«

Er machte eine vage Handbewegung, die Hirschke ermuntern sollte, für ihn Patronen zu sammeln, die Prämie würde er mit ihm teilen. Nicht schwer zu begreifen. Aber Hirschke hatte wenig Appetit auf Wodka, er war vom Hunger geplagt. Das machte er dem Kasachen klar, indem er auf seinen Magen klopfte, die Augen dabei verdrehte und ihm Kaubewegungen vorführte. Er war überrascht, daß der Soldat so schnell verstand, denn der Kasache winkte ihm, erhob sich und ging voraus.

Vor dem Haus stand einer der kleinen Panjewagen, in denen russische Truppen ihre Lasten transportierten. Ein Pferd war angeschirrt. Es knabberte an den niedrigen Ästen eines Straßenbaumes, an dem die Blattknospen bereits aufgesprungen waren.

»Komm!« rief der Kasache. Er zog die Plane beiseite, die den Wagenboden bedeckte, und ehe Hirschke begriff, was

72

da geschah, hielt er ein kantiges Brot in der Hand. Dazu kamen ein von dem Kasachen vermutlich in einer Speisekammer entdeckter Bunzlauer Steintopf voller Schmalz sowie eine große Konservendose mit amerikanischer Beschriftung. Pork. Schweinefleisch.

»Du Kamerad!« wiederholte der Soldat mehrmals. Zeigte wieder die Patronen und wies zuletzt auf das Zifferblatt einer der drei Uhren, die er am Unterarm trug. Dabei vollführte sein Zeigefinger eine kreisende Bewegung und blieb dann auf der Neun stehen: er würde am nächsten Morgen um Neun wiederkommen, gesammelte Patronen abholen.

Jakob Latta schlich vorsichtig durch die Randsiedlungen von Neisse. Es war gegen Mittag. Unterwegs hatte er nur einmal pausiert, um jungen Sauerampfer zu kauen, der am Bahndamm wuchs. Doch das Zeug schmeckte nicht, wahrscheinlich war es noch nicht groß genug gewachsen. Zumindest aber füllte es den Magen.

Die Randsiedlungen der Stadt glichen denen in Neuhof, auch hier gab es nur vereinzelt Leute. Russen lungerten herum, von weitem waren quadratische polnische Mützen zu sehen, sie hießen ›Konfederatka‹, wie Latta sich erinnerte, aber man hatte sie im Volksmund stets ›Quadratka‹ genannt. Er wich ihnen aus. Gelangte in den fast völlig demolierten Stadtkern, in dem es anscheinend langdauernde Kämpfe gegeben hatte. Die Straße, in der Hanna gewohnt hatte, fand er auch, das Haus stand noch. Aus einem geborstenen Fenster im Parterre, das mit Latten notdürftig verschlagen war, hing ein weißer Lappen heraus. Latta machte sich bemerkbar.

Die Frau, die sich schließlich zeigte, war noch nicht sehr alt, aber sie hatte weißes Haar, das ungepflegt wirkte, ihr Gesicht war von Furcht gezeichnet.

»Das Fräulein …?« erinnerte sie sich. »Ja, ich weiß, daß Sie das Fräulein Hanna besucht haben. Damals eben. Nein, sie ist nicht zurückgekommen.«

»Sie ist geflüchtet?«

»Nach Deutschland«, sagte die Frau, als läge das ganz woanders. »Schon als die Russen an der Oder waren. Sie sagte, sie habe einen Onkel im Rheinland. Da wollte sie hin. Nein, nicht im Rheinland, es war die Eifel. Das Gebirge da …«

»Eifel«, wiederholte Latta. Er war mit der Hoffnung gekommen, Hanna zu finden, und dabei hatte ihn die Sorge bedrückt, wie er sie wohl antreffen würde, nach dem Tanz der Sieger. Nun wußte er nicht, ob er froh sein sollte, daß sie rechtzeitig ausgewichen war. Die Eifel lag weit im Westen. Nordwesten. War sie gut dort angekommen? Und wo?

»Wenigstens wird sie zu essen haben«, sagte die Frau kläglich. »Der Onkel hat wohl einen Bauernhof dort. Und die Amerikaner sollen die Leute ja nicht hungern lassen, und alles das …«

Wieviele Bauernhöfe gibts in der Eifel? Er bedankte sich bei der Frau, die flink in das Haus zurückhuschte. An der Tür drehte sie sich noch einmal um und sah ihn an, wie er da so stand. Sagte leise: »Siebzehnmal in einer Nacht. Das war die Befreiung. Wenigstens das ist ihr wohl erspart geblieben. Und ich bin jetzt schwanger …«

Als ihm endlich ein Trostwort einfiel, war sie weg.

Er kam am Abend wieder in Neuhof an. Sah von weitem schon, daß Alina und Schliebitz vor dem Haus saßen, auf dem Bürgersteig. Sie hatten ein Feuer angemacht, auf Ziegelsteinen stand ein großer Topf, aus dem es dampfte. Schliebitz rührte in dem Topf herum. Er sah Latta und rief: »Zehn Minuten noch! Ossi ist unterwegs, will sehen, ob er irgendwo ein paar Löffel findet. Oder Gabeln. Sonst müssen wir mit den Fingern essen. Guck mal …«

Latta warf nur einen uninteressierten Blick in den Topf, obwohl er Hunger hatte. Er hörte Schliebitz erzählen, das seien Kartoffeln aus einem Keller, mit Schweinefleisch gemischt, das Hirschkc von einem Russen bekommen hatte. Er sah, wie Alina lachend ein weißes Tuch aufschlug, darin waren mehrere Kanten Brot eingewickelt. Sie berichtete

74

stolz, das alles hätten die Russen in der Wäscherei ihnen gegeben, dafür daß sie ihre dreckigen Unterhosen mit Schmierseife gereinigt hatten, die Hemden und Fußlappen.

»Und Damenschlüpfer!« lachte Schliebitz. »Mensch, Jako, kannst du dir Kuli Schliebitz vorstellen, erst Volkssturmmann, dann Nonne, jetzt Waschmeister, der russische Schlüpfer auf der Rumpel solange hin- und herzieht, bis sie blütenrein sind? Vollgeschissene waren auch schon dabei. Egal. Wir haben das erste Brot verdient, nach dem Krieg, und morgen gehts weiter ...«

Er merkte, daß sich Latta von seiner Heiterkeit nicht anstecken ließ, und erkundigte sich leise: »Was ist? Schlimme Nachrichten?«

Als Hirschke auftauchte, mit ein paar Löffeln und Gabeln, die er zusammengeklaubt hatte, aus dem Schutt, ließ Latta sich endlich bewegen, das zu sagen, was er herausgefunden hatte. Alina wandte sich ab und ging auf die Suche nach Tellern. Als sie wiederkam, brachte sie nur einen mit, der einen Sprung hatte, aber außerdem zwei Topfdeckel, von denen man zur Not auch essen konnte.

»Es wird eine Weile dauern, bis wir einen Haushalt beisammen haben«, spöttelte Schliebitz. Dann wandte er sich ernst an Latta und sagte etwas ähnliches, wie es die schwangere Frau in Neisse gesagt hatte. Und daß die Eifel ja immerhin in Deutschland liege. Also nicht unerreichbar. Und an Polen würde sie ja wohl nicht auch noch fallen. Daß da Russen hinkämen, sei unwahrscheinlich ...

Hirschke ging als letzter schlafen. Er hatte noch die gesammelten Patronen gezählt. Wenig Mühe hatte es ihm bereitet, sie zu finden. Gleich hinter den Bahngeleisen gab es Schützenlöcher in großer Zahl, und sie waren förmlich vollgestopft mit unverbrauchter Munition.

Alina und Schliebitz lagen Rücken an Rücken. Latta richtete sich auf. Er drehte für sich und Hirschke noch eine Zigarette. Während sie sie gemeinsam rauchten, sagte Latta leise mit einem Blick auf die Schlafenden: »Wie zwei satte Kinder.«

Hirschke nickte. Es war zu spüren, daß die beiden sich mochten. Das Mädchen behielt selbst im Schlaf die Wollmütze auf.
»Was machen wir?« fragte Hirschke. »Bleiben wir?«
»Ich weiß es nicht.« Es klang ratlos. Latta dachte an Hanna. War sie durchgekommen, in die Eifel? Oder hatte es sie auf dem langen Weg dorthin doch noch erwischt?
Hirschke überlegte: »Ich möchte. Morgen, wenn der Russe da war, sollten wir zum Wallgraben gehen. Anmelden. Und ich muß nach Sibylle suchen.
»Parkstraße war das, wie?«
Hirschke nickte. »Ich habe mit Kuli und Alina schon ausgemacht, daß sie später zu ihrer Wäscherei gehen. Und du?«
Latta zog an der Zigarette. »Ich weiß nicht, Ossi. Jedenfalls sollten wir erst einmal versuchen, uns in unserer Heimatstadt als Bürger wieder anzusiedeln. Das steht uns zu. Oder?«
»Ich denke schon. In die Eifel kannst du immer noch gehen. Suchen.«
Der Freund nickte wieder. Er zerdrückte den Rest der Zigarette und streckte sich auf der Matratze aus. Irgendwo riß einer den Abzug einer Maschinenpistole durch, und eine Salve zersägte die Stille der Nacht.
Am Morgen kam Pascha, der Kasache, holte die von Hirschke gesammelten Patronen ab. Er war hocherfreut über die Menge, lud alles auf seinen Panjewagen, machte die Zeigefingerbewegung über seiner Uhr, die sein Kommen am nächsten Tag ankündigte, und zockelte dann davon.
»Gehen wir jetzt zu diesem Meldepunkt?« Alina war schon ungeduldig. Sie schien sich für die Versorgung mit Lebensmitteln verantwortlich zu fühlen, und sie meinte, die Chefs der russischen Wäscherei würden nicht mehr viel herausrücken, wenn Schliebitz und sie allzu spät erschienen.
»Gut, gut«, erklärte er sich einverstanden. »Wir gehen sofort los. Alle zusammen. Diesmal müssen wir allerdings Farbe bekennen. Deutsche sind wir, und hier zu Hause.« Er sah Alina an. »Mit dir werden sie wohl nicht streiten, wenn du

ihnen zeigst, woher du kommst. Deshalb mußt du erklären, Kuli gehört zu dir. Dann ist er ziemlich sicher. Sag, was du willst, Verlobter, Mann, egal. Nur so kommen wir durch.«
Sie nahm Schliebitz bei der Hand. Latta, der mit Hirschke hinterherging, schüttelte wieder einmal den Kopf, auf dem der grüne Plüschhut saß, und sagte leise zu Hirschke: »Guck dir das an, wir haben zwei Kinder, wie es scheint …«
Täusche ich mich, oder sind es seit der Ankunft ein paar mehr Leute geworden, die man auf den Straßen sieht? Es war ein warmer Tag. Die Sonne machte den Anblick der verwüsteten Innenstadt einigermaßen erträglich. Eine Kolonne junger Deutscher räumte in der Friedrichstraße, einer der breitesten Verkehrsadern, einen Haufen Trümmer ab. Sie luden sie auf Pferdegespanne. Hirschke stieß Latta an: »Der da, mit der weißen Mütze, erkennst du ihn?«
Hinsehend meinte Latta: »Kommt mir bekannt vor, aber ich bin nicht sicher …«
»Kasock. Grüne Schnur bei der Hitlerjugend. Wollte mir mal Jugendarrest verschaffen, weil ich nach neun vor dem Kino am Victoriaplatz geraucht habe.«
»Und? Willst du ihn in die Fresse hauen?«
»Unsinn«, gab Hirschke zurück.
Latta zog die Schultern hoch. »Ob die Polen das auch so sehen?«
»Guck dir Alina an. Wenn jemand Grund hätte, sich zu beklagen oder Rechnungen zu begleichen, wäre sie es. Und was macht sie? Verliebt sich in Kuli! Ein Blinder kann das sehen.«
»Lieber Gott, laß alle Menschen so sein wie Alina!« spottete Latta. Im Vorbeigehen winkte Hirschke dem Jungen mit der weißen Mütze zu, der verlegen zu Boden blickte.
Der Wächter drohte Hirschke und fluchte hinter ihnen her.

Den polnischen Adler aus weißer Pappe sahen sie schon, als sie in den Wallgraben einbogen; er prangte über dem Eingang eines großen Hauses. Davor stand ein Soldat der polnischen Armee, die Quadratka tief in die Stirn gezogen, das Gewehr am Riemen über der Schulter. Er ließ sie vorbeigehen, auf den Eingang zu. Aber dann schien er plötzlich aufzuwachen. Schob die Mütze hoch und trat Hirschke, der als letzter ging, kräftig in den Hintern. Gleichzeitig rief er in hartem Deutsch: »He, Ossi! Du alter Mädchenschänder! Willst mich nicht mehr kennen?«

Hirschke stolperte nach dem Tritt vorwärts, fing sich, drehte sich um, mit ihm Latta, und der Soldat krähte: »Und du auch noch, Jako! Haben sie euch doch nicht mehr erschossen!«

Er hielt Hirschke und Latta die Hand hin, grinste, klopfte den beiden auf die Schultern und freute sich. Griff sofort in die Brusttasche und zog fertige Zigaretten hervor.

Hirschke erkannte ihn zuerst. »Mensch, Walentek! Was machst du in der polnischen Armee?«

Alina und Schliebitz waren zurückgekommen und blieben verdattert stehen. Der Soldat hielt auch ihnen Zigaretten hin, brannte sie an, dann zog er die vier ein wenig vom Eingang der Meldestelle weg und sagte: »Kommt beiseite. Ich erzähle, wie das kam …«

Er war ein großer, schlaksig wirkender Bursche mit vollem, rotem Gesicht, Anton Walentek aus Pleß, Gefreiter in derselben Einheit, bei der Hirschke und Latta gedient hatten. Als sie einberufen wurden, war er schon ein Jahr dabeigewesen. Deutscher mit einigen polnischen Vorfahren. Er hatte die Wehrmacht gewählt, um sich zu verbessern, denn die Chancen für einen Mann mit ›Volksliste‹ waren nicht rosig gewesen. Blieb der ›Beutedeutsche‹ für eine Anzahl Unteroffiziere, wurde allgemein ›Antek‹ gerufen, aber er bekam irgendwann das Eiserne Kreuz und hatte weiter keine Schwierigkeiten, als daß er gelegentlich gehänselt wurde: »Antek aus Schlesien-Oberrr, hat sich wieder vollbracht Heldentat!«

Noch im vergangenen Dezember hatten sie alle drei nicht weit von Gumbinnen entfernt in Stellung gelegen. Und da

hatte Walentek nach einem riskanten Spähtruppunterneh-
men vom Hauptfeldwebel zur Belohnung einen Urlaub-
schein in die Hand gedrückt bekommen, damals eine Seltenheit. Und jetzt stand er hier Posten. Polnische Armee.

»Was ist das für ein Dienstgrad, Antek?« wollte Hirschke
wissen. Er deutete auf die Schulterstücke.

»Sierzant. Seit vier Wochen.«

»Gratuliere. Wie kam es?«

»Nu ja, Leute, ich kam nach Pleß. Die Russen waren schon
nahe. Da traf ich alte Kumpel, aus der Schule noch. Die waren schon heimlich bewaffnet. Lauerten auf ihre Chance.
Rieten mir, Antek, komm zu uns, jetzt, noch ist das möglich, wir nehmen dich auf. Bist zu uns übergelaufen. Hast
keinen Ärger wegen der Wehrmacht. Januar werden die
Russen loslegen. Wir werden wieder Polen sein. Armee haben. Du bist drin …« Er breitete die Arme aus: »Nu, bin ich
in Polski Wojsko. Das war alles. Kinderleicht. Heimgekehrt
in Schoß von Mutter Polen! Was macht ihr hier, Cholera?«

»Bitte um Entschuldigung, Pan Sierzant, wir sind hier zu
Hause«, antwortete Latta mit komischem Ernst, stramm-
stehend. Walentek erinnerte sich. Nickte. Dachte nach.

»Wollt euch melden?«

»Ordnung muß sein«, gab Hirschke zurück. »Wie unser
verehrter Herr Hauptfeldwebel schon immer fand.«

Walentek nahm die Mütze ab und kratzte sich am Kopf, ein
sicheres Zeichen dafür, daß er Überlegungen komplizier-
tester Art anstellte. Schließlich meinte er: »Wird Scheiße.
Die stecken euch in Kolonne. Dreck räumen. Zu fressen
nullkommafünf.«

»Arbeit haben wir schon«, meldete sich Schliebitz. »Bei
den Russen. Nähe Bahnhof.«

»Bei den Russen …« Er verzog das runde Gesicht. Kratzte
sich wieder. »Du bist ein Komiker. Weißt du nicht, wie unsere mit den Russen stehen? Hund und Katze sind da
Freunde! Was ist mit dem Mädchen?«

»Auschwitz. Wir haben sie unterwegs aufgelesen.«

»Auschwitz?« Walentek riß die Augen auf. Besah sich die Zahl auf Alinas Unterarm. Drückte sie plötzlich an sich und küßte sie ab. Sah die drei Jungen freudestrahlend an und verkündete: »Männer, laßt Antek machen! Alles in Ordnung. Ich verschaffe euch Luft! Alte Kameraden dürfen nicht kaputtgehen … Kommt mit! Hinter mir her!«

In dem Gebäude gab es einen großen Konferenzraum, da stand ein riesiger Schreibtisch, und hinter dem saß ein Offizier, den Uniformrock weit aufgeknöpft, Zigarette zwischen den Lippen, schwitzend, denn es war warm geworden inzwischen. Walentek baute sich vor dem Schreibtisch auf und zerrte zuerst Alina nach vorn. Wenig militärisch machte er dem Offizier klar, wer sie war. Der, ein älterer Mann, mürrisch wie ein Magenkranker, nahm es gelassen zur Kenntnis. Besah sich die eintätowierte Zahl, drückte Alina die Hand, dann griff er aus einem Kästchen eine kleine gelbe Karte und fragte das Mädchen: »Name?«

»Alina Kompasch.«

Er trug ihn ein, knallte einen Stempel auf die Karte und drückte sie Alina in die Hand. »Immer mitnehmen.«

Dann blickte er erwartungsvoll Walentek an. Der schien mit ihm auf vertrautem Fuße zu stehen, denn er deutete auf die drei Jungen und erläuterte ihm freudig: »Das da sind die Freunde, die mir geholfen haben, als ich desertiert bin, bei den Deutschen. Endlich sind die angekommen. Meine Lebensretter! Haben schon Arbeit. Mach schnell, wir wollen einen auf das Wiedersehen trinken …«

»Du hast Wache«, machte der Offizier ihn gleichmütig aufmerksam. Dann zog er einen Lappen aus der Tasche und wischte sich damit den Schweiß von der Stirn. Brummte unwillig: »Scheiß-Hitze! Name?«

Nacheinander sagten sie ihm die Namen. Er trug sie auf gelbe Karten ein, stempelte die ab und übergab sie ihnen mit der gleichen Mahnung wie bei Alina.

»Ein Bier jetzt …« flötete Walentek träumerisch. Er wußte, wie er diesen Offizier zu behandeln hatte. Und er irrte sich nicht. Der Offizier warf ihm einen Blick voller Überdruß zu und brüllte: »Raus! Alle!«

Vor dem Gebäude kicherte Walentek fröhlich und rieb sich die Hände. »Wie gemacht? Klasse, he?«

Keiner der vier bestritt das. Sie hatten sich die Registrierung schlimmer vorgestellt. Walentek sagte ihnen, wo er wohnte. Er hatte ein Haus am Südrand der Stadt bezogen. Jetzt lud er sie alle ein, ihn zu besuchen, wann immer sie Zeit haben sollten. Und Hunger. Die Armee versorgte ihre Leute gut. Auch wenn es für sie Schwierigkeiten gab, sollten die vier kommen. Sie plauderten noch eine Weile über das weitere Schicksal der Einheit, die Walentek damals im Winter verlassen hatte. Dann warnte er sie, sich abends nicht im Zentrum sehen zu lassen. »Menschenfänger!«

Und er nahm ihnen alle Illusionen, als er sagte: »Das ganze Gebiet hier ist zu Polen gekommen, wirklich, Männer. Bis an die Görlitzer Neiße. Ihr könnt dableiben. Aber nur wenn ihr optiert. Sie bereiten das vor. Egal, seid ihr eben Polen. Was ist dabei?«

»Und als Deutsche?« erkundigte sich Hirschke. »Was haben wir da für Chancen?«

Walentek verzog das Gesicht zu einer säuerlichen Grimasse. »Keine. Alte Leute schmeißen sie raus. Junge müssen arbeiten.« Er sagte ›Sie‹, nicht ›Wir‹.

»Wir werden dich besuchen«, sagte Hirschke. »Irgendwann, wenn sich die Dinge hier eingespielt haben, Antek.«

Der Soldat war einverstanden. »Spielen sich ein. Dauert bloß. Sind schon eine Menge Deutsche zurückgekommen. Kommen jeden Tag neue. Viele waren im Tschechischen. Aber die Tschechen schmeißen sie dort auch raus. Kommen sie eben zurück …«

Warum kann ich mich nicht freuen? wunderte sich Hirschke. Wir haben einen alten Freund wiedergetroffen. Sollten wir nicht froh sein?

Er ließ Latta, Schliebitz und das Mädchen allein zurückgehen, er hatte sich entschlossen, das Haus in der Park-

straße aufzusuchen, wo er mit Sibylle gelebt hatte. Der
Teufel mochte wissen, ob sie nicht auch schon zurückgekommen war und ihn brauchte.

Er fand das Haus. Es war ausgebrannt. In der Nachbarschaft entdeckte er ein paar Frauen, aber die wußten nichts
über das Mädchen. Hatten sie nicht gekannt. Das Haus sei
beim Einmarsch der Russen zerschossen worden, berichtete eine, von Panzern aus. Die Frauen hatten das aus den
Kellern heraus beobachtet, in die sie geflüchtet waren. Ob
jemand in der Brandstätte umgekommen war, wußte keine
zu sagen. Aber es habe ja um diese Zeit kaum noch Bewohner gegeben, die meisten waren mit dem letzten Treck
in Richtung auf die Sudeten ausgewichen. Hirschke spürte
Zorn in sich aufsteigen, als er sich auf den Rückweg
machte. Richtung Bahnhof. Patronen suchen, für den Kasachen. Wenn der tatsächlich Wodka für die Munition bekam und wenn er ihn teilte, wie er es versprochen hatte,
konnte man ihn vielleicht bei Polen gegen Lebensmittel
eintauschen. Notfalls würde Antek helfen ...

Sie trafen sich genau auf der Kamelhöckerbrücke. Da
tauchte plötzlich, aus der Kastanienallee kommend, ein
junger Mann auf, der genauso zerlumpt aussah wie
Hirschke selbst.

Und Hirschke blieb verdattert stehen, während der andere
herankam. Ein schmales Gesicht mit Bartstoppeln. Über
der Schulter, an einer Schnur, ein kleines Säckchen. Leer,
wie es schien.

»Alfons!« sagte Hirschke. Wieder einer, der überlebt hatte!
Sie umarmten sich, boxten sich in die Rippen. Lachten.

»Wie du siehst«, sagte Hirschke schließlich, »habe ich deinen letzten Rat befolgt und den Krieg nicht gewonnen!« Es
sollte lustig klingen, aber es klang nicht so.

»Junge«, sagte Alfons Brinsa, dessen Mutter Jüdin gewesen war, leise. Seine Stimme vibrierte. Freude?

»Und du hast es geschafft?«

»Habe ich«, erwiderte Brinsa.

»Bist du schon lange zurück?«

»Halbe Stunde. Ich bin mit einem Güterzug gekommen, im Bremserhäuschen. Aus Myslowitz.«

»Was, um Himmels Willen, hast du in Myslowitz gemacht?«

»Grube«, antwortete Alfons. Er nahm die Zigarette, die Hirschke aus Kippentabak für ihn drehte, brannte sie an und zog den Rauch tief ein. Wie einer, der lange nicht geraucht hat. »Ein Vierteljahr, nachdem du zu den Soldaten warst, haben sie uns geholt. Eines Morgens. Mutter nach Auschwitz. Vater und mich nach Myslowitz.«

»Hat deine Mutter es überlebt?«

»Nein.« Er sah an Hirschke vorbei, auf den Fluß hinunter. Hirschke wollte ihm sagen, wie leid es ihm tat, aber er brachte es nicht fertig. Mädchen wie Alina, jung und kräftig, hatten vielleicht in einem solchen Lager eine Chance gehabt, aber eine alte, nicht mehr sehr gesunde Frau …

»Der Vater?«

»Wir waren in Myslowitz zusammen. Er hat es nicht ertragen. Warf sich auf dem Grubengelände vor einen Zug, als ich nicht da war.«

Was gibt es zu sagen? Hirschke biß sich auf die Lippe und schwieg. Menschliches Leid macht sprachlos. War das noch eine Zeit, zu leben? Oder sprang man am besten gleich von der Brücke hinunter. Die Höhe reichte aus, damit man sich da unten das Genick brach und kein weiteres Elend mehr erlebte.

»Du weißt, daß es mir leid tut, Alfons …« Es klang hilflos.

»Schon gut«, gab Brinsa zurück. »Wir haben alle bezahlt. Weißt du das von Sibylle?«

»Ich war dort. Das Haus ist kaputt. Niemand hat eine Ahnung.«

Alfons Brinsa zog an der Zigarette und blickte zu Boden. Da war der rauhe Beton des Brückenbelages. Mit Kieselsteinen dazwischen. Wie oft waren sie diesen Weg gegangen? Mit den Schulranzen auf dem Rücken schon!

»Ich war noch da, als es passierte«, sagte Alfons Brinsa langsam. »Im Spätsommer. Da kam das Gerücht auf, in der Muna in Krappitz habe es eine Explosion gegeben. Keine offizielle Mitteilung. Nichts in der Zeitung. Ich bin damals in die Parkstraße. Dachte, sie wird vielleicht am Sonntag da sein. Aber da war ihre Schwester. Die kannte mich nicht. Sagte mir nur, sie sei benachrichtigt worden. Zur Beisetzung. Ich wollte zu deinen Eltern, sie sollten dir schreiben, weil ich deine Feldpostnummer nicht hatte. Aber ich schob es ein paar Tage auf. Das war mein Fehler. Sie holten uns, bevor ich zu deinen Eltern kam. Entschuldige …«

Wo bin ich, fragte Hirschke sich. In einem Eiskeller? In einem zugefrorenen See? Er spürte nichts als Kälte. Und in seinem Kopf war Leere.

Die Hand Brinsas legte sich auf seine Schulter. Ich sollte mich vor ihm schämen, wegen seiner Mutter, dachte Hirschke. Wegen dem Vater. Aber er ist es, der mich trösten will. Dabei haben wir alle nicht verhindern können, daß sie ihn unter unseren Augen unglücklich machten. Sind in den Krieg gezogen. Wie Schafe zum Schlachten.

Als er es endlich fertigbrachte, Alfons anzublicken, sah er, daß dessen Augen müde waren. Beide sind wir müde, dachte er. Alt wie die Welt. Müde wie die Gestirne. Jeder hat seine eigene, verfluchte Hölle hinter sich, die er nicht vergessen wird. Und jeder wird allein sein, mit den Gedanken an Menschen, die es einmal gab.

»Danke, daß du dich gekümmert hast«, konnte er schließlich sagen. Als sie ihrer Wege gingen, er zum Bahnhof hin und Alfons zur Stadt, wo er sich eine Bleibe suchen wollte und Arbeit, hielten sie beide die Köpfe gesenkt. Jugend nach dem großen Krieg. Wer sie sah, konnte meinen, sie seien tief in Gedanken. In Wirklichkeit war keiner von ihnen in der Lage zu denken. Nur das Gefühl war da. Schmerz. Wut. Hader mit dem Schicksal.

Pascha wartete schon, als Hirschke sich dem Wohnblock näherte. Er winkte. Dabei schwankte er leicht, und als

Hirschke nahe genug war, merkte er, daß sich in den Knoblauchdunst, den der Kasache wie sonst ausstrahlte, nun auch noch Fuselgeruch mischte. Drei Flaschen, so machte er Hirschke umständlich klar, habe er für die Patronen bekommen. Eine allerdings habe er dem Kompaniechef abliefern müssen, das sei bei ihnen so üblich. Für Hirschke hatte er eine Literflasche mitgebracht, ein nicht ganz klares Gebräu, das stark zu sein schien, denn der Kasache hatte davon nur einen Schluck genommen, während er auf Hirschke wartete, und war ziemlich unsicher auf den Beinen.

Selbstgebrannter, beteuerte er einmal ums andere, Samogon. Und dann breitete er die Arme aus, nannte Hirschke wiederholt einen Kameraden, worauf sie beide einen Schluck tranken. Hirschke hielt sich zurück. Das Zeug brannte im Mund und in der Kehle, und es hatte einen fauligen Geschmack. Als Pasche ihm winkte, an den Panjewagen zu kommen, ahnte er, daß der Soldat vielleicht noch ein neues Geschäft im Sinn hatte, und er war dann trotzdem ziemlich erstaunt, als er sah, daß unter der Plane Kartoffeln vom Vorjahr lagen, ein paar Kohlköpfe, die schon gelb waren, und fleckige, teils angefaulte Äpfel. Er hatte Eimer dabei, in denen sie das Zeug in den Keller des Wohnblocks schleppten, wo es eine gemeinsame Waschküche mit einem Kessel für die ehemals sechs Familien gab, die hier gewohnt hatten.

Der Kasache hatte eine Überraschung vorbereitet, und sie war gelungen: Über dem Waschkessel, mit dem Aluminiumdeckel verbunden, begann eine Spirale aus Kupferrohr, wie es die Klempner verwendeten. Sie führte nach komplizierten Windungen zu einem Steinguttopf. Hirschke kannte solche Apparate, es war eine Anlage, mit der man verhältnismäßig einfach Fusel brennen konnte, indem man vorgegorenes Grünzeug, Kartoffeln und allerlei Obst im Kessel bei beschwertem Deckel auf permanentem Feuer abdampfen und in der Kühlschlange zum Niederschlag brachte. Auch Wannen zum Gären hatte der Kasache schon bereitgestellt. Nun erklärte er Hirschke den Vorgang. Der verstand nicht allzu viel, hörte gelegentlich den Ausdruck ›Destillazia‹ heraus, verstand, daß das Feuer nicht zu stark, aber auch nicht zu schwach sein sollte, auf keinen Fall aber durfte es niederbrennen. Er hatte als Junge bei Garteninhabern gelegentlich zugesehen, wie sie in ähnlichen Anlagen Apfelschnaps herstellten, an den amtlichen Verboten vorbei, und deshalb bereitete es ihm keine großen Schwierigkeiten, den Prozeß nachzuvollziehen. Herauskommen würde, das war ihm klar, ein böses, sogar gefährliches Gebräu, denn das Destillat müßte eigentlich in einer anderen Anlage für den menschlichen Genuß rektifiziert werden.

Als er versuchte, Pascha das zu erklären, winkte der emphatisch ab, nein, das war nicht nötig, er zeigte seine Faust, seine Muskeln, stieß bedrohlich klingende Laute aus und machte Hirschke klar, der russische Soldat sei stark wie ein Bär, er vertrage jedes Getränk, selbst Petroleum, also bestand keine Gefahr, kein Grund zur Sorge.

Wenn du meinst, dachte Hirschke belustigt. Und dann erfuhr er, daß er natürlich nebenbei noch Patronen suchen sollte, aber Pascha würde selbstverständlich dafür sorgen, daß er immer genug zu essen hatte. Zum Beweis führte er ihn wieder an den Panjewagen, wo er ihm einen Sack übergab, in dem mehrere Armeebrote waren, gepreßte Graupen, Talg, Konservenbüchsen und ein paar kleine Päckchen aus braunem Packpapier, mit dem Sowjetstern bedruckt und kyrillischen Buchstaben – Machorka zum Rauchen.

Er half ihm, den Rest der Kartoffeln und das übrige Grünzeug in die Waschküche zu schleppen, machte ihn aufmerksam, daß in nahezu allen Kellern noch unverbrauchte Kohle und Holzscheite lagerten, und zuletzt, nach einem weiteren Zug aus der Flasche, versicherte er Hirschke mehrmals, daß sie nun echte Kameraden seien.

Also werde ich Schnaps brauen für die Rote Armee, dachte Hirschke. Meinetwegen. Alina und Schliebitz wuschen Unterkleidung und Uniformen, also befinden wir uns mit Ausnahme Lattas alle im Dienst der Sieger. Muß wohl so sein. Hauptsache, wir kommen durch. Wenn Pascha sein Wort hielt und regelmäßig Verpflegung anschleppte, war das Überleben erst einmal gesichert!

Der Kasache verabschiedete sich feierlich, kletterte auf seinen Wagen und ließ das Pferd anziehen.

Die Tage vergingen. Latta besah sich immer wieder kopfschüttelnd die Anlage, begutachtete den Inhalt der Wannen und half Hirschke beim Heranschleppen von Brennstoff. Bald sickerten die ersten Tröpfchen in den Steinguttopf. Keiner der beiden trank von dem Gebräu, das einen penetranten Geruch aussandte, selbst die von Pascha mitgebrachte Flasche ließen sie stehen. Wenn Alina und Schliebitz am Abend aus der Wäscherei kamen, briet das Mädchen Kartoffeln, oder sie aßen Graupenbrei, manchmal auch das grobe Brot, bestrichen mit Büchsenfleisch aus Paschas ›Spenden‹. Die Büchsen entstammten amerikanischen Hilfslieferungen an die Russen, wie Schliebitz aus der aufgedruckten Schrift entnahm, die sich auf dem Blech befand.

Sie mußten das Kellerfenster zur Straße, in dem sich wie durch ein Wunder noch Glas befand, öffnen, damit der Dunst abzog. In die Stadt gingen sie einige Tage nicht. Aber Latta meinte, dies hier sei keine Arbeit auf längere Zeit. Er tauchte den Finger in das Steingutgefäß, leckte vorsichtig daran und vermutete: »Es wird nicht bloß eine Menge Besoffener geben, sondern auch ein paar Blinde, wenn ich mich nicht irre. Würde mich nicht wundern, wenn dieses Schlitzäuglein eines Tages nicht mehr kommt, weil es sich unter die Erde gesoffen hat!«

Hirschke war das egal. Schnaps für die Russen zu brauen war vermutlich im Augenblick keine so schlechte Beschäftigung. Später konnte man weitersehen. Ihm war vieles gleichgültig geworden, nachdem er wußte, daß es Sibylle nicht mehr gab. Er kam sich vor wie ein Mann auf einem anderen Stern, in dieser Stadt, in der jetzt Fremde über das Leben entschieden. Aber das war wohl zu erwarten gewesen, meinte er. Man hatte den Krieg begonnen, und die anderen hatten ihn gewonnen. Er selbst hatte aus dem Radio des Panzers die Nachricht gehört, daß die deutsche Wehrmacht und die deutsche Regierung bedingungslos kapituliert hatten. Nun erfuhr man, was das bedeutete. Er schürte das Feuer unter dem Kessel, schleppte Holz heran und Kohlen, füllte gelegentlich Fusel in Flaschen, die Pascha anbrachte, und im übrigen kümmerte ihn weiter nichts.

Pascha fuhr eine Ladung angegangener vorjähriger Zuckerrüben heran, die er wohl um den Güterbahnhof herum aufgelesen hatte. Der Schnaps tropfte, tropfte.

Latta brachte eines Tages ein Kaninchen mit, das er in einem der Schrebergärten eingefangen hatte. Sie brieten es an einem Abend, und Schliebitz zerbrach sich den Kopf, was für einen Wochentag man wohl habe, daß es ein so herrschaftliches Essen gab – keiner der vier konnte sagen, ob Sonntag oder Freitag war, das Datum war ebenfalls unbekannt, und selbst über den Monat, in dem sie sich befanden, waren sie sich nicht ganz einig. Latta meinte, es sei Juni, aber Schliebitz wollte am Sonnenstand erkennen, daß sie bereits Juli hatten. Egal, sie lebten dahin, merkten, daß die Stadt nicht mehr ganz so tot war wie zuerst, daß Leute einzogen, Deutsche, aber immer mehr auch Polen. Bäuerliche Gestalten, mit Wägelchen voller lächerlicher Habe, Frauen mit dunklen Kopftüchern.

Eines Tages zogen am späten Vormittag drei Neuankömmlinge vom Bahnhof her die Straße entlang. Es waren Polen, aber sie schienen nicht aus dem fernen Galizien zu kommen, sondern eher aus Zentralpolen, dafür sprach ihre ganze Art, sich zu bewegen: Großstädter. Warschauer vielleicht, oder Krakauer. Abenteuerlich gekleidet in zusammengesuchte deutsche Uniformstücke und ehemals weiße Hemden. Sie schlenderten an dem Haus vorbei, und Hirschke sah sie durch das geöffnete Waschküchenfenster.

Sehen wie städtische Penner aus, dachte er. Wie Jäger auf der Pirsch benahmen sie sich, ihre Augen suchten die Fensterhöhlen ab. Als der erste stehenblieb, ahnte Hirschke nichts Gutes.

Es war ein langer, dürrer Bursche, er trug wehrmachtsgrüne Breecheshosen mit Stiefeln, und im linken Stiefel hatte er einen Schlagstock mit langer Schlaufe stecken, den er jetzt herauszog und auf die Handfläche klatschen ließ. Die anderen hoben die Köpfe, schnupperten in die Luft. Bis einer von ihnen den Dampf entdeckte, der aus dem geöffneten Kellerfenster abzog. Eine Minute später standen sie in der Waschküche, verblüfft, aggressiv.

»Wodka?« Der Dürre tippte mit dem Stock auf die Spirale. Als Hirschke ihm auf Wasserpolnisch mitteilte, es handle sich um eine Arbeit, die er für die Russen verrichtete, grinsten sie alle drei. Der Dürre, ihr Wortführer offenbar, fragte: »Deutscher?«

Hirschke nickte. Ehe er ausweichen konnte, zog ihm der Bursche einen Hieb mit dem Schlagstock über, blitzschnell, geübt.

»Deutscher?« Es klang drohend.

Hirschke rieb sich die Schulter, wo der Stock getroffen hatte. »Ja, Deutscher«, sagte er.

»Das machst du für die Russen?«

»Ja, für die Russen.«

Wieder ein Hieb. Er kam unerwartet, und Hirschke bekam ihn noch ab, obwohl er zurückwich. Der Dürre schrie ihn an: »Weißt du nicht, daß hier Polen ist?«

»Ich weiß.«

»Und du machst Schnaps für die Russen? Das verdient Strafe, verstehst du?«

»Was soll ich tun, wenn sie es verlangen?«

»Red nicht!« grollte der Dürre. Er rückte näher. Sein Gesicht war ungewaschen, voller Bartstoppeln. Die Augen blickten kalt. »Du bist ein räudiges deutsches Schwein, das sich hinter den Russen verkriechen will!«

Er holte wieder aus, und diesmal machte Hirschke den Fehler, den Arm zu heben und seinen Kopf zu decken. Sogleich sprangen die beiden anderen ihn an. Zerrten ihn zu Boden, und dann hagelte es minutenlang Schläge und Tritte, bis Hirschke wie betäubt dalag, wehrlos. Die Nase blutete. In den Ohren summte es von den Hieben, die den Kopf getroffen hatten. Sie ließen von ihm ab und widmeten sich dem Steinguttopf. Probierten schmatzend. Fanden das Gebräu stark und gut. Machten sich daran, den Inhalt des Topfes in die von Pascha bereitgestellten Flaschen zu füllen, die sie dann in ihren Taschen unterbrachten.

Wieder ein Tritt in die Seite. »Steh auf. Sag, ich deutsches Schwein werde ab sofort nur noch Schnaps für Polen brauen, los!«

Hirschke erhob sich unsicher. Er schwankte. Die Rippen schmerzten. Auf den Lippen schmeckte er sein Blut. Wenn wenigstens Jako da wäre, überlegte er, zu zweit könnten wir mit etwas Glück die Oberhand behalten. Aber Latta ist nirgendwo zu sehen.

Der Dürre trat ihn in den Bauch. Bis Hirschke den Spruch wiederholte. Da lachte er auf und entblößte dabei erstaunlich weiße Zähne. Steckte den Schlagstock in den Stiefel und knurrte zufrieden: »So ists schön! Morgen kommen wir wieder. Wehe, wenn dann kein Schnaps fertig ist!«

Hirschke sah ihnen nach, wie sie triumphierend davonzogen. Er ging an die Wasserleitung. Seit ein paar Tagen gab es einen dünnen Strahl Wasser aus dem Rohrnetz, man hatte wohl mit einer Reparatur begonnen, irgendwo. Er wusch sich das Blut ab, näßte einen Fetzen Vorhangstoff mit dem Wasser und kühlte sich den schmerzenden Kopf.

Er war dabei, sich eine Zigarette zu drehen, als draußen Pascha vorfuhr, nicht ganz nüchtern, wie immer.

»Was ist?« wollte er wissen. Runzelte die Stirn, als er den leeren Topf sah und die Lücke in den bereitgestellten Flaschen.

»Polen«, sagte Hirschke müde.

»Was, Polen?« Der Kasache begriff nicht. Er war wütend, weil es keinen Schnaps gab. Und als Hirschke nur die schmerzenden Schultern bewegte und versuchte, ihm klarzumachen, was geschehen war, schlug auch er unvermittelt zu.

Trommelte auf Hirschkes Rippen, in sein Gesicht, trat ihn in den Unterleib und fluchte dabei, seine Mutter sollte von kranken Pferden geschändet werden, für den Verrat an einem wahren russischen Freund. Bis Hirschke dann plötzlich alle Kräfte und allen Mut zusammennahm und ihn anbrüllte, er solle ihn, gottverflucht, in Ruhe lassen und sich lieber mit seinen polnischen Verbündeten einigen, wer hier was zu sagen hatte.

Der Kasache hörte plötzlich auf zu schlagen. Lauschte. Ließ sich endlich erklären, was geschehen war. Dachte kurz nach, dann stürmte er fluchend die Treppe hinauf und aus dem Haus, sprang auf seinen Wagen und peitschte das Pferd. Stob davon.

Eine halbe Stunde später war er wieder da. In der Hand eine der Maschinenpistolen mit dem runden Trommelmagazin.

»Also«, sagte er feierlich, sich zur Ruhe zwingend, »Polen alles Gesindel. Banditen. Russischer Soldat siegt. Hier Pistole. Polen kommen wieder, du schießen. Verstanden? Rattatat ...«

Damit drückte er Hirschke die Waffe in die Hand, drehte sich um und war ebensoschnell verschwunden wie er hereingeplatzt war.

Latta hörte sich an, was geschehen war, als er mit ein paar frischen Eiern in seinem Hut zurückkam. Er besah sich die Blutergüsse an Hirschkes Kopf, untersuchte die Maschinenpistole, dann hockte er sich hin und drehte eine Zigarette.

»Scheiße«, sagte er. »Ich schätze, das ist das Ende unserer Destille. Kannst du laufen?«

»Ich werde schon können.«

»Gut. Laß uns verschwinden. Das hier riecht nach Lebensgefahr.«

»Aber – wir müssen warten, bis Alina und Schliebitz kommen«, wandte Hirschke ein.

»Hm«, machte Latta. Noch stand die Sonne hoch genug. Er begann, ihre wenigen Habseligkeiten zusammenzutragen, die sie nach und nach aus den Trümmern geborgen hatten. Topf, Löffel, Decken, Blechdosen, Brot, Machorkapäckchen.

Am Abend, als Alina und Schliebitz kamen, hielten sie sich nicht mehr lange auf. Sie gingen über die Wiesen, die Kamelhöckerbrücke, den Weg zur Stadt. Wurden zwar von einer Streife angehalten, durften aber weitergehen, nachdem sie ihre Meldekarten vorgewiesen hatten. Langten noch vor Einbruch der Dämmerung dort an, wo der Sierzant Walentek wohnte. Eine Villa, die einem Studienrat gehört hatte, wenn Hirschke sich recht erinnerte. Jedenfalls lag sie weit genug von der Bahnhofsgegend entfernt, in der Pascha suchen würde, und die polnischen Schnapsjäger wohl auch.

Walentek war nicht zu Hause. Er erschien erst, als es bereits dunkel wurde. Er besah sich den Kopf Hirschkes, beklopfte dessen Rippen, brummte schließlich, daß er wohl noch einmal ohne ernsten Schaden davongekommen sei. Nahm die vier mit in sein Haus, obwohl ihm das verboten war, wie er sagte. Tischte Essen auf. Alina briet die von Latta gefundenen Eier in einer großen Pfanne. Genug für alle. Weinbrand war auch da. Und die vier fanden Platz zum Schlafen.

»Morgen sehen wir weiter«, tröstete Walentek sie. »Pech gehabt. Ja, es treiben sich hier allerlei schräge Vögel herum. Nicht überraschend. Die Deutschen haben in Polen böse gehaust. Viele junge Leute sind da verludert. Piraten geworden. Auf Rache aus. Und auf Beute. Kriegen gesagt, sie sollen es den Deutschen richtig zeigen. Das tun sie. Schlimm, ja. Und – habe ich euch nicht gewarnt, daß wir es mit den Russen nicht so gut können? Das ist so alt wie Polen. Hat immer den Haß gegeben. Einmal auf die Russen, dann auf die Deutschen, manchmal auf beide. Schlaft jetzt, ich finde euch ein neues Quartier ...«

Er fand es am nächsten Tag. Nachdem er seine Gäste mit Brot und Tee versorgt hatte, verschwand er für zwei Stunden, und als er zurückkam, hatte er einen Zettel in der Hand, darauf stand ›Fischerstraße 18, unten links‹.

»Sehr gutes Quartier!« freute er sich. Hirschke war nicht so sehr begeistert. Die Fischerstraße verlief parallel zum Fluß, sie war eine Gegend, in der stets die Ärmsten der Stadt gelebt hatten. Hohe, alte Häuser, Kopfsteinpflaster, nur teilweise gab es Kanalisation. Außerdem lag die Gegend ziemlich nahe am Stadtzentrum, da gab es Miliz und Militär in großer Menge. War das der geeignete Aufenthalt für Leute, die noch nicht einmal genau wußten, ob man sie eines Tages von der Straße wegfing und irgendwohin zur Zwangsarbeit schickte?

Walentek hob hilflos die Arme. »Männer, glaubt mir, ich habe das Beste für euch gegriffen! Ihr könnt in der Stadt sowieso bald ...« Er stockte. Entschloß sich aber dann doch, den Freunden die Wahrheit zu sagen. Aus einer Schublade holte er ein Stück Papier und einen Stift. Auf dem Nußbaumtisch des Herrn Studienrats, der arg zerkratzt war und von Flecken übersät, breitete er das Papier aus und begann zu zeichnen.

»Das ist die Fischerstraße. Das ist der Fluß. Parallel zur Fischerstraße läuft die Töpfergasse. Dann kommt die Rückseite der Häuserfront am Ring, klar?«

»Wer kennt die Stadt besser, du oder wir?«

Walentek sah Hirschke bittend an. »Mann, versteh mich doch, ich will euch nicht reinlegen. Ich will helfen. Ihr werdet Hilfe brauchen. Spätestens in drei, vier Wochen.«

»Was werden uns denn deine neuen Chefs dann wieder bieten?«

In Walenteks Blick lag ein stummer Vorwurf. Die alten Freunde glaubten ihm nicht, wie es schien. Nur weil er in der Wojsko war, auf der Seite der Sieger. Dabei war das nichts weiter als das Wahrnehmen einer Chance, die sich ihm geboten hatte. Jedenfalls empfand er es so. Wer konnte ihm einen Vorwurf machen, weil er seine Interessen zuerst sah, egal wie die Dinge in der großen Politik lagen? Und warum begriffen die alten Freunde nicht, daß er ihnen tatsächlich helfen wollte? Zumal sie keine Ahnung hatten, was ihnen als Deutschen noch alles bevorstand!

»Also, Männer«, begann er wieder, »ich sage euch jetzt was, darüber darf man nicht sprechen, bei der Wojsko wissen wir es, aber es ist geheim. Die Russen wissen es auch schon. Wenn ihr ausplaudert, was ich euch sage, bin ich ein toter Mann, klar?«

»Ein toter Pole«, bemerkte Latta. Walentek schnaufte nur unwillig. Es war ein Kreuz mit diesen Kerlen. Warum konnten sie nicht einfach auf ihn vertrauen, und warum wollten sie nicht ihren Vorteil sehen, ähnlich wie er ihn gesehen hatte?

»Ein toter Anton Walentek«, gab er gereizt zurück. »Mir ist scheißegal, als was sie mich begraben. Jetzt hört zu, ihr Eierköpfe, ich erkläre es nur einmal. In ein paar Wochen werden einige Tausend Deutsche in die Stadt zurückgekehrt sein. Außerdem, ein paar Tausend Polen werden ankommen, aus Galizien, von den Russen hierhergeschoben. Wir haben noch nicht genug Miliz und Soldaten, um die ganze Stadt voller Deutscher zu kontrollieren, und wenn dann noch die Polen in Massen anrücken, gibt es Mord und Totschlag. Unsere Leute haben Angst. Die von Galizien kommen, werden auch Angst vor den Deutschen haben, weil sie die aus ihren Häusern schmeißen müssen. Und deshalb werden wir in ein paar Wochen für alle Deutschen ein bestimmtes Wohngebiet festlegen. Genau die zwei Straßen. Fischerstraße und Töpfergasse. Weil man die leicht absperren kann. Es gibt bloß drei Stellen, an denen man reinkommt. Und raus …«

»Es gibt den Fluß«, wandte Hirschke ein.

»Ja. Aber der läßt sich leicht abriegeln. Bist Soldat gewesen, weißt, wie man Gelände überblicken kann! So! Das alles wird ein geschlossenes Gebiet. Nur für Deutsche. Ghetto. Und im Rest der Stadt leben nur noch Polen. Kommen noch viel mehr davon. Die Russen schmeißen jeden Polen aus Galizien raus. Schicken alle hierher, zum Ansiedeln. Das Haus 18 in der Fischerstraße ist vier Stockwerke hoch. Links, wo ihr einzieht, im Parterre, sind zwei Zimmer und eine Küche, ja, zwei Zimmer und Küche, eins ist nur ganz klein. Dazwischen ein Flur. Die Küche ist besetzt. Wohnküche. Lebt eine Frau drin, zu der kommt ein Russe. Werdet ihr alles sehen. Kein schlechter Mann, der Russe …«

»Ein Ghetto?« fragte Latta, der sich besah, was Walentek auf das Papier gemalt hatte. »Sowas wie sie für die Juden in Warschau gemacht hatten, oder?«

Walentek nickte. Hirschke sagte: »Wir haben für alles, was die über Jahre gemacht haben, den Kopf hingehalten, ohne richtig zu überlegen. Jetzt kriegen wir die Quittung.«

»Das macht mir ein Ghetto nicht sympathischer«, knurrte Latta. Er wandte sich an Walentek: »Was denken die sich dabei? Ich habe zwar als Soldat Dienst gemacht, aber an dem anderen Unsinn war ich nicht beteiligt – wieso ich? In ein Ghetto!«

Walentek erinnerte ihn: »Gifte nicht mich an, Jako, ich habe das nicht erfunden, ich sage euch bloß rechtzeitig, daß es kommt. Sie wollen, daß die Deutschen unter Kontrolle leben, ebenso wie unter den Deutschen vorher die Juden. Und die Polen.«

»Und du möchtest, daß wir dort schon einziehen, bevor es noch offiziell verlangt wird, wie?«

Walentek sah Latta erleichtert an. »Endlich verstehst du. Ja. Ihr sollt schon dort sein, wenn die anderen kommen. Da habt ihr eure guten Plätze. Wie im Kino, verstehst du? Es wird eng werden dort. Und die Leute werden nichts mitnehmen dürfen von da, wo sie jetzt leben …«

»Da ist sowieso nichts mehr«, machte ihm Hirschke klar.
Walentek überhörte es. Er fuhr fort: »Sie werden auf dem
blanken Fußboden liegen, Männer, begreift doch! Ihr
könnt euch wenigstens in der Zwischenzeit noch was auf-
klauben. Könnt euch einrichten. Und ihr könnt auch in die
Wohnküche. Die Frau erlaubt es, ich habe mit ihr geredet.«
Hirschke und Latta sahen einander an. Schwiegen betroffen, sprachen das nicht aus, was sie dachten: Gehen wir lieber gleich den Weg zurück? Sie begriffen schon, daß Walentek ihnen helfen wollte, aber was da auf sie zukam, war
schlimmer als alles, was sie befürchtet hatten. Ghetto. Vielleicht auf Lebenszeit?
Schließlich wandte Schliebitz sich Alina zu und sagte: »Da
drin sind wir Gefangene.«
Das Mädchen sah Walentek an. »Wird es wieder so sein,
wie im Lager ...?«
Walentek verneinte das. Es würde niemand getötet werden
wie in Auschwitz. Und außerdem, machte er sie aufmerksam, würde man ihr persönlich fraglos gestatten, frei zu
wohnen, außerhalb.
Walentek bewegte hilflos die Schultern. »Leute, was soll
ich machen? Das ist jetzt eine schlimme Zeit. Wird wieder
besser werden. Nächstes Jahr, vielleicht ...«
»Das bedeutet, wenn wir uns nicht freiwillig einsperren lassen, müssen wir abhauen!«
»Und unterwegs schießen sie uns ab. Weil wir jung sind und
nicht für sie arbeiten wollen.«
Walentek wußte darauf nichts zu antworten. Es stimmte,
das Ghetto würde eine Art Gefängnis für die Deutschen
sein. Und es stimmte auch, daß man heutzutage, wenn man
in den Wäldern herumstrich, leicht von einer Streife be-
schossen werden konnte, weil die glaubte, es seien Banditen unterwegs. Marodierende Wehrmachtsleute. Er wollte
helfen, weil das hier alte Freunde waren, und weil er eben
in der Lage war, etwas zu tun, eine Kleinigkeit wenigstens,
für wenige Leute, aber wie das ganze Problem der Deut-

schen hier in der Stadt einmal gelöst werden konnte, war ihm unklar. Auch die polnischen Behörden, soweit man überhaupt welche hatte, waren sich darüber nicht einig. Die einen wollten die Deutschen hier behalten, als Arbeitskräfte, wollten nur die Alten aussiedeln, die anderen wieder waren für eine Radikallösung, alle sollten sofort auf den Weg nach Deutschland geschickt werden. Was macht man in einem solchen Durcheinander? Womit kann man da Freunden wirklich helfen?

Hirschke meinte: »Abhauen wäre schon möglich. Vielleicht kämen wir ja durch, wir sind auf dem Herweg auch durchgekommen. Aber, Antek, wir sind nun einmal Deutsche, und wir sind hier zu Hause. In dieser Stadt. Für uns ist sie deutsch. So einfach ist das.«

»Eben nicht«, widersprach Walentek ihm geduldig. »Glaub mir, Ossi, nach allem, was ich weiß, wird das hier Polen bleiben. Es war deutsch, versteh doch, jetzt ist es beschlossen, daß es Polen ist. Natürlich könnt ihr auf Walze gehen. Aber ihr könnt bleiben. Es wird sich bessern. Die Schikanen werden aufhören, nach und nach. Bloß – ihr müßtet die Nationalität wechseln. Optieren. Sie drucken schon die Formulare. Ich würde für euch ein Wort einlegen, das erleichtert auch manches …«

»Danke!« sagte Latta. »Du bist ein Kumpel, das wissen wir. Aber ich weiß nicht, ob das recht ist, wenn wir so einfach unsere Haut wechseln. Rausschleichen aus der deutschen Nationalität, weil's der nun heimgezahlt wird, und reinschleichen in die polnische, die gerade obenauf ist. Das Spiel gefällt mir nicht. Ich denke, es ist nicht ehrlich. Und – überhaupt, mich interessiert bei der ganzen Sache, ob die übrige Welt da so einfach zusieht. Alles laufen läßt. Die Amerikaner? Die Engländer?«

»Sie werden gar nicht erfahren, was hier vorgeht«, versicherte ihm Walentek. »An der Neisse oben, und an den anderen Grenzen stehen Russen und Polen. Lassen keinen rein. Und über die Deutschen hier sind sie sich einig.«

»Das ist eine Schweinerei«, sagte Schliebitz. »Warum gerade wir? Warum nicht die Berliner? Oder die Rheinländer?«

Walentek murmelte nur: »Oberschlesien, Junge. Das ist Schicksal. Immer schon.«

Hirschke beendete die Debatte, indem er sagte: »Also, hören wir auf zu jammern. Wir haben den Kopf hinzuhalten für alles, was Deutsche irgendwo in Polen in den letzten Jahren angestellt haben. Und da hat es Sachen gegeben, für die muß man sich schämen – guckt euch bloß Alina an! Entscheiden wir uns. Bleiben wir? Oder gehen wir noch heute?«

»Bleiben als Pole?« fragte Latta. »Ich bin Deutscher!«

»Ich auch«, schloß sich Schliebitz an. Alina sagte nichts. Was war eine Zigeunerin? Polin? Deutsche? Erst nach einer Weile äußerte sie sich: »Ich bin als Deutsche aufgewachsen. Ich möchte es auch bleiben. Auschwitz hat mich geschunden. Aber zur Polin hat es mich nicht gemacht.«

Walentek versuchte einzulenken, die Debatte war ihm zu erregt geworden. Er meinte: »Vielleicht wird es ja auch schon nach ziemlich kurzer Zeit für die Deutschen hier besser. Es gibt außer diesen jungen Schlägertypen von der Miliz ja auch vernünftige Leute. Und – ich bin da! Ich kann immer helfen. Ich bleibe auch hier, das steht schon fest.«

Latta knurrte: »Ein Trost. Wir sind dir für alles dankbar, Antek, aber verstehst du unsere Lage?«

»Und wie ich sie verstehe! Ich verstehe sogar, wenn ihr Deutsche bleiben wollt!«

Eine Weile saßen sie grübelnd um den Nußbaumtisch herum, dann raffte sich Hirschke auf: »Antek, vorausgesetzt wir bleiben erst einmal. Sehen zu, wie die Dinge sich entwickeln. Hilfst du uns dann aus diesem Indianerreservat heraus, wenn es ganz schlimm kommt?«

»Ich helfe euch immer«, versprach Walentek. »Polen oder Deutsche, egal, wir sind schließlich alte Freunde.«

»Vielleicht bist du es ja, der uns bewacht«, ulkte Latta.

Walentek machte einen unglücklichen Eindruck, als er zurückgab: »Die Miliz stellt die Wachen. Ist schon beschlossen. Aber in der Miliz gibt's eine Menge Trottel und Wilde, und deshalb wird die Wojsko die Aufsicht haben. Ich werde für diese Sache dableiben.«

»Also was ist?« verlangte Hirschke zu wissen. »Ich schlage vor, wir warten ab. Wir sollten unsere Heimatstadt nicht verlassen, bevor wir nicht wenigstens versucht haben, uns zu behaupten, oder?«

Die anderen stimmten ihm zu. Walentek schien erleichtert. Er erbot sich sogar, sie zu ihrem neuen Quartier zu führen. Die Fischerstraße war die Wohngegend der Armen gewesen. Jetzt war die ganze Straße wie ausgestorben. Die wenigen Deutschen, die bereits zurückgekehrt waren, zeigten sich kaum, um der Miliz nicht aufzufallen. Und daß sich Polen hier ansiedelten, war geschickt verhindert worden. Auf dem Weg zu ihrem neuen Domizil sahen die vier, daß immer mehr polnische Siedler eintrafen. Ganze Gruppen standen an Straßenecken herum und wurden von der Miliz eingewiesen. Bei ihnen handelte es sich um Leute, die nicht resolut genug waren, sich selbst etwas zu suchen. Sie waren Bauern, das sah man ihnen an, ungewohnt, in der Stadt zu leben, und zudem trauten sie dem Frieden nicht so sehr, sie hatten vor den Deutschen, in deren Land sie sich nun befanden, ebensoviel Furcht, wie sie vor den Russen gehabt hatten, die zu Kriegsbeginn bei ihnen in Galizien einmarschierten. Das hatten die mit den Deutschen so ausgemacht, in einem Vertrag, hieß es damals.

Jetzt waren die Bewohner jener Gebiete endgültig ausgewiesen worden. Die Gegend, in die man sie mit Militärlastwagen gebracht hatte, gefiel ihnen zwar, aber sie hätten lieber auf einem Dorf gelebt, Vieh gezüchtet oder Getreide angebaut. Was sie in dieser für ihre Verhältnisse luxuriösen Stadt tun sollten, wußten sie nicht.

Das Militär, das ihre Umsiedlung bewerkstelligte, hatte ihnen lediglich gesagt, sie kämen jetzt ins Land der Deutschen, das vor sehr langer Zeit schon einmal zu Polen gehört hatte und nun glorreich heimkehrte, in den Schoß der Heimat, also seien sie die Herren, und die Deutschen, die sie anträfen, hätten nur noch zu gehorchen. Sie müßten das tun, was Polen ihnen befahlen.

»Laßt sie für euch arbeiten. Für Polen. Und zeigt ihnen, daß ihr nicht vergessen habt, wie sie in Polen gehaust haben!«

Nun standen sie da, mit ihren in alte Fetzen eingenähten Habseligkeiten, in ihrer schäbigen Kleidung, müde, hungrig, etwas ratlos, wie man in solch einer Stadt lebte. Es begann damit, daß sie unter den Klosettschüsseln die Grube suchten und sie nicht fanden. Sie waren an Kanalisation nicht gewöhnt, und wenn die Wasserspülung – wie jetzt – nicht funktionierte, standen sie ratlos vor einem Problem, das sie schließlich, wenn die Schüssel voll war, in einem stillen Winkel zwischen den Häusern lösten oder auf einer Wiese am Fluß, wo früher die Frauen ihre Wäsche gebleicht hatten.

Die Fischerstraße 18 war, wie es schien, vor einigen Jahren neu verputzt worden, denn die Fassade machte, abgesehen von den zerbrochenen Fensterscheiben, einen recht angenehmen Eindruck. Eine düstere Straße, trotzdem. Die Häuser zu beiden Seiten hoch. Sonne schien hier nur um die Mittagszeit für eine Stunde herein.

»Das ist ein tristes Viertel«, meinte Schliebitz denn auch, als sie sich umsahen. Keiner widersprach ihm. Sie betraten den geräumigen Hausflur. An der gegenüberliegenden Seite führte eine Tür auf einen kleinen Hinterhof hinaus, von dem aus man nach wenigen Schritten die Uferwiesen des Goldflusses erreichte. Sie dehnten sich hier am Wasser entlang nordwärts bis zum Stauwehr, südwärts bis zur Straßenbrücke, die das Wasser überspannte. Eine Gegend, in der Hirschke und Latta als Kinder nicht selten gebadet hatten. Beide erinnerten sich daran, als Hirschke jetzt Latta aufmerksam machte: »Nicht schlecht ausgesucht, die

Gegend. Am Wehr kannst du Posten stellen, unten an der Straßenbrücke auch, dann kommt niemand nach dieser Seite raus.«

Sie waren sich einig, daß die Gegend von sachkundigen Leuten mit Bedacht ausgewählt worden war. Es würde nicht länger als ein paar Stunden dauern, aus den beiden Straßenzügen ein Gefängnis zu machen. Zur Absperrung würde ein Dutzend Milizionäre genügen. Walentek bestätigte das. Er machte einen unglücklichen Eindruck, als er sie herumführte, aber dann schlug er vor, die Wohnung zu besichtigen.

Eine kurze Treppe führte zu der Tür, an der ein Pappschild mit russischer Beschriftung befestigt war. Walentek erklärte, es handle sich um eine Warnung, daß die Bewohnerin unter dem persönlichen Schutz der Roten Armee stehe und nicht belästigt werden dürfe.

»Rote Armee ist gut«, feixte er. »Victor hat das geschrieben. Ist Unterleutnant. Von der Wolga. Sogenannter Wolgadeutscher. Er knippert die Madame und will, daß sie sicher ist!«

Auf das Klopfen öffnete sich die Tür einen Spalt. Dahinter war es dunkel. Walentek rief aufgeräumt: »Ich bin es, der Antek! Habe meine Freunde gebracht ...«

Die Frau war klein und pummelig. Kein Mädchen mehr, aber noch ansehnlich genug, um Blicke auf sich zu ziehen. Sie trug eine Lockenfrisur, und ihre Knopfaugen blickten die Besucher neugierig an. Über ihrem Unterzeug trug sie einen Küchenkittel voller bunter Blumen. Die erste Frau in der Stadt, die sich nicht verschüchtert versteckte und ihre Reize verbarg, im Gegenteil, sie zeigte sie. Ihre Brüste unter dem Kittel waren prall, die Lippen wiesen einen Hauch von Rot auf.

Hirschke sah sie ungläubig an. Merkte, daß auch Latta sie offenbar erkannte. Und die Frau beseitigte die Verlegenheit, indem sie den beiden die Hand hinhielt und sagte: »Ja, ich bin es! Leider kann ich euch heute kein Bier einschenken, aber rauchen müßt ihr nicht mehr heimlich, das könnt ihr jetzt offen tun, wie früher bei mir. Kommt herein, ich habe Zigaretten ...«

Sie begrüßte auch Alina und Schliebitz, der sich leicht verbeugte, wie ein Regierungsrat nach der Kirche vor der Frau des Apothekers. Hirschke erinnerte sich, daß sie Kostka hieß. Ja, Irene Kostka. Witwe, die Inhaberin einer der kleinen verschwiegenen Kneipen um den Ring herum, in der Schloßgasse, mit dem schönen Namen ›Blücherquelle‹.

Wie oft waren sie vor ihrer Einberufung dort in dem stets dämmrigen Gastzimmer gewesen, hatten Bier getrunken, Billard gespielt! Die wenigen Stammgäste kümmerten sich nicht um die Jungen, und vor den Streifen der Hitlerjugend war man aus unerklärlichen Gründen in der ›Blücherquelle‹ sicher gewesen. Die forschten lieber in den Eisdielen und Cafés nach Übertretern der Jugendgesetze.

Das kleine Gasthaus, das die früh verwitwete Frau führte, hatte etwas von der plüschigen Gemütlichkeit einer Wiener Kneipe. In der Stadt wußte man auch, daß es eine von Österreichern begründete Raststätte war, entstanden in der Zeit zwischen der Mitte des sechzehnten und der Mitte des achtzehnten Jahrhunderts, irgendwann, als Schlesien zu Österreich gehörte. In dieser Phase der Geschichte, die die Türkeneinfälle und den Dreißigjährigen Krieg sah, war die spätere ›Blücherquelle‹ schon ein Standplatz von Marketenderinnen gewesen, namenlos noch, aber den wechselnden Heeren wohlbekannt. Friedrich der Große, Herrscher von Preußen, nahm den Österreichern dann in drei aufeinanderfolgenden Kriegen Schlesien ab, doch die Marketenderei in der Seitenstraße in Neuhof am Ring blieb bestehen, namenlos vorerst immer noch.

Bis dann, während der Befreiungskriege gegen Napoleon, der preußische Generalfeldmarschall Blücher vom König ein Landgut ganz in der Nähe Neuhofs geschenkt bekam. Auf der ersten Reise dorthin, bevor er später seine berühmten Schlachten an der Katzbach und bei Leipzig schlug, kehrte er in der Neuhofer Marketenderei ein, lobte die Getränke ebenso wie die damalige Wirtin, worauf sich das Etablissement stolz seinen Namen gab. Mit seinem ausdrücklichen Einverständnis.

Die rundliche kleine Witwe führte die drei Jungen, Alina und Walentek in die von einem quadratischen Korridor abgehende Wohnküche, einen ziemlich großen Raum, in dem außer dem Ofen und der üblichen Kücheneinrichtung auch zwei zusammengeschobene Betten standen. Der Raum war mit Teppichen ausgelegt, es gab Bilder an den Wänden und ein Fenster zum Fluß hinaus. Die am perfektesten eingerichtete Wohnung, die den vier Heimkehrern bisher vor Augen gekommen war. Sie äußerten ihre Anerkennung, während die Frau zum Küchenschrank ging, um Schnaps in Gläser zu gießen. Ganz wie sie es früher in der Kneipe getan hatte.

»Ja, da wo ein Russe sich einrichtet, achtet er auf eine gewisse Gemütlichkeit«, bemerkte Walentek leise. Die Frau hörte es trotzdem. Sie stellte die Schnapsgläser auf ein kleines Tablett und brachte das zum Tisch, wo ihre Gäste saßen. Dabei sagte sie lakonisch, zu Walentek gewandt: »Wenn ich schon mit Victor schlafe, will ich wenigstens wie ein Mensch leben. In diesem Durcheinander muß man seine Würde bewahren, selbst wenn man gezwungen ist, sich zu verkaufen. Habt ihr Hunger?«

Als die vier schwiegen, auch Walentek nichts sagte, nahm sie das als Ja, ging wieder zum Küchenschrank und brachte einen Teller zum Tisch. Darauf lagen Brote, eingerahmt von Speck, Käse, Büchsenfleisch und Fett.

»Eßt euch satt, er bringt abends neues Zeug mit!« forderte sie auf. Und als Schliebitz sich verpflichtet fühlte, zu fragen: »Sie hatten es nicht leicht hier, wie?« gab sie ihm gelassen zur Antwort: »Mein lieber Junge, wenn ich die Wahl habe, nur von einem einzelnen Unterleutnant gepimpert zu werden, statt von einer halben Kompanie, jeden Abend, dann entscheide ich mich für den einen!«

Die zwei Räume, die noch zu der Wohnung gehörten, waren im Vergleich zu der Küche winzig. Außerdem leer, bis auf ein paar alte Matratzen, von denen Walentek sagte, er habe sie herbeischaffen lassen, unauffällig. Die Wirtin öffnete einen Schrank im Korridor und zerrte ein paar Militärdecken heraus, die sie den Jungen zuwarf. Sie rochen nach Pferdeschweiß.

»Richtet euch ein, so gut es geht. Ich fürchte, es kommen lausige Zeiten«, sagte die Frau. Sie blickte Alina an.

»Du bist aus dem Lager?«

Alina nickte. Irene Kostka seufzte kopfschüttelnd: »Was die so alles mit den Leuten angestellt haben. Du bist doch noch ein Kind! Stimmt es, daß sie die Gefangenen dort mit Gas umgebracht haben?«

»Es stimmt«, antwortete Alina leise. Die Wirtin schüttelte wieder den Kopf, aber sie sagte nichts. Was gab es auch zu sagen, angesichts dieses Mädchens?

Irene Kostka war von Walentek bereits unterrichtet worden, daß es sich um eine Zigeunerin handelte, und als Alina jetzt ihre Wollmütze abnahm, erschien zwischen den Brauen der Wirtin eine tiefe Furche. Sie war um Beherrschung bemüht, als sie sagte: »Wenn du was brauchst, wovon die Kerle da nichts verstehen, kommst du zu mir. Deutsch kannst du?«

»Ich bin Deutsche«, gab Alina zurück. Ihr Instinkt sagte ihr, daß diese Frau hilfsbereit war. Wie Schliebitz, als er sie aus dem Minenfeld holte. Sie bedankte sich für das Angebot.

»Waschen wäre schön.«

»Das kannst du bei mir in der Küche machen, wenn wir die Kerle rausgeschmissen haben. Ich wärme Wasser auf, und Seife habe ich auch. Übrigens, der Abtritt ist draußen, gleich neben der Hoftür ...«

Am Abend kam Victor. Er war ein großer, kräftiger Russe aus dem Wolgagebiet. Eigentlich kein Russe, sondern der Sohn einer deutschen Familie, die dort gesiedelt hatte. Er sprach auch ein verständliches Deutsch, wenngleich mit seltsamen Idiomen gespickt. Aber er schien ein umgänglicher Mensch zu sein. Bei einem Glas Schnaps erzählte er, seine Eltern wären von Stalin aus ihrem angestammten Wohngebiet an der Wolga weit nach Osten umgesiedelt worden, als der Krieg mit Deutschland begann. Jetzt wisse er nicht genau, wo sie lebten, ja, ob sie überhaupt noch am Leben seien.

Er hatte Brot und Schmalz mitgebracht, auch Salzgurken, die angeblich in der Kaserne gelagert gewesen waren. Und er half Irene, als sie von einer Pumpe ein paar Häuser weiter, Wasser heranschleppte. Wie ein Ehemann, dachte Hirschke. Was sind das für Menschen? Wenn sie in eine Siedlung einbrechen, hausen sie wie die Hahares, wenn sie aber dann mit einer Frau leben, werden sie zu vernünftigen, fast liebevollen Männern! Gelegentlich streichelte er Irenes nackten Unterarm, während sie beim Licht einer Kerze um den Tisch saßen, aßen und tranken.

»Ihr seid aus dem Krieg abgehauen?« erkundigte sich Victor bei den Jungen. Und als sie nickten, meinte er: »Ihr hättet nicht erst hingehen sollen ...« Er ließ sich nicht darüber aus, wie sie das hätten anstellen können, aber ihre Anwesenheit war für ihn damit akzeptiert. Nur mit Alina beschäftigte er sich länger. Fragte sie über das Lager aus, über ihre Flucht, und dabei war sein Gesicht böse.

»Bei uns haben sie auch sowas mit den Leuten gemacht«, sagte er schließlich. »Ich hatte einen Bruder. Ein Jahr älter. Kam in deutsche Gefangenschaft. Ist vermutlich in so einem Lager umgekommen.«

Latta ließ sich vernehmen: »Wir haben da inzwischen auch unsere Entdeckungen gemacht. Es ist schon eine Schande gewesen ...«

Victor sagte leise: »Eine Schande war es auch, daß man mich wegen meines Bruders eingesperrt hat. Weil er angeblich zum Feind übergelaufen ist. Was gar nicht stimmte. Aber es hat ein halbes Jahr gedauert, bevor ich wieder zu meiner Truppe durfte. Und wenn sich nicht mein Regimentskommandeur dafür eingesetzt hätte, säße ich heute noch in Haft.«

Irene Kostka goß noch einmal Schnaps in die Gläser. Dabei schimpfte sie: »Und jetzt ist es eine ebensolche Schande, was sie mit uns machen, mein lieber Victor, eure Verbündeten, die Polen! Erklären uns, sage und schreibe, das Land, in dem wir aufgewachsen sind, wäre schon Generationen vor uns immer polnisch gewesen, und wir hätten kein Recht, überhaupt hier zu leben! Es sei denn, als dienstbare Geister Polens!«

Victor winkte müde ab. »Laß sein, Irene, das ist Politik. Manche bei uns zu Hause sagen, das ist ein Hurenspiel, in dem einer mehr lügt als der andere. Solange ich da bin, bist du sicher. Und wenn es gar nicht mehr geht, bringe ich dich aus Polen heraus, nach Deutschland.«

»Aus Polen heraus!« Sie lachte, aber es klang bitter.

»Muß ich dich daran erinnern, daß es sich um eine Provinz Deutschlands handelt? Du schläfst mit einer Deutschen, nicht mit einer Polin, mein lieber, siegreicher Held!«

Seltsamerweise blieb Victor ganz ruhig. Hirschke, der außer mit Pascha noch mit keinem Russen persönlich zu tun gehabt hatte, wie sie alle, machte sich seine Gedanken: Der da sah gar nicht so sehr wie einer von denen aus, die siegreich über die Weiber in den eroberten Dörfern hergefallen waren, eher wie ein Pantoffelheld, der es nicht darauf ankommen lassen will, mit Irene Streit zu bekommen. Sich an Pascha erinnernd, sagte sich Hirschke, der sei ja auch nicht gerade die Bilderbuchfigur des siegreichen Kriegers gewesen, eher ein versoffener Pfiffikus, der wütend werden konnte, unkontrolliert.

Als er später in der Stube, mit Latta auf der Matratze liegend, darüber sprach, meinte der: »Es stimmt schon, jeder ist anders, wie es bei uns auch war. Wenn sie in einer Welle angreifen und ›Urrä‹ schreien, kommen sie uns wie ein absolut einheitlicher Typ vor, dabei ist eben jeder auch nur ein Mensch und hat seine ganz verschiedenen Seiten.«

106

»Was hältst du von der Frau?«

»Irene? Die ist klug. Einen Schutzherrn zu haben ist für eine Frau immer günstig. Man lebt nicht schlecht dabei, wie du siehst.«

Dann erinnerte sich Hirschke, daß Walentek, bevor er sie verließ, angekündigt hatte, er wisse Arbeitsmöglichkeiten, und sie sollten am Morgen zu ihm kommen, es handle sich um vernünftige Leute, die sie beschäftigen wollten, und er kenne sie persönlich. Außerdem würde ein Arbeitsverhältnis ihnen das Recht geben, Nahrungsmittel zu empfangen.

»Natürlich gehen wir hin«, meinte Latta. »So oder so – wir müssen Fuß fassen in der Stadt. Arbeit ist da wichtig!«

In das zweite, sehr kleine Zimmer, in das sich Alina und Schliebitz zurückgezogen hatten, führte nur eine einfache Zwischentür. Die beiden hatten sie geschlossen. Als sich jetzt Hirschke und Latta auf ihren Matratzen in Wolldecken wickelten, hörten sie gedämpfte Stimmen aus dem winzigen Raum nebenan.

»Ich hoffe nur, er schwängert sie nicht gleich«, sagte Latta. »Das wäre das letzte, was wir jetzt brauchen könnten …«

Schliebitz konnte im fahlen Mondlicht, das durch eine erhalten gebliebene Scheibe fiel, die Silhouette Alinas erkennen. Sie hatte den Rock und die Bluse vorhin in der Küche gewaschen, jetzt hing beides dort auf einer Leine, die Irene Kostka gespannt hatte. Auch was sie an Unterwäsche trug, hatte Alina gewaschen. Es lief auf ein graues Militärunterhemd und eine schwarze Turnhose heraus, beides unterwegs irgendwo aufgelesen. Irene Kostka hatte ihr aus einer Schublade eine alte Männerunterhose und eine Wolljacke gegeben, die die Plünderer ihres Eigentums entweder übersehen oder für wertlos gehalten hatten. Aber die Wolljacke war für die Frühsommernacht zu warm, außerdem kratzte sie auf der Haut, und nach einer Weile hatte Alina sich aufgerichtet, war unter ihrer Decke hervorgekrochen.

»Ich ziehe das Ding aus«, entschloß sie sich. Streifte die Jacke ab.

»Du siehst aus wie eine Märchenprinzessin«, sagte Schliebitz. Seine Kehle war seltsam trocken. Er sah die Umrisse des weiblichen Körpers und erinnerte sich daran, daß er Alina erst vor einigen Tagen gestanden hatte, sie sei das erste Mädchen, das er vom Fleck weg heiraten würde. Nicht nur weil sie ihm schön erschien, sondern weil er sich in ihr Wesen verliebt hatte, in die ruhige Art, das eigene Leben zu sehen, die innere Stärke, die bei der Meisterung der täglichen Mißlichkeiten von ihr ausging und sich auf ihn übertrug, nicht zuletzt aber, weil sie ihn fühlen ließ, daß sie ihn mochte.

»Du solltest mich gar nicht so genau ansehen«, rügte sie ihn jetzt, während sie wieder unter die Decke kroch. »Es ist nicht fair. Ich habe nichts anzuziehen, und du nutzt das aus!«

»Ist es dir unangenehm? Wirklich?«

Sie rückte näher an ihn heran. Schwieg. Schliebitz konnte spüren, daß ihre Füße die seinen berührten. Sie hatte sich mit russischer Kernseife aus dem Bestand Irenes zum ersten Mal seit ihrer Flucht ausgiebig gewaschen und fühlte sich so wohl wie kaum jemals zuvor. Irene hatte ihr mit einer Bürste den Rücken abgeschrubbt, während sie in dem Holzzuber saß, und dann hatte sie minutenlang immer nur Wasser geschöpft und über sich gegossen. Sie hatte ihr Stoppelhaar eingeschäumt, gespült, zuletzt zu kämmen versucht, so gut es ging. Das Leben schien plötzlich wieder schön zu werden, nur weil es möglich gewesen war, das normalste aller Dinge zu tun: sich waschen!

»Du riechst wie eine Blumenwiese«, schwärmte Schliebitz. Auch er rückte näher an sie heran, legte seinen Kopf an den ihren. Eigentlich hatte er befürchtet, sie würde von ihm abrücken, aber sie tat das nicht. Auch als er einen Arm um sie legte, rührte sie sich nicht. Es erregte ihn noch mehr, und er richtete sich ein wenig auf, hob sein Gesicht über das ihre, küßte sie, zuerst flüchtig, dann, als sie den Kuß erwiderte, heftiger, verlangend. Plötzlich spürte er ihre Arme um seinen Hals. Er küßte ihre Augen. Und da merkte er, daß sie weinte.

108

»Warum?« fragte er erschrocken. Er bekam keine Antwort. Ließ sich wieder neben sie fallen und wartete.

»Soll ich es nicht tun?« Wieder diese Trockenheit in der Kehle und dazu der hämmernde Schlag des Herzens. Er spürte, daß sie zitterte, und er versuchte, sie zu beruhigen, indem er ihr Gesicht streichelte, ihren Hals, und er war froh, daß sie ihn nicht abwehrte.

»Du mußt keine Angst haben, Alina«, flüsterte er. »Ich werde nichts tun, was du nicht auch willst …«

Sie lag eine lange Zeit still, während er sie streichelte. Dann bewegte sie sich. Nahm seine Hand und führte sie unter die Decke, an ihren Leib, wortlos, bis dorthin, wo ihr Schamhaar ansetzte. Ließ sie dort liegen. Und da fühlte Schliebitz die Narbe. Quer über den Unterleib. Wulstig. Aufgeworfen. Rauh. Er war zu überrascht, um etwas zu sagen. Ließ seine Hand still liegen. Erst nach einer Weile wagte er zu fragen: »Eine Verletzung?«

Sie weinte wieder. »Operation«, sagte sie. Und nach einer Weile: »Damit wir keine Kinder haben können. Es soll keine Zigeuner mehr geben …«

Schliebitz gab sich Mühe, ihr Gesicht zu erkennen. Er sagte entgeistert: »Das ist nicht möglich! Das kann nicht wahr sein! Sag, daß es nicht wahr ist!«

Sie wischte sich mit einem Zipfel der Decke die Augen aus. Schliebitz merkte, daß sie nicht mehr zitterte, als sie leise erwiderte: »Doch. Der freundliche Arzt hat es gemacht. Vielleicht hat es mir das Leben gerettet. Es war ein Versuch. Die Wunde ist lange nicht verheilt, da durfte ich im Lazarett bleiben. Draußen wurden die Leute schnell getötet. Aber mich haben sie da liegen lassen, und sie haben mich beobachtet, wie mein Körper reagiert. Sie probierten an mir herum, und solange sie das taten, brauchte ich nicht ins Gas. Am Schluß kamen die Russen …«

»Mein Gott«, flüsterte Schliebitz. Es dauerte lange, bis er sagen konnte: »Du, ich habe nicht gewußt, daß sie so etwas mit Leuten machen, das mußt du mir glauben. Wenn du es

nicht glaubst, werde ich dich nicht mehr ansehen können.«
Sie griff nach seiner Hand. Sagte nichts. Schliebitz fragte:
»Tut das noch weh?«
Sie schüttelte den Kopf. »Die Narbe nicht mehr. Und ich
weiß, daß ganz wenige außerhalb des Lagers wußten, was da
drin vorging. Wenn du es willst, bleiben wir zusammen ...«
Er wollte es, und er sagte es ihr.

Hirschke und Latta stiegen am frühen Morgen die Stufen
aufwärts, die von der Töpfergasse unter dem Stadtbau hindurch zum Ring führten. Es war der kürzeste Weg durch
das Stadtzentrum in die Gegend, in der Walentek wohnte,
der ihnen angekündigt hatte, er habe Arbeit für sie ausfindig gemacht. Wenn die bedrückende Atmosphäre in der
vom Krieg verwüsteten, nur zu einem geringen Teil wieder
bevölkerten Stadt nicht gewesen wäre, die Unsicherheit
des Lebens und der Hunger, das Fehlen alles dessen, was
zu einem zivilisierten Dasein gehörte, dann hätte man
einen solchen sonnigen Sommermorgen wie diesen als be-
glückend empfinden können, so aber erfreuten die im
Licht glänzenden Farben nicht, die angenehm warme Luft
fiel einem kaum auf, und man war mit seinen Gedanken eigentlich recht weit davon entfernt, Schönheit zu erfühlen.
Auf dem Markt, am Ring, dort wo früher die Bäuerinnen
aus der Umgebung um diese Zeit die ersten Frühlings-
gemüse verkauft hatten, standen ein paar Pferdewagen
herum. Polnische Siedler aus dem Osten, die wohl eben erst
angekommen waren und auf ihre Unterbringung warteten.
Den Zugtieren waren Futtersäcke umgehängt. Die Siedler
hockten ermüdet auf den Fahrzeugen oder vertraten sich
die Beine in der fremden Umgebung. Am Rande der
Gruppe hatten sich die ersten Händler eingefunden. Sie
boten Tabak an und Schnaps, aber auch Tee und Zucker-
würfel, einzelne, etwas angestaubt. Es schien, als wäre dies
das erste Zeichen einer Wiederbelebung der Wirtschaft.
Latta betrachtete gerade ein Unterhemd, das ein älterer

110

Mann hochhielt und für das er hundert Zloty haben wollte, als die Milizionäre plötzlich da waren. Vier junge Männer in Phantasieuniformen, als Ordnungshüter erkennbar an der mit dem Adler geschmückten Quadratka und der roten Armbinde. Sie drängten die Händler zu einer Gruppe zusammen und begannen, die angebotenen Waren zu kontrollieren. Offenbar war es nicht gestattet, diese Art von Straßenhandel ohne amtliche Genehmigung zu betreiben. Hirschke schob sich an Latta vorbei und wollte ihn gerade auffordern weiterzugehen, als einer der Milizionäre auf sie aufmerksam wurde und sie anhielt.

»Deutsche?«

»Ja.« Sie wiesen ihre Meldekarten vor. Aber der Milizionär warf nur einen wenig interessierten Blick darauf und entschied dann: »Vor mir hergehen, los!«

Er wies die Richtung mit seiner Maschinenpistole.

»Wir sind auf dem Wege zu einer Arbeit«, machte Latta den Burschen aufmerksam. Der knurrte, daß er das Maul halten solle, und stieß ihm den Lauf der Waffe in den Rücken.

Am Vogteiplatz gab es, im Zentrum eines Quadrats von Straßen, ein Blumenrondell, auf dem jetzt nichts weiter wuchs als etwas frühes Unkraut. In der Mitte stand ein aus Granitsteinen zusammengefügter Obelisk mit Bronzetafeln an allen vier Seiten. Sie trugen die Namen der im Ersten Weltkrieg gefallenen Neuhofer.

Ein halbes Dutzend junger Deutscher war bereits dabei, das Denkmal abzutragen. Man erinnerte sich an manches Gesicht, das man gelegentlich in der Stadt gesehen hatte. Der Posten, der die Arbeit beaufsichtigte, besah sich die beiden Neuankömmlinge, wechselte ein paar Worte mit dem Milizionär, dann deutete er auf einige Vorschlaghämmer und Kreuzhacken, die herumlagen.

»Los, mitmachen! Abends ist das weg!«

Es hatte keinen Sinn, sich zu widersetzen. Walentek hatte sie vor dieser Art ›Menschenfängerei‹ gewarnt, jetzt war es zu spät. Latta griff sich einen der schweren Hämmer, legte sein Jackett zusammen, den Plüschhut darauf, und ging mit Hirschke, der sich für eine Kreuzhacke entschied, zu den Arbeitenden. Die begrüßten die beiden Neuen mit gedämpften Worten.

Der Mörtel zwischen den Natursteinen war schon mürbe und gab nach, wenn die Hämmer auf die Steine droschen. Zuerst entfernten die Männer die Bronzetafeln. Sie bekamen es fertig, sie so abzulösen, daß sie nicht brachen, und sie legten sie behutsam auf die Erde. Aber das erregte den Zorn des Postens, er schrie Befehle, die die Männer nicht verstanden, lief im Gesicht rot an und spuckte auf die Bronzetafeln, fuchtelte mit seiner Maschinenpistole herum, bis Latta ihn endlich verstand und den anderen übersetzte: »Zerschlagen sollen wir sie, in kleine Stücke.«

»Aber das sind doch Gedenktafeln …« wunderte sich einer der anderen. Hirschke sah, wie der Posten ausholte. Der Kolben der MPi traf den Mann am Kopf, und er taumelte benommen zur Seite. Da hob Hirschke die Kreuzhacke und schlug die erste Bronzetafel entzwei. Hieb solange auf die Trümmer ein, bis sie höchstens noch handtellergroß waren. Latta rief den anderen zu: »Macht los, Leute, er meint es ernst!«

Sie schlugen die Tafeln in Stücke. Der Posten beruhigte sich wieder, und als sie dann später den Obelisken zum Einsturz brachten, hellte sich das Gesicht des Postens vollends auf. Er genehmigte den Männern, sich eine Zigarette zu drehen.

»Deutsches Denkmal«, knurrte Latta dem neben ihm stehenden Hirschke zu. »Klar, daß es weg muß. Kein deutsches Denkmal in Polen!«

Hirschke fragte leise zurück: »Ist das Haß? Oder Dummheit?«

Latta bewegte nur leicht seine Schultern und zog an der Zigarette. Es wird etwas von beidem sein, sagte sich Hirschke. Vielleicht bedingt auch das eine das andere. Egal, die Kerle

zeigen uns, daß sie die Herren sind, und wir können nichts dagegen tun. Sie haben die deutsche Besatzung hinter sich und praktizieren jetzt polnische Besatzung, was kann man schon daran ändern, der Mensch ist so, Auge um Auge …
Das wird so weitergehen, dachte er. Es ist ein grausamer Krieg gewesen, die Sieger präsentieren jetzt ihre Rechnung. Ein Urteil über diese Rechnung wird es vielleicht viel später einmal geben, in Jahren, Jahrzehnten. Dies ist noch nicht die Zeit dafür. Überleben muß man das, was sich da an Empörung äußert, an aufgestautem Zorn, an echten Gefühlen und berechtigten, ebenso wie an lustvoll ausgeübter Macht über die Gegner von gestern, die Verlierer von heute. Er streifte den Rest Glut von der Zigarette.
Am Mittag waren von dem Obelisken nur ein Haufen Geröll und Bronzesplitter übrig. Ein Lastauto erschien, eines jener altmodisch anmutenden russischen Militärfahrzeuge. Es trug auf dem Kühler die weißrote polnische Flagge. Der Fahrer klappte die Rückwand herab. Auf der Ladefläche stand ein kleiner Kübel, daneben lagen Blechgefäße, in einer Ecke kullerten Brotstücken herum.
»Verteilen!« ordnete der Posten an. Einer der Männer schöpfte aus dem Kübel lauwarme Kartoffelsuppe in die Blechgefäße. Ein anderer verteilte das Brot. Als er dem Posten ein Stück anbot, holte der nur drohend aus.
Die Suppe schmeckte nach Desinfektionsmittel und Scheuerpulver, aber zusammen mit dem Brot füllte sie den Magen. Ein angenehmes Gefühl.
»Fressen für deutsche Schweine!« sagte der Posten böse in deutscher Sprache, stolz auf seine Kenntnisse. Latta bekam es fertig, sich artig zu bedanken und ihm zu versichern, es schmecke vorzüglich. Der Posten merkte die Ironie nicht. Die anderen schwiegen.
Der Fahrer sammelte die Blechnäpfe ein, warf sie in den leeren Suppenkübel und stellte diesen ins Fahrerhaus. Dann ordnete der Posten an, das Geröll auf die Ladefläche zu werfen. Weil keine Schaufeln da waren, mußten die

Männer es mit den Händen tun. Der Posten feuerte sie an, sich zu beeilen. Es stellte sich heraus, daß sein Dienst vorbei war und er mit dem Lastwagen abfahren wollte. Um die Männer kümmerte er sich nicht mehr, jetzt wo die Arbeit getan war. Er machte eine weitläufige Handbewegung, mit der er ihnen bedeutete, zu verschwinden, dann sprang er auf den Wagen.

»Morgen fängt er sich neue Deutsche ein«, vermutete einer der Männer. Er war nicht mehr so jung, und man konnte ihm ansehen, daß er kaum jemals körperliche Arbeit geleistet hatte. Seine Handflächen bluteten von Verletzungen durch das Steingeröll. Als ihn Hirschke fragte, was er vorher gemacht habe, antwortete er unbestimmt: »Ich war im Büro.«

»Nicht eingezogen gewesen?«

»Herzkrank«, antwortete der Mann. Dann schimpfte er auf die Miliz. Da wo er wohnte, kämen jeden Abend Betrunkene und verprügelten zum Spaß die Leute. »Einfach so. Kommen rein, lassen dich aufstehen, hauen dich ins Gesicht, treten dich in den Bauch und gehen wieder.«

»Komm«, forderte Latta Hirschke auf. »Wir verschwinden besser, bevor uns der nächste Posten zu neuer Arbeit einteilt.«

Sie gingen durch Seitenstraßen, das schien die beste Methode, den Streifen nicht zu begegnen. Aber sie irrten sich. Ein paar Straßenzüge vor der Gegend, in der Walentek wohnte, kam plötzlich lautes Geschrei aus einer Seitengasse.

Nach den Erfahrungen am Morgen wollten sie nicht noch einmal ins Netz der Miliz geraten. Immerhin war erst später Nachmittag, wer konnte wissen, was es da noch alles zu tun gab!

Rechts und links standen kaum bewohnte Mietshäuser, also verschwanden sie in einem der Flure und beobachteten durch die angelehnte Tür, was draußen vorging.

Die Straße, auf der es zuvor noch hier und da jemanden gegeben hatte, war wie leergefegt. Aber das Geschrei hielt an.

Und dann lief unvermittelt ein Mann aus der Seitengasse heraus. Er hinkte. Und er kam auch nicht weit, denn ihm folgten zwei junge Burschen, die ihn mühelos einholten und mit Faustschlägen zu Boden warfen.

Der Hinkende rief auf deutsch um Hilfe. »Laßt mich in Ruhe! Das ist meine einzige Jacke!« Dazwischen, wenn die Hiebe trafen, stieß er Schmerzlaute aus. Hirschke bewegte sich, aber Latta hielt ihn zurück. Riet ihm ab, sich einzumischen. Er sah, daß einer der Burschen einen Knüppel hatte. Die beiden schrien auf polnisch, fluchten und versuchten, dem Mann das Jackett vom Körper zu reißen, ein ganz normales braunes Jackett. Aber der Mann entzog sich ihren Griffen immer wieder, hielt sich den bereits blutig geschlagenen Kopf, und es gelang ihm sogar, sich aufzurichten und ein Stück wegzukriechen. Aber nun waren die beiden Burschen offenbar entschlossen, dem Spiel ein Ende zu bereiten. Der mit dem Schlagstock holte aus und drosch den Mann mit aller Kraft auf den ungeschützten Kopf. Stille trat ein. Der Mann lag reglos auf dem Pflaster. Und in dem Augenblick, als der eine der Schläger dem Liegenden geschickt das Jackett vom Körper zog, es selbst anlegte und dafür eine zerknautschte Drillichjacke, die er getragen hatte, über den Mann warf, flitzten drei Milizionäre, wohl vom Lärm angelockt, aus der Seitengasse heraus und besahen sich, was geschehen war. Einer trat ein paarmal nach dem am Boden liegenden Mann, faßte ihn unters Kinn und bewegte seinen Kopf hin und her.

»Ihr habt ihn erschlagen, Cholera!«

»Na und?« fragte der mit dem Knüppel. »Er war SS. Wir haben ihn erkannt. Wollte sich davonmachen.«

»Woher seid ihr?«

»Kattowitz.«

»SS also. In Kattowitz?« Der Milizionär suchte den Toten nach Papieren ab, fand aber keine. »Was hat er da gemacht?« Er zog einen Notizblock aus der Tasche und kritzelte etwas hinein.

»Polizei«, sagte der mit dem Knüppel.

»Mit Glasauge?« fragte einer der beiden anderen Milizionäre, der den Toten noch einmal genauer angesehen hatte. »Er hat ein Glasauge.«

Die Burschen sagten nichts. Der das Jackett angezogen hatte, brüllte plötzlich unbeherrscht: »Was wollt Ihr? Wir sind Polen! Hätten wir ihn zum Augenarzt bringen sollen? Verdammtes deutsches Schweinepack! Warum sind die überhaupt noch hier? Wir sind hier die Herren! Wir!«

Der mit dem Notizblock beschwichtigte ihn: »Reg dich nicht auf. Wir haben nichts gesehen. Ein Toter auf der Straße, das ist alltäglich. Und ihr habt ihn gefunden, klar?« Er steckte den Block ein und forderte die beiden barsch auf: »Verpißt euch, los! Haut ab!«

Die Burschen ließen sich das nur einmal sagen. Sekunden später waren sie verschwunden. Die Milizionäre blieben unschlüssig stehen. Beratschlagten wohl, was mit dem Toten geschehen sollte.

»Das war keiner von der SS«, sagte Latta leise zu Hirschke.

»Du kennst ihn?«

»Der alte Kutzner. Als der das von dem Glasauge sagte, ging mir ein Licht auf. Invalide. War Grabebitter. Hat damals, als meine Mutter starb, das Begräbnis ausgerichtet.«

Hirschke erinnerte sich, die Grabebitter waren jene Leute, die den Hinterbliebenen all die hundert Dinge abnahmen, die für das Begräbnis zu tun waren, sie sorgten selbst noch für den Blumenschmuck am Grab, für die Musik, dafür, daß Bekannte und Verwandte den Termin der Beisetzung rechtzeitig erfuhren.

Die Milizionäre ließen den Mann liegen und verschwanden. Dann kam einer von ihnen zurück und blieb in der Nähe des Toten stehen.

Latta entschloß sich: »Komm, Ossi, vielleicht können wir helfen.«

Hirschke hatte zwar seine Bedenken, aber er folgte Latta dann doch, als dieser aus dem Haus trat und auf die Stelle zuging, wo Kutzner lag.

»Deutsche?« war die erste Frage des Milizionärs.

Sie wiesen ihre Meldekarten vor. Hirschke erwähnte beiläufig, sie kämen von der Arbeit, und Latta erkundigte sich, ob sie helfen könnten.

Der Milizionär war noch sehr jung. Er sagte: »Tot. Kommt vor. Gibt nichts zu gaffen, haut ab!«

Aber bevor sie noch die ersten Schritte getan hatten, erschienen die beiden anderen wieder. Sie schleppten eine aus irgendeiner Wohnung ausgehängte Tür. Als sie die beiden Deutschen sahen, hellten sich ihre Gesichter auf.

»Ihr kennt den Friedhof?«

»Ja«, gab Latta zurück. »Am Park vorbei, er liegt oberhalb der Kasernen.«

»Sehr gut!« stellte der Streifenführer fest, derjenige, der sich die Notiz auf seinem Schreibblock gemacht hatte. »Ihr legt ihn auf die Tür und tragt ihn hin. In der Kapelle lebt ein Pfarrer. Er gibt euch Schaufeln. Eingraben. Den Rest macht der Pfarrer. Ab, los!«

Sie warteten solange, bis Hirschke und Latta den Toten auf die Tür gezogen hatten und ihn wegtrugen. Dann schlenderten sie weiter.

Der Pfarrer Weinkopf stand vor der Kapelle, als die beiden nach einem ermüdenden Marsch auf dem Friedhof ankamen. Ein würdiger alter Herr mit schlohweißem Haar, den Latta und Hirschke noch aus dem Religionsunterricht in der Schule kannten, wo ihm mancher Streich gespielt worden war. Aber Weinkopf war ein gutmütiger, eher lustiger Mann. Er besaß die seltene Fähigkeit, junge, übermütige Schüler durch seine Gelassenheit und durch manchen guten Hinweis, den er für den nächsten Schulaufsatz gab, zu der Einsicht zu bringen, daß er kein Racheengel war, sondern eher ein wohlmeinender Freund.

»Ich kenne euch doch«, sagte er, als die beiden vor ihm stehenblieben. »Ja, ihr seid es, Hirschke und Latta. Gott sei mit euch …«

»Und mit Ihnen, Herr Pfarrer«, erwiderte Hirschke leise. Dann wies er auf den Toten. Weinkopf nickte traurig. Er bückte sich und zog die Drillichjacke weg, die über dem Gesicht des toten Grabebitters lag. Es schien, als verlöre sich sein Blick irgendwo. Als er sich erhob, murmelte er: »Der gute alte Kutzner. Also ist er heimgekehrt zu den vielen, die er geleitet hat. Wo habt ihr ihn gefunden?«

Sie erzählten ihm, was sie mit angesehen hatten. Er hörte schweigend zu. So wie früher in der Schule, wenn er sie nacheinander Stellen aus dem Katechismus lesen ließ.

»Habt Dank, daß ihr ihn zu mir gebracht habt«, sagte er dann.

Latta bot an: »Wir werden ihn auch begraben, Herr Pfarrer. Oder haben Sie jemand anderes dafür?«

»Ich bin allein«, gestand Weinkopf. »Seid so gut und bringt ihn herein …«

Die Kapelle war arg beschädigt. Bunte Glasfenster ausgeschlagen, Bänke zerbrochen. Auf dem Altar stand nur ein kleines Metallkreuz. Aus der Sakristei holte Weinkopf einen dilettantisch zusammengenagelten Sarg. Rohe Bretter. Manche waren mit Farbe bestrichen. »Es gibt einen von den alten Friedhofsarbeitern, der hilft mir manchmal«, bemerkte Weinkopf fast entschuldigend. »Er ist aber heute schon weg. Seid so gut und legt den guten Kutzner da hinein …«

Sie taten es. Der Pfarrer ging noch einmal in die Sakristei und kam mit einem Hammer und Nägeln zurück. Latta nahm sie ihm aus der Hand und klopfte den Deckel fest.

Die beiden setzten sich auf einen Wink des Pfarrers in eine noch brauchbare Bank. Weinkopf ging zum Altar und betete. Was er sagte, konnten die beiden nicht verstehen, er sprach leise. Durch die zerbrochenen Scheiben stach die

Abendsonne herein und malte Kringel auf den Sargdeckel. Nachdem der Pfarrer seine Gebete beendet hatte, segnete er den Sarg und gab den Jungen ein Zeichen. »Seid so gut und tragt ihn. Ich gehe voraus.«

Sie kamen an einer Reihe frisch aufgeworfener Erdhügel an. Da war noch eine bereits ausgehobene Grube, auf die deutete Weinkopf jetzt, und sie griffen nach den Seilen, die daneben lagen, ließen den Sarg vorsichtig hinab.

Weinkopf hatte die Bibel in der Hand und betete halblaut. Dann segnete er das Grab und ging in den Schuppen, brachte drei Schaufeln. Er keuchte, wenn er Erde hinabwarf. Aber er legte die Schaufel nicht aus der Hand, bis sich auch über diesem Grab ein Hügel wölbte. Von einem Busch brach der schließlich einen grünen Zweig ab und legte ihn auf die Erde.

»Anbefohlen unserem Herrn, mein lieber, alter Freund. Ruhe in Frieden.«

Einen Augenblick standen sie noch da, dann gingen sie zur Kapelle zurück. Weinkopf sagte: »Der sechste heute. Ich danke euch. Gott wird es euch lohnen.«

Er nahm sie mit in die Sakristei. Ein Feldbett war hier aufgestellt. Der Pfarrer lebte in der Kapelle. In einem Kasten verwahrte er etwas Brot, in einem Korb lagen Kartoffeln und Zwiebeln.

»Ihr wart im Krieg?« wollte er wissen. Er ließ sich erzählen, wo sie gekämpft hatten, blickte auf den Steinboden der Sakristei und sagte: »Es war unser Unglück, dieser Krieg. Zuerst haben wir das Elend über die anderen gebracht, und jetzt kehrt es zu uns zurück. Eine bittere Prüfung, durch die wir gehen müssen …«

Er bot ihnen Brot an, aber sie nahmen es nicht. Fragten, ob sie sich eine Zigarette drehen dürften, im heiligen Haus. Lächelnd erlaubte er es ihnen. Erinnerte sic daran, daß er sie manchmal beobachtet hatte, wie sie heimlich in einer Ecke des Schulhofes, hinter dem Aschekasten, schnell ein paar Züge gemacht hatten.

»Ihr habt viele Tote gesehen«, sagte er dann, »und ich habe viele Tote gesehen. Der Herr allein weiß, wieviele noch in der Stadt sterben müssen.«

»Es werden viele sein, Herr Pfarrer«, meinte Latta. »Da ist Hunger. Es wird Krankheiten geben. Die neuen Herren sind nur für sich da, wie es scheint.«

Eine lange Zeit sagte Weinkopf nichts. Dann: »Wir müssen ihnen verzeihen. Nur der Herr weiß, warum er uns diese Leiden auferlegt.«

Plötzlich lächelte er, als er merkte, wie betroffen die beiden schwiegen. »Das klingt für euch ziemlich abwegig, wie? Ihr seid hart geworden. Aber es wird eine Zeit kommen, da werden auch wir wieder fröhlich sein können. Freuen wir uns darauf.«

»Was ist mit der Kirche geschehen?« erkundigte sich Hirschke.

Er sagte leise: »Ausgebrannt. Im Februar schon. Auch das Pfarrhaus. Und das Kloster der Barmherzigen Brüder ist zerschossen. Die Brüder sind weggebracht worden, niemand weiß wohin. Ich bin allein geblieben. Mit den Toten. Kommt mich wieder einmal besuchen, wenn ihr könnt ...«

Sie versprachen es ihm, bevor sie aufbrachen. Wenn sie sich beeilten, konnten sie es noch bis zu Walentek schaffen, ehe die Nacht kam. Mit ihr die Sperrstunde.

Anton Walentek war ziemlich betrunken, als die beiden bei ihm auftauchten. Bevor sie noch Zeit hatten, ihm zu berichten, wie der Tag verlaufen war, goß er drei Gläser voll Wodka, und sie mußten erst einmal mit ihm anstoßen. Er habe eine Prämie bekommen für gute Arbeit. Sie bestand wohl aus Schnaps, vermutete Latta. Aber Walentek war zu fröhlich, um etwas übelzunehmen. Er lachte, und als er von dem Denkmal erfuhr, wiegte er den Kopf mit dem dünner werdenden dunklen Haar.

»Da kommt ein russisches Denkmal hin. Für die Soldaten, die bei der Einnahme von Neuhof gefallen sind.«

Hirschke war nicht überrascht. Er meinte: »Bin gespannt, wer das dann mal wird abreißen müssen. Wenn sie so weitermachen, haben sie bald keine billigen deutschen Arbeitskräfte mehr hier.«

Walentek goß Schnaps nach. Stellte Salzgurken auf den Tisch und Brot. Die beiden griffen zu. Sie hatten Hunger.

Sie konnten jetzt nicht mehr in die Fischerstraße gehen, die nächste Streife würde auf sie schießen. Also blieben sie bei Walentek. Der hatte keine Einwände, sie in seinem Haus zu behalten, obwohl es Polen untersagt war, Deutsche zu beherbergen. Walentek kümmerte sich um kleinliche Anordnungen der Obrigkeit nur selten, gleich ob die Obrigkeit deutsch war oder polnisch. Er war auch in der deutschen Wehrmacht schon stets von einer ziemlichen Gleichgültigkeit gegenüber strengen Vorschriften gewesen, jetzt war er in die eher polnische Angewohnheit zurückgefallen, Anordnungen unangenehmer Art einfach zu ignorieren. Er machte sich darüber lustig: »Wer in meinem Haus schläft, das bestimme ich! Und wenn es drei Weiber wären, hätte mir auch keiner was zu befehlen!«

Nach einer Weile waren alle drei zu betrunken, um noch ein Gespräch zu führen. Walentek konnte gerade noch ein paar Decken zusammensuchen, dann fiel er der Länge nach neben sein Sofa und begann sofort, laut zu schnarchen.

Am Morgen allerdings war er der erste auf den Beinen. Aus der Wasserleitung rann ein dünner Strahl, unter den Walentek den Kopf hielt. Als er sich schließlich prustend aufrichtete, konnten Hirschke und Latta sehen, daß er blutunterlaufene Augen hatte, aber er winkte nur ab und meinte, das sei der Wodka wert gewesen.

»Ich bringe euch zu Leuten, wo ihr arbeiten werdet«, erklärte er, während sie ein bißchen Brot kauten und Wasser dazu tranken. »Die Stellen liegen dicht beieinander. Und – ab nächste Woche wird dort in der Nähe eine Volksküche aufgemacht, da dürfen arbeitende Deutsche essen. Großes

Entgegenkommen der polnischen Behörden! Na, ist das eine Nachricht?«

»Wann ist nächste Woche?« erkundigte sich Latta.

»Heute ist Freitag, wißt ihr das nicht?«

»Woher? Wir haben keinen Kalender.«

»Wie heißt die Straße, in der das Kloster war?«

»Friedrichstraße«, gab Hirschke zurück. »Zu Ehren des Alten Fritzen, der Schlesien den Österreichern abnahm und Preußen einverleibte. Nach drei Kriegen.«

»Den Polen hat er es abgenommen, meinst du?«

»Haben sie dir das eingeredet, bei deiner Wojsko?«

»Wenn ich mich recht erinnere, ja.« Aber Walentek erinnerte sich in Wirklichkeit nicht so genau, ob er das gelesen oder in einer Schulungsstunde gehört hatte. Seine Geschichtskenntnisse waren ohnehin mager. Immerhin machte er Hirschke aufmerksam: »Auf den Plakaten, die sie überall ankleben, steht, die Deutschen hätten Schlesien von den Polen geklaut!«

»Da steht auch drauf, die Zukunft wird fröhlich und voller Glück sein, mit Stalin an der Spitze. Und früher stand auf Plakaten ›Räder müssen rollen für den Sieg‹. Wenn du das alles glaubst, bist du ziemlich arm dran. Baumschüler«, sagte Latta grinsend.

Walentek fuhr auf: »Ach, Leute, leckt mich doch am Arsch! Ich habe dieses ganze Theater nicht erfunden. Optiert. Werdet Polen. Dann habt ihr keine Probleme mehr. Dann gehört ihr zu den Herren, die hier was zu sagen haben, und ihr könnt andere für euch arbeiten lassen! Wenn das nächste Denkmal abgerissen wird, steht ihr als Posten dabei und müßt nicht selber hacken!«

»Wie du? Immer das Hemd anziehen, das grade Mode ist?«

»Dafür sollte ich dir die Schnauze polieren«, drohte Walentek. Aber dann lenkte er ein: »Leute, überlegt gut. Die Chance liegt auf dem Tisch. Ich kann alles für euch regeln. Es geht ganz leicht.«

»Laß sein«, sagte Hirschke. »Daß wir von Deutschen zu Polen werden, das geht nicht so leicht wie du denkst. Wir haben uns darüber schon oft unterhalten. Aber wir wissen ja, daß du es gut meinst. Wenngleich du uns nicht plausibel machen kannst, warum es denn so unbedingt nötig ist, daß wir die Nationalität wechseln.«

»Weil ihr dadurch Vorteile habt, Männer! Ich habe euch doch schon dazu geraten, als ich euch zum ersten Mal wiedersah!«

»Halt uns nicht für undankbar, Antek, aber wir haben wenig Lust, Polen zu werden, nur damit wir in unserer eigenen Heimatstadt wie Menschen leben dürfen.«

Walentek schüttelte verständnislos den Kopf. »Ich halte euch nicht für undankbar, aber für etwas dumm schon. Eine solche Chance wächst nicht auf Bäumen.« Er setzte die Quadratka auf und kommandierte: »Los, wir gehen!«

Eine Viertelstunde später stand Hirschke vor einem kleinen, kahlköpfigen Mann, der im einzigen aufgeräumten Zimmer einer mehrstöckigen Villa residierte, hinter einem Schreibtisch, auf dem eine Petroleumlampe stand. Daneben lag auf einem Blatt Zeitung die Gräte eines Herings, umgeben von Brotkrumen. In einem Blechbecher stand eine dunkle Flüssigkeit. Eine Konservendose, auf der zu lesen war, daß sie einmal Rindfleisch im eigenen Saft enthalten hatte, diente als Aschenbecher. Sie war voller Kippen, und Hirschke begann zu überlegen, wie er möglichst unauffällig an die herankommen könnte.

»Ich bin der Starost«, sagte der kleine Mann, nachdem Walentek ihm gemeldet hatte, wen er da brachte. Er sagte es in leidlichem Deutsch.

»Sie sind mir empfohlen worden. Ich stelle Sie an. Als Hausmeister und Haushandwerker. Kennen Sie solche Arbeit?«

»Ich kann jede Arbeit machen.«

»Sehr gut. Sie bekommen Essen in der Kuchnia Ludowa, die nächste Woche öffnet, übrigens in dieser Straße hier.

123

Und es gibt Lohn. In Zloty. Wieviel, das wird noch festgelegt. Einverstanden?«

Der Mann war offenbar gebildet, er polterte nicht, sondern wirkte eher auf eine kühle Art ans Kommandieren gewöhnt. Wie der Rektor einer Kadettenschule, dachte Hirschke.

»Wann fange ich an?«

»Sofort«, gab der Starost zurück. »Von sieben Uhr früh bis fünf Uhr nachmittag. Eine Stunde Mittagspause, je eine halbe Stunde Ausruhen vormittags und nachmittags. Sie richten sich im Souterrain einen Arbeitsraum ein. Es gibt viel zu reparieren in diesem Haus. Das ist Ihre Sache. Hier wird einmal das Landratsamt sein, also muß alles in Ordnung gebracht werden. Fangen Sie mit meiner Toilette an. Melden Sie mir, wenn es Schwierigkeiten gibt.«

Er ließ sich herab, Hirschke die Hand zu drücken. Ein nicht eben unfreundlicher Mann, der offenbar genau wußte, was er wollte.

»Das weiß der sicher«, bestätigte Walentek, als sie das Zimmer verlassen hatten. »Er hat dem Lubliner Komitee angehört, das mit den Russen zusammen die neue polnische Regierung vorbereitete. Die Leute kriegen jetzt alle Posten hier. Die haben was zu sagen. Er war bei uns, sich anmelden und das Haus beschlagnahmen, und als er sagte, er sucht einen Mann, habe ich ihm eröffnet, ich hätte einen für ihn.«

»Macht den Eindruck eines Offiziers in Zivil.«

Walentek grinste. »Vermutlich ist er Offizier gewesen. In der alten Heimatarmee. Und dann mit den Kommunisten gegangen. Aber – Arbeit ist wichtig, und die hast du.«

Er ging durch den parkartigen Vorgarten auf die Straße, wo Latta wartete, und zog mit dem davon.

Hirschke besah sich das Haus. Ein Riesengebäude. Drei Etagen voller großer Zimmer, weitläufige Korridore, kleine Säle, im Kellergeschoß die große Küche, die Heizung und eine Menge ungenutzter Räume. Zudem die

Wohnung des ehemaligen Hausmeisters oder Verwalters. Alles war in einem beklagenswerten Zustand. Von den eingetretenen Türen über die mutwillig zerschlagenen Fenster, das zerdroschene Mobiliar der Vorgänger bis zu den Toiletten, aus denen der Kot quoll – Arbeit für Monate!

Die Villa hatte in den zwanziger Jahren dem jüdischen Fabrikanten gehört, der die große Weberei betrieb. Er war ausgewandert, als Hitler an die Macht kam, hatte die Fabrik verkauft. Die neuen Besitzer brauchten die Villa eigentlich nicht, so diente sie in den letzten Jahren zu einer Hälfte dem Katasteramt, zur anderen dem Finanzamt. Flure und Zimmer waren fußhoch bedeckt mit Akten und Formularen. Als hätten Dutzende von Kindern tagelang nichts anderes getan, als sie systematisch aus den Regalen zu zerren und zu verstreuen. Hier lagen die Finanzgeschichte und das Grundstücksverzeichnis einer ganzen Stadt auf dem Boden.

Aus einem Fenster des ersten Stockwerks sah Hirschke, daß es da unten, hinter dem Haus, genug freien Platz für ein großes Feuer gab. Ein polnisches Landratsamt konnte mit deutschen Katasterakten kaum etwas anfangen. Man würde nicht umhin kommen, sie zu verbrennen.

Toilette, erinnerte sich Hirschke. Also werden wir erst einmal dafür sorgen, daß der zukünftige Herr Landrat bequem scheißen kann, dachte er. In einem Raum entdeckte er verschiedene Werkzeuge, auch Eimer, sogar eine Luftschutzspritze. Davon griff er sich einiges und machte sich auf den Weg. Die Toilette des Starosten lag neben seinem Zimmer, also machte Hirschke ihn aufmerksam, es werde vermutlich unangenehm riechen, wenn er anfange.

Der Starost zog es vor, in den Park zu verschwinden. So konnte Hirschke in aller Ruhe die Kippen aus der Konservendose klauben und den Tabak in seiner Blechschachtel verwahren, bevor er sich daran machte, die erste Ladung Exkremente aus dem Toilettenbecken in einen Eimer zu schöpfen.

Jakob Latta kannte die ehemalige Kreissparkasse natürlich, er hatte hier ein Sparbuch mit vierhundert Mark gehabt. Als er sie, neben Walentek gehend, betrat, beschlich ihn für einen Augenblick das Gefühl, diesen ehemals modern eingerichteten Tempel des Geldes zur falschen Zeit zu betreten: Schreibmaschinen und Büromöbel lagen zerschmettert im Schalterraum herum. Auf dem Boden türmte sich eine dicke Schicht Geldscheine. Alte Reichsmarknoten, die nichts mehr galten, weil dieser Teil des Landes nun nicht mehr zu jenem Reich gehörte, in dem die Mark Zahlungsmittel war. Niemand wollte das Geld wohl haben. Die Sieger oder Banden von Plünderern hatten es aus den aufgebrochenen Tresoren gezerrt und verstreut, in einer Art kindlicher Verwüstungswut, wie es schien. Ganz originell mußten sich jene vorgekommen sein, die ihren Kot an vielen Stellen zurückgelassen hatten, daneben zerknüllte, als Wischpapier benutzte Hundertmarkscheine.

»Jesus«, murmelte Latta, »das Paradies der wertlosen Träume! Stell dir vor, Antek, es wäre sechs Jahre früher, und wir hätten Rucksäcke dabei!«

Walentek versuchte, sich das vorzustellen, aber es gelang ihm nicht so recht. Er hatte einen lästigen Kater, und eigentlich wollte er Latta nur hier einführen und dann in seinem Dienstzimmer bei der Miliz verschwinden, weiterschlafen. Er stieg vorsichtig über die Exkremente hinweg, wich den weggeworfenen Weißblechkästen der Schließfächer aus, die überall herumlagen, und als er endlich durch den Wirrwarr bis hinter die Schalter gelangt war, rief er laut nach einer Pani Borsutzki.

Wenig später öffnete sich eine der Türen im Hintergrund, und es erschien eine kleine, häßliche Frau mit verweintem Gesicht. Sie wischte schnell das Wasser aus den Augen und setzte eine Brille mit dicken Gläsern auf. Latta sah, daß sie einen Buckel hatte. Sie mochte um die Fünfzig sein, und sie machte den Eindruck totaler Verlorenheit. Ein weißge-

punktetes Kleid aus blauem Kattun schlotterte um ihre
kümmerliche Gestalt. Als sie Walentek erkannte, begrüßte
sie ihn erleichtert.

»Pani Borsutzki!« rief der fröhlich. Die Tränen übersah er.
»Hier bringe ich Ihnen den jungen Mann, der alles das in
einer Stunde aufräumt!«

»Ach ...« brachte die Polin heraus. Sie wollte gelassen erscheinen, aber es gelang ihr nicht, erneut schoß ihr Wasser
in die Augen, und jetzt bemerkte sogar Walentek, in welcher Verfassung sie war. Er besann sich auf seine besten Eigenschaften, nahm sie am Arm und führte sie in den Büro-
raum zurück, wo er sie auf einen Stuhl drückte und ihr
begütigend zuredete. Nach einer Weile gelang es ihm, sie zu
beruhigen. Sie hob hilflos die Arme und klagte: »Was soll
ich bloß machen? Es ist ein einziges Chaos! Und ich, ganz
allein, soll hier eine Bank herrichten, es ist unmöglich!«

Sie griff nach einer Zigarettenpackung, die auf dem Tisch
lag, dem weit und breit einzigen intakt gebliebenen Mö-
belstück. Latta erkannte, daß es eine fremde Sorte war.
Konnte es sein, daß die Polen schon wieder Zigaretten
machten? Mit den Tränen kämpfend, hielt die kleine Frau
Walentek die Schachtel hin. Der griff zu, und nach kurzem
Überlegen fiel der Frau ein, daß da auch noch dieser Deutsche war, und sie stand auf, um ihn zu begrüßen, eine Geste, von der Latta zunächst nicht wußte, wie er sie deuten
sollte. So sagte er in seinem besten Wasserpolnisch höflich,
eine leichte Verbeugung andeutend: »Ich bin Jakob Latta.
Zu ihren Diensten ...«

Walentek hielt sein Feuerzeug an die Zigaretten und begann, Latta zu loben: »Sie müssen wissen, Pani Borsutzki,
er ist hier zu Hause. Kennt die Stadt. Und er ist geschickt
mit den Händen. Er ist auch anständig. Keiner von der
Sorte, die man fürchten muß. Wir sind befreundet. Sie können ihm vertrauen, es ist Verlaß auf ihn ...«

Die Frau nickte mehrmals und betrachtete Latta, der den
grünen Plüschhut zwischen den Händen drehte. Walentek

baute vor: »Machen Sie sich nichts daraus, daß die Deutschen ihn bei den Soldaten hatten, er wird gut arbeiten. Und verständigen können Sie sich ja auch mit ihm …«

Da versuchte die Frau zum ersten Mal ein Lächeln. Es fiel nicht sehr überzeugend aus, aber was sie dann zu Latta sagte, sprach für sich: »Schön, daß Sie mir helfen. Ich glaube, Soldaten sind auch Menschen …«

Die Zigaretten waren aus Bulgarien, das merkte Latta am Geschmack. Was Tabak betraf, machte ihm keiner so leicht etwas vor. Er sah sich im Zimmer um. Der Tisch, ein paar Stühle, ein Pappkoffer, aus dem ein Stück Stoff hervorlugte, auf dem wie durch ein Wunder intakt gebliebenen Waschbecken an der Außenwand lag Seife, und in einem Becher steckte eine Zahnbürste. In einer Ecke war eine Matratze ausgebreitet, darauf eine ordentlich zusammengefaltete Wolldecke. Sie scheint hier zu nächtigen, sagte sich Latta. Mein Gott, was für ein armes Luder! Eine kleine, bucklige Frau, die sie hierher gestellt haben, mitten in das Durcheinander von zerschlagenem Inventar, und daraus soll sie wieder eine Bank machen …

Nachdem sich Walentek verabschiedet hatte, blieb die Frau ratlos mitten im Zimmer stehen, sah Latta durch ihre dicken Brillengläser an und fragte: »Was haben Sie früher gemacht?«

»Bei der Bahn gearbeitet. Schwellenlager.«

Sie kommentierte das nicht. Sagte leise: »So ist das. Alles kommt durcheinander. Weil ich vor dem Krieg in Krakau in einer Bank gearbeitet habe, bin ich jetzt hier. Haben Sie eine Vorstellung, wo wir überhaupt anfangen können?«

Latta blickte zu der Matratze und fragte: »Ihr Nachtlager?«

»Ja.«

»Dann sollten wir erstmal aus den herumliegenden Brettern so etwas wie ein Bett zimmern. Und irgendwo Glas besorgen, das Fenster reparieren. Zum Schluß sehe ich zu, ob ich das Türschloß in Ordnung bringen kann, einen Schlüssel zurechtfeilen, und dann sehen wir weiter. Einverstanden?«

128

»Sie scheinen ein sehr praktisch veranlagter Mann zu sein, wie?«

Er entschloß sich, offen zu reden, wenn er sich nicht täuschte, war sie jemand, bei dem man das riskieren konnte. Also sagte er: »Stimmt. Man lernt manches. Aber – damit wir uns von Anfang an recht verstehen, Neuhof ist meine Heimatstadt. Ich möchte hier auch bleiben. Selbst wenn die Verwaltung in polnische Hände übergeht. Den Krieg habe ich nicht verschuldet, ich mußte nur mitmachen. Ebenso wie Sie wahrscheinlich nicht dafür verantwortlich sind, daß dieses Gebiet jetzt zu Polen gehören soll. Das haben wohl andere veranlaßt. Also lassen Sie uns darüber nicht streiten. Ich werde Sie nicht betrügen, und ich werde Sie nicht hintergehen. Tun wir etwas, damit man hier wieder leben kann. Vielleicht können wir sogar eines Tages zusammen hier leben. Polen und Deutsche meine ich.«

Die Frau dachte darüber nach. Schließlich sagte sie: »Ich glaube das eigentlich auch. Obwohl es mir schwerfällt.«

»Hatten die Sie auch in ein solches Lager gesteckt?«

»Wieso auch?«

»Ich wohne mit einem Freund zusammen, dessen Mädchen kommt aus Auschwitz. Deswegen.«

»Nein«, sagte sie, »ich war nicht in Auschwitz. Ich war dienstverpflichtet. Kennen Sie das gelbe Quadrat mit dem 'P'?«

»Kenne ich, ja.«

»Das hatte ich zu tragen. Ich habe in Gleiwitz in einer Baracke gelebt. Ein Werk für Elektrogeräte benutzte uns zum Wickeln von Spulen.«

Er sah sich wieder in dem Zimmer um. Walentek, der pfiffige Antek, der sich für Polen entschieden hatte, war in der Wahl dieser Arbeitsstelle vielleicht glücklich gewesen, dachte er. Die Frau hat zwar einen Buckel. Dafür kann sie nichts. Sie ist so häßlich, daß nicht einmal ein Hund mit ihr spielen würde, es sei denn, man bindet ihr ein Kotelett aufs Gesicht. Auch dafür kann sie nichts. Aber sie hat ein Herz.

Und dafür kann sie sehr wohl. Ganz allein. Er hielt ihr seine ziemlich große, etwas zerschundene Hand hin. Als sie sie nahm, schlug er vor: »Wir wollen nicht jede Stunde an das denken, was uns schwerfällt.« Und als sie nickte, fuhr er fort: »Hat es in dieser ganzen Bude so etwas gegeben wie einen Hausmeister? Der muß doch Werkzeug gehabt haben. Wenn es nicht geklaut ist …«

Sie lächelte. Dabei sah sie seltsam mütterlich aus. »Es hat einen gegeben. Kommen Sie, ich zeige Ihnen, was er hinterlassen hat …«

Sie ging voran. Und Latta stellte verblüfft fest, daß sie auch noch hinkte. Aber seltsamerweise reizte ihn das nicht zu einem Grinsen.

Während er den Schwengel drehte, der in einem Holzbottich die im Seifensud schwimmende Unterwäsche der russischen Frauenkompanie bewegte, blickte Schliebitz hinüber zu Alina. Sie stand an einer Zinkwanne, über ein Waschbrett gebeugt, und rieb darauf Wäsche hin und her, neben ihr noch zwei weitere Frauen, die das gleiche taten, im Hof eines ehemaligen Lagerhauses, das den Russen als Wäscherei diente, aber auch zur Aufbewahrung von allerlei Nachschubgut. Der Bahnhof war nicht weit, und es kamen jetzt fast täglich Züge, die allerdings meist Soldaten oder Flüchtlinge aus Galizien beförderten, manchmal auch oberschlesische Kohle oder Güter aus Rußland für die Armee. Den Dienst bei der Bahn versahen ausschließlich Polen, es war für Deutsche nicht möglich, bei der Bahn zu arbeiten. Immer wenn Schliebitz den Schrei einer Lokomotive hörte, dachte er an seine beiden Freunde. Mit ihrem Beruf war es aus. In diesem Teil Deutschlands durften Deutsche nur noch untergeordnete Dreckarbeit verrichten. Während polnische Administratoren das überall mit genüßlicher Freude verkündeten, hielten sich die Russen da etwas zurück. Wie es schien, hatten sie die Disziplin ihrer Truppen nach den Orgien in der Phase des Siegestaumels wieder einigermaßen gefestigt. Die Soldaten durften keine Jagd mehr auf Frauen machen, schon weil es inzwischen zu viele Polinnen gab und es daher Streit unter formell Verbündeten gegeben hätte. Auch zu plündern war nicht mehr erlaubt. Und das hing wohl ebenfalls damit zusammen, daß die neuen polnischen Herren des Landes sich beschwert hatten, sie würden geschädigt werden. Jedenfalls behandelten die russischen Offiziere, die die Wäscherei leiteten, ihre deutschen Angestellten fair. Sie bekamen ihr Essen, das großzügig bemessen war, und es existierte das Versprechen, daß sie auch bezahlt werden sollten, sobald die Polen den Zloty endgültig als Währung eingeführt hatten.

Wenn es sich machen ließ, bekamen deutsche Angestellte ein paar abgelegte Kleidungsstücke, nicht selten eine zerlöcherte Uniformhose. Aber auch Tabak gab man ihnen, gelegentlich Schnaps. Es fanden sich zwar immer wieder brüllende Choleriker unter den Russen, auch welche, die ihre Fäuste benutzten, wenn ihnen etwas mißfiel, aber diese Erscheinungen gab es unter den Polen weitaus häufiger, und so fanden Schliebitz und Alina, daß sie das Glück gehabt hatten, bisher den Umständen angemessen ziemlich gut zu leben.

Russische Soldatenfrauen, die erfuhren, wo Alina gewesen war, verwöhnten sie manchmal mit erbeuteter deutscher Schokolade, die schon leicht angegraut war, aber auch mit Parfüm oder Unterwäsche. Schliebitz hatte einen Lachanfall nicht unterdrücken können, als Alina ihm eines Abends den Büstenhalter vorführte, den ihr eine russische Offiziersfrau gegeben hatte: zwei riesige Stoffblasen, in denen Alinas kleine, spitze Brüste sich verloren.

Jetzt sah er, wie sich Alina aufrichtete und einen Augenblick ausruhte. Sie ist noch hübscher geworden, dachte er. Das Gesicht ist nicht mehr so mager. Und der Ausdruck von Angst hat sich verloren. Selbstbewußt ist sie geworden. Er winkte, als sie zu ihm herübersah. Sie lachte. Auch das

Lachen war neu. Und ihr Stoppelhaar schien länger zu werden. Er versuchte, sich Alina vorzustellen, wenn ihr Gesicht eines Tages wieder von langen, sanft gewellten Flechten eingerahmt war. Was bin ich doch für ein Glückspilz gewesen, dachte er. Und was mußte alles geschehen, bis ich ausgerechnet bei einer Zigeunerin das fand, was man bei einiger Bescheidenheit Glück nennen könnte!

Alina rieb weiter nasses Zeug über das Waschbrett. Seifte es ein, drehte es um, rieb weiter. Ihre Hände sind am Abend oft aufgequollen, erinnerte sich Schliebitz. Eine der Russinnen hat ihr aus dem Lazarett eine Salbe mitgebracht, die soll angeblich etwas helfen. Nun ja, man kann immer nur im Rahmen des Möglichen Glück haben!

Er begann, den Schwengel wieder hin und her zu bewegen. In dem Holzbottich gurgelte das Seifenwasser. Trotz der sommerlichen Hitze fühlte Schliebitz sich wohl. Es war zwar nicht gerade sein Traum gewesen, nach dem Krieg an einer alten, hölzernen Waschmaschine zu stehen und russische Unterhosen zu waschen, aber die Geschichte machte eben zuweilen einen Strich durch die Pläne von Menschen. Immerhin ist es ein Anfang, sagte er sich. Hauptsache, man hat ein Dach, sein Essen, und die Hoffnung, daß die Dinge sich bessern, wenn man auch nicht weiß, wie das laufen soll.

»Schellibitze!« rief der Chef der Wäscherei, ein Feldwebel, dem die deutschen Namen nur schwer von der Zunge gingen. Er stand vor der Bude, in der die Seife lagerte, und bei ihm war ein anderer Uniformierter.

»Hier!« rief Schliebitz zurück. Der Feldwebel winkte ihm zu kommen. Er ließ den Schwengel los und setzte sich in Bewegung.

»Was gibt's?« Mit dem ›Chef‹, wie er sich gern anreden ließ, konnte man leger sprechen, er war gemütlich, wenn er nicht gerade einen schweren Rausch hinter sich hatte.

»Du kannst malen, ja?«

»Ich? Malen? Himmel, nein!« Wie kam der auf Malen? Eines seiner schwächsten Fächer in der Schule!

Der Feldwebel runzelte seine sonnenverbrannte, vom Wetter gerötete Stirn. »Du machen Wand, in Haus da …«

Er wies zum Lagergebäude, und Schliebitz erinnerte sich, dort hatte er vor Tagen eine Wand, von der der Putz bröckelte, mit Kalk getüncht. Das also meinte der: Tünchen!

»Anstreichen? Ja, das geht.«

Der Feldwebel drohte ihm mit der Faust und ließ einen seiner berüchtigten Flüche los, den Schliebitz schon öfters gehört hatte, ohne ihn zu verstehen. Die beiden älteren Frauen, die drüben mit Alina an den Wannen standen, hatten ihn aufgeklärt, es handle sich um die Aufforderung, die eigene Mutter, die Großmutter und ihre Schwestern zu schänden. Andere Völker, andere Flüche, hatte er gedacht.

»Na, also! Du gehen mit Kamerad. Malen. Wenn fertig, hierher zurück, los!«

Der ›Kamerad‹ grinste. Schien keiner von den ganz Scharfen zu sein. Er brachte Schliebitz zu einem Jeep, und sie fuhren in Richtung Stadt, durch einen Teil des Zentrums, bis sie an den Kasernen ankamen. Der Posten winkte sie durch. Die Fahrt fand ihr Ende auf dem Vorplatz der Garagen. Hier stand ein Armeelastwagen mit herabgeklappten Seitenwänden, auf der Ladefläche befanden sich drei lange Kisten aus ungehobelten Fichtenbrettern. Sahen wie Särge aus. Waren auch welche, wie der ›Kamerad‹ zu erklären versuchte, indem er ›für kaputtes Soldat‹ sagte. Dann drückte er Schliebitz einen Kübel mit schwarzer Ölfarbe und einen großen Pinsel in die Hand. Die Aufgabe war klar: Schliebitz mußte die Bretter schwarz anstreichen. Aber der ›Kamerad‹ holte gleich noch einen weiteren Kübel mit roter Farbe, einen zweiten Pinsel, und dann zeichnete er auf einen Fetzen Papier einen Sowjetstern. Den sollte Schliebitz nachzeichnen, und zwar mitten auf die drei Särge. Nicht schwer zu verstehen. Wie mache ich ihm klar, daß ich zwar kein Künstler bin und der Stern vielleicht ein bißchen krumm ausfallen wird? Egal, das ist zu schaffen. Er

nickte, griff sich die Kübel und stellte sie auf die Ladefläche. Kletterte hinauf und begann mit den Sternen. Rot
auf Fichte. Das Schwarz werde ich nachher drumherum
malen, damit die Soße nicht zusammenläuft und lila wird!
Er sah, wie der ›Kamerad‹ abzog, und war froh, daß es sich
nicht um eine unangenehmere Arbeit handelte.

Über den Kasernenhof marschierten Soldaten. In den Garagen wurden Motoren ausprobiert. Niemand kümmerte
sich um den deutschen Jungen, der mit roter Farbe die
Sterne auf die Sargdeckel malte. Sie gelangen ihm einigermaßen, so daß er nach einiger Zeit die schwarze Farbe
holte und sie auf die Seitenbretter aufzutragen begann.
Hoffentlich bin ich bis zum Mittagessen damit fertig,
dachte er, hier gibt's wahrscheinlich nichts, und ob der
›Chef‹ mir was aufhebt ist ungewiß.

Er beeilte sich. Als er die Unterkante des ersten Sarges ein-
pinselte, wollte er den Kasten ein bißchen anheben, um die
Ladefläche des Autos nicht allzu sehr mitzustreichen. Und
da merkte er, daß das Ding ungewöhnlich schwer war. Es
gelang ihm nicht, den Sarg anzukippen. Was haben sie da
bloß drin? fragte er sich, Fichtenholz kann doch nicht dieses Gewicht haben! Um seine Neugier zu stillen, hob er den
Deckel ein paar Zentimeter an und spähte in die Kiste.
Olivfarbenes Tuch. Er hob den Deckel vorsichtig weiter an,
und plötzlich starrte er in das bleiche Gesicht eines Mannes, den er kannte. Die Augen waren zwar geschlossen,
aber da war der Schnurrbart, waren die hoch angesetzten
Backenknochen: Pascha!

Er hatte den Kasachen oft genug gesehen, als Hirschke für
ihn Schnaps braute, kein Zweifel, er war es. Ein Blick auf
die Uniform ließ erkennen, daß es nirgendwo Blut gab.
Woran war Pascha gestorben? Verblüfft ließ Schliebitz den
Deckel wieder fallen. Auch in den beiden anderen Särgen
lagen tote Soldaten, still und friedlich.

Schliebitz atmete tief durch. Dann beeilte er sich. Strich
Stück für Stück die Bretter ein, und an den Kanten der

roten Sterne verfuhr er so vorsichtig, daß die Farben nicht ineinander verliefen. Er begann, in der Sonnenwärme zu schwitzen, und als der ›Kamerad‹ nach einiger Zeit kam, um den Fortgang der Arbeit zu kontrollieren, lief Schliebitz bereits der Schweiß in Strömen über die Haut. Aber er war so gut wie fertig, und das freute den ›Kameraden‹ sichtlich. Er holte aus der Garage einen Monteur, der schlug die Sargdeckel mit jeweils vier langen Nägeln fest. Dann bedeutete der ›Kamerad‹ Schliebitz, sich auszuruhen, und verschwand wieder. Als er zurückkam, brachte er ein Kastenbrot, ein Stück Räucherspeck und eine Schachtel Kasbek-Papirossy mit. Das alles drückte er Schliebitz in die Hand. Anerkennung war in seinem Gesicht zu lesen. Bevor sie in den Jeep stiegen, der Schliebitz zurück in die Wäscherei bringen würde, deutete der auf die Särge, krümmte den rechten Zeigefinger und machte fragend: »Bumm-bumm?«

Als der ›Kamerad‹ begriff, was er meinte, lachte er polternd. Während er den Motor des Jeeps anspringen ließ, verriet er Schliebitz grinsend: »Nix Bumm-bumm! Samogon!« Er schnippte mit dem Finger seitlich an die Gurgel, schob den Gang ein und fuhr an.

»Alfons!« rief Hirschke, als er nach Beendigung der Arbeit, auf dem Weg zur Fischerstraße, am offenen Hoftor des ehemaligen Klosters der Barmherzigen Brüder vorbeiging. Da drin, auf dem Hof, stand Brinsa, bekleidet nur mit einer blauen Schlosserhose, in der Hand einen riesigen Schraubenschlüssel, und besah sich einen Traktor, der nur noch zwei Räder hatte und dessen Vorderfront eingebeult war. Er entdeckte Hirschke und winkte ihm zu kommen.
»Erst Fahrräder und Grammophone, und jetzt Traktoren!« lachte Hirschke. »Wirst modern, wie?«
Brinsa spuckte aus. Er holte Tabak aus der Tasche, und sie drehten Zigaretten. Mittlerweile war das gemeinsame Drehen von Zigaretten zu einer Art ritueller Handlung zwi-

schen Freunden geworden. Brinsa wies auf einen Haufen Blech und die Reste weiterer Traktoren, die im Hof standen. »Arbeit für Jahre! Sie wollen das Stadtgut wieder in Gang bringen. Und ich soll aus diesem Schrott so viele brauchbare Traktoren wie möglich machen ...«

»Das wäre auch für mich was gewesen«, meinte Hirschke, obwohl er von Motoren und Fahrzeugen nur wenig verstand. Wie es aussah, mußte sich heutzutage jedermann darauf einrichten, jede nur erdenkliche Arbeit zu leisten.

»Ich bin nie weiter gekommen, als bis zu einem Sachs-Motor«, lachte Brinsa, als Hirschke ihm zu verstehen gab, er wäre wohl doch überfordert gewesen. »Das spielt heute keine Rolle. Man muß helfen, daß das Leben wieder in Gang kommt, alles andere ist unwichtig. Aber – wenn ich aus diesem Haufen zwei solche Dinger wieder zum Laufen kriege, muß ich schon gut sein. Am schlimmsten ist es mit den Reifen. Die haben meist die Russen kassiert ...«

Eine Weile unterhielten sie sich über Arbeit, und Hirschke erzählte von seinem Starosten, der ein preußischer Major hätte sein können mit seiner betonten Straffheit.

»Aber er ist verträglich, wie es scheint«, stellte er fest. »Als ich sein Klosett wieder repariert hatte und er zum ersten Mal die Wasserspülung zog, hat er sich gefreut wie ein Kind, das zu Weihnachten eine Eisenbahn geschenkt kriegt. Weißt du, ob irgendwo Glas herumliegt?«

»Du brauchst Glas? Wofür?«

»Ich habe achtunddreißig Fenster zu verglasen!«

»Nimm Pappe«, riet Brinsa lachend. »Glas gibt's weit und breit nicht. Es sei denn, du suchst in den leeren Häusern. Da sind manchmal Innenfenster noch ganz, und Hinterhoffronten haben auch oft nur wenig abbekommen. Was macht Latta?«

Hirschke erzählte es ihm. Brinsa nickte bedächtig. »Ja, so fangen wir alle von neuem an! Suchen das, was der Krieg übrigließ, zusammen und schustern es zurecht ...«

»Ein Glück, daß der Krieg uns selbst übrigließ«, meinte Hirschke. Brinsa sah ihn an.

»Manchmal frage ich mich, soll das alles sein, was das Leben für uns noch hat? Hilfsarbeiter in einer zerschundenen Welt? Als ich noch ein Deutscher dritter Klasse war, habe ich immer davon geträumt, eines Tages aufzuwachen, und es würde Hitler nicht mehr geben, und die Welt würde wieder in Ordnung sein. Da wollte ich studieren. Maschinenbau. Jetzt gibt es Hitler nicht mehr, aber die Welt scheint gar nicht in Ordnung zu sein, und ich schlachte Traktoren aus. Hat nicht viel von einer goldenen Zeit, wie?«

»Wo wohnst du?«

»Da wo wir mal wohnten, früher. Habe ein Zimmer einigermaßen hingebracht.«

»Und du weißt noch nichts?«

»Wovon?«

Hirschke erzählte ihm, was er über die Räumungsabsichten von Walentek wußte, aber Brinsa hatte noch nichts davon gehört.

Es machte ihn nachdenklich, was Hirschke da sagte.

»Manchmal«, gestand er, »überlege ich, ob es nicht besser wäre wegzugehen. Das hier wird Polen bleiben.«

»Aber Deutschland war auch nicht gerade das Paradies für dich«, machte Hirschke den Freund aufmerksam.

»Trotzdem«, sagte Brinsa. »Ich bin Deutscher. Hitler war nur für eine Zeitlang eine deutsche Plage. Es gibt ihn nicht mehr. Ob es in dem Nachkriegsdeutschland, da drüben, hinter den Bergen, eine vernünftigere Zukunft für uns gibt? Wer kann es wissen?«

»Ich gehe auch nicht gern von da weg, wo ich meine Wurzeln habe.«

Brinsa meinte: »Wer weiß, wie man es richtig macht. Man muß wohl noch warten. Es ist alles zu frisch …«

Latta kam vorbei. Er hatte länger gearbeitet, um aus einem halben Dutzend aufgebrochener Türschlösser eines zusammenzubasteln, das funktionierte und mit dessen Hilfe die künftige Bankdirektorin jetzt einen verschließbaren Schlafraum hatte.

»Mensch«, sagte er zu Brinsa, »die ist zwar Polin, aber ein selten armes Luder. Kann einem richtig leidtun. Ich komme immer mehr zu der Einsicht, daß es den meisten dieser Zugewanderten gar nicht so viel besser geht als uns. Nimm so eine Tante: Im Krieg hat man sie mit Abziehbild an der Brust arbeitsverpflichtet, und jetzt schicken ihre eigenen Leute sie in eine Bank, in der es nicht mal Fenster gibt, geschweige denn etwa einen verschließbaren Tresor. Alles gesprengt. Demoliert. Ob die Russen da drin Schnaps vermutet haben?«

Brinsa, von Natur aus ein nachdenklicher Mensch, wunderte sich, wie genau Latta die Sachlage erfaßte. Aber er machte ihn aufmerksam: »Du hast recht, den meisten Polen, die hierher kommen, geht es beschissen wie uns auch. Nimm die Miliz aus und ein paar Schieber. Die Leute aus Galizien hat man aus ihrer bisherigen Wohngegend vertrieben, weil die Russen das Gebiet beanspruchen. Dafür haben sie den Polen unsere Gegend vermacht. Und deshalb wird es uns Deutschen hier, wie ich befürchte, in Zukunft nicht nur weiter beschissen gehen – wir werden immer mehr zum Fremdkörper für die Polen werden. Sie sind die neuen Besitzer. Wir die Untertanen. Wenn ich so nachdenke, wird mich das auf die Dauer stören, mehr als mich knappes Essen stört und zerlumpte Kleidung.«

»Weil du darin Training hast«, meinte Latta. »Ich fürchte, es wird die Polen hier im wachsenden Maße stören, daß es uns überhaupt noch gibt. Solange sie uns für die Dreckarbeit brauchen, nehmen sie uns hin, aber später …«

»Du sagst es. Wie gefällt das alles eurer kleinen Zigeunerin?«

Hirschke klärte ihn auf: »Die ist verliebt. Wenn du den Zustand kennst, weißt du, daß einem da alles andere ziemlich egal ist. Das trifft auch auf Kuli Schliebitz zu, den

Auserwählten. Er wäscht russische Unterhosen und ist vorerst glücklich ...«

Brinsa sagte überraschend: »Ich bin auch verliebt, wenn man das so nennen soll.«

»Ach!« machte Latta. »Kennen wir sie?«

Brinsa zuckte die Schultern. »Weiß nicht. Kaum. Polin.«

»Ei, da kann man dir gratulieren, Alfons, da hast du vielleicht die Chance, in die Schicht der neuen Herren zu rutschen!«

Aber Brinsa winkte ab. »Kein Grund zur Freude. Ihre eigenen Landsleute haben sie schon angeniest, weil sie sich ausgerechnet einen Deutschen aussucht.«

»Einen, der die Mutter in Auschwitz verloren hat? Wissen die das? Und dem die braunen Eierköpfe das Leben schwergemacht haben?«

»Du machst einen Fehler«, sagte Brinsa ruhig. »Ich habe den auch gemacht. Ich habe angenommen, unsere neuen Herren wären alle edle Leute. Aber offenbar gibt es bei ihnen ebensolche Typen, wie wir sie von früher kennen. Als ich in der Meldestelle gefragt wurde, ob meine Eltern in der Partei waren, sagte ich dem Chef, der dort residiert, meine Mutter sei Jüdin gewesen. Er sah mich an, wie man eine Spinne ansieht. Und dann fragte er mich, warum ich gar nicht nach Knoblauch stinke.«

»Den hätte ich in die Fresse gehauen«, bekannte Hirschke.

Eine Kolonne Pferdefuhrwerke zog die Straße entlang in Richtung auf den Ring zu. Die Wagen waren mit allen möglichen Habseligkeiten beladen, vom Federbett bis zum Kochtopf. Männer saßen auf den Kutschböcken, übernächtig und verdreckt. Auf Packen persönlicher Habe hockten Frauen. Viele hatten Kinder bei sich. Sie blickten ängstlich und voller Mißtrauen auf die neue Umgebung, in der sie angekommen waren. Und sie erinnerten so gar nicht an Sieger, eher an hilflose Wanderer, die nicht genau wußten, ob sie nun endlich am Ziel angekommen waren oder nicht.

»Galizier«, bemerkte Brinsa. »Es kommen immer mehr.

Ausgesiedelt. Sie werden hier bleiben.«

»Arme Hunde«, konstatierte Latta. »Erinnern mich an Leute, die ich im letzten Winter gesehen habe. In Ostpreußen. Damals waren es Deutsche. Sahen genau so aus.«

Hirschke fügte an: »Nur daß auf die hier nicht mehr geschossen wird.«

Sie gingen auseinander, nachdem der lange Zug der Pferdewagen, den Milizionäre auf Fahrrädern umschwärmten, vorbeigezogen war. Brinsa widmete sich wieder seinem Traktor, und Hirschke und Latta strebten durch Seitengassen der Fischerstraße zu. Doch selbst auf diesem Wege fiel ihnen noch auf, daß ungleich mehr Milizionäre in der Stadt zu sehen waren als sonst.

Latta sprach die Befürchtung aus: »Irgendwas liegt in der Luft, Ossi. Ich spüre das. Und es wird wohl kaum was Gutes sein.«

Dann waren sie endlich an der Nummer 18.

Schliebitz und Alina hatten sich bereits eingefunden. Zwei glückliche junge Leute, die mit Irene Kostka Tee tranken, in der Wohnküche, in der es nach Bratkartoffeln roch. Brot lag auf dem Tisch. Schliebitz schob es Hirschke hin und sagte trocken: »Geschenk für dich. Habe ich dafür bekommen, daß ich Särge angepinselt habe, in denen schon Leichen lagen.«

»Du findest auch immer die besten Arbeiten«, spottete Hirschke. »Aber laß dir danken. Warum guckst du so ernst? Wegen der Leichen?«

»Nein. Weil ich hoffe, die Russen kommen nicht auf die Idee, dich zu suchen.«

»Mich suchen? Die Russen? Weshalb sollten sie?«

Schliebitz grinste. »Dein Freund Pascha hat sich in so einen Sarg gesoffen. Vielleicht mit deinem Schnaps.«

Hirschke schwieg verblüfft. Irene stellte ihm wie auch Latta einen Becher Tee hin, und dann mahnte sie die jungen Leute: »Nehmt das mit dem Schnaps mal nicht so schwer. Victor hat mir da eine viel schlimmere Geschichte erzählt. In der Klinik in Neisse, da gab's eine Pathologie, das ist die Bude, in der sie die Toten auseinandernehmen und alle möglichen Einzelteile von ihnen in Spiritus legen, als Lehrmaterial, zum Angucken. Verschwollene Nieren, Gallenblasen, selbst Gehirne, auch abgetriebene Kinder übrigens. Irgendein Schlaukopf hat die Bude ausfindig gemacht und den Spiritus von den Einzelteilen abgegossen, in Flaschen gefüllt und an die Russen verscherbelt. Sie haben das gesoffen wie Maibier! Victor sagte, es wären nur ganz wenige davon gestorben. Vielleicht war ja dieser Pascha auf der Leber nicht mehr so ganz voll da ...«

Victor kam, als die Dunkelheit hereinbrach. Er schleppte Käse und Wurst an. Und er war wütend. Polnische Miliz hatte ihn an der Unterführung vom Ring zur Töpfergasse angehalten. Sie wollten ihn nicht durchlassen, bis er laut wurde und nach seinem riesigen Revolver griff.

»Abgeriegelt«, sagte er und goß sich einen Schnaps ein.

»Keiner rein, keiner raus, bis die Umsiedlung aller Deutschen hier herein gelaufen ist ...«

Ghetto

»Anna-Marianna, wo bist du, mein Lieb ...« sang die alte Frau. Es klang wie die Trauerweise auf einer Beerdigung in alten Zeiten. Die Leute hörten versonnen zu. Schweigend. Gleichsam andächtig.

Die Stube war voller Menschen. Hirschke hatte das so ähnlich erwartet, aber als er sich die Leute der Reihe nach ansah, während er auf der Matratze in der Ecke saß, beschlich ihn das Gefühl, nun sei eine Stufe der Bedrängnis bei ihnen erreicht, der viele nicht mehr gewachsen sein würden. Körperlich, aber auch geistig wohl.

Vorn, am vernagelten Fenster, das auf die Fischerstraße hinausging, hockte die Sängerin. Das Singen war nie ihr Beruf gewesen, wohl auch nicht ihre große Stärke, denn manchmal traf sie den Ton nicht, oder sie mußte sekundenlang pausieren, weil ihr der Text fehlte. Aber sie sang mit einer schwermütigen Inbrunst, die die anderen in der Stube verzauberte. Wozu beitrug, daß sie wirr im Kopf war und jeder das merkte.

Hermine Kandzik, weit über die Sechzig, war das gewesen, was die Stadtleute gutmütig eine NSV-Tante nannten. Die ehemalige Büroangestellte hatte sich dem Sammeln und Verteilen von Kleidung und Lebensmitteln gewidmet in den letzten Jahren, war mit der Blechbüchse herumgerannt, hatte Kinder betreut und alte Leute zum Arzt geführt. Nachdem sie von polternden Milizionären in die Stube gescheucht worden war, hatte sie einen ganzen Tag den Mund nicht aufgemacht, nur in ihrer Ecke gehockt und vor sich hin gestiert. Erst dann begann sie von Zeit zu Zeit Selbstgespräche zu führen über das, was man so die nationale Erhebung genannt hatte, über Hitler und die Winterhilfe, die für die Ostfront gesammelten warmen Unterhosen oder über ein ominöses Licht am Himmel, das den Zorn des Satans über die Menschheit gebracht hatte. Wirres Zeug. Zu ertragen, weil sie niemanden direkt ansprach und keine Antworten erwartete.

Sie gehörte zu den »Neuen«, die außer Hirschke und Latta jetzt auf dem Fußboden der sonst leeren Stube kampierten. Die Russen hatten sie drei Tage in einem Quartier festgehalten, und während der Zeit hatten sich, wie sie manchmal selbst verriet, dreiundneunzig Soldaten an ihr verlustigt. Die Zahl mußte sich auf sonderbare Weise in ihr Hirn eingenistet haben, denn sie wiederholte sie oft. Summte vor sich hin. Weinte dabei. Oder lachte schallend.

Früher war sie eine kluge, freundliche Frau gewesen, immer hilfsbereit, behaupteten die beiden Schwestern, die sich ein wenig um sie kümmerten, ebenfalls in ihrem Alter, Ida und Mieze, wie sie jedermann in der Stadt nannte. Alte Jungfern, die in der Niederstraße ein Miederwarengeschäft betrieben hatten. Zurückgezogen lebende Geschöpfe, die regelmäßig zur Kirche gingen und Gutes zu tun versuchten. Wie die Hermine auch, nur eben anders. Nicht politisch. Sie sagten, dreiundneunzig sei übertrieben, aber ein paar Dutzend seien es schon gewesen, auch bei ihnen, sie hätten sich ganz in der Nähe aufgehalten, damals.

Ein junges Bürschchen sei zuerst gekommen. Habe sie zwischen die aus den Fächern und Schubladen herausgerissenen Leibchen, Korsagen, Büstenhalter und Mieder geworfen, und seine Kumpane hätten ihn angefeuert. Aber dreiundneunzig – nein!

Die beiden grauhaarigen Frauen hatten in späten Jahren das eingebüßt, was sie zu alten Jungfern gemacht hatte, jetzt waren sie nur noch alt. Und sie krochen zueinander wie zwei Kätzchen in der Kälte. Das Seltsamste an ihnen war, daß sie über ihre Erlebnisse mit den Russen unbefangen sprachen. Keine Scheu. Aber auch keine Klage. Feststellung, wie man sich an das Wetter an einem bestimmten Tag erinnert. Mit dem Zusammenbruch des ursprünglichen Wertesystems waren die Hemmungen gefallen.

Da war die Witwe Musiol anders. Die immer noch adrett wirkende Fünfzigerin mit dem Lockenkopf, die nach dem Tode ihres Mannes einen Müllereibetrieb samt Mehlladen selbst geführt hatte, schimpfte laut und überdeutlich auf die Sieger. Sie hätten sich wie Schweine benommen in ihrem Laden. In die Mehlkisten gepißt und sie mit ihren ungewaschenen Schwänzen bedrängt. Ins Mehl geworfen. Nach Knoblauch hätten sie gestunken und nach Machorka. Einer habe sie in die Brust gebissen, es eitere immer noch. Wenn man sie nicht rechtzeitig davon abhielt, wies sie die Wunde vor. Sie war voller Haß, auch gegen die neuen polnischen Herren. Faulenzer, Sadisten und Lügner seien sie alle. Jeder deutsche Schuß auf sie, der danebengegangen war, sei heute noch zu bedauern. Wenn man sie doch in den Lagern, von denen sie jetzt redeten, wenigstens alle umgelegt hätten. Und – nein, mit den Braunen von Hitlers Sorte habe sie nie etwas im Sinne gehabt, das wisse jeder in der Stadt.

Weder Hirschke noch Latta äußerten sich zu solchen Sprüchen. Es war sinnlos, mit Leuten zu streiten, deren Gefühle in Aufruhr waren. Vernunft würde erst wieder einziehen, wenn die Gefühle sich beruhigten, und das war kaum zu erwarten, bevor der Druck auf die Deutschen nachließ.

Aus ganz anderem Anlaß schwieg Anna Nitschke, die über siebzig Jahre alte Greisin, die auf dem Holzfußboden neben der Witwe Musiol lag. Sie war zu müde, um noch zu argumentieren. Das Leben war lang und arbeitsreich gewesen für die Weberin in der Textilfabrik. Sie hatte bei den damals jüdischen Eigentümern zu arbeiten angefangen, Jahre vor dem Ersten Weltkrieg. Nach England waren sie ausgewandert, als Hitler antrat. Anna Nitschke hatte weiter Leinen gewebt. Fallschirmtaschen zuletzt. Der Mann lag irgendwo in Frankreich begraben. Und Anna Nitschke wollte nicht mehr hinhören, wenn die anderen klagten, wenn sie zürnten, sie wollte nur noch einen Flecken, auf dem sie sich niederlassen und den Tod erwarten konnte.

So blieb Lehrer Karwath als einziger übrig, der gelegentlich aus dem Nebenhaus herüberkam und ein Wort der Vernunft sprach, auch eines der Ermutigung. Das klang zwar wenig überzeugend, aber Hirschke und Latta erkannten daran, daß Karwath nicht gebrochen war, daß er seinen Platz in dieser verqueren Welt suchte, die da hereingebrochen war.

Sie kannten ihn beide, denn sie waren Schüler bei ihm gewesen. Lehrer Karwath hatte Geschichte unterrichtet in ihrer Schule. Einer der älteren Lehrer. Ohne Parteiabzeichen und zuweilen einem Scherz aufgeschlossen. Kein Pauker, der sein Pensum in die Köpfe drosch und dem sonst alles egal war.

Hirschke war es gewesen, der ihm einmal die umwerfendste Antwort seiner bisherigen Lehrerpraxis gegeben hatte, als er von ihm etwas über die Veränderungen hören wollte, die der Anschluß Schlesiens an Preußen gehabt hatte. Die Frage zielte auf die Belebung, die Bergbau und Landwirtschaft erfuhren damals, wohingegen der einstmals umfangreiche Handel mit den südlichen Nachbarn sich nicht mehr fortsetzte. Aber Hirschke gab auf die Frage des Lehrers lakonisch zurück: »Wenn der Alte Fritz den Anschluß nicht geschafft hätte, dann wäre ich jetzt Österreicher.«

»Ostmärker«, korrigierte Karwath nur mild, sich ein Lachen verkneifend. Und die Klasse johlte vor Spaß.

Von draußen kam Lattas Stimme. Er rief nach Hirschke. »Wir sind am Fluß!«

Hirschke war froh, aus der Stube zu kommen. Das Elend der meist hilflos dahindämmernden alten Leute quälte ihn. Sie bezahlten für das, was gewesen war, und dabei hatten sie es nicht veranlaßt. Geduldet vielleicht. Sie werden langsam vor sich hinsterben, dachte Hirschke. Keiner von ihnen ist mehr in der Lage zu arbeiten. Folglich bekommen sie auch die Schüssel Suppe und die Scheibe Brot nicht, die wir Jungen in der Kuchnia Ludowa bekommen. Wie soll ein Mensch das überstehen?

Victor, der Russe, kam immer noch zu seiner Geliebten in der Küche. Die Miliz hatte es auch nicht gewagt, jemanden bei ihr einzuquartieren. Einen Blinden mit einem Holzbein hatten sie später noch angebracht, einen Kriegsverletzten aus dem Rheinland, der im Neuhofer Lazarett gelandet war. Ihn zog Schliebitz zu sich und Alina in das kleine Zimmer und richtete ihm ein Lager. Karlchen störte sie nicht. Und tagsüber hatte er die winzige Kemenate ganz für sich. Ein im Grunde lustiger Bursche, der sich Mühe gab, den Mitmenschen durch seine Blindheit nicht allzu sehr zur Last zu fallen. Wenn er nachts auf das Plumpsklosett im Hausflur gehen mußte, weckte er nicht etwa Schliebitz, der ihm angeboten hatte, ihn zu führen, er kroch auf zwei Händen und einem Bein hinaus.

Hunger litt er wie die anderen auch. Immer, wenn Alina ihm ein Stück Brot oder eine Kartoffel aus der Stadt mitbrachte, erbat er sich die Erlaubnis, ihr Gesicht betasten zu dürfen, und es verblüffte ihn jedesmal, wenn er feststellte: »Jetzt lachst du!« Jeder hing bald an Karlchen. Sein Familienname interessierte niemanden.

Sie saßen am Fluß, einen Steinwurf hinter der Häuserzeile, wo eine verstrüppte Wiese in das sandige Ufer überging, ihr Lehrer, seine beiden ehemaligen Schüler und der Blinde. Latta brummte: »Ich danke Gott, daß Sommer ist und man hier sitzen kann. Das da drin macht mich krank …«

Haus an Haus sah es in den zwei Straßen des Ghettos gleich aus. Alte, meist hilflose Leute, wahllos in Räume gepfercht, in denen sie am Tag schwitzten und in der Nacht froren, weil kaum jemand eine Decke besaß.

»Hermine singt wieder«, sagte Hirschke. Er blickte auf das träge dahinfließende Wasser, das an größeren Steinen schäumende Wirbel bildete. Die Posten auf der Brücke an der rechten Ghettogrenze und auf dem Wehr zur Linken waren zu sehen. Junge Burschen, die rauchten, Maschinenpistolen auf dem Rücken, die Quadratka weit ins Genick geschoben.

Karwath, der Lehrer, war ein nicht sehr großer, hagerer Mann, seit dem zweiten Kriegsjahr pensioniert. Witwer ohne Kinder. Er trug zusammengesuchte Kleidung wie jeder hier, aber er hielt sich sauber. Wusch sich jeden Morgen am Fluß, putzte sein Gebiß mit feinem Sand, kämmte seine letzten Haare mit einem Stück Kamm, das er aus einem Haufen Müll aufgelesen hatte. Latta bot ihm Tabak an, aber er lehnte lächelnd ab.

Hirschke wandte sich an den Lehrer: »Wird schwer auszuhalten sein für Sie, das da drin. Wir Jüngeren haben in der letzten Zeit mehr Übung gehabt, auf engem Raum mit vielen Leuten zu hausen.«

»Wenn wir nicht grade in einem Loch lagen«, warf Karlchen in seinem gemütlichen Rheinlanddialekt ein, »da waren wir nämlich ganz allein!«

»Und wir hatten keine Ausgerasteten bei uns«, meinte Latta. Aber da machte Karlchen ihn aufmerksam: »Wir schon. Jeder Hauptfeldwebel war ausgerastet, wenn du mich fragst. Und jeder Leutnant sowieso. Anders als die Weiber da drin, aber trotzdem …«

Hirschke erkundigte sich bei Latta: »Wo bleibt Kuli? Und Alina fehlt auch noch, dabei wird's Abend …«

Er erfuhr eine Neuigkeit: »Die beiden sind mit einem Panjewagen nach Leuben unterwegs. Da war ein Verpflegungsdepot der Wehrmacht gewesen. Von irgendwem hat Kuli erfahren, daß dort noch Erbsen und Bohnen lagern. Er will mit Alina was davon hierher holen. Bevor die Leute im Ghetto anfangen zu verhungern.«

Hirschke blickte ihn besorgt an. »Sind die beiden verrückt? Die nächstbeste Streife sperrt sie ein!«

Aber Latta beruhigte ihn: »Keine Gefahr, Ossi. Unser lieber Freund Antek hat ihnen von der Miliz eine Sonderge-

nehmigung besorgt. Schriftliche. Die haben nämlich auch
Angst, daß die Leute hier anfangen zu krepieren.«
»Was ist, wenn die beiden an einen Streifenposten geraten,
der nicht lesen kann?«
Latta grinste nur: »Du unterschätzt Kuli. Der Panjewagen
ist von den Russen. Hat Victor besorgt. Samt Kutscher.
Russe.«
Hirschke hatte die Unterhaltungen nicht miterlebt, die zu
dieser Fahrt geführt hatten. Die Leute lebten von alten
Kartoffeln, die noch irgendwo in Kellern herumlagen. Von
einer Taube, die unvorsichtig genug war, sich fangen zu lassen. Die Milizposten antworteten auf Befragen, die Deutschen sollten sich gefälligst selbst um ihre Nahrung kümmern. So wie die Polen es gezwungen waren, unter der
deutschen Besatzung zu tun. Wie die Deutschen das allerdings machen sollten, angesichts des Verbots, das Ghetto
zu verlassen, wenn man keine Arbeitskarte besaß, sagten
sie nicht dazu.
Schließlich hatten die alten Leute sich darauf besonnen,
daß an manchen Stellen des Flußufers, in der Nähe des
Wehrs, Brennesseln wuchsen. Die hieben sie ab und kochten Suppe davon, die zwar gräßlich stank und schmeckte,
immerhin aber den Magen füllte, wenn auch nur für kurze
Zeit. Inzwischen waren auch die Nesseln verbraucht. Und
da hatte Kuli von dem Lebensmittellager erfahren. Alina
hörte sich die Sache an, und dann gab sie keine Ruhe mehr,
bis Schliebitz mit ihr zu Walentek ging. Der besorgte ein
Papierchen, und er überzeugte Victor, den wolgadeutschen
Russen, daß man helfen müsse. Victor versprach einem
Pferdewagenfahrer eine Flasche Wodka, und dafür über-
nahm der die Fuhre.
Alina war aufgeregt. Ihre Nerven schienen bis zum Zer-
reißen gespannt, als sie mit dem hochbeladenen Wagen auf
das Tor im Zaun zufuhren.
Sie hatten in den drei Baracken am Rande des Dörfchens
Leuben lange suchen müssen, bis sie unter den Bergen von

verstreutem Mehl oder zertretenen, mit Exkrementen ver-
schmutzten Nudeln endlich die Säcke mit den Hülsen-
früchten fanden.

Hier sah es aus, als habe man einer Horde Wilder erlaubt,
sich lustvoll auszutoben. Natürlich war manches noch ge-
nießbar, aber es würde viel Zeit erfordern, es aufzulesen,
zu sortieren und auf Verschmutzung zu prüfen. Dazu
wären vielleicht hungrige Deutsche bereit gewesen, aber
die ließen die Posten nicht auf das Gelände. Sie hatten
schon mißtrauische Blicke getauscht, als sie Schliebitz und
Alina deutsch sprechen hörten. Einer von ihnen hatte das
Aufladen bewacht, der andere war verschwunden. Jetzt
kam er mit einem weiteren Milizionär zurück, dessen
Mütze von einer silbernen Kordel gesäumt war. Und der
wandte sich sogleich in rauhem Deutsch an die beiden:
»Abladen, los!«

Schliebitz fragte verdattert: »Warum? Wir haben die Erlaubnis aus Neuhof.«

Der Silberbetreßte holte aus und ließ die Hand in der Luft
stehen. »Nichts für Deutsche hier. Los, abladen!«

Um seinen Worten Nachdruck zu verleihen, knöpfte er die
Revolvertasche auf und zog die Waffe.

Keiner hatte den schläfrig wirkenden kleinen Russen be-
achtet, der auf dem Kutscherbrett des Wägelchens hockte
und geruhsam eine Machorkazigarette rauchte. Erst jetzt
wurden sie alle plötzlich auf ihn aufmerksam. Er hatte mit
halb geschlossenen Lidern den Disput zwischen Schliebitz
und dem Polen verfolgt, ohne ein Wort zu verstehen. Aber
er hatte sofort begriffen, daß den beiden Deutschen die
Fuhre streitig gemacht werden sollte. Und er hielt sich
nicht lange mit Einsprüchen auf. Er griff nach dem neben
ihm liegenden Gewehr, legte den Sicherungshebel um und
schoß, über den Kopf des Milizoffiziers zielend, repetierte
und sprang, Gewehr in der Hand, vom Wagen. Ging auf
den Offizier zu, die Mündung seines Gewehres auf dessen
Bauch gerichtet. Sein rundes, von Bartstoppeln bewuchcr-

tes Bauerngesicht war von einem drohenden Ausdruck beherrscht, als er den Polen mit einem einzigen russischen Wort anknurrte.

Der Offizier steckte vorsichtigerweise den Revolver wieder weg. Russen waren ihm zuwider, obwohl Polen ihnen nicht nur seine Wiedergeburt als Staat verdankte, sondern auch dieses Land hier. Man war verbündet. Aber das setzte eigenartigerweise nicht die bei vielen Polen seit Generationen gewachsene Abneigung gegen die Russen außer Kraft. Sie wirkte weiter. Man hatte seine Erfahrungen mit den verschiedenen russischen Reichen, und keine davon war sonderlich gut gewesen. Diese Kerle sind kulturlos, dachte der Pole, und faul, sie sind schmutzig, und im Suff sind sie unberechenbar. Aber nicht nur im Suff, man mußte schon aufpassen.

»Gut, gut«, sagte er mit dem Blick auf die Gewehrmündung. »Ich muß kontrollieren, was diese Deutschen da wegschleppen. Gegen dich, Towarischtsch, habe ich nichts …«

»Hau ab, schände deine Mutter!« fauchte der kleine Russe. Eine olivgrüne Figur in Breeches und Stiefeln, das Käppi auf dem kahlgeschorenen Kopf weit nach hinten geschoben. Er hob das Gewehr um eine Idee an und drückte noch einmal ab.

Der Offizier war blaß geworden. Er machte einen Satz zur Seite, dann lief er wie gehetzt davon. Der Posten, der ihn geholt hatte, verkrümelte sich ebenfalls zwischen den Baracken.

»Dawai!« sagte der Russe zu Alina und Schliebitz. Wies mit dem Gewehr zum Wagen. Hängte es dann über die Schulter. Als die beiden auf den Säcken saßen, klatschte er dem Pferd die Leine auf den Rücken und schnalzte. Der Wagen rollte unbehindert aus dem Depot. Der Posten am Tor verdrückte sich hinter einen Baum, als sie vorbeikamen. Man hatte so seine Erfahrungen mit schießwütigen Russen.

»Danke!« sagte Schliebitz, als sie aus dem Dorf heraus waren, auf der Landstraße nach Neuhof. Der Russe zog bloß die Lippen hoch und zeigte die Zähne. Lachte nicht einmal. In Neuhof hielt sie niemand mehr auf, bis sie an die Unterführung zwischen dem Ring und der Töpfergasse kamen, dem Eingang zum Ghetto. Hier hob einer der zwei Milizionäre die Hand, wollte den Wagen wohl anhalten. Aber der Russe sah ihn nur an und hob ganz leicht das Gewehr. Da ließ der Posten die Hand sinken und winkte den Wagen durch. Der Russe spuckte vom Kutschbrett herab auf das Kopfsteinpflaster. Sagte kein Wort.

Eine der Frauen aus dem Haus kam angelaufen und rief den Jungen zu: »Kommt nur, kommt, sie sind mit dem Wagen da!«

Sie drehte sofort wieder um und lief zurück. Ältliche Tochter eines Eisenwarenhändlers auf dem Ring, deren Mann vermißt war. Sie hatte, nachdem sie und Alina sich lange umgesehen hatten, die ausgebaute Waschküche eines Nebenhauses für brauchbar gefunden, um darin Essen für die Ghettobewohner zuzubereiten. Es gab da einen großen Kupferkessel, den die Frauen bereits mit Flußsand und Wasser gesäubert hatten, sowie ein paar leidlich intakte Holzbottiche und Rührhölzer, von denen sie den viele Jahre eingefressenen Seifenbelag abgekratzt hatten. Aus allen Ecken hatten sie außerdem angeschleppt, was auch nur entfernt noch als Topf zu gebrauchen war. Männer hatten aus Eisenstücken behelfsmäßige Messer gefertigt. Einen Bottich mit Salz hatte jemand aufgetrieben, und überallher brachten die Leute seit Tagen Holz. Reste von Fensterrahmen und Treppengeländern, zerschlagene Möbel, die in Ecken herumlagen, abgebrochene Tischbeine und Bohlenreste aus Ruinen. Feuerholz. Das lag schon in großen Haufen vor der neuen »Volksküche«, wo jetzt der Panjewagen mit den Säcken hielt.

Victor, der seine Irene am frühen Abend beschlafen hatte, erschien in Hemd und Hose, ließ sich von dem Wagenfahrer berichten, wie alles verlaufen war, lachte laut und griff dann mit zu, als Latta den ersten Erbsensack herunter-

wuchtete. Jedermann aus den umliegenden Häusern machte sich nützlich. In einer halben Stunde hatten sie die Säcke
zu den bereits in Kellern neben der Waschküche lagernden
Altkartoffeln geschafft, und als der Panjewagen abgefah-
ren war, standen die Leute erwartungsvoll um Alina
herum, die ihre Wollmütze abgenommen hatte und sich
den Schweiß aus dem Nacken wischte.

Mit dem Zigeunermädchen war eine seltsame Wandlung
vor sich gegangen, die Schliebitz am meisten überraschte.
Es schien, als sei ihre Schüchternheit wie weggeblasen. War
sie zuvor eher scheu und ängstlich gewesen, so überraschte
sie nun durch eine lockere Entschlossenheit. Sie setzte die
Wollmütze wieder auf und wandte sich an die Umstehenden: »Morgen fangen wir an. Wir kochen einmal am Tag
Suppe oder Brei. Kartoffeln, Erbsen, Bohnen. Wenn wir
können, werden wir auch mal etwas Brot besorgen. Vielleicht. Alle Frauen, die Kartoffeln schälen wollen und
überhaupt helfen, sollen eine Stunde nach Sonnenaufgang
hierher kommen. Und – sucht überall nach herumliegenden Tellern oder Schüsseln, nach Tassen, auch alten Kon-
servendosen – Mittag wollen wir Essen ausgeben, und wir
haben nichts, woraus man es essen kann. Es wird ein paar
Tage dauern, bis alles klappt, aber wir fangen an. Helfen
uns selbst. Und jetzt geht schlafen …«

Lehrer Karwath lehnte an einem Hauseingang, neben ihm
Hirschke. Der Lehrer schüttelte den Kopf und sagte halblaut: »Erstaunlich, dieses Mädchen!«

»Sie ist ein Schatz«, bemerkte Hirschke. »Schliebitz ist um
sie zu beneiden.«

»Und sowas haben die Kerle ins Lager gesperrt und ihr
eine Nummer eingebrannt …«

Hirschke riet ihm gedämpft: »Erinnern Sie sie möglichst
nicht daran, Herr Karwath. Sie ist so stolz, daß sie von allen anderen wie selbstverständlich als Mensch behandelt
wird. Das hat sie früher nie erfahren. War immer abge-
stempelt. Erst jetzt, wo die Not alle egal macht, ist das an-

ders. Sie will helfen, weil sie sich trotz allen Elends um sie herum doch befreit fühlt. Und verliebt ist sie auch.«

Die Zigeunerin kam zu den beiden. Ihre dunklen Augen blitzten. Alina hatte das untrügliche Gefühl, daß über sie gesprochen worden war.

»Habt ihr mich gelobt oder getadelt?«

Der Lehrer zog sie an sich und wollte ihr über den Kopf streichen, aber seine Hand blieb über der Wollmütze in der Luft hängen, als er sich plötzlich erinnerte, daß sie so gut wie keine Haare hatte.

»Kind«, sagte er leise, »wenn du wüßtest, was Leute wie ich denken, wenn sie dich sehen! Wir haben uns an so vieles zu erinnern. Manches davon tut weh.«

»Wir hätten uns früher erinnern sollen«, brummte Hirschke. »Aber wir haben darüber schon mit Alina gesprochen. Man soll Versäumtes nicht jeden Tag von neuem bedauern, man soll lieber zusehen, daß man nicht wieder was versäumt.«

Alina sah Schliebitz kommen und lief ihm entgegen. Wie zwei Kinder tanzten sie vor dem Eingang des Hauses herum, zwischen Holzbruch und zerbeulten Schüsseln, die die Leute herangeschleppt hatten. Freuten sich über das, was Schliebitz trocken die erfolgreiche Erbsenjagd von Leuben nannte.

In der Nacht starb die alte Weberin Nitschke.

Niemand merkte es. Sie schlief einfach ein und wachte nicht mehr auf. Beim ersten Frühlicht schrie plötzlich die Sängerin Hermine schrill auf: »Sie ist kalt! Sie ist tot! Der Herr helfe uns! Die gute alte Frau!«

Victor, der sich für seinen Gang zur Kaserne rüstete, steckte den Kopf zum Türspalt herein. »Was ist?«

»Tot«, sagte Hirschke. »Alte Frau. Keine Kraft mehr zum Leben.«

Der Russe schwieg. Dachte nach. Wollte dann wissen, ob er helfen solle, mit einem Pferdewagen, der die Leiche zum

Friedhof fahren könnte. Aber Latta sagte ihm, er solle sich nicht damit aufhalten, man begrabe, ohne daß er es gemerkt hatte, schon seit Wochen jeden Morgen Leute, die in der Nacht gestorben waren. Von der Miliz war ein langer Handwagen mit Zugdeichsel ins Ghetto gestellt worden. Tote müßten von den Deutschen selbst bestattet werden, war angeordnet worden, und zwar hätte das vor Arbeitsbeginn zu geschehen.

Also kauten Hirschke und Latta ein Stück gestriges Brot, das sie aufgehoben hatten, dann wickelten sie die Weberin Nitschke in ihre Schlafdecke und legten sie auf den Wagen. Der Posten am Ausgang zum Ring zog die Decke vom Gesicht der Toten und ließ sie nach einem prüfenden Blick wieder zurückfallen. Er hatte keine Einwände.

Sie zogen den Wagen die Friedrichstraße entlang, bis sie vor der alten Sparkasse ankamen. Latta ging hinein. Alles war offen, es gab für die Vordertür einfach nirgendwo ein passendes Schloß. Dafür war der Schalterraum bereits einigermaßen aufgeräumt. Eigentlich war das, was unter der Aufsicht von Pani Borsutzki hier entstanden war, eine leere Hülse: Niemand deponierte Geld in der Bank, sie hatte kein Eigenkapital, keine Angestellten, außer der Leiterin und dem Hauskalfaktor, und selbst Tresore gab es zwar, aber sie waren von den Russen nach dem Einmarsch aufgesprengt worden und ließen sich mit landläufigen Mitteln nicht reparieren. So regierte Pani Borsutzki sozusagen ein Schattenreich.

Als sie jetzt aus dem Hinterzimmer trat, war sie noch dabei, ihr Haar zu kämmen, und Latta hatte den Eindruck, sie war froh, ihn zu sehen.

»Sie sind früh«, sagte sie. Hörte auf, sich zu kämmen. Ein Rest weiblichen Charmes? Oder Unsicherheit gegenüber dem Deutschen?

»Verzeihen Sie, Pani Borsutzki«, begann Latta, den Plüschhut, den er immer noch wie einen Talisman trug, in der Hand drehend, »es ist ein Todesfall eingetreten im Ghetto.

154

Wir erfuhren es erst spät. Und wir haben als junge Männer die Pflicht, die Bestattung zu besorgen …«

»Todesfall?«

»Ja. Eine Frau.«

»Gewaltsam …?« fragte sie leise. Ihr Gesicht zeigte Verstörtheit. Aber Latta klärte sie auf: »Nicht gewaltsam. Sowas passiert im Ghetto jede Nacht mehreren alten Leuten. Die Frau war über siebzig. Schwäche. Hunger auch. Wer weiß. Es gibt keinen Arzt, der das genau feststellen könnte.«

»Hunger ist auch Gewalt«, sagte Pani Borsutzki. Rückte ihre dicke Brille zurecht und wollte wissen: »Sie gehen zur Totenfeier?«

Latta mußte lächeln. Er hatte ihr gegenüber nie etwas von seinen morgendlichen Pflichten erwähnt, es ging sie nichts an. Er gab sich Mühe, es nicht allzu ironisch klingen zu lassen, als er ihr antwortete: »Da ist keine Totenfeier, Pani. Die Frau liegt draußen auf dem Handwagen. Mein Freund Hirschke und ich fahren sie zum Friedhof und graben sie ein. Wenn wir Glück haben, ist der Pfarrer da und betet für sie. Ich bin zu Ihnen gekommen, um die Erlaubnis einzuholen, weil es heute schon so spät ist …«

Sie hob die Hand und unterbrach ihn: »Ja, ja! Natürlich dürfen Sie das tun. Wo ist die Tote?«

Latta ging voran. Die Polin folgte zögernd. Am Handwagen blieb sie stehen, legte eine Hand auf den Mund. Ob sie die Leiche wirklich sehen wolle, fragte Latta. Sie wollte.

Er zog die Schlafdecke beiseite, in die der Körper gehüllt war. Pani Borsutzki fuhr ihn erschrocken an: »Aber … sie hat nichts weiter an als das Hemd!«

Latta zog die Decke wieder zurecht.

»Sie müssen das verstehen, Pani Borsutzki, die Leute im Ghetto sind froh über jedes Kleidungsstück, das ein Toter zurückläßt. Wir werden auch die Schlafdecke wieder jemandem geben, der keine hat …«

Die Polin bekreuzigte sich. Eine Weile stand sie noch an dem Handwagen, eine kleine bucklige Gestalt, vornübergebeugt. Dann hinkte sie in die Bank zurück.

Hirschke sah sie noch verschwinden, als er von seinem Chef zurückkam. »Nichts dagegen?«

Latta schüttelte den Kopf. Er dachte über den Unterschied zwischen dieser Frau und den jungen Milizburschen nach, die bedenkenlos um sich schossen.

»Nimm die Deichsel«, forderte er Hirschke auf. Der zog an. Berichtete, während sie auf den Friedhof zufuhren, daß der Herr Starost ihn sogar gelobt habe, weil er sich um eine so bedeutsame Sache wie das Begraben von Toten kümmerte. Und natürlich könne er jederzeit, wenn wieder solch ein Fall eintrete, frei bekommen.

Latta, der den Wagen von hinten schob, knurrte: »Klar, wenn die Leichen liegenbleiben, gibt's Seuchen. Davor haben die Scheißangst.« Doch trotz dieser wenig schmeichelhaften Auslegung mußte er sich immer wieder an das bestürzte Gesicht der Pani Borsutzki erinnern. Wie sie das Kreuz schlug.

»Der Tod ist der große Egalmacher«, sagte er vor sich hin, als sie das Friedhofstor schon sahen. »Im Tod gibt es keine Feinde mehr. Oder doch?«

Unwillkürlich kam ihm das Bild in den Sinn, das sich ihnen in jenem kleinen ostpreußischen Dorf geboten hatte, das sie zurückerobert hatten, im Herbst des vergangenen Jahres. Tote an Scheunentoren hängend. Frauen mit Tannenzapfen im Unterleib. Er wischte es weg. Vorbei. Besser man denkt nicht immer wieder an solche Sachen. Leben kann man wahrscheinlich nur nach vorn, nicht nach rückwärts. Und im übrigen, wenn Victor manchmal am Abend von Scheußlichkeiten erzählt, die seine Truppe beim Vormarsch entdeckte, kann man schon ins Grübeln kommen, wem hier eigentlich Unrecht geschah. Victor log nicht. Alina auch nicht, wenn sie von Auschwitz erzählte, unwillig, gehemmt. In was für eine Zeit sind wir nur hineingeboren worden! Und – ist Rache das geeignete Mittel, eine solche Zeit besser zu machen?

»Was ist?« wollte Hirschke wissen, der das Gemurmel Lattas nicht verstanden hatte. Aber Latta winkte nur ab. »Nichts weiter. Zieh nur!«

Den Pfarrer Weinkopf sahen sie erst, als er aus der Grube kletterte, die er ausgehoben hatte. Er steckte in verschlissenem Schlosserblau, seine weiße Mähne hing zerzaust, Lehm klebte an Händen und Gesicht. Er warf einen Blick auf den Wagen, hob wortlos die Decke an und sah der Toten ins Gesicht.

»Gott zum Gruße«, sagte Latta. Der Pfarrer nickte. Legte den Spaten auf die aufgetürmte Erde und bekannte: »Als ob ich es gewußt hätte! Gestern waren es fünf. Ich habe schon ganz früh angefangen zu graben. In der Erwartung neuer Seelen ...«

Er ging ihnen voraus, auf die Kapelle zu, wo auf einem Schemel eine Schüssel mit Wasser stand. Darin säuberte er sich, so gut es ging, und trocknete sich mit einem Fetzen ab, der in der Nähe am Ast einer Akazie hing.

»Wir dachten, es wird gut sein, wenn wir sie gleich bringen«, begann Hirschke. »Sie wohnte in unserer Stube. Es wird ziemlich heiß da, tagsüber. Ihr Name ist Nitschke, sie war Weberin in der Leinenfabrik.«

In der Kapelle streifte der Pfarrer die blaue Montur ab und zog sein schwarzes Gewand über. Er war abgemagert, und seine Augen schienen gerötet. Als sich Latta erkundigte, ob es einen Sarg gäbe für die Tote, schüttelte er betrübt den Kopf.

»Keiner mehr da. Den Zimmerer, der sie mir bisher aus alten Brettern zusammengenagelt hat, haben sie zur Arbeit am Bahnbau geholt. Wir werden uns daran gewöhnen müssen ...«

Er öffnete die Tür zu einer Kammer und deutete auf eine Rolle Papier, wie sie von Druckereien zur Herstellung von Zeitungen verwendet wurde.

»Das haben die neuen Behörden mir auf meine Bitte gegeben. Die letzten fünf Toten habe ich damit eingehüllt. Das Leben wird immer komplizierter. Auch das Sterben.«

Er griff nach dem Brevier und suchte eine Weile. Dann erinnerte er sich, trug den Namen der Weberin und das Datum in eine Kladde ein, und als er das besorgt hatte, forderte er die Jungen auf: »Kommt, meine Lieben, wir wollen ihr den letzten Dienst erweisen …«

Sie hoben die Tote vom Wagen und legten sie auf den Grund der Grube. Weinkopf stand oben und blätterte in seinem Brevier. Er hatte einen grünen Zweig von einem Busch gebrochen, den warf er auf die Tote, nachdem die Jungen aus der Grube geklettert waren. Dann, während sie unschlüssig neben ihm standen, sprach er ein Gebet. Irgendwo stritten sich ein paar Elstern. Vor dem Friedhof lärmte ein Lastwagen. Russische Laute, gebrüllt. Die Sonne stahl sich durch die Äste der Friedhofsbäume.

»Ruhe in Frieden«, beendete der Pfarrer sein Gebet. Er griff nach dem Spaten und begann, Erde auf die Tote zu werfen. Als Hirschke das übernehmen wollte, wehrte er ab. »Ihr müßt zur Arbeit. Sonst bekommt ihr Ärger. Ich schaffe das schon.«

»Hat man Sie eigentlich hier vergessen, Herr Pfarrer?« wollte Latta wissen. »Ich meine, gibt es Essen für Sie in der Kuchnia Ludowa? Und – werden Sie auch ins Ghetto müssen?«

Weinkopf klärte ihn auf: »Man hat mir gesagt, Essen müßte ich mir selbst besorgen. Messen in der Kapelle abzuhalten, ist mir verboten. Aber ich darf bei den Toten bleiben. Alle drei Tage muß ich mich bei der Miliz melden. Am Wallgraben. Und jedesmal muß ich den Arm freimachen, und sie gucken nach, ob ich mit der Blutgruppe tätowiert bin. Scheint ihnen Spaß zu machen. Dabei sind die meisten dort Katholiken, ich habe sie gefragt! Beim nächsten Mal werde ich um die Erlaubnis bitten, im Ghetto Seelsorge betreiben zu dürfen.«

158

»Das wird nützlich sein«, meinte Hirschke.

»Dann sehen wir uns wieder.«

Latta drückte seine Hand. »Oder vorher schon, Herr Pfarrer. Der Tod hält Ernte, da unten in der Fischerstraße ...«

In der Bank angekommen, schleppte Latta Bretter zusammen, mit denen er die zerschmetterten Zwischentüren zu den Büros reparieren wollte. Pani Borsutzki machte einen Bogen um ihn. Sie konnte sich über diesen Jungen immer noch keine rechte Meinung bilden. Er tat seine Arbeit, ohne zu faulenzen. Er war ihr gegenüber höflich und hilfsbereit, und er beklagte sich nicht. Dabei, so dachte Pani Borsutzki, hätten Leute wie er wahrscheinlich Gründe genug, sich zu beklagen. Pani Borsutzki hatte in manchen Dingen ihre Zweifel. War es nötig gewesen, alle Deutschen in dieses Ghetto zu sperren? Gewiß, es gab das Gefühl, es ihnen heimgezahlt zu haben. Aber wenn man sich über die Zukunft Gedanken machte, wäre es da nicht besser gewesen, man hätte die Leute daran gewöhnt, als Deutsche zwischen Polen zu leben, mit ihnen auszukommen? Zu essen bekamen derzeit nur die Jüngeren etwas, jene die arbeiten konnten. Der größere Teil der Deutschen hier bestand aber aus alten Leuten, solchen, die nicht mehr fähig gewesen waren, vor dem Krieg zu fliehen, oder die zurückgekommen waren. Wovon hatte die alte Frau wohl gelebt, die Latta mit dem Wagen zum Friedhof fuhr? Zum Gotterbarmen war das, selbst wenn man sich an die eigene Vergangenheit erinnerte. Doch von den Landsleuten, mit denen man darüber reden wollte, bekam man nur zu hören: Wer hat den Krieg angefangen, die Deutschen oder wir? Ein Argument, das alle Fragen erschlug. Jungen wie dieser Latta waren es schließlich gewesen, die mit aufgekrempelten Ärmeln in Polen einmarschierten. Und nach ihnen war der Terror gekommen. Abtransport ins Reich, ins Lager, zur Arbeit, oder auch ein Schuß auf offener Straße. Galgen mit Hingerichteten, zur Abschreckung. Lehrer, Ärzte, Anwälte, Architekten. Das gelbe Quadrat mit dem »P«.

Sie stand am Fenster ihres sogenannten Dienstzimmers und blickte durch die Scheibe, die Latta von irgendwoher angeschleppt und eingesetzt hatte, auf den Hof hinaus. Er war aufgeräumt worden. Eine Sitzbank gab es da, unter einem Baum mit mächtig ausladender Krone. Pani Borsutzki schüttelte sich. Sie war nach Ende der Kämpfe in Auschwitz gewesen. Ob es wohl eine Chance gab, das, was dort geschehen war, im Leben noch einmal zu vergessen? Mußte man vielleicht doch damit weiterleben? Mit den Gedanken. Den Ängsten?

Ich hätte mir die Tote heute früh nicht ansehen sollen, dachte sie. Bei jeder Leiche kommen mir diese Gedanken hoch, an die Skelettberge, die Schuhe. Warum bin ich nur verurteilt, in einer solchen Zeit zu leben? Hätte ich nicht hundert Jahre später zur Welt kommen können? Wenn die Welt erträglicher geworden ist. Weniger grausam. Ob sie es jemals sein wird?

Sie erinnerte sich an das Geld, das angekommen war. Lächerlich, dieses neue Polen hatte noch keine feste Gestalt angenommen, aber sie mußte eine Bank einrichten, hier im ehemaligen Deutschland. Und vorhin war ein Milizwagen mit dem Stadtbuchhalter dagewesen. Ob sie deutsche Arbeiter beschäftige. Ja, einen. Der Buchhalter hatte das registriert und neue Zlotyscheine aus der Tasche gezogen. Ihr Gehalt, das irgendeine obskure Dienststelle in Krakau zahlte, und der Lohn für den Deutschen.

Sie rief ihn am Mittag zu sich, als er Pause machte und zur Kuchnia Ludowa aufbrechen wollte, um seinen Teller Suppe zu empfangen und die Scheibe Brot.

»Ihr erster Lohn ist da«, sagte sie, und sie brachte es fertig zu lächeln.

»Lohn?« Latta sah sie verblüfft an. »Ich dachte immer, wir müßten hier ohne Lohn arbeiten?«

»Das ändert sich jetzt. Hundert Zloty die Woche.« Sie zählte ihm das Geld in die Hand. Und ärgerte sich später, weil sie ihm dabei riet:»Vergeuden Sie es nicht. Gehen Sie den Schnapshändlern aus dem Weg!«

Er lachte. Fand Pani Borsutzki gemütlich wie eine Tante. »Tabak werde ich kaufen«, verriet er ihr.»Und Brot vielleicht. Für abends. Oder für Karlchen. Der kann nicht mehr arbeiten. Aber den kennen Sie ja doch nicht. Blind, und nur noch ein Bein. Danke!«

Er steckte die Noten ein. Sie sah ihm nach, wie er davonging, den Plüschhut keck aus der Stirn geschoben. Früher, dachte sie, vor dem Krieg, da hat es bei uns auch solche Deutsche gegeben. Waren ähnlich wie er. Bißchen ungehobelt, aber man kannte sich, man grüßte sich sogar, trotz der alten Streitereien darüber, wem denn nun welcher Teil des östlichen Oberschlesiens wirklich zustand und wem nicht. Menschen mit menschlichen Meinungsverschiedenheiten. Bis dann Hitler kam. Da hatte man den Aufruhr der frühen zwanziger Jahre zwar bereits ein wenig vergessen, aber plötzlich kam alles zurück. Man wurde sich fremd. Mißtraute sich gegenseitig. Der Krieg war nur eine spätere Etappe auf diesem Weg. Er war noch nicht zu Ende, der Weg, obwohl der Krieg ausgebrannt war ...

Am Abend wartete Hirschke wie immer, bis Latta auftauchte und sie gemeinsam zum Ghetto gehen konnten. Schliebitz hatte versprochen, auch zu ihnen zu stoßen, aber er kam nicht. Die beiden vermuteten, das könnte mit der neuen Arbeit zusammenhängen, die er aufgenommen hatte. Ein Teil der Russen war weggezogen, und die Wäscherei am Bahnhof war aufgelöst worden. Da hatte eine der dort beschäftigten Frauen Schliebitz gefragt, ob er schwindelfrei wäre. Und ob, hatte er geprahlt. Die Frau hatte ihm verraten, sie würde fortan für einen Polen arbeiten, der in der Stadt ein Gewerbe betrieb. Er war alleinstehend, hatte eine Villa bezogen und brauchte eine Haushalterin. Als Schliebitz hörte, er sei Kaminkehrer und suche eine deutsche Hilfskraft, war er sofort hingegangen. Und heute arbeitete er den ersten Tag in dem neuen Beruf.

»Hoffentlich ist er nicht vom Dach gefallen«, spöttelte Latta. Dann trotteten sie die Straße entlang, am Kloster der Barmherzigen Brüder vorbei, wo sonst meist Alfons Brinsa noch dabei war, Traktoren zu reparieren. Aber die Tore waren schon geschlossen. Also überquerten sie den Markt und passierten den Posten am Eingang zum Ghetto. Eine Stunde am Fluß lag vor ihnen, ein bißchen Geplauder vielleicht mit Karwath. Aber alles kam anders, und es begann damit, daß bei ihrem Herannahen Alina aus dem Nebenhaus sprang, wo die Behelfsküche eingerichtet worden war. Sie hatte ein trotz der braunen Hautfarbe noch deutlich gerötetes Gesicht, und sie balancierte auf jeder Handfläche eine nicht mehr ganz rostfreie Konservendose mit Erbsensuppe, die sogar noch leidlich warm war.

»Kommt schnell, setzt euch auf die Schwelle, es ist alles wunderbar gegangen, wir haben Mittag das erste Essen ausgeteilt. Noch ist etwas Suppe übrig, wenn Kuli kommt, wird er staunen …«

Die Freude machte sie aufgeregt. Aus der Tasche einer Schürze, die ihr irgendeine Frau geschenkt hatte, zog sie zwei Löffel, und dann sah sie zu, wie die beiden Jungen aßen.

Sie war stolz: Ich, die Zigeunerin, habe nicht nur den Einfall gehabt, wie man den Leuten helfen kann, ich habe die ganze Sache überdies ausgeführt! Wer hat mich beschimpft, oder uns alle, wir wären ein Volk von nichtsnutzigen Wandervögeln, die nur verstünden, Hühner zu stehlen und Karten zu legen? Wer hat uns eingesperrt? Geprügelt? Diese hungrigen Ghettobewohner waren es wohl nicht gewesen, obgleich sie kaum gut über uns dachten. Jetzt sollen sie erfahren, daß wir mehr können als alles das, was sie uns nachsagten. Daß wir so gut wie sie sind. In der Not sollen sie es erfahren, daß ich ihnen etwas koche, wird nicht nur ihre eigenen Mägen füllen – es wird ihre Seelen heilen!

Sie sah, wie sich die Gesichter Hirschkes und Lattas nach jedem Löffel weiter aufhellten, und ein paar Sekunden überlegte sie: Was hätte ich wohl ohne die beiden angefangen? Ohne Kuli? Welch ein Glück, daß ich ihnen begegnete. Der Tod hätte mich in den Minen erwischt. Oder ich wäre weiter vor jedem Menschen geflohen. Aus Angst, er könnte so sein wie jene dort im Lager ...

Auf der Straße waren hier und da Stimmen zu hören. Es war Hochsommer, und in den Stuben herrschte drückende Hitze, also zog es die Leute hinaus. Grüppchen standen beisammen. Man unterhielt sich über die Zukunft. Was würde aus alldem werden? Die Polen hatten Flugzettel ins Ghetto geschickt, darauf war eine unbeholfen gezeichnete Landkarte des östlichen Deutschlands zu sehen, in der die neue polnische Grenze entlang der Oder verlief und entlang der Görlitzer Neiße. Dies alles, so hieß es in schlechtem Deutsch, sei schon immer polnisches Land gewesen, die Deutschen hätten es den polnischen Bewohnern gestohlen und sie verjagt, jetzt aber werde das ein für allemal geregelt. Polen sei im übrigen bereit, in den neuen Westgebieten wohnende Deutsche als polnische Staatsbürger einzugliedern, in nächster Zeit würden die Behörden Anträge dafür entgegennehmen. Weiterhin jedoch würden Aussiedlungstransporte nach Deutschland laufen, einem Aufruf dazu sei unbedingt Folge zu leisten.

»Sie schaffen ältere Leute weg, vorwiegend«, sagte Karwath, als sie später unten am Flußufer saßen. »Von mehreren Jungen in eurem Alter habe ich schon gehört, daß man ihnen auf der Miliz gesagt hat, sie könnten nicht aussiedeln, sie müßten hier arbeiten, um die Kriegsschäden zu beseitigen. Dafür könnten sie aber die Staatsbürgerschaft beantragen. Dann brauchten sie auch nicht mehr im Ghetto zu wohnen.«

»Nichts für uns«, meinte Hirschke. »Seine Staatsangehörigkeit wechselt man nicht wie ein Hemd.«

Karlchen, der Blinde, paffte seine Pfeife und überlegte dabei: »Was mache ich bloß? Seitdem ich bei euch Pierunjes gelandet bin, liebe ich euch. Aber was soll ich in Polen? Als

Pole vielleicht noch! Wenn ich wüßte, es gibt in Deutschland jemanden, der sich um mich kümmert, siedelte ich aus. Mir genehmigen sie es vielleicht. Bloß – was ist, wenn ich dann, so wie ich bin, in Köln auf dem Hauptbahnhof stehe?«

Latta meinte: »Vielleicht gibt's ja den Hauptbahnhof gar nicht mehr. Wo stehst du dann?«

»Im Regen«, gab Karlchen zurück und klopfte seine Pfeife am Holzbein aus. Hirschke riet ihm: »Warte ab. Ist noch zu früh für eine Entscheidung.«

Lehrer Karwath hielt eines der Flugblätter in der Hand, drehte es um, las es wieder und wieder, und anschließend lachte er: »Komische Logik, das mit den uralten polnischen Gebieten hier. Die Leute leugnen einfach, daß die Welt sich bewegt. Wenn man dieser Logik folgt, müßte man beispielsweise verlangen, daß ganz Amerika, die Vereinigten Staaten, heute, etwa vierhundertfünfzig Jahre nach der Entdeckung durch Kolumbus, nur von Indianern besiedelt sein darf. Nach Gesetzen der Indianer regiert. Und mit einem Präsidenten, der Indianer sein muß.«

Latta machte ihn aufmerksam: »Da vergessen Sie allerdings, daß in Amerika die Weißen an der Macht sind. Sie haben die Indianer besiegt. Deshalb bestimmen sie, was Recht ist und was nicht. Uns deutsche Indianer haben die Polen besiegt. Also bestimmen sie jetzt, was gemacht wird. Ganz wie in Amerika, oder?«

Karwath schüttelte den Kopf. »Ich glaube, die Wahrheit liegt tiefer. Keiner darf sie im Augenblick laut aussprechen, auch die Polen nicht. Deshalb diese faulen Ausflüchte in die Geschichte, die hinten und vorn nicht stimmen. In Wirklichkeit ist die Ansiedlung der Polen bei uns Teil einer Transaktion, die bereits mit dem Abkommen zwischen Stalin und Hitler begonnen hat.«

Karlchen seufzte: »Hitler! Immer wenn ich den Namen höre, tut mir das Bein weh, das ich gar nicht mehr habe!«

Und Karwath setzte nachdenklich fort: »Damals, 1939, hat Hitler seine Zustimmung gegeben, daß Stalin den Ostteil

Polens kassierte. Jetzt, nach dem Krieg, rückt Stalin ihn nicht wieder heraus. Er hat den Polen erklärt, sie sollten als Ersatz deutsche Gebiete jenseits ihrer alten Westgrenze besetzen. Es ist ein faules Geschäft zwischen Politikern, das da gelaufen ist. Und weil es so faul ist und weil die Polen das wissen, versuchen sie jetzt, in der Geschichte irgendeinen Grund zu finden, der es uns gegenüber rechtfertigt. Verständlich. Die Polen sind die zuerst Überfallenen im Krieg gewesen. Sie waren schlimm dran. Aber ich werde den Verdacht nicht los, daß die meisten Polen genau wissen, es war Stalins Gebietserwerbstrieb, der das alles in Gang gesetzt hat. Nur dürfen sie das nicht sagen. Uns gegenüber schon gar nicht. Wir sind die Besiegten.«

»Wir haben kapituliert«, sagte Latta. »Bedingungslos. Das hat Konsequenzen. Die lernen wir jetzt kennen.«

»Scheißspiel«, kommentierte Karlchen.

»Im Grunde«, philosophierte Lehrer Karwath weiter, »ist das hier nämlich gar keine Angelegenheit nur zwischen Polen und Deutschen, wie alle glauben. Die Polen, die Schlesien jetzt überschwemmen, sind von den Russen ebenso verjagt worden, wie jetzt wir von ihnen verjagt werden. Ob das jemals einer den Leuten richtig erklären wird, wahrheitsgetreu?«

Hirschke war skeptisch. »Ob sie es verstehen, wenn man es ihnen erklärt?«

Von der Häuserzeile her kam Hermine Kandzik heran. Sie schritt langsam näher, die Arme ausgebreitet, und dabei sang sie »Rose weiß, Rose rot«. Niemand lachte.

Einen Augenblick dachte Hirschke daran, daß es gut war, kaum Kinder oder Halbwüchsige hier zu haben. Sie hätten sich einen Spaß daraus gemacht, die Frau aufzuziehen, hinter ihr herzukichern. Aber das Ghetto war mit Ausnahme der jungen, aus dem Krieg heimgekommenen Burschen, die es geschafft hatten, der Gefangenschaft zu entgehen, von alten Leuten bewohnt. Und alte Leute haben eine gewachsene Ehrfurcht vor dem von Unglück Betroffenen.

Alina gesellte sich zu ihnen. Als Karwath sich erkundigte, ob Schliebitz noch nicht von Arbeit zurück sei, lachte sie: »Er muß fast jeden Tag jetzt länger machen. Mit seinem polnischen Chef klettert er auf den Dächern herum und lernt das Handwerk. Dabei ist er glücklich, weil der Chef anständig ist und weil er da oben auf den Dächern ganz mit der Welt allein ist. Kein Elend. Keine Miliz.«

»Aber Hunger«, konstatierte Latta. Sie schüttelte den Kopf. »Sie werden von der Stadt bezahlt. Und – ich verrate euch ein Geheimnis – bei jedem Polen, der in ein Haus eingezogen ist, kassieren sie noch einmal privat zehn Zloty. Wenn das herauskommt, wird man sie beide ganz schön hernehmen. Aber sie machen es eben. Verstehen sich …«

In der Tat stand Schliebitz in diesem Augenblick noch auf dem Dach eines Hauses in der Nähe der ausgebrannten evangelischen Kirche und zog an der Kette, an der Kugel und Bürste hingen. Sein »Meister«, ein Mann in mittleren Jahren namens Milewski, dessen kantiges Gesicht geradezu preußisch anmutete, was nicht zuletzt einem geschwungenen Schnurrbart zu verdanken war, saß in der Dachluke und beobachtete ihn. Er war zufrieden mit dem deutschen Jungen. Der tat seine Arbeit, ohne zu murren, war schwindelfrei, und zudem hielt er dicht, was das doppelte Kassieren anging.

Milewski war aus Lemberg. Den ganzen Krieg über hatte er Schornsteine gekehrt, war leidlich bezahlt worden, hatte sich für das Geld zwar nicht viel kaufen können, aber er war nicht persönlich verfolgt worden und hatte die schlimme Zeit einigermaßen unbeschadet überstanden. Ein Schornsteinfeger war ein Glückssymbol, sogar die rabiatesten Deutschen hatten ihn als ein solches angesehen, und nicht selten waren es Soldaten oder Gendarmen gewesen, die sich mit dem Zeigefinger ein bißchen Ruß von seiner Montur klaubten und es auf die Stirn tupften.

Jetzt rief er dem Jungen in seinem holprigen Deutsch zu:»Wo steckst du? Fertig? Dann komm, Feierabend machen ...«

Kassiert hatte er schon. Aber Schliebitz wollte nicht kommen. Er starrte hinunter, wo es auf der anderen Straßenseite einen hoch eingezäunten Hof gab, in dem er eine Gestalt entdeckt hatte, die ihm bekannt vorkam. Nach einer Weile war er sicher, daß es sich um Alfons Brinsa handelte, mit dem sich Hirschke und Latta gelegentlich trafen und von dem er wußte, daß seine jüdische Mutter dort umgekommen war, wo auch Alina herkam. In der Nähe stand ein Milizionär herum, der jetzt mit dem Gewehr fuchtelnd Brinsa bedeutete, aus dem Hof in das Gebäude zurückzugehen. Das Gebäude war das provisorische Gefängnis der Stadtmiliz, eine ehemalige Ofensetzerei mit großen Kellern, in denen der Besitzer wohl Kacheln und Ton gelagert hatte.

Als Brinsa an dem Posten vorbeiging, drosch der ihn mit dem Gewehrkolben durch die Tür. Schliebitz rollte die Kette ein, hängte sie mit dem Karabinerhaken in die Öse an seinem breiten Gürtel und nahm den speckigen schwarzen Hut ab, den er trug. Schweiß war ihm auf die Stirn getreten, was sonst, bei der Arbeit, nie vorkam. Brinsa. Warum traktierten sie ihn bei der Miliz? War er nicht ein Opfer der braunen Zeit? Kürzlich hatten Hirschke und Latta davon gesprochen, daß es so etwas wie ausgleichende Gerechtigkeit sei, wenn die Polen ihm wenigstens gestatteten, in der Stadt frei zu wohnen. Sie hatten berücksichtigt, daß er verfolgt worden war, und daß sie ihn nicht ins Ghetto sperrten, war das mindeste, was sie für ihn tun konnten. Alina war es auch angeboten worden. Sie hatte verlangt, ihn, Schliebitz, bei sich zu haben. Als das abgelehnt wurde, ging sie freiwillig in die Fischerstraße.

Was war da mit Brinsa los? Beunruhigt stieg Schliebitz hinter seinem Chef durch die Luke, die Treppen abwärts, und dann gingen sie zum Vogteiplatz, wo Meister Milewski eine

Etage in einer zweistöckigen Villa inzwischen für sich hergerichtet hatte. Die ehemalige Wäscherin, die Schliebitz aus seiner Zeit bei den Russen kannte, hielt hier zwei Zuber mit heißem Wasser bereit.

Schliebitz hatte es heute eilig wegzukommen. Er schrubbte sich den Ruß ab mit dem Gemisch von Schmierseife und Soda, das der Meister angerührt hatte, trocknete sich mit einem herumliegenden Fetzen ab, dann stopfte er schnell ein paar Stücke Brot und kaltes Kaninchenfleisch in Mund und Taschen, nahm die paar Zlotyscheine in Empfang, die ihm Milewski aus der Tagesausbeute hinhielt, und flitzte davon.

»Was er bloß hat?« erkundigte sich die ehemalige Wäscherin. Sie war es gewohnt, daß er die Chance nutzte, von den Vorräten des Meisters ausgiebig zu zehren, bevor er aufbrach.

»Wer?« murmelte Milewski kauend.

»Na, der Junge! Sonst hat er mehr Hunger ...«

Milewski brummte nur etwas, er war schon mit einem Stück Kaninchenkeule beschäftigt.

Schliebitz rannte zum Flußufer, wo sich zu der Runde um Karwath noch ein paar andere Leute gesellt hatten. Alina war gerade dabei, der vor ihr sitzenden Hermine das Haar zu kämmen. Sie hatte noch keine Läuse, aber das Haar war schmutzig und verfilzt gewesen, so daß Alina sie überredete, es wenigstens in Flußwasser zu spülen. Als sie Schliebitz heraneilen sah, winkte sie ihm fröhlich zu. Der aber hielt sich nicht weiter auf, er steckte Alina eine von Milewski mitgebrachte Kaninchenkeule zu, gab Karlchen das Brot, und dann verlangte er ohne Vorrede von Hirschke:

»Ossi, ihr müßt was unternehmen!«

Hirschke und Latta hörten ihm verblüfft zu, als er schilderte, was er beobachtet hatte. Weswegen, zum Teufel, sperrte die Miliz Alfons Brinsa ein? Was immer der Grund gewesen war, man mußte versuchen, ihn da herauszuholen. Aber wie?

Es war der Lehrer Karwath, der die entscheidende Idee hatte. Er meinte: »Kein Deutscher wird das machen können. Wenn überhaupt, müßten Russen der Miliz erklären, daß so ein Mann nicht ins Gefängnis gehört ...«

Hirschke hatte Glück. Victor stand, nur mit der olivfarbenen Pluderhose bekleidet, vor der Waschschüssel und spülte sich den Staub des Tages vom Gesicht. Er schob Hirschke eine Klappschachtel Kasbek hin, das waren lange Papphülsen mit einem Röllchen Tabak am Ende – Papyrossi. Als sie beide die ersten Züge gemacht hatten, rückte Hirschke mit seinem Anliegen heraus, und Victor strich sich dabei wiederholt über die kurzen Borstenhaare, bevor er sich äußerte.

»Du glaubst, ich kann da was machen?«

»Auf wen sonst hören die Kerle, wenn nicht auf einen Russen?«

Das überzeugte Victor keineswegs. Er war wenig begeistert. Fragte: »Was ist, wenn dieser Junge mit der jüdischen Mutter nun wirklich was verbrochen hat?«

Hirschke fuhr unwillig auf: »Was soll er schon verbrochen haben? Er ist ein armer Hund, wie wir auch. Daß er in der Stadt wohnen darf, ist alles, was ihn von uns unterscheidet!«

Victor winkte ab. »Reg dich nicht auf. Du weißt, wir haben hier nichts mehr zu sagen. Hier ist Polen. Ich hab das nicht erfunden! Jedenfalls – zu sagen haben wir hier nichts, geschweige denn zu befehlen!«

»Aber ihr habt Soldaten in der Stadt.«

»Na und! Sollen wir die Milizstation mit Infanterie angreifen?«

»Unsinn! Ihr seid die Sieger. Und die Polen verdanken euch das Land. Also kann man als Russe von ihnen verlangen, daß sie wenigstens zuhören, wenn man ihnen einen Vorschlag zur Vernunft macht.«

»Was für Vorschlag?«

»Freilassen. Egal was er gemacht hat. Brinsa, Alfons. Unter den Braunen haben sie ihn gepiesackt, seine Mutter ist tot, sein Vater auch, soll das mit ihm so weitergehen?«

Mürrisch machte ihn Victor aufmerksam: »Hör mal, Junge, wie ich die Polen kenne, geben die auf russische Vorschläge nicht viel. Du brauchst mich nicht fragen, was ich von ihnen halte, ich denke, sie sind Gauner. Alle. Oder wenigstens die meisten. Bloß – das spielt keine Rolle, wir sind der Hund, sie die Katze.«

»Also muß Alfons weiter sitzen!«

»Langsam, langsam«, mahnte Victor ihn. »Man kann das machen, aber das kostet …«

»Kostet? Willst du sagen, man kann den Milizionären Geld geben, und sie geben dafür Alfons heraus?«

Victor schüttelte bekümmert den Kopf. »Junge, du bist dumm. Nix Geld. Das einzige, was die nehmen, ist Wodka. Verstanden?«

»Nein. Du meinst, sie tauschen Alfons gegen Wodka?«

Der Russe nickte. »Sagen wir zehn Flaschen, dafür werden sie es machen, denke ich.«

»Und woher sollen wir zehn Flaschen Wodka nehmen?«

»Wenn einer sie besorgen kann, bin ich das«, erklärte Victor. Er wandte sich an Irene Kostka, die dem Gespräch zugehört hatte: »Wieviel haben wir noch da?«

Die ehemalige Wirtin der Blücherquelle ging zum Küchenschrank und öffnete ihn. Fünf Flaschen. Eine davon angebrochen. Victor trug an jedem Handgelenk eine Armbanduhr. Jetzt betrachtete er sie nacheinander, griff dann ein Hemd, zog es über und forderte Hirschke auf: »Schreib den Namen von diesem kleinen Juden, der nicht mal ein ganzer Jude ist, auf Papier!«

Irene Kostka fand Zettel und Stift, und als Victor den Namen gelesen hatte, in der für ihn trotz seiner deutschen Abkunft längst ungewohnt gewordenen Lateinschrift, sprach er ihn mehrmals vor sich hin, streifte schließlich die Feldbluse über und schnallte das Koppel um.

»Wirst du Hilfe brauchen?« wollte Hirschke wissen. Victor winkte Irene, die vier vollen Flaschen in ein Tuch zu wickeln. Er klemmte sie sich unter den Arm.

»Brauche niemanden«, knurrte er, sich die Feldmütze aufsetzend. Er war wütend, weil er sich einen geruhsamen Abend mit seiner Bettgefährtin vorgestellt hatte. Nichts damit. Und das wegen eines Judenjungen, den man nicht einmal kannte. Diese Deutschen, hier in Deutschland, waren doch ein eigenartiges Völkchen!

»Brinsa, Alfons«, sagte er in der Tür nochmals vor sich hin.

»Richtig gesprochen?«

»Goldrichtig. Soll ich mitkommen?«

Victor bedeutete ihm, er solle gefälligst dableiben. Im Gehen schimpfte er vernehmlich auf deutsch: »Hätte nie gedacht, daß ich noch einmal für einen Juden zehn Flaschen Wodka ausgeben würde. Dafür bekommt man ein Pferd!« Dann war er gegangen.

Hirschke entschuldigte sich bei Irene Kostka wegen der Störung. Die Frau bewegte nur leicht die Schultern. »Eigentlich hat er nichts gegen Juden«, sagte sie gelassen, als handle es sich um die Bewertung eines Hosenstoffes. »Er redet bloß so. Weil er vermutlich jetzt den restlichen Wodka in der Kaserne klauen muß. War dieser Brinsa manchmal mit euch zusammen bei mir im Lokal, wenn ihr Billard gespielt habt?«

»War er nicht«, antwortete Hirschke. »Durfte nicht in Kneipen. Übrigens hatten auch Sie hinter der Theke einen Aushang angezweckt. Polizeiverordnung.«

Alfons Brinsa konnte, als die Jungen ihn einen Tag später wieder auf dem Hof des Klosters vorfanden, recht wenig über seine Befreiung sagen.

Einer der Wachleute war mitten in der Nacht bei ihm erschienen, im Kellerraum, in dem er auf einer ausgehängten Tür lag und nicht in den Schlaf kam. Der Pole, betrunken wie ein Brett, hatte ihm bedeutet, aufzustehen und zu verschwinden. Als er über den Flur ging, konnte er einen Blick in die Wachstube werfen, aus der lautes Reden drang und Lachen auch. Dort hatte der Kommandant der städtischen

Miliz mit Victor am Tisch gesessen, hemmungslos trinkend. Gläser und Flaschen standen überall herum. Die Männer hatten sich wohl in ihrer Trunkenheit spaßige Geschichten erzählt, denn ihre Lachsalven dröhnten. Brinsa war es gelungen, bis zu seiner Unterkunft außerhalb des Ghettos zu kommen, und nun schien alles vorbei. Niemand hatte sich mehr um ihn gekümmert.

Warum man ihn denn eigentlich verhaftet hatte?

»Man hätte lachen können«, erzählte er, »wenn es nicht so gefährlich gewesen wäre. Ich hatte draußen, hinter dem ehemaligen Stadtkrankenhaus, das eine Ruine ist, auf dem Gelände des alten Stadtgutes einen Traktor entdeckt, bei dem einiges noch brauchbar war, das mir hier fehlte. Gestänge, Kupplung, Achsen. Ich war am Ausschlachten, als dieser Irre angerannt kam. Er fuchtelte mit einer Pistole vor meiner Nase herum und brüllte. Sie führten mich ab. Diebstahl.«

»Neuhof im Sommer 1945«, kommentierte Latta lakonisch. »Eine Welt, in der nicht mal die Steine mehr den Deutschen gehören, und keiner weiß, wem er etwas recht machen soll.«

»Jedenfalls weiß ich nicht, welcher Laune ich es zu verdanken habe, daß ich wieder frei bin«, lachte Brinsa. Die Jungen schwiegen.

Schliebitz wartete auf Alina, die um diese Zeit beim polnischen Stadtkommandanten vorsprechen wollte, um ein paar Erleichterungen für die alten Leute im Ghetto herauszuschlagen. Es war ihr nach einigen Mühen gelungen, den Kommandanten zu einem vernünftigen Gespräch zu bewegen, nachdem er sie zunächst ungehalten angefahren hatte, sie sollte gefälligst verschwinden und ihn mit den Sorgen der deutschen Restbevölkerung in Ruhe lassen, sobald Waggons zur Verfügung stünden, würde man sie ohnehin nach Deutschland verfrachten. Es war der übliche Tonfall. Aber Alina ließ sich nicht so leicht beeindrucken. »Es sind Menschen«, beharrte sie. »Man muß etwas tun, damit sie überleben.«

172

»Aber – sie haben Suppe!« rief der Kommandant. Er schwitzte und war gezwungen, sich immer öfter Tropfen von der Stirn zu wischen. An das Mädchen erinnerte er sich noch, er hatte ihre Anmeldung geschrieben. Zigeunerin. Auschwitz überlebt. Was sie sich nur für Sorgen um diese Deutschen machte! Schließlich hatten die sie doch eingesperrt gehabt. Und dann überhaupt – Zigeuner!

»Die Leute in der Fischerstraße brauchen außer der wäßrigen Suppe, die wir da kochen, ab und zu etwas Festes in den Magen. Beispielsweise Brot. Die meisten haben sowieso schon Durchfall, und es wird immer mehr Tote geben, wenn nichts getan wird!« hielt sie ihm vor.

»Es gibt auch tote Polen«, merkte der Kommandant an.

»Und wir haben kein Mehl! Die Lager sind leer, verdammt! Wie soll ich das ändern? Soll ich ein paar Deutsche wöchentlich zu Mehl vermahlen lassen, nur damit wir Brot backen können?«

Sie rügte ihn kalt: »Das war kein guter Scherz.«

Mürrisch blaffte der Kommandant zurück: »Werden Sie nicht komisch!« Doch dann lenkte er ein: »Wenn Sie wissen, wo es Mehl gibt, können die Deutschen was davon bekommen. Wissen Sie wo?«

»Wir sind zwei, die das nicht wissen. Also müssen wir einen Dritten fragen, wie? Ich für meinen Teil gehe jetzt zu dem russischen Kommandeur und frage den.« Sie wandte sich ab, und es geschah genau das, was sie sich ausgerechnet hatte. Der Pole rief sie zurück: »He! Das hat keinen Zweck! Er hat hier nichts mehr zu sagen. Hier ist Polen.«

»Aber er hat Hunderte von Soldaten zu ernähren, also wird er wissen, wo es Mehl gibt!«

»Nicht für Deutsche.«

»Nun ja, ich werde ihn selber fragen, schließlich sind Sie nicht sein Sekretär.«

Der Kommandant sprang auf und fluchte lästerlich. Auf die Deutschen, die Russen, auf Hunde und Großmütter. Er hielt Alina zurück. Wenn es etwas mit dem russischen

Kommandeur zu besprechen gäbe, sei er der Mann, der das zu tun habe. Sie könne mitkommen.

Auf dem Hof, wo der Pole sie aufforderte, in einen Jeep zu steigen, zeigte sich Anton Walentek, der inzwischen den Posten eines Verbindungsmannes zwischen Miliz und Armee bekleidete. Er blieb stehen und wollte von Alina wissen: »Was gibt's? Ärger?«

Sie lachte. Das Gefühl, von einer geschundenen Kreatur zu jemandem geworden zu sein, der sogar anderen helfen konnte und um den sich andere kümmerten, beflügelte sie auf eine bisher unbekannte Art.

»Der Kommandant hat mir versprochen, daß es Brot für die Leute im Ghetto geben soll.«

Walentek öffnete den Mund, sagte aber dann doch nichts, stand einfach da und starrte sie ungläubig an. Dabei fuhr der Kommandant auf dem Sitz herum und wetterte: »Einen Dreck habe ich versprochen! Wenn du nicht aus Auschwitz kämst, du kleine Ratte, würde ich dich übers Knie legen für die Lüge!«

Er ließ den Jeep einen Satz machen. Walentek blieb kopfschüttelnd zurück. Als er zur Straße ging, entdeckte er Schliebitz, der nur den vorbeiflitzenden Jeep gesehen hatte und jetzt in Sorge war. Walentek beruhigte ihn. Sie rauchten noch eine Zigarette aus Walenteks Vorrat, dann ging Schliebitz.

In der Kaserne, die hinter dem Stadtpark lag, artete die sachliche Unterhaltung der beiden Uniformierten schon nach einer Viertelstunde in eine nicht mehr zu bremsende Sauferei aus. Es begann damit, daß der Russe, ein kleiner, dicklicher Mann im Range eines Obersten, längere Zeit den Kopf schüttelte und mehrmals »Njet« sagte. Aber der Pole war hartnäckig, weil es ihm seine Eitelkeit verbot, hier eine Niederlage hinzunehmen. Gerade bei diesem Russen, der am besten ganz schnell aus der Stadt verschwinden sollte! Also insistierte er auf eine Art, die Alina bemerkenswert fand.

174

Der Russe entsann sich, daß Wodka schon ganz andere Verhandlungen erleichtert hatte. Er holte die Flasche aus seinem Schreibtisch hervor, säuberte Gläser, indem er aus der unvermeidlichen Karaffe auf dem Tisch Wasser in sie goß und es mit dem Finger durchquirlte. Dann schenkte er ein. Dreimal tranken sie, ohne zu streiten, wobei Alina mithalten mußte, weil die Männer sie streng beobachteten und der Russe ihr drohte: »Wenn nicht trinken – ich nichts hören. Gar nichts!«

Aber nach dem dritten Glas, als der Pole das von Alina an ihn herangetragene Anliegen ausführlich wiederholte, stritten die beiden weiter, und von dem, was sie einander zuschrien, verstand Alina absolut nichts. Sie sah, wie der Pole auf sie deutete, wie der Russe die Hände rang, wie er sich an die Stirn tippte, wie der Pole wütend mit dem Finger auf ihn zeigte und der Russe, dessen Gesicht nach dem fünften oder sechsten Glas rot anlief, seinen Revolver zog und damit herumfuchtelte. Die Aufregung der beiden gab ihr die Chance, mehrere Runden auszulassen, ohne daß die Männer es merkten. Dann aber mußte sie sich übergeben und lief auf den Kasernenhof hinaus. Ein Posten ahnte, was da vorgegangen war, und er stellte ihr einen Eimer Wasser hin.

Drinnen wandte sich der Pole inzwischen in bettelndem Ton an den Russen: »Bitte, Towarischtsch, hilf mir! Wir haben nichts, was wir an die Deutschen verfüttern könnten. Nur ein paar Schieber bringen gegenwärtig aus dem Süden Mehl, aber das verhökern sie auf dem Schwarzmarkt. An unsere Leute und in der Kuchnia Ludowa geben wir Brot aus, das wir aus beschlagnahmtem Mehl gebacken haben. In bestimmten Abständen eine Razzia auf dem Markt, wo die Schwarzhändler stehen, und unsere Rationen sind gesichert. So läuft das. Und jetzt soll ich mich auch noch um die Deutschen kümmern. Wenn du mir nicht hilfst, Bruderherz, bin ich geliefert. Es ist schon wahr, was die Zigeunerin sagt, die Leute krepieren da unten in den zwei Gassen dutzendweise ...«

Der Russe entgegnete, etwas versöhnlicher, aber immer noch ablehnend: »Ihr habt das Land, da müßt ihr auch mit den Leuten fertigwerden!«

Immerhin goß er das nächste Glas ein, und als sie wieder getrunken hatten, bat der Pole den Russen: »Towarischtsch, weißt du, was ich für Ärger kriege, wenn mir hier eine Seuche ausbricht, in dem Ghetto? Versuch dir das vorzustellen. Das greift auf die Stadt über. Sie hängen mich. Kannst du mir wirklich nicht helfen?«

Der Russe hatte von irgendwoher einen Teller mit sauren Gurken gezaubert, jetzt biß er eine an und hielt dem Polen den Teller hin. »Ihr habt wirklich nichts für sie zu fressen?«

»Alte Kartoffeln und zusammengekehrte Erbsen.«

»Hm«, machte der Russe. Seine Truppe wurde aus einem ehemaligen Verpflegungslager der Wehrmacht bei Neisse versorgt. Er überlegte. Aus Moskau bekamen sie ebenfalls Versorgungsgüter, teils sogar amerikanische Konserven. Möglich war manches, wenn man sich einigte. Vorsichtig wandte er sich an den Polen: »Ihr habt da diese Essigfabrik, an der Bleiche, hinter dem Fluß …«

»Essigfabrik, ja.«

»Es soll da noch Rohmaterial geben. Ich meine Sprit.«

Der Pole ahnte, was jetzt kam. Aber er war ein Händler von Format, und mit dem Russen konnte er es aufnehmen. Mal sehen, was der anbot. Er nickte. Stellte sich etwas begriffsstutzig an. »Gibt es. Die Bude ist überhaupt ziemlich in Ordnung. Sie haben da früher nicht nur Essig gemacht, auch Schnaps. Hatten eine berühmte Marke Kräuterschnaps. Hieß Feldwebel Meyer. Irgendein Kommandeur von euch wollte wohl Unheil verhüten, als ihr die Stadt besetzt habt, er hat eine Wachtruppe dort stationiert, die ausnahmsweise mal funktionierte. So wurde uns das Ding nahezu unbeschädigt übergeben. Samt Rohmaterial. Wir haben es noch nicht wieder in Betrieb. Weshalb fragst du?«

Der Russe aß weiter Gurke. Ließ sich Zeit, bis er sagte:

»Wäre ein Geschäft denkbar. Hartes Brot gegen Wässerchen. Feldwebel Soundso. Ohne Kräuter. Möglich oder nicht?«

Der Pole hielt dem Russen sein Glas hin, und dieser füllte es sogleich. Beobachtete den Polen dabei, wie er trank, ein Stück Gurke abbiß, und war gar nicht überrascht, als der Bittsteller kauend fragte: »Wieviel?«

»Du könntest da was machen?«

»Wir können das Ding morgen anfahren, wenn wir wollen. Ich habe es bisher unterbunden, weil ich noch keinen Mann gefunden habe, der verhindert, daß die Brühe an mir vorbei auf den schwarzen Markt wandert.«

»Hm«, machte der Russe wieder. »Wenn ich dir ein paar Mann gebe?«

»Verstehen die was von Sprit?«

»Eine Menge.«

»Gut. Die Fabrik läuft für die Stadtverwaltung. Deine Leute sorgen dafür, daß die Klauerei in Grenzen bleibt.«

Der Russe nickte. »Ist Verlaß drauf.«

»Wieviel also?« wollte der Pole wissen.

Der Russe schlug vor: »Sagen wir Kilo gegen Liter. Oder?«

Da gibt es kein Oder, dachte der Pole. Das ist ein gutes Gebot. Ich kann die Sorgen um die verdammten Deutschen loswerden, und ich habe bei dem Geschäft noch eine Menge Sprit zum Tauschen übrig.

»Einverstanden«, sagte er. Stand feierlich auf, um ein letztes Mal anzustoßen. Er schwankte. Mußte sich wieder setzen. Sie besiegelten den Handel trotzdem.

So kam es, daß Alina an diesem Abend im Jeep des stockbetrunkenen polnischen Kommandanten zum Ghetto gebracht wurde. Der Pole zischte mit dem Auto in die Durchfahrt unter dem Stadthaus, rammte beinahe einen Pfeiler, und brüllte solange; »Wo?« bis Alina, die erschöpft und ebenfalls mit den Folgen der Trunkenheit kämpfend, auf dem Nebensitz hockte, ihm endlich den Weg zu ihrem Domizil weisen konnte. Hier schoß er mehrmals mit seiner

Pistole in die Luft, und als sich niemand zeigte, drückte er auf die Hupe, bis endlich ein paar verängstigte Gesichter in den Hauseingängen erschienen. Da deutete er auf Alina und brüllte: »Raus mit ihr! Schlafen muß sie!«

Schliebitz und die anderen kamen erst vor dem Haus an, als die Leute Alina bereits an die Mauer gelehnt hatten. Der Jeep verschwand soeben im Zickzack.

Erschrocken richtete Schliebitz das Mädchen auf. Und da roch er, was geschehen war. Zusammen mit Hirschke trug er Alina ins Haus. Irene Kostka brachte kaltes Wasser und ein Tuch. Latta besorgte einen Eimer, weil Alina schon wieder zu würgen begann, als sie auf dem Boden lag.

Karlchen tastete sich von draußen herein und fragte: »Was ist? Haben sie unseren Küchenengel vergewaltigt?«

In der Stube jammerten Ida und Mieze: »Unsere Köchin, der Herr sei mit ihr!«

Es war Alina selbst, die schließlich dem Durcheinander ein Ende machte, indem sie laut ausrief: »Quatsch, der Schnaps wars!«

»Jesus«, jammerte Schliebitz, »die is ja so besoffen, daß sie das Vaterunser nicht mehr kann!«

»Braucht sie jetzt auch nicht«, bemerkte Latta trocken. »Hilft nicht in solchen Fällen.«

Karlchen hatte Alinas Hand ertastet. Jetzt erkundigte er sich sachlich: »Mußt du wieder kotzen?«

Sie murmelte etwas, während Irene Kostka ihr eine kalte Kompresse auf die Stirn drückte und Schliebitz ratlos herumstand, nicht recht wußte, wie er helfen sollte.

Karlchen meinte: »Leute, das schläft sie schon wieder aus. Das ist wie bei den Mädchen bei uns zu Hause, wenn Karneval ist. Einen Affen überlebt man.« An Schliebitz wandte er sich: »Spiel Mundharmonika, das lenkt ab, sonst denkt sie dauernd daran, wie übel ihr ist!«

Schliebitz folgte seinem Rat. Aber die Melodien klangen nicht so recht, der Spieler war nervös. Karlchen murmelte: »Keine Andacht drin ...« Alina kicherte. Bevor sie dann doch endgültig einschlief, hatte sie die Kraft, noch einen einigermaßen klaren Satz herauszuquetschen: »Mehl kommt, Bäcker müssen wir finden, das gibt Brot ...«

Die Jungen sahen sich an. Schliebitz knurrte mißtrauisch: »Brot? Was hat sie dafür geben müssen?«

Ein paar Tage später hatte Alina in der Töpfergasse, die ebenfalls noch zum Ghetto gehörte, eine ehemalige Bäckerei ausfindig gemacht, deren Inhaber nicht von der Flucht zurückgekehrt war. Es gab unter den alten Männern drei, die früher einmal als Bäcker gearbeitet hatten. Sie suchten sich ein paar Helfer und begannen, den Backofen und die Räume zu reinigen. Es stellte sich heraus, daß die Anlage noch leidlich funktionsfähig war.

Eines Tages schickte der Einlaßposten des Ghettos einen Boten zur Behelfsküche und ließ ausrichten, es sei etwas abzuholen. Die Russen hatten von irgendwoher Mehl geschickt. Zwei Pferdewagen voller Säcke, die außen wie bereift erschienen. Es war zusammengekehrtes Mehl, ein undefinierbares Gemisch aus Roggen, Weizen, Hafer, Kleie und Dreck. Aber die alten Bäcker brachten es fertig, daraus etwas zu zaubern, das angenehm den Magen füllte und einem nicht hochkam. Wenn verteilt wurde, drückten die Leute die Stücke glücklich an die Brust. Verzehrten sie langsam und andächtig in einem stillen Winkel des Ghettos.

Alina wehrte verschämt ab, wenn jemand ihr danken wollte. Sie war glücklich. Und sie plante bereits eine neue Fahrt in das Lebensmittellager in Leuben.

Als Latta die Tür der Bank aufschieben wollte, merkte er, daß sie noch verschlossen war. Vor einigen Tagen hatte er endlich aus einem verlassenen Haus ein passendes Schloß ausbauen können, hatte Schlüssel gefeilt, und seither war es üblich, daß Pani Borsutzki am Abend abschloß und morgens, gleich nachdem sie ihre Morgentoilette erledigt und ihr Frühstück gegessen hatte, die Vordertür wieder öffnete, ganz so als sei die Bank schon in Betrieb und erwarte Publikum. Dabei war Latta immer noch damit beschäftigt, die herausgerissenen elektrischen Leitungen neu zu verlegen. Sobald der Strom kommen würde, konnten sie dann die Lampen speisen, die inzwischen aus Zentralpolen eingetroffen waren.

Latta rüttelte ein paarmal an der Tür, dann ging er weiter. Wahrscheinlich, so dachte er, hat Pani Borsutzki verschlafen. Zwei Häuser weiter gab es einen Durchgang, von dem aus man an die Hinterfront des Bankgebäudes herankam. Und hier war ein Teil der Fenster in Bodennähe nur mit Holz verschlagen, das sich leicht herausdrücken ließ, weil meist nur wenige Nägel verwendet worden waren. Nägel waren knapp, Latta hatte so manche Stunde damit verbracht, alte und krumme Exemplare aus dem Schutt zusammenzusuchen und einigermaßen geradezuklopfen. Er stieg durch ein Souterrainfenster ein und ging über die Steintreppe ins Parterre. Der Schalterraum lag verlassen. Eine Leiter stand dort, wo Latta am Tage zuvor ein Kabel repariert hatte. Seine Vermutung schien sich zu bestätigen, die Tür zu Pani Borsutzkis Büro, in dem sie auch nächtigte, war noch geschlossen.

Latta klopfte. Zunächst war nichts zu hören. Erst nach dem dritten Versuch kam ein Laut zurück, der Latta an ein Stöhnen erinnerte. Er drückte die Klinke und spähte durch den Spalt. Sonst, wenn er zur Arbeit kam, war Pani Borsutzki stets schon auf gewesen, ihr Bett, das er aus zusammengelesenen Brettern gefertigt hatte, war mit der Schlafdecke überzogen, sie selbst saß meist an ihrem Schreibtisch und grübelte über irgend etwas nach. Heute lag sie noch im Bett, die Decke bis ans Kinn gezogen, Augen geschlossen. Neben dem Bett stand ein angeschlagener Emailleeimer. Aus dem Raum drang durch den Türspalt der Gestank von Exkrementen.

Verdutzt schob Latta die Tür wieder bis zum Anschlag. Dann rief er nach der Polin, zuerst leise, dann zunehmend lauter, bis ihm endlich ein Wimmern antwortete. Da schob er kurz entschlossen die Tür ganz auf, trat ein und sah, daß die Frau sich nicht rührte. Nur die Augen hatte sie geöffnet. Die Haut um die Augen herum war blaß, mit Schweiß bedeckt. Die Augen blickten Latta mit einem Ausdruck von Angst an.

»Was … ist?«

Die Frau flüsterte: »Fieber. Schlecht.«

Latta sah, daß sie zitterte. Ratlos blickte er sich um. Da war der Eimer. Stinkend. An der Wand das Waschbecken mit dem Hahn. Beides hatte Latta aus einer nicht mehr benutzbaren Toilette abgeschraubt und hier angebracht. Büro mit Waschanlage, passend für eine Frau Bankdirektor, hatte er gedacht.

Jetzt nahm er den roten Zelluloidbecher, der auf dem Becken stand, legte die in ihm steckende Zahnbürste beiseite und ließ ihn voll Wasser laufen.

Es dauerte eine Weile, denn aus dem Hahn kamen nur Tropfen, immer noch war die Wasserversorgung nicht intakt, im Wasserwerk standen lediglich ein paar Meter Flüssigkeit in den Tanks, weiter oben waren sie zerschossen, und es gab niemanden, der sie schweißen konnte.

Endlich war der Becher halbwegs gefüllt. Latta ging zum Bett. Pani Borsutzki war zu schwach, um auch nur den Kopf zu heben. Latta schob die Hand unter ihr verschwitztes Haar, und mit einiger Mühe flößte er ihr etwas von dem Wasser ein. Ließ sie wieder zurücksinken. Sagte unbeholfen: »Meine Großmutter hat mir beigebracht, wenn man Durchfall hat, muß man viel trinken. Auch wegen dem Fieber …«

Die Frau brauchte beinahe eine Minute, bis sie wieder die Augen aufschlug. Schwäche. So leise, daß er es gerade noch hören konnte, flüsterte sie: »Danke! Sie werden mir … nichts tun?«

»Ich werde was?«

Sie sah ihn nur angstvoll an, und Latta begriff, daß sie sich vor ihm fürchtete. Was war das für eine Welt: Man kam aus dem Krieg heim, in der Hoffnung, dem Tod nun endlich nicht mehr täglich begegnen zu müssen, dem Blut und dem Elend. Und da waren die aus dem ehemaligen Nachbarland da. Reklamierten die Stadt, in der man aufgewachsen war, plötzlich für sich. Als ob hier nicht mehr als siebenhundert Jahre Deutschland gewesen wäre. Sperrten die hier Beheimateten ins Ghetto. Und hatten Angst, wenn man ihnen helfen wollte!

Er hockte sich auf die Bettkante und murmelte: »Wir wären alle besser dran, wenn wir uns nicht immer noch voreinander fürchten würden, Pani Borsutzki. Was kann ich für Sie tun? Ich habe keine Ahnung, ob es einen Arzt in der Stadt gibt. Im Ghetto haben wir keinen. Bei den Polen …?«

Sie schloß die Augen wieder. »Weiß nicht.«

Wer konnte das wissen? Der nächste Milizmann? Der wird mich von der Straße fangen, irgendwohin schicken, wo ich ein Denkmal abreißen muß, vielleicht, und die kleine bucklige Frau hier wird verrecken. Wenn ich bis zum Wallgraben käme, Antek wüßte vielleicht Rat. Aber ich werde nicht bis dorthin kommen, am Vormittag fangen sie alles von den Straßen weg, was zwei Hände hat und deutsch spricht. Was tun?

Die Frau atmete schwer. Schwieg. Hoffentlich kommt es ihr jetzt nicht gleich an, und sie muß auf den Eimer, dachte Latta. Unvorstellbar, ich müßte sie festhalten, sonst fällt sie hin, und es wäre eine Situation, wie sie nur der gehässigste Teufel erfinden kann! Vielleicht komme ich bis zu Ossi, da in seiner Starosterei – der Chef ist auch Pole, er könnte Hilfe rufen …

»Passen Sie auf«, wandte er sich kurz entschlossen an die Frau, »ich laufe ein paar Häuser weiter und hole Hilfe. Sie bleiben liegen. Noch Wasser?«

Er sah, daß sie weinte. Schnell hob er ihren Kopf wieder an und flößte ihr den Rest Wasser aus dem Becher ein.

Auf dem Schreibtisch lag der Schlüssel zur Vordertür. Er nahm ihn. Blickte an der Tür noch einmal zurück und rief:

»Tun Sie mir den Gefallen und bleiben Sie ruhig liegen. Es kann dauern, aber ich lasse Sie schon nicht im Stich …«

Vorsichtig öffnete er die Außentür und blickte zuerst die Straße entlang. Da waren ein paar Leute, wie immer, Polen, eben angekommene und andere, die einen Platz suchten, an dem sie sich niederlassen konnten. Keine Milizmütze zu sehen. Er schloß die Tür hinter sich und schoß los, so schnell er konnte. Schaffte es bis zur Starosterei, wie sie von den Deutschen genannt wurde. Am Tor prangte das erst unlängst von Ossi Hirschke angebrachte Schild mit der Aufschrift »Powiatowa Rada Narodowa«.

»Wohin wollen Sie?« Die Stimme war forsch, militärisch. Latta sah den kleinen, kahlköpfigen Mann erst jetzt, er hatte sich im Vorgarten der Villa aufgehalten. Verblüfft rang Latta nach Luft.

»Deutscher?« fragte der Mann.

»Ja. Ich … bitte, ich suche Hilfe.«

»Soldat gewesen?« fragte der Starost.

»Ja. Bitte, es muß jemand einen polnischen Arzt rufen.«

»SS?«

»Nein!« Der Mann erinnerte Latta an den Rektor der Volksschule, die er besucht hatte, einen Fliegerhauptmann aus dem Ersten Weltkrieg, der einen ähnlichen Ton am Leibe gehabt hatte.

»Warum wollen Sie von mir Hilfe?«

Im Kopf Lattas begann es zu summen. Was stehe ich hier und muß blödsinnige Fragen beantworten, dachte er, während die Frau da hinten vielleicht auf den Eimer muß und samt dem Ding umkippt, aus Schwäche in der Scheiße liegenbleibt! Er fühlte Zorn in sich aufsteigen. Aber er zwang sich zur Ruhe.

»Hören Sie bitte«, erklärte er dem Starosten, »ich arbeite da hinten in der Bank. Komme zur Arbeit, und meine Chefin liegt auf dem Rücken, mit Fieber und … Dünnschiß, wenn Sie verstehen, was das ist. Kann nicht mehr aufstehen. Ist allein. Und es muß einen Arzt geben, der ihr hilft!«

Der kleine Mann war nicht aus der Ruhe zu bringen. »Ich bin kein Arzt.«

Latta verlor die Beherrschung: »Aber Sie sind Pole, gottverflucht, und es ist eine Polin, die da liegt! Ich kann nicht durch die ganze Stadt laufen und nach einem polnischen Arzt schreien, ich bin Deutscher, und der nächste Milizmann würde mich fangen und zu irgendwas verdonnern, und inzwischen verreckt die Frau! So tun Sie doch was.«

Der Pole sah ihn nachdenklich an. Was imponiert mir an ihm? dachte er. Deutscher, der für eine kranke Polin Hilfe holen will. Wenn das stimmt. Wie es aussieht, stimmt es, denn da in der Bank wirtschaftet diese verkrümmte Frau. Habe sie schon gesehen. Er überlegte. Man hat ein Hundeleben hinter sich, von den Deutschen verschuldet. Erst der Krieg, dann die Kommandos, die Intelligenzler jagten, Offiziere, Juden. Der Wald. Die Toten. Der Schlamm in den herbstlichen Verstecken. Läuse. Hunger. Wut. Alles das. Und dann dieser Bursche, der sich mit mir anlegt. Will einer Polin einen Arzt besorgen!

»Name?«

»Latta. Jakob.«

»Wie die Frau heißt, will ich wissen!«

»Pani Borsutzki. Klein, alt, schwach, dicke Brille, Buckel. Wenn Sie noch lange Fragen stellen, wird sie abkratzen, hören Sie?«

»Ich höre. Bleiben Sie in der Nähe.« Er ging an Latta vorbei auf die Straße. Wandte sich nach rechts, zum Victoriaplatz hin. Irgendwo dort gab es einen Stützpunkt der Miliz, erinnerte sich Latta. Er blieb ans Tor gelehnt stehen und drehte sich eine Zigarette. Ging dann langsam zur Bank zurück. Schloß die Tür auf und wartete.

Es dauerte eine ganze Weile, bis schließlich ein Armeejeep kam und vor der Bank mit quietschenden Bremsen anhielt. Auf dem Rücksitz, neben dem Starosten, ein Offizier mit einer Aktentasche. Vorn, neben dem Fahrer, ein Soldat, der wartete, bis der Starost mit dem Offizier in der Bank verschwunden war, und sich dann barsch an Latta wandte: »Was ist? Deutscher?«

Der Soldat nahm die Maschinenpistole vom Rücken und deutete mit dem Lauf zur Hauswand. »Hinstellen. Hände an die Wand.«

Latta tat, was er verlangte. Die Wand war von einer Geschoßgarbe getroffen worden, es gab Löcher, in denen Lattas Finger zur Hälfte verschwanden. Der Soldat blieb hinter ihm stehen. Setzte die Mündung der Maschinenpistole in Lattas Rücken. Latta schloß die Augen.

Das nächste, was er hörte, war ein schriller Schrei, den Pani Borsutzki ausstieß. Die Mündung der Waffe drückte nicht mehr in seinem Rücken. Er drehte den Kopf. Sah, wie der Offizier und der Starost die Frau aus der Bank schleppten und auf den Rücksitz des Jeeps legten. Sie zeterte, immer wieder auf Latta deutend. Jemand hatte ihr die Brille aufgesetzt. Der Starost sagte etwas zu ihr. Dann winkte der Offizier dem Soldaten, und dieser schwang sich die Maschinenpistole wieder auf den Rücken. Quetschte, zu Latta gewandt, zwischen den Zähnen heraus: »Kannst dich umdrehen.«

Latta sah, wie sich Pani Borsutzki erleichtert zurückfallen ließ. Er klärte sie auf: »War nicht schlimm, der hatte bloß Langeweile, und an Deutschen übt es sich am schönsten …« Sie sah ihn mit einem traurigen Blick an. Der Starost blieb neben ihm stehen, während der Jeep abfuhr.

»Der Kamerad ist Arzt, im Armeelazarett. Scheint eine Art Ruhr zu sein.«

Wütend knurrte Latta: »Dachte mir schon, daß es kein Keuchhusten ist.«

Der Starost überhörte das. »Gehen Sie an Ihre Arbeit«, ordnete er an. »Beaufsichtigen Sie das Haus, bis Pani Borsutzki wieder zurück ist. Nachts, wenn Sie im … Viertel der Deutschen sind, wird ein Milizmann hier ungebetene Besucher fernhalten.«

Gegen Mittag kam Hirschke in die Bank. Er hatte inzwischen erfahren, was sich ereignet hatte, und verriet Latta, daß der Starost mit ihm darüber gesprochen hatte. Ob er diesen Deutschen in der Bank kenne. Als Hirschke das bejahte, habe er sehr ernst darüber geredet, daß es für solche Leute wie Hirschke und Latta im neuen Polen nur eine Perspektive gäbe: den Erwerb der polnischen Staatsbürgerschaft. Es war genau das verlockende Angebot, das offiziell allen jüngeren Leuten gemacht wurde, um sie als Arbeitskräfte im Lande zu behalten, wobei die Bedingungen der Gleichstellung keineswegs genau definiert wurden. Die Absicht war, Alte und Arbeitsunfähige nach Mitteldeutschland auswandern zu lassen, sie notfalls in Sammeltransporte zu zwingen, während man denen, die man benutzen konnte, eine Besserstellung versprach, um sie von nicht zu kontrollierender heimlicher Abwanderung zurückzuhalten. Schließlich war es bequemer, Deutsche bei der Aufbauarbeit zu beaufsichtigen, als diese Arbeit selbst auszuführen.

»Hat dein Chef auch gesagt, was ist, wenn wir Deutsche bleiben wollen? Meinetwegen welche, die in Polen leben, weil die Politik das so will, aber eben als Deutsche?«

»Ich habe ihn danach gefragt«, erwiderte Hirschke. »Er hat mir davon abgeraten. Sagte, er meine es ehrlich. Deutsche würden auf sehr lange Zeit hier eine Minderheit mit wenigen Rechten sein, vielleicht mir gar keinen. Und man würde ihnen unweigerlich jede Sauerei anlasten, die es im Krieg und in der Besatzung gegeben hat. Das sei eine trübe Zukunft. Meint er.«

»Hast du auf sowas Lust?« fragte Latta.

Hirschke murrte unwillig: »Nein. Aber ich habe ebensowenig Lust, einfach aus der Stadt davonzurennen, in der ich aufgewachsen bin.«

Um diese Stunde konnten sie sich etwas freizügiger in der Stadt bewegen, das Mittagessen wurde in der Volksküche für die Arbeitenden ausgegeben, und sie strömten von allen Seiten herbei. Die Miliz war nicht so fleißig, alle zu kontrollieren, die um diese Zeit zur Kuchnia Ludowa pilgerten – das lag daran, daß die Milizionäre selbst ihr Essen bekamen, in einer anderen Küche. Dadurch wurde es möglich, Alfons Brinsa aufzusuchen, der in derselben Straße, im Klosterhof, an seinen Traktoren bastelte. Er bekam einen für hiesige Verhältnisse guten Lohn und konnte sich davon auf dem mehr oder minder schwarzen Markt sogar bulgarische Zigaretten kaufen, von denen er jetzt welche verteilte, während er zuhörte, was Hirschke und Latta ihm darlegten. Er ließ sich Zeit, bis er sich äußerte. Alfons Brinsa war mit diesen Jungen aufgewachsen. Sie hatten zu ihm gehalten in der Zeit, als er wie ein Aussätziger von anderen gemieden worden war. Wenn sie auch nicht offen gegen die Verfolgung der Juden aufgetreten waren, so hatte Brinsa doch immer gewußt, daß sich an ihrer Freundschaft nichts geändert hatte. Und die Ironie der Geschichte wollte es, daß er heute, nach dem Ende der braunen Herrschaft in derselben Lage war wie sie. Was konnte er ihnen schon für einen Rat geben?

Endlich rang er sich eine Meinung ab. »Ich weiß wirklich nicht, ob bei einer Option etwas anderes herauskommt, als ihr befürchtet. Ich bin selbst unschlüssig. Ihr wißt, ich war kurz in Haft. Es war eine böse Erfahrung für mich. Ein bißchen fühlte ich mich wie früher. Und ich hätte den Russen abküssen wollen, der mich dort wohl buchstäblich herausgesoffen hat …«

»Wie wir Victor kennen, läßt der sich lieber von Irene Kostka küssen als von dir«, vermutete Latta.

Brinsa horchte auf. »Ihr kennt ihn?«

Hirschke überwand sich und sagte: »Wir haben ihn geschickt. Er hätte zwar an diesem Abend lieber seine Irene gepinselt, aber wir haben ihn sozusagen moralisch unter Druck gesetzt. Und nun mach dir keine Gedanken, wir hätten das für jeden anderen aus dem Ghetto auch gemacht …«

»Das wußte ich nicht«, murmelte Brinsa überrascht. Hirschke, so schien es ihm, sprach von der Sache wie von einem beim Fußball geschossenen Tor.

»War auch nicht nötig«, belehrte ihn Latta. »Du bist raus, und das wars.«

Brinsa war nachdenklich geworden. Er hatte sein Schicksal hingenommen, in der Hoffnung, eines Tages würde schon alles gut werden. Nichts war wirklich gut heute. Deutschland? War das die Hoffnung, nachdem dieses Land, in dem man aufgewachsen war, nicht mehr dazugehörte? Ich bin Deutscher, sagte er sich, wie immer ich es wende. Es sei denn, ich wandere nach Palästina aus und werde dort Bürger jenes Staates, von dem die Alten immer gesprochen haben, wenn sie mit meiner Mutter zusammenkamen. Aber ich habe keine Lust auf Palästina. Ich würde mir wie ein Abtrünniger vorkommen. Vielleicht zu Unrecht, jedenfalls drängt es mich nicht dorthin, ich will, zum Teufel, als Deutscher leben. Weil ich Deutscher bin. Gerade weil sie es mir länger als ein Jahrzehnt verweigert haben, Deutscher zu sein, will ich es jetzt. Wo kann ich es? Hier? Im Rest Deutschlands, jenseits der polnischen Grenze? Wer weiß das überhaupt?

Er fragte die beiden Freunde danach. Sie saßen auf den herumliegenden Reifen defekter Traktoren, zogen an ihren Zigaretten, und sie spürten, daß es viele Fragen gab, aber keine Antworten.

»Ich habe gehört«, sagte Brinsa, »daß sie in der nächsten Zeit Transporte nach Deutschland schicken wollen. Aber nur alte Leute. Alle, die noch arbeiten können, müssen bleiben.«

Die beiden Jungen nickten. Genau das kursierte auch als Gerücht im Ghetto. Und der Pfarrer, den sie fast jeden Morgen auf dem Friedhof trafen, wenn sie ihm auf ihrem kümmerlichen Handwagen die Toten der vergangenen Nacht brachten, war von der Miliz aufgefordert worden, Listen mit Namen solcher Leute zusammenzustellen, bei denen er eine Abschiebung nach Deutschland aus Gesundheitsgründen oder anderen Erwägungen heraus für geraten hielt.

»Weinkopf hat sich dazu bereit erklärt«, teilte jetzt Hirschke Brinsa mit. »Aber er hat bis jetzt keine Erlaubnis, ins Ghetto zu gehen und dort die Leute aufzuschreiben, die in Frage kommen könnten. Sie haben ihm versprochen, er bekommt eine.«

»Schön und gut, aber was machen wir?« Jakob Latta bröselte den Rest Tabak aus der Kippe in seine Blechschachtel. »Wenn sie uns sowieso nicht gehen lassen nach Deutschland, können wir auch optieren. Ist dann ja egal …«

Brinsa warf ein: »Ich habe gehört, es gibt russische Armeelastwagen, die nach Deutschland fahren. Unkontrolliert von den Polen. Man könnte da mal versuchen mitzukommen.«

Hirschke erinnerte: »Außerdem gibt es noch den Wald, Alfons. Wir beide haben keinen um Erlaubnis gefragt, als wir herkamen. Warum sollten wir das tun, wenn wir gehen?«

»Warten wir noch«, riet schließlich Brinsa. »Wir müssen uns damit abfinden, daß jeder Pole unter den Deutschen zu leiden gehabt hat, so oder so. Erst wenn wir sehen, daß es absolut keine Zukunft für uns gibt, sollten wir gehen …«

Als Hirschke und Latta in die Fischerstraße kamen, merkten sie, daß die Leute freudig erregt waren. Grüppchen standen beieinander, debattierten, die Gesichter waren heller als sonst. Was geschehen war, erfuhren die Jungen von den Frauen in ihrer Stube. Hermine, die Sängerin, zeigte ihnen ein Stück Brot und redete drauflos, sie werde es nur ganz langsam essen, es sei schon das zweite Stück, das sie bekommen habe, und das sei ein Zeichen dafür, daß sich die Zeiten besserten. Ida und Mieze, die unzertrennlichen alten Fräuleins, hatten ebenfalls Brot in den Händen. Die Bäcker, so erzählten sie, klagten darüber, daß der Teig nicht so recht aufgegangen sei, aber das mache gar nichts, man sei nicht verwöhnt. Ein Geschenk Gottes, was Alina da zusammen mit dem Mittagssüppchen ausgeteilt habe.

Die Witwe Musiol, Besitzerin einer Getreide- und Mehlhandlung, die freilich zerstört war, mutmaßte, die Russen hätten einfach in den zerschossenen Mühlen den Boden aufgekehrt, es sei nicht viel Mehl in dem Dreck, aber immerhin …

Karwath, der Lehrer, saß draußen am Fluß, zusammen mit Alina. Daneben Schliebitz, der nach langer Zeit wieder einmal Lust zum Mundharmonikaspielen hatte. Mit dem Kopf in Alinas Schoß lag Karlchen, der Blinde, im Gras. Sein Gesicht war schmerzverzerrt. »Er leidet«, teilte Karwath den Jungen mit. »Sein Beinstumpf hat sich entzündet.«

»Erschießt mich am besten«, sagte Karlchen gepreßt, als er die Anwesenheit der anderen bemerkte. »Das tut viehisch weh. Wenn ich euch auf die Nerven falle, haltet mich mit dem Kopf eine Minute unter Wasser, das wird reichen. Ich atme gleich ein, ich verspreche es …«

Latta tadelte ihn: »Red keinen Unsinn. Bist ein Mann. Was soll eine Frau sagen, wenn sie ein Kind kriegt – das tut auch weh. Und dabei freut sich jeder Idiot, der in der Nähe ist …«

Alina strich mit den Fingern über Karlchens zerzauste Haare und beruhigte ihn mit ein paar geflüsterten Worten. Dann stieß sie Schliebitz an, und der hörte auf zu spielen, griff in die Hosentasche und brachte zwei Stücke Brot zum Vorschein, die er Hirschke und Latta hinhielt. »Kostprobe. Auswärts arbeitende Ghettobewohner kriegen nämlich nichts aus den Reserven der alten Leute!« Er lachte. Schliebitz war nicht nur stolz auf Alina und alles, was sie hier tat, er liebte es immer mehr, auf Dächern herumzuklettern und Kamine zu kehren, die Welt sozusagen von oben zu erleben.

»Heute habe ich dem Bürgermeister in den Schornstein gepißt«, verkündete er. »Großartiges Gefühl, wenn der kleine Mann sich mal so richtig rächen kann! Mein Meister, der Milewski, wäre beinahe vor Lachen vom Dach gerutscht!«

Er zauberte zwei richtige Zigaretten aus der Tasche hervor und warf sie den Freunden zu. »Hat mich sogar dafür belohnt!«

»Wußte gar nicht, daß wir einen Bürgermeister haben«, brummte Latta. Sie bissen in das etwas klebrige Brot, fanden es eßbar, und als es aufgegessen war, brannten sie sich die Zigaretten an.

»Was ist das für einer, der Bürgermeister?« wollte Hirschke wissen. Schliebitz sah ihn an und kicherte: »Was soll er schon für einer sein! Aus Uschgorod, hat er mir erzählt, Gott allein weiß, wo das liegt. Freute sich. Die Russen hätten ihn rausgeschmissen, dort. Aber jetzt ist alles gut. Sagt er.«

»Von Zigaretten versteht er was«, stellte Latta fest, »vorausgesetzt, die da sind von ihm.«

»Sind sie.«

»Scheiß-Schmerzen«, knirschte Karlchen.

Drüben am Wehr fiel ein Schuß. Aber es geschah weiter nichts. Vermutlich reinigte einer der Posten auf diese Weise seinen Gewehrlauf.

Irene Kostka kam zu ihnen, in der einen Hand eine Schnapsflasche, in der anderen einen Becher. Sie goß den Jungen nacheinander ein und ermutigte sie zu trinken: »Das ist gut für die Därme, Landsleute, weiter oben in der Töpfergasse liegen ein Dutzend Alte auf den Dielen, mit Durchfall. Blutig. Scheint vom Hunger zu kommen. Oder von den Brennesseln und dem Gras, das die Leute fressen ...«

Latta sinnierte: »Ob es nicht außerhalb der Stadt irgendwo ein Getreidefeld gibt, wo man klauen könnte!« Aber Schliebitz sagte: »Nichts gibts da. Hat keiner was angebaut im Frühjahr, und die Wintersaat haben sie beim Aufmarsch um die Stadt herum zerlatscht. Bloß traurige Reste.«

»Ihr sollt morgen früh gleich in die obere Töpfergasse kommen«, wandte sich Irene Kostka an Latta. »Zwei sind heute mittag schon tot gewesen.«

Sie trug, wie fast immer, über dem Unterrock nur eine ihrer geblümten Schürzen, die sie vor dem Zugriff der Plünderer hatte retten können. Ihre Knie, die sie freigiebig zeigte, waren rund, die Haut zwar blaß, aber gesund. Latta sah sie nachdenklich an. Der Russe hatte keinen schlechten Geschmack, falls es denn Geschmack gewesen war, was ihn zu Irene brachte.

Inzwischen gab es noch andere Ghettobewohner, die ebenfalls die traurige Pflcht erfüllten, Leichen zum Friedhof zu karren. Es wurden jeden Tag mehr, die morgens dalagen. Die Leute betteten sie meist vor die Haustüren. Wenn der Name bekannt war, kritzelten sie ihn auf ein Stück Papier, das sie dem Toten zwischen die Finger klemmten.

»Können wir uns nachher bei dir ein paar Brennkartoffeln machen?« erkundigte sich Latta bei der Freundin des Russen. Es war eine gezielte Frage, denn er wußte, daß sie nicht nur eine Pfanne besaß, sondern auch Büchsen mit Schmalzfleisch. Und er täuschte sich nicht, die Frau bot ihm sofort an, die Kartoffeln für ihn zu braten, in Fett, statt sie zu »brennen«.

»Wo hast du eigentlich die Kartoffeln her?« wollte Schliebitz wissen. Latta hatte sie gekauft. Er war von Pani Borsutzki, bevor sie krank wurde, mit Zlotyscheinen entlohnt worden. Die Summe hätte für ein Brot auf dem Schwarzen Markt gereicht oder für hundert Gramm Landtabak, der verdächtig nach Pferdeurin roch. Aber er hatte es vorgezogen, von einem Händler für einen Teil des Geldes ein paar alte, verschrumpelte Kartoffeln zu erstehen, die aus deutschen Kellern stammten.

»Ich lade euch alle ein«, bot er an. »Vorausgesetzt, Irene hat eine genügend große Pfanne und Victor schlägt keinen Krach.«

Irene Kostka, die stets glücklich war, wenn die hier lebenden Deutschen ihr Verhältnis mit dem russischen Offizier als eine Selbstverständlichkeit nahmen und sie mit moralischen Vorhaltungen verschonten, sagte: »Unsinn, er stiftet euch höchstens noch eine Büchse amerikanisches Fleisch dazu. Die Russen sind überhaupt nicht glücklich über das, was hier so läuft. Zu sagen haben sie nichts mehr, aber wenn sie helfen können, tun sie schon was …«

»Wenigstens ein Trost, nachdem ihr oberster Chef den Polen Oberschlesien geschenkt hat«, murrte Hirschke belustigt. »Wenn er ihnen schon für ihr geklautes Stück Galizien was schenken mußte, warum hat er nicht das Rheinland genommen? Oder Bayern?«

Es gab ein Gelächter. Dann erinnerte Alina: »Das Mehl stammt auch von ihnen, denkt daran!«

Aber Latta belehrte sie freundlich: »Das ist bestenfalls Kriegsbeute. Oder willst du sagen, das haben sie von zu Hause mitgebracht?«

»Wohltäter«, knurrte Karlchen, »alles Wohltäter. Warum stiftet nicht mal einer dieser guten Menschen eine Kugel, mit der ich mich erschießen kann?«

Hirschke drehte ihm noch eine Zigarette. Er polkte sie wieder auseinander und rauchte den Tabak in der Pfeife, die Hirschke ihm anbrannte, mit seinem alten, noch aus dem Krieg stammenden Feuerzeug. Daß die Benzinfüllung darin auch von Victor stammte, erwähnte er lieber nicht.

»Oberschlesien, teure Heimat«, sagte Latta. Es klang ironisch. Er hatte sich auf den Rücken gelegt, die Hände unter dem Kopf verschränkt, und starrte in den abendlichen Sommerhimmel. Zu Hirschke gewandt, sagte er: »Kannst du dich an den alten Obergefreiten Haase erinnern, Ossi? Trug den Flammenwerfer bei uns. Hatte die sinnige Aufschrift ›Rauchen verboten‹ darauf gemalt. Der sagte immer, nach zwei Trinkbechern Beuteschnaps, Jungens, genießt den Krieg, der Frieden wird schrecklich. Hellseher hätte der werden sollen …«

Hirschke fügte an: »Ich war in der Nähe, als das Ding auf seinem Rücken explodierte, bei Gumbinnen. Was von ihm übrigblieb, paßte in einen Schuhkarton. Aber wir hatten keinen damals ...«

Irene Kostka langte in den Ausschnitt ihres Kleides und kramte eine Weile zwischen ihren Brüsten herum. Es gelang ihr, den Floh zu erwischen, der sie gebissen hatte. Sie zerquetschte ihn triumphierend zwischen den Fingernägeln.

»Süßes Blut«, kommentierte Hirschke.

Sie sagte: »Der fünfte heute!«

»Und Victor hat kein graues Pulver mehr?«

Mürrisch gab die Frau zurück: »Die Viecher haben sich an diesen russischen Staub gewöhnt wie wir an das Ghetto.«

Schliebitz klopfte die Mundharmonika aus und bemerkte sachverständig: »Dann müssen sie ja auch bald die Ruhr kriegen und alle eingehen, oder?«

Das waren die langen Sommerabende am Fluß, in der Stadt, die einst idyllisch und ansehnlich gewesen war. Nun hatte der Krieg sie gezeichnet. Fremde richteten sich ein. Das wäre nicht außergewöhnlich gewesen, immer hatte es Fremde gegeben, die nach Neuhof kamen. Aber die neuen Fremden verweigerten den Einheimischen die Möglichkeit, sich weiter als rechtmäßige Bürger zu fühlen. Daraus entstand ein seltsamer Schwebezustand. Die einen hatten Schwierigkeiten, den Verlust zu verstehen, und die anderen, die Herbeigewanderten, wurden das Gefühl nicht los, auf unsicherem Territorium zu sein. Das machte diese Stadt wie so viele andere in dieser Zeit auch zu einem Platz, an dem Verzweiflung und Raffgier, Rache und Trauer, Lebensangst und Selbstbetrug sich zu einer Mischung verbanden, in der menschliche Annäherung nahezu unmöglich war.

Auch die Besinnung der Einheimischen auf die jüngste Vergangenheit, die Erkenntnis, daß das deutsche Reich Tragödien großen Ausmaßes angerichtet hat, litt darunter, weil neues Unrecht die Einsicht in die Verstrickung in das alte trübte oder gar gänzlich zum Verblassen brachte.

194

Lehrer Karwath unterhielt sich mit seinen beiden ehemaligen Schülern gelegentlich darüber. Er war ein Kenner der schlesischen, auch der polnischen Geschichte, und er trug sich mit dem Gedanken, aufklärende Vorträge zu halten vor Interessierten, um ihnen den geistigen Zugang zu der neuen Realität, die sie umgab, zu erleichtern.

Die Jungen stimmten ihm zu. Andere auch. Aber es gab so viele banale Existenzsorgen, es gab Krankheiten und Tod, Hunger und Mißtrauen, daß die Leute sich so gut wie ausschließlich dem Kampf um das tägliche Überleben widmeten. Die Erforschung geschichtlicher Wahrheiten rangierte an letzter Stelle, wenngleich Lehrer Karwath sein Vorhaben nicht aufgab.

Da war die Enge der Quartiere, die an den Nerven der Leute zehrte. Hitze trieb sie aus den engen, überfüllten Stuben, in denen sie übereinander hinwegsteigen mußten, auf die Straße. Ungeziefer setzte ihnen zu. Der Sommer war heiß und trocken, waschen konnte man sich nur am Fluß, die Exkremente häuften sich in den primitiven Toiletten, sie wurden irgendwo am Fluß vergraben oder einfach hineingeschüttet. Das Resultat waren Schwärme von dicken Fliegen, Flöhe, Läuse, sich vermehrende Ratten.

Die von Alina und einigen resoluten Frauen betreute Küche war bald nicht mehr aus dem Leben der Ghettoleute wegzudenken. Immerhin waren es mehrere tausend, die inzwischen in den zwei Straßen leben mußten. Und wenn es da für jeden täglich auch nicht mehr als eine Kelle Suppe gab, so konnte man damit wenigstens für eine Stunde das quälende Pochen in den Gedärmen loswerden. Was die Russen an verdrecktem Mehl gespendet hatten und was sie hin und wieder noch herankarrten, reichte aus, um jedem der Reihe nach immer wieder einmal ein Stück Brot zu geben im Abstand von mehreren Tagen. Dabei wurde streng darauf geachtet, daß die jüngeren Leute, die morgens aus dem Ghetto hinaus zur Arbeit gingen, nichts davon bekamen, weil sie an ihren Arbeitsstellen oder in der Kuchnia

Ludowa in der Stadt mit Essen versorgt wurden. Einige, so auch Hirschke, Latta und Schliebitz, erhielten von ihren polnischen Arbeitgebern auch schon in Abständen ein paar Zlotyscheine und konnten sich auf dem Schwarzen Markt etwas kaufen. Wobei aus diesem Schwarzen Markt nach und nach auf eine kuriose Weise ein freies Versorgungssystem entstand. Das begann damit, daß etwa ein aus Krakau Zugewanderter irgendeinen Laden in der Stadt auskehrte, in das meist zerbrochene, und mit Brettern verkleidete Schaufenster eine Scherbe einsetzte, hinter der er ein Häufchen Tabak, ein Brot oder etwas braunen Zucker aufbaute. Quer über das verkleidete Fenster pinselte er dann »Brot«, »Zucker« oder »Tabak«, und er verkaufte, solange sein Warenbestand reichte. Den ergänzte er, indem er nach Totalausverkauf mit dem eingenommenen Geld und einem leeren Pappkarton nach Krakau trampte oder nach Kattowitz und den Karton voller neuer Ware wieder nach Neuhof brachte, um weiter zu verkaufen.

Nach und nach wurden die Pappkartons der Ein- und Verkäufer größer, es vergrößerten sich auch die Scheiben in den verkleideten Schaufenstern, und so entwickelte sich das, was die Zugewanderten Handel nannten.

Eines Tages schickte der Starost Hirschke zu einer Dienststelle der Bauindustrie, die sich unweit der katholischen Kirche niedergelassen hatte, um dort Post abzuholen. Hirschke mußte durch das Stadtzentrum gehen. Vorsichtshalber hatte er sich vom Starosten eine Bescheinigung geben lassen, daß er dienstlich unterwegs war. So überquerte er den Ring, wo die Pferdegespanne der Zusiedler standen und die Rösser Heu und Grünfutter kauten, er bog in die Neue Straße ein, und als er beim Laden seines alten Bekannten Preiß vorbeikam, dem Papierhändler, den er bei seiner Rückkehr schon hier angetroffen hatte, war er erstaunt, auch in dessen verkleidetem Schaufenster eine solche winzige Scheibe zu sehen, hinter der in einem Pappteller – offenbar aus alten Ladenbeständen – eine Handvoll von jenem schwarzen Feinschnittabak lag, den man bei polnischen Händlern zu kaufen bekam. Er wurde aus Südpolen bezogen. Hatte der alte Preiß inzwischen einen Handel mit Landtabak angefangen?

Hirschke zögerte nicht lange, er betrat den Laden, und nach einer Weile erschien ein noch nicht alter, etwas verschlafen wirkender, salopp gekleideter Pole, der ihn abschätzend ansah. Also nicht Preiß! Wäre auch zu schön gewesen. Und natürlich mußte Preiß irgendwo im Ghetto leben, erinnerte sich Hirschke. Es ware eine kleinc Sensation gewesen, wenn man ausgerechnet ihm erlaubt hätte, seinen alten Laden wieder zu betreiben. Wieviel der Tabak koste, erkundigte sich Hirschke. Und da er noch Geld in der Tasche hatte, kaufte er zehn Gramm, die der Pole auf einer Briefwaage abwog.

Hirschke wurde den Gedanken an den alten Preiß, jenen introvertierten Junggesellen, eine ganze Weile nicht los. Aber dann vergaß er ihn schließlich wieder. Es war normal, daß alle deutschen Geschäfte von Polen übernommen wurden. Entweder waren die Besitzer nicht da, oder wenn sie da waren, bekamen sie gesagt, ihr Besitz sei beschlagnahmt. Wenn sie darauf noch eine Frage stellten, setzte es Schläge.

Preiß, den Hirschke dann eines Tages im Ghetto traf, war ein gebrochener Mann. Gebückt und lahmend tastete er sich an einer Hauswand entlang. Als Hirschke ihn auf seinen Laden ansprach, hatte er eine der üblichen Geschichten zu erzählen.

»Der Mann, den du gesehen hast, kam in den Laden, als wir noch nicht im Ghetto waren. Besah sich alles. Ich hatte einigermaßen aufgeräumt, alles gesäubert. Er sagte kein Wort. Ging wieder. Eine Stunde später kamen zwei Milizsoldaten. Brachten mich in den Keller vom Ofensetzer Streibel, prügelten mich viermal am Tag durch, und als das Ghetto geschaffen wurde, brachten sie mich hierher. Ich sei in der SS gewesen, warfen sie mir vor. Und – ich sollte mich nie mehr in der Nähe meines Ladens sehen lassen, das würde man als faschistische Provokation gegen den polnischen Staat betrachten.« Das übliche also.

Er erschien Hirschke ziemlich schwach. Hätte etwas an den Nieren, klagte er, seit der Prügelei in Streibels Lehmkeller. So war Hirschke nicht übermäßig verwundert, als er ihn wenige Tage später wiedersah.

Es war am frühen Morgen, und der alte Preiß, der sich immer gefreut hatte, wenn Schulbuben seinen Laden bevölkerten, wenn sie ihm von ihren Streichen erzählten und er ihnen alles mögliche aus seinem Angebot vorführen konnte, von teuren Füllhaltern bis zum papierenen Hampelmann, dieser Mann lag, mit alten polnischen Zeitungen zugedeckt, vor einem Haus in der Töpfergasse. Die Augenlider hatte ihm jemand geschlossen. Vermutlich derselbe, der ihm seine Schuhe ausgezogen hatte.

Am Friedhof besah sich Pfarrer Weinkopf die vier Leichen, die die Jungen ihm an diesem Morgen brachten, und dann bat er sie, noch ein wenig zu schachten, er habe nur eine Grube für drei geschaufelt.

Einzelgräber anzulegen, war nicht mehr möglich. Weinkopf und der eine Helfer, den er gelegentlich hatte, ein älterer Mann, den die polnische Aufsicht ihm geschickt hatte, schafften die Arbeit nicht mehr. So hatten sie sich zur Anlage von Gemeinschaftsgräbern entschließen müssen.

Als sie die Grube fertig hatten und Weinkopf mit der Bibel kam, war es schon an der Zeit, zur Arbeit zu gehen. So hörten die beiden nur noch die ersten Worte des Gebetes, das der Pfarrer jetzt täglich mehrere Male aufsagte:

»... Neige Dein Ohr, oh Herr, unseren Gebeten, mit denen wir zu Deiner Barmherzigkeit rufen und flehen! Gib der Seele dieser Deiner Diener, welche Du aus dieser Welt hast scheiden lassen, im Lande des Friedens und des Lichtes eine Wohnung und Gemeinschaft mit Deinen Heiligen. Durch Christus, unseren Herrn. Amen ...«

198

Ein paar Tage später erschien Weinkopf zum ersten Mal im Ghetto. Er besuchte einige Todkranke und versah sie mit den Sterbesakramenten, dann nahm er einigen Leuten die Beichte ab, und zuletzt erschien er da, wo Alina wohnte.

Man hatte ihm gesagt, sie wisse am besten, wer in den ersten Transport nach Deutschland gehöre, sie sähe jeden der Ghettobewohner bei der Ausgabe der Suppe, und sie habe auch eine Liste aller Bewohner angefertigt, wegen des Brotes, damit niemand vergessen werde und keiner etwa zwei Portionen erschwindeln könne.

»Herr Pfarrer!« rief Latta überrascht, der den Geistlichen zuerst sah. »Schön, Sie bei uns zu haben!«

Weinkopf brachte sein Anliegen vor, und sie holten Alina herbei. Zusammen mit ihr schrieb der Pfarrer hundert Namen auf. Leute, die zwei Tage später früh am Bahnhof sein sollten. Zwei Waggons würden zur Verfügung stehen, für Arbeitsunfähige, die man nach Deutschland schickte.

Am nächsten Tag mußten alle Ausgesuchten auf der Straße stehen, am Vormittag, bis endlich ein Milizoffizier kam und sie inspizierte. Er lief zwischen den Leuten auf und ab, klopfte sich mit einem Stöckchen, das er irgendwo aufgelesen hatte, an die Stiefel, sagte kein Wort und ging wieder. Lediglich bei Karlchen, der auf seinem einen Bein an der Hauswand lehnte, blieb er kurz stehen und deutete mit dem Stöckchen auf die Achselhöhle. Sie hatten Karlchen, den Blinden, für diesen Transport ausgesucht, weil der Stumpf seines amputierten Beines inzwischen stark eiterte und ihm hier niemand helfen konnte. Jetzt rief ihm einer der Umstehenden zu: »Mußt die Jacke ausziehen, Karlchen, und die Arme heben!«

Karlchen fragte ängstlich: »Werde ich erschossen?«

Der Milizmann knurrte unwillig einen Fluch. Dann begriff er, daß er einen Blinden vor sich hatte. Aber er prüfte Karlchens Achselhöhlen peinlich genau auf die verräterische Tätowierung und gab sich erst zufrieden, als er außer Flohstichen nichts entdeckte.

Es dauerte Stunden, bis der Transport sich nach unzähligen Kontrollen am nächsten Morgen endlich in Bewegung setzte. Die Jungen mußten zur Arbeit. Also verabschiedeten sie sich von Karlchen, noch bevor der Zug anfuhr. Munterten ihn auf, in Deutschland werde sich schon jemand um ihn kümmern, und dann gingen sie schnell, denn die Leute weinten und klagten, daß es schwer wurde, weiter zuzuhören – man nahm Abschied für immer. Es war eigenartig, hier empfanden Leute Schmerz, weil sie sich trennen mußten, und dabei hatten sie einander früher kaum gekannt. Gemeinsames Elend schafft ein Zusammengehörigkeitsgefühl, wie man es nicht kennt, wenn man in Ruhe und Zufriedenheit lebt.

Nach und nach begannen die polnischen Arbeitgeber, die Sonntage einzuhalten. Kalender tauchten auf. Pfarrer Weinkopf kündigte die erste Sonntagsmesse im Ghetto an, unter freiem Himmel.

Um diese Zeit, es war an einem Samstagabend, lagen Alina und Schliebitz nebeneinander auf der Matratze in ihrem kleinen Raum und versuchten, in den Schlaf zu kommen. Es war heiß. Die Flöhe, die in den Dielenritzen des abgetretenen Holzfußbodens zu Hunderten nisteten, piesackten die Menschen. Im Haus war es ruhig. Draußen, in der großen Stube schliefen die anderen, und über den Flur hörte man ab und zu ein Stöhnen Irene Kostkas oder ein gedämpftes, kehliges Lachen Victors, der den Körper der kleinen, molligen Frau immer noch höchst begehrenswert fand.

Aus der Stadt hallten wieder einmal Schüsse herüber. Wahrscheinlich Milizposten, die sich zum Wochenende betrunken hatten und nun ihre Pistolenmagazine leerschossen. Man war an derlei inzwischen gewöhnt. Es fand außerhalb des Ghettos statt. Nur wenn eine Streife auf die Idee kam, die schlafenden Deutschen aufzuschrecken, sich einen Spaß zu leisten, schossen die Männer im Ghetto selbst herum. Oder ein Denunziant hatte ihnen verraten, daß in einem bestimmten Haus jemand lebte, der in der

Partei gewesen war. Dann holten sie ihn vorzugsweise gegen Mitternacht mit viel Geschrei und Schüssen ab, um ihn einzusperren. Das war dann ein Abschied ohne Wiederkehr. In aller Regel jedoch ließ man die Deutschen in den Nächten in Ruhe.

»Wo Karlchen jetzt wohl sein mag ...« sagte Alina vor sich hin, leise. Einen Arm hatte sie um Schliebitz gelegt. Aus dem verschüchterten Zigeunermädchen wurde zusehends eine selbstbewußte Frau. Dazu hatte in nicht geringem Maße der Umstand beigetragen, daß die Leute entweder nicht wußten, wer sie war, oder daß sie es als selbstverständlich hinnahmen. Die gemeinsame Gegenwart im Ghetto erwies sich als großer Gleichmacher, sie verwischte solche unwesentlichen Unterschiede wie die Abstammung, und das tat Alina wohl.

Manchmal dachte sie noch daran, daß alle diese Leute, für die sie jetzt Suppe oder Kartoffeln kochte, vor mehr als einem Jahr noch gleichgültig ihr Leben weitergelebt hatten, während der Chirurg in Auschwitz dafür sorgte, daß sie nie Kinder würde haben können. Aber sie löste sich mehr und mehr von den Gedanken an diese Zeit, und sie fühlte sich in dieser engen Kammer, bei Schliebitz, in der Waschküche beim Suppenkessel oder am Flußufer bei den anderen auf eine merkwürdige Art zu Hause. Schliebitz hatte sich als ein zärtlicher, rücksichtsvoller Mann erwiesen. Er machte Pläne für die Zukunft.

Jetzt sagte er leise: »Wenn wir das hier hinter uns haben, werden wir ihn wiedersehen ...«

»Karlchen?«

»Ja, Karlchen. Ich habe aufgeschrieben, wo er zu Hause ist. Dort wird er hinterlassen, wohin er geht, endgültig. Ich denke, wir werden hier auch nicht ewig bleiben.«

»Ob er allein zurechtkommt?«

»Es werden sich Leute finden, die ihm helfen«, meinte Schliebitz. »Es war am besten für ihn, hier schnell wegzukommen. Gehst du morgen zu Pfarrer Weinkopfs Messe?«

Sie hatte sich noch nicht entschieden. »Gehst du?«

Er überlegte. »Ich habe nie viel mit der Kirche zu tun gehabt.« Dann erinnerte er sich an seine Verkleidung als Nonne und lachte. »Vielleicht ist es ja besser, man läßt sich trotzdem da sehen. Weinkopf wird sich freuen ...«

»Über mich auch?«

»Warum nicht?«

»Weil ich nicht getauft bin.«

Er wischte das einfach weg. »Niemand weiß das. Es wird ohnehin keine Versammlung von katholischen Gläubigen. Wenn ich mich nicht irre, will Weinkopf den Leuten einfach ein bißchen Lebensmut zusprechen, egal ob sie Katholiken oder Protestanten sind, oder Juden oder Heiden wie du!«

Er zog sie lachend an sich. Was für ein Glückspilz ich bin, dachte er, mit dem Heidenmädchen Alina zusammen kommt einem diese ganze Nachkriegsmisere nur noch halb so schwer vor.

Er behielt recht. Pfarrer Weinkopf veranstaltete in dem Hinterhof, den die Leute zu diesem Zweck gekehrt hatten, nicht das, was man nach strengem Ritus eine Messe hätte nennen können. Vor dem aus übereinandergestapelten Schubladen errichteten Altar, auf dem es nur das Kreuz gab, das er aus der Friedhofskapelle mitgebracht hatte, sprach er den Leuten Mut zu, ihr Schicksal zu ertragen, nicht mit dem Herrn zu hadern und alle Mitmenschen, auch jene, die ihnen derzeit Böses antaten, zu lieben. Anders würde es keinen Frieden geben.

»Das Land, das uns hervorbrachte, hat Schuld auf sich geladen«, sagte er, »und wir sind ausersehen, einen Teil davon abzutragen. Begreifen wir das in Demut, dann wird der Herr mit uns sein, was immer an scheinbar Unerträglichem uns heimsucht, er wird es erträglich werden lassen ...«

Er zelebrierte die Kommunion, und weil es das, was man das Brot des Herrn nannte, nicht gab, bekreuzigte er die

202

Stirnen der Kommunikanten. Sie sangen gemeinsam, und er segnete die Leute. Die Jüngeren trugen die zu ihren Quartieren zurück, die zu schwach waren, selbst zu gehen. Es ergab sich, daß Alina in der Nähe des Pfarrers war, als er aufbrach. Er winkte sie zu sich und sagte:»Ich habe mich gefreut, daß auch du gekommen bist. Dein Freund hat mir von deinem Leidensweg erzählt …«

»Er ist mein Mann«, gab Alina zurück. Sie sah ihn mit ihren dunklen Augen erwartungsvoll an. »Aber wir sind nicht verheiratet.« Es klang trotzig. Weinkopf überhörte es. Auch als sie anfügte:»Und getauft bin ich auch nicht.«

Er nickte. »Alles das weiß ich. Aber – junge Menschen wie du tragen den Geist des Herrn in sich, ob sie es wissen oder nicht. Und wenn die Zeit gekommen ist, werdet ihr als Paar vor dem Herrn stehen. Hab Geduld mein Kind.«

»Wird es denn jemals einen Priester geben, der uns traut?« Er antwortete: »Es wird mich geben. Solange ich lebe. Dann andere. Solche, die wissen, was ich weiß.«

Am Nachmittag versammelte Lehrer Karwath eine Anzahl jüngerer Ghettobewohner unten am Fluß um sich und eröffnete ihnen, er wolle für jene, die es interessierte, aus der Vergangenheit des Landes erzählen, das ihre Heimat war. Denn der Mensch solle die Welt kennen, in der er lebe, das Land, das ihn hervorbrachte, wie der Pfarrer es ausgedrückt habe …

So hockten sie sich um ihn herum ins Gras und hörten zu, wie er von den Vandalen berichtete, dem germanischen Stamm, der schon vor Christi Geburt dieses Gebiet bewohnt habe, was unter anderem ein vor etwa vierzig Jahren mitten in der Stadt gemachter Grabfund in der Nähe des Lyzeums bezeugte. Wie die Vandalen später fortzogen und sich vom Osten kommende Slawen hier niederließen. Wie gegen Ausgang des Mittelalters wieder deutsche Stämme einzogen, mit ihnen das Christentum endgültig gefestigt wurde und deutsche Herzöge das Land beherrschten. Wie Handwerk und Bauernwirtschaft aufblühten und sich Ansiedler aus dem Hessischen, aus Franken und anderen deutschen Gebieten hier einfanden, dem Land bis zur Oder und den Sudeten das Gesicht prägten.

Wer da um Karwath herum im Gras lagerte, erinnerte sich an manches, das er in der Schulzeit zwar gehört, aber nur oberflächlich zur Kenntnis genommen hatte. So die Zeit der Mongoleneinfälle, die das aufblühende Schlesien verwüsteten, andererseits aber dazu führten, daß zur Verteidigung immer mehr Siedler aus den westlichen Gebieten ankamen, Kämpfer und Bauern. Sie standen gemeinsam mit den in Schlesien lebenden Slawen gegen die raubenden und mordenden Heere der Söhne Dschingis Khans und seiner Nachfolger. Und sie bauten auch die zerstörten Siedlungen nach der Vertreibung der fremden Reiterheere wieder mit auf. Sie verteidigten das gemeinsame Siedlungsgebiet im folgenden Jahrhundert gegen die Truppen der Hus-Anhänger, und während sich weiter östlich das polnische Reich festigte, wurden Slawen wie Germanen, Polen wie Deutsche in den schlesischen Gebieten Bürger des sich weit nach Osten ausdehnenden Österreichs. Bis dann der Alte Fritz, König von Preußen in drei aufeinanderfolgenden Kriegen ganz Schlesien den Österreichern abnahm.

Polen war während seiner ganzen Geschichte stets das geprügelte Kind zwischen den großen Mächten Rußland, Preußen und Österreich, und in die Herzen der Leute, die hier – obgleich verschiedener Nationalität – sittsam miteinander lebten, schlich sich das Mißtrauen ein, nationaler Eifer kam auf, schließlich der Haß, der sie nach dem ersten großen Krieg, nach Versailles, mit Waffen gegeneinander trieb. An den Annaberg, der immer eine Stätte stiller Gebete, ein Wallfahrtsort für Polen wie Deutsche gewesen war.

»Wir müssen heute daran denken, wie dieses Polen immer wieder zerstückelt worden ist, aufgeteilt, und wie es doch nicht unterging, weil der Nationalstolz sich aus der Erniedrigung nährte wie ein Brand von trockenem Holz. Sie haben es auch damals wieder aufgeteilt unter sich, kurz bevor Hitler einmarschierte, Deutschland nahm sich die westliche, Rußland die östliche Hälfte. Eigentlich dürfen wir uns über nichts, was sich nun an Rache abspielt, besonders wundern ...«

Dann unterhielten sie sich eine Weile darüber, daß es nach allem, was man heute wußte, nicht Polen gewesen war, das seinen Anspruch auf deutsches Gebiet bis zu den gegenwärtigen Grenzlinien zuerst anmeldete. Nein, es hatte vielmehr damit begonnen, daß die Russen den ihnen von Hitler zugeschanzten Teil Polens bei Kriegsende nicht mehr herausgaben. Und erst als polnische Politiker gegen diesen Gebietsverlust protestierten, hatte Stalin in den Verhandlungen mit den übrigen Alliierten durchgesetzt, daß es keine Rückgabe von russischer Seite gäbe, daß Polen vielmehr offiziell aufgefordert wurde, sich im gleichen Maße, in dem es die Russen im Osten fledderten, nach Westen hin auszubreiten, auf Kosten der Deutschen.

»Ein Handel, der uns die Heimat kostet«, sagte Karwath. »Ich sah eine der neuen Landkarten. Danach hat Polen an die Russen erheblich mehr Land verloren, als es von Deutschland inzwischen genommen hat. Und ich versuche immer, wenn die Rede darauf kommt, den Leuten begreiflich zu machen, daß es sich hier eben nicht um eine Angelegenheit nur zwischen Polen und Deutschland handelt, nein, es gibt einen dritten Beteiligten, einen, der Verantwortung trägt für diese Gebietsverschiebung, und das ist Rußlands Stalin. Wenn die Geschichte das nicht eines Tages richtigstellt, wird sie eine verlogene Geschichte sein ...«

Sie saßen da und debattierten, bis die Dunkelheit kam. Das Wehr rauschte. Schwalben zuckten über den Fluß. Im Westen nahm der Himmel jene brandrote Färbung an, die einen neuen, heißen Tag verhieß. Ein kleines Mädchen lief am Ufer entlang und klagte weinend: »Die Mutter ... sie bewegt sich nicht mehr!«

In der Küche schnitt Victor im Schein eines blakenden Hindenburglichtes Speck, den er aus der Kaserne mitgebracht hatte. Irene Kostka schlug Eier in die Pfanne.

Ida und Mieze beteten leise, auf dem Fußboden sitzend.

Die Witwe Musiol stierte vor sich hin. Und Hermine, die unermüdliche Sängerin mit dem verwirrten Geist, summte inbrünstig »Großer Gott, wir loben dich« vor sich hin, in Erinnerung an die Messe.

»Es zerfrißt mir das Herz«, raunte Schliebitz Alina zu. Die Zigeunerin zog ihn sanft in das winzige Kämmerchen, in dem sie miteinander allein sein konnten.

Das alte Lied

Der Mann tauchte an einem Wochentag gegen Abend am Durchgang beim Stadthaus auf, wo man vom Ring her in das Ghetto der Deutschen gelangte.

Er wechselte ein paar Worte mit den hier stehenden Posten, fingerte ein Papier aus der Tasche seines schwarzen Anzugs, wies es vor, worauf er anstandslos passieren durfte. Einer der zwei Posten tippte sogar mit den Fingern an den Mützenschirm. Man konnte den Fremden für einen Geistlichen halten, denn er war so gekleidet. Selbst ein schmaler weißer Stehkragen fehlte nicht. Und die Haltung des großen, kräftigen Mannes strahlte so etwas wie Würde aus. Er ging langsam, aber er schien genau zu wissen, wohin er wollte, denn er fragte niemanden nach dem Weg. In Wirklichkeit war er nie zuvor hier gewesen. Aber das sah man ihm nicht an. Er gelangte schließlich an den Fluß, von wo aus er die Hinterfronten der Häuser in der Fischerstraße musterte, setzte sich auf einen großen Steinbrocken und betrachtete mit beinahe philosophischer Ruhe die Menschen, die sich am Ufer aufhielten, ohne jedoch das Wort an jemanden zu richten.

Frauen schienen ihn nicht sonderlich zu interessieren, jedenfalls folgte ihnen sein Blick nicht intensiver als Männern. Er blieb sitzen, bis es nach und nach dunkel wurde, bis die letzten Bewohner des Ghettos, die am Fluß Wasser geholt oder Kleidungsstücke gewaschen, die vielleicht nur Erholung von der Stickluft der überfüllten Räume gesucht hatten, sich in die Häuser verloren. Niemand schenkte ihm besondere Aufmerksamkeit. Ein einzelner Mensch fiel hier nicht weiter auf, es sei denn, er trug die Uniform der Miliz.

Zudem kamen jetzt täglich neue Rückkehrer an, so daß man nicht stutzte, wenn man auf ein bislang unbekanntes Gesicht stieß.

Als es auf Mitternacht zuging, saß der Fremde immer noch auf dem Stein. Aber er war inzwischen in einem der Häuser gewesen. Ein Mann war am Strand aufgetaucht, hatte eine alte Konservendose ins Wasser getaucht und sie mit Sand ausgescheuert, war dann wieder hinüber zu den Häusern gegangen. Dem war der Fremde in gebührendem Abstand gefolgt.

Er hatte sehen können, daß er in einer Wohnung im Parterre verschwand, und er hatte sich die Lage genau eingeprägt. Eine halbe Stunde nach Mitternacht endlich, erhob er sich von seinem Stein und schritt forsch zu den Häusern, fand die Tür und stieß sie auf.

Aus der Rocktasche zauberte er eine flache Taschenlampe, wie sie Soldaten zuweilen trugen, mit einer Rotscheibe, die er aber jetzt an ihrem Platz ließ, als er die im Flur der Wohnung liegenden Leute anleuchtete.

Es waren vier ältere Männer. Der, den der Fremde suchte, war nicht unter ihnen. Der Fremde stieg über sie hinweg und öffnete eine Stubentür. Acht Frauen, die erschrocken und verwirrt in den Lichtstrahl der Taschenlampe blinzelten, lagen eng nebeneinander, mit ein paar Fetzen zugedeckt. Wieder stieg der Fremde über die am Boden Liegenden, öffnete die nächste Tür. Leuchtete in den Raum. Und fand den Mann, den er suchte. Zwischen einem halben Dutzend anderer liegend.

»Name?« fragte der Fremde. Seine Stimme klang sanft.

»Wuttke, Bernhard.«

Der Fremde bedeutete ihm: »Sie bleiben hier.«

An die anderen gewandt, kommandierte er leise, aber bestimmt: »Alle raus. An den Fluß. Warten. Wir haben zu sprechen. Los, los!«

Er wiederholte die Aufforderung draußen bei den Frauen und auch im Flur. Wenig später hatten die Leute ihre abgelegte Kleidung angezogen und folgten dem Befehl des seltsam an einen Priester erinnernden und doch so barschen Mannes, an dessen Akzent sie erkannten, daß er Pole war.

Hätten sie seine Augen sehen können, wäre ihnen die Kälte, die in ihnen lag, nicht entgangen, aber es war zu dunkel dafür. So trotteten sie aus dem Haus, sie waren inzwischen daran gewöhnt, den Befehlen der Besatzer oder der neuen Herren der Stadt ohne Widerspruch zu folgen, weil sie die Prügel fürchteten, die es immer dann regnete, wenn sie nicht taten, was man von ihnen verlangte. Sie ließen sich am Flußufer nieder. Eine Weile noch gab es halblaute Gespräche über den seltsamen Fremden, dann wurde es ruhig.

In der Wohnung umkreiste der Fremde den alten Wuttke, besah ihn im Schein der Taschenlampe von allen Seiten, und schließlich befahl er ihm: »Ausziehen, los!«

Er hatte einen Kerzenstummel entdeckt, den steckte er an. Das Licht war dürftig, aber dem Fremden genügte es für seinen Zweck. Als Wuttke entkleidet vor ihm stand, verschämt eine schmutzige Unterhose vor den Unterleib haltend, schnarrte der Fremde: »Weg damit!«

Wuttke war ein besonnener Mann. Ein Leben lang hatte er Stuben getüncht, Fenster und Türen lackiert. Er hatte keine Frau mehr, die beiden Söhne waren aus dem Krieg noch nicht wieder heimgekehrt. Als er jetzt so vor dem schwarz gekleideten Fremden stand, offenbar einem Polen, fragte er sich, was das alles zu bedeuten habe.

In seinem Beruf hatte er mit Polen nie etwas zu tun gehabt. Auch in seiner Familie hatte es nur Deutschstämmige gegeben. Er hatte nach seiner Rückkehr aus dem Ersten Weltkrieg ein Malergeschäft aufgemacht, das es in der Folgezeit zu einer bescheidenen Blüte brachte. Als Hitler an die Macht kam, waren mehr Aufträge eingegangen, als er allein bewältigen konnte, und er stellte noch einen Gesellen ein.

Wuttke hatte sich weder für Politik interessiert, noch hatte er in der braunen Zeit nennenswerte Vorteile gehabt. Er war wegen eines akuten Herzleidens von der Einberufung verschont worden. Hatte den Einmarsch der Russen in einem Keller überlebt, sein Haus in Trümmern vorgefunden, und nun konnte er einfach nicht begreifen, weshalb ihn dieser Fremde in Schwarz ausgesondert hatte und nackt dastehen ließ.

Aber er sagte sich, seit die Polen hier bestimmen, geschehen so viele unbegreifliche Dinge, man wird sehen, was das nun wieder soll. Bernhard Wuttke war ein ruhiger, friedfertiger Mann, etwas einfältig, auch nicht der schnellste Denker.

Er schüttelte verdutzt den Kopf, als der schwarze Fremde ihn anbrüllte: »Arme heben!«

Aber er hob die Arme gehorsam. Gleichzeitig sagte er, weil er diese Aufforderung schon von den Russen kannte, die bei jedem Mann nach irgendeiner Tätowierung gesucht hatten: »Ich habe da nichts …«

Der Fremde hatte blitzschnell unter seine schwarze Jacke gegriffen und einen verkürzten Gummiknüppel hervorgezogen. Er schlug routiniert zu, auf die Handrücken Wuttkes. Dieser schrie vor Schmerz auf. Er spürte, daß Knochen brachen. Schlimmer als der Schmerz war der eiskalte Blick des Fremden. Er raunzte heiser: »Schrei nur! Schrei! Moskowsky wird dich sterben lassen! Moskowsky braucht einen Toten heute! Einen Deutschen! Ein Schwein, um das sich keiner kümmert! Hoch mit den Armen!«

Er suchte gar nicht nach der verräterischen Tätowierung, nach der die Russen sonst suchten. Statt dessen schlug er auf den alten Mann ein. Zuerst waren es leichtere Schläge, auf Schultern und Brust. Aber dann wurden sie härter. Sie trafen den Kopf, die Ohren, den Hals, Nase, Lippen.

Wuttke konnte nicht mehr den irren Blick des Mannes sehen, der wie besessen und doch sorgfältig ausgewogen so auf ihn einschlug, daß er ihm zwar Schmerzen bereitete, einen Knochen nach dem anderen brach, ihn aber nicht tötete.

Er hörte in seinem Schmerz, während er sich krümmte und sich schließlich auf dem Fußboden wand, auch nicht das fortwährende keuchende Gestammel: »So, ja! Du wirst tot sein, gleich … Jammere nur, schön so, nur nicht so laut, schön klatscht das auf deinen Bauch, ein deutsches Schwein, diesmal, sehr schön …!«

Er schlug mit Wonne zu, der Herr Moskowsky aus Lemberg, und er weidete sich an den Qualen, die er verursachte. Gleichzeitig verspürte er jenes wohlige Ziehen in den Lenden, das er nur erzeugen konnte, wenn er die Kreatur quälte, irgendeine, Mensch oder Tier. Aber lieber doch Mensch als Tier. Er fieberte der Explosion entgegen, die sich in seinem Unterleib ereignen würde, bald, und je ausgeklügelter er zuschlug, desto näher kam er seinem Ziel.

Rhythmisch hieb er auf den inzwischen ohnmächtig gewordenen alten Mann ein, schneller werdend. Sein Atem ging rasselnd, der weiße Pfarrerkragen hatte sich verschoben, war längst durchgeschwitzt. Aber Herr Moskowsky dachte jetzt nicht daran, daß er ihn würde waschen müssen, um wieder ordentlich auszusehen, Würde auszustrahlen, die ihn über jeden Verdacht erhob. Herr Moskowsky war aus seiner Heimatstadt Lemberg, die jetzt wieder Lwow hieß, nicht herausgeworfen worden, denn Lemberg gehörte nicht zu dem von den Russen besetzten Gebiet des alten Polens. Nein, Herr Moskowsky war freiwillig in Richtung Westen gezogen.

Als damals die Deutschen kamen, war es ihm gelungen, aus dem Gefängnis zu fliehen, in der allgemeinen Verwirrung. Und die Deutschen kümmerten sich viel intensiver um die Lehrer der Stadt, die Anwälte, Ingenieure, Professoren. Ein entflohener Lustmörder interessierte sie nicht. So konnte Herr Moskowsky eine Arbeit als Nachtwächter in einer Papiermühle bekommen, wo man seinen Ausweis nicht ernsthaft prüfte und wo in den Nächten sowieso niemand etwas zu stehlen versuchte, so daß es überhaupt nicht auffiel, wenn er in Abständen von Wochen immer wieder einmal während seiner Schicht verschwand. Malträtierte Tote, die man in ihren Wohnungen entdeckte, brachte niemand mit diesem stillen Mann in Verbindung. Um jene Zeit starben viele Polen unter ungeklärten Umständen.

»He, he ...« krächzte er jetzt und drosch auf den Kopf seines Opfers ein. Die Haut unter dem dünnen Haar platzte, Blut floß reichlich, und dann spaltete ein besonders kräftiger Schlag des Knüppels den Schädelknochen.

Weiter und weiter hieb Herr Moskowsky auf den längst toten Deutschen ein, immer schneller werdend, bis ihn schließlich ein Zucken und Zittern befiel, die Schlaghand kraftlos herabsank und sein ganzer Unterleib zu kreisen und sich zu winden begann. Moskowsky ließ den Knüppel fallen, griff sich zwischen die Oberschenkel, stöhnte anhaltend und sank dann zuckend neben der Leiche zu Boden.

Es berührte ihn nicht, daß Blut und Hirnmasse des Erschlagenen seine Kleidung beschmutzten, er nahm es nicht einmal wahr, solange ihn die Ekstase auf die Luftschaukel der Lust versetzte. Erst als er wieder zu sich kam, heraus aus der betäubenden Wolke der Verzückung, auf die ihn einzig und allein Grausamkeit und Blut befördern konnten, verzog er unwillig die Stirn über das, was von Wuttkes Blut an seinen Fingern klebte.

Er wischte es an Wuttkes herumliegender Kleidung einigermaßen ab. Doch dann besann er sich, stand rasch auf, ordnete seinen Anzug, zog den weißen Kragenstreifen am Hals zurecht und verließ die Wohnung, ohne den Erschlagenen noch einmal anzusehen.

Der Posten am Ghettozugang stellte Herrn Moskowsky eine Frage, worauf dieser wieder in die Tasche griff, wie schon Stunden zuvor an derselben Stelle, und ein Dokument vorwies. Darauf tippte der Posten an den Schirm seiner Quadratka, und Moskowsky ging forsch auf den Ring hinaus. Er verschwand schnell in der Dunkelheit, denn es gab nur ein begrenztes Kontingent an Elektrizität in der

Stadt, und das war für die wichtigsten Einrichtungen, vorwiegend für das Militär, reserviert.

Gegen Morgen, als die meisten Leute, die Moskowsky aus ihren Quartieren vertrieben hatte, am Flußufer zu frieren begannen, traute sich eine der Frauen in das Haus, um herauszufinden, ob man nicht doch wieder in die Stuben könne. Sie kam schreiend und vor Angst zitternd zurückgelaufen und holte die anderen. Erst nach einiger Zeit, als man sich darüber klargeworden war, daß es niemanden gab, der sich um die Aufklärung der Tat kümmern würde, wickelte man den Toten in alte Zeitungen, die immer noch in genügender Menge herumlagen, und legte ihn zum Abtransport vor dem Haus bereit.

Als Hirschke und Latta mit dem Handwagen anrückten, machten die Leute sie auf die grausigen Verletzungen des alten Wuttke aufmerksam.

»Keine Ahnung, wer das war?« erkundigte sich Latta.

Eine der Frauen berichtete, immer noch verängstigt: »Da war der polnische Pfarrer. Kam, jagte uns an den Fluß, und dann blieb er mit Wuttke allein.«

»Ein Pole?«

»Er sprach gebrochen.«

Hirschke besah sich den zertrümmerten Schädel des Mannes. Er hatte eine Menge von Granaten zerfetzter Leichen gesehen. Daß ein Mensch einen anderen mit seinen Händen oder den Waffen, die er mit Händen halten konnte, so zurichtete, war ebenfalls nicht neu für ihn. Deshalb mahnte er jetzt den zögernden Latta: »Laß uns gehen. Pole erschlägt Deutschen. Alte Rechnung vielleicht. Müssen wir uns damit aufhalten? Wir sind sowieso spät …«

Der Freund sah ihn schief an und knurrte: »Du hast ein Gemüt wie der Hund vom Fleischer Rinke!«

Hirschke packte einfach die Leiche Wuttkes an den Schultern und hob sie an. Während Latta die Beine nahm, teilte ihm Hirschke gelassen mit: »Ich wünschte, ich wäre jetzt ein Fleischerhund. Möglichst in Amerika.«

Was war schon ein Erschlagener? Wer weiß, welche Auseinandersetzung es hier gegeben hatte. Ein ehemaliger polnischer Zwangsarbeiter, der Rache dafür nahm, daß ihn dieser Deutsche geschunden hatte? Alles war möglich in dieser Zeit. Und es gab weder eine Polizei für die Deutschen, noch gab es Richter. Die alten deutschen Gesetze galten nicht mehr, und neue polnische waren nicht vorhanden, weil Polen selbst noch nicht so recht wiedergeboren war. Dies hier war rechtloses Gebiet, ein Mensch war hier soviel wert wie ein Arschwisch, also auf was warten?

Pfarrer Weinkopf hatte Glück gehabt. Irgendein Milizchef hatte seine Bitte um Arbeitskräfte gnädig aufgenommen und vor Tagen einige ältere Männer zum Ausschachten von Beerdigungsgruben auf den Friedhof geschickt. Sinnigerweise brachten sie mehrere Säcke Chlorkalk mit.
So brauchten Hirschke und Latta an diesem Morgen nicht noch zur Schaufel zu greifen. Sie lieferten die Toten des Tages ab und machten sich auf den Weg zur Arbeit. Seit einiger Zeit brauchten sie auch den Handwagen nicht mehr selbst ins Ghetto zurückzubringen, Weinkopf schickte ihn mit einer Frau in die Fischerstraße, die bei den Russen in der Kaserne arbeitete und jeden Tag auf dem Heimweg vorbeikam.
So schlenderten die beiden auf dem Hauptweg dem Ausgang zu, als plötzlich zwischen den Gräbern vor ihnen ein Mann in jener seltsamen Aufmachung erschien, die man in der Stadt häufig sah, nämlich die Kombination von abgewetzter, zerknautschter Zivilkleidung, über die ein Koppel mit Pistole geschnallt war, und Milizmütze. Der Mann hielt in der einen Hand einen Fäustel und ein Stemmeisen. Die andere legte er auf den aus der Ledertasche herausragenden Pistolenkolben, als er auf die beiden Jungen zutrat und sie musterte. Sie blieben vorsichtshalber stehen. Wenn einem heute ein Pole bewaffnet entgegentrat, war es nicht ratsam weiterzugehen, man konnte erschossen werden, »auf der Flucht«.

»Du!« sagte der große Mann mit dem flächigen, rasierten Gesicht und den winzigen, unter Hautwülsten fast verdeckten Augen. Er wies auf Hirschke. Der fragte: »Was ist?«

Der Mann legte die Hand sogleich wieder auf den Pistolengriff und riet Latta: »Du hau ab!«

Hirschke knurrte er an: »Maul halten, arbeiten!« Er winkte ihm mitzukommen. Latta wartete, bis sie in einem Nebenweg verschwunden waren, dann schlich er hinterher. Es war üblich, daß ein Pole sich auf der Straße oder im Ghetto einfach einen Deutschen aufgriff und ihm befahl, irgendeine Arbeit zu verrichten. Dieser hier brauchte wohl nur einen einzelnen Mann, und die Wahl, was immer sie beeinflußt hatte, war auf Hirschke gefallen. Nun galt es, die näheren Umstände festzustellen. Zu oft kam es vor, daß Leute auf diese Weise für längere Zeit oder für immer verschwanden.

Latta beobachtete, wie der Pole Hirschke zu einem Gräberfeld dirigierte, das zu den ältesten gehörte. Hier standen steinerne Denkmale, die zu den schönsten des Friedhofs zählten. Reiche Kaufleute waren auf diesem Feld begraben, Handwerker und Beamte. Einige von ihnen waren vor mehr als hundert Jahren zur Ruhe gebettet worden. Es war eine Zeit gewesen, die Massengräber nicht kannte, dafür prunkvolle Särge und Marmorengel, Granitblöcke, Inschriften aus im Laufe der Jahrzehnte schwärzlich beschlagenen Messingbuchstaben.

Über den schon historischen Gräbern spannten sich mächtige Kronen alter Linden und Buchen. Halbdunkel herrschte unter diesem Blätterdom, in dem sich Spechte und Kernbeißer tummelten, Häher und winzige Buchfinken.

Der Pole mit der Pistole drückte Hirschke Fäustel und Stemmeisen in die Hand und deutete auf den nächstbesten Grabstein: »Da, machen. Alle Buchstaben ab. Los!«

Es dauerte ein paar Sekunden, bis Hirschke zurückfragte: »Ich soll die Beschriftung abschlagen?«

Der Pole sprang wütend zu ihm, riß ihm Fäustel und Meißel noch einmal aus der Hand und machte ihm vor, was er meinte. Zuerst schlug er von einem Stein einige der Metallbuchstaben ab, dann machte er an einem anderen die in den Marmor gemeißelte Inschrift unkenntlich, indem er große Schuppen aus dem Material schlug. Er drehte sich um, warf Hirschke das Werkzeug wieder vor die Füße und brüllte ihn an: »Verstehen jetzt? Los!«

Kopfschüttelnd nahm Hirschke das Werkzeug auf und begann zu arbeiten. Dabei wandte er sich seinem Wächter zu und erkundigte sich: »Wozu soll das gut sein?«

Der Pole hatte sich inzwischen auf einen Grabstein gehockt und drehte eine Zigarette. Er zeigte auf die Erde und raunzte: »Hier Polen. Deutsches Schreiben weg. Kein Stück. Ganzer Friedhof. Ganze Stadt. Polen. Los, machen!«

Da wird Ossi heute nicht zu helfen sein, dachte Latta, der das aus einem der Gebüsche mithörte. Morgen früh kann er besser aufpassen, aber im Augenblick kommt er von dem Kerl nicht weg. Eigentlich das Übliche. Irgenein Pole war damit beauftragt und natürlich auch dafür bezahlt worden, für die Entfernung deutscher Beschriftungen auf dem Friedhof zu sorgen. Er war von der bequemen Sorte, schnappte sich einen Deutschen und ließ den für sich arbeiten.

Obwohl es langsam Zeit wurde, sich in Richtung Bank aufzumachen, ging Latta noch einmal zu Pfarrer Weinkopf zurück. Der schaufelte gerade Erde auf die Grube, in der Wuttke, das Opfer der letzten Nacht, lag. Als Latta ihm von der Tätigkeit des Schriftentferners erzählte, breitete der Pfarrer die Arme aus und sagte: »Ich weiß davon. Kann es nicht verhindern. Zu meinem großen Schmerz. Der Mann ist jeden Tag auf dem Friedhof. Zuerst kam er mit einem von der Miliz, jetzt ist er wohl selber bewaffnet. Ich habe mich nicht einzumischen, hat man mir gesagt, sonst werde ich bestraft.«

»Das ist Denkmalsschändung«, bemerkte Latta. »Haben unsere das denn in Polen auch gemacht?«

Der Pfarrer wußte es nicht. »Das wird gemacht, damit im Land nichts mehr an die deutsche Geschichte erinnert«, meinte er. »Gestern war übrigens die Miliz da. Mehrere Männer. Haben drüben bei den Kriegsgräbern angefangen, die Eisernen Kreuze abzuhauen und die Namen. Einer hat mich angewiesen, Leute deutscher Herkunft nur noch mit Nummern zu registrieren, wenn ich sie begrabe. Die alten Gräber … nun ja, niemand soll in ein paar Jahren mehr wissen, daß Deutsche da liegen.«

Bevor er zur Bank ging, betrat Latta das Gebäude der Starosterei. Er traf den kleinen, kahlköpfigen Chef Hirschkes an der Tür zu seinem Büro an. Immer noch war er nämlich allein in der von ihm geschaffenen Behörde, immer noch versah die Miliz alle Staatsaufgaben, und der Zeitpunkt, zu dem hier Beamte einziehen würden, um sich tatsächlich um die Neuordnung und den Aufbau des Gebietes zu kümmern, war kaum zu bestimmen.

Der Starost, die Türklinke in der Hand, blieb stehen und blickte Latta entgegen. Er erinnerte sich an diesen jungen Mann.

»Was wollen Sie?«

»Guten Morgen«, wünschte Latta höflich. »Ich will Sie nur informieren, weshalb mein Freund Hirschke nicht zur Arbeit erscheint …«

Der Starost hörte gelassen zu. Ließ sich schildern, was auf dem Friedhof geschehen war. Nach und nach allerdings veränderte sich sein Gesicht. Da war unterdrückte Wut, die er dem Deutschen nicht zeigen wollte. Als der seinen Bericht abschloß, quetschte der Starost ein beherrschtes »Danke« heraus, sonst nichts. Er sah zu, wie Latta das Haus verließ, und dann fluchte er eine Weile ausgiebig, bis er schließlich, erneut Verwünschungen murmelnd, zur Miliz aufbrach.

Am Wallgraben gaben sie ihm einen Halbwüchsigen mit Quadratka, Pistole und Amtsbefugnis mit. Nachdem der Arbeitsort des Buchstabenentferners, unter dessen Aufsicht Hirschke immer noch Metall von Steinen stemmte, gefunden war, bezog der eigenmächtige Rekrutierer eine zornige Strafpredigt, die abwechselnd vom Starosten und dem Milizmann ausging. Dieser schloß die Sache damit ab, daß er seinem zu belehrenden Landsmann vorhielt, er habe schließlich den Auftrag angenommen, deutsche Aufschriften in der Stadt in kürzester Zeit zu entfernen, habe da von einem Unternehmen gesprochen, das er begründen wolle, also solle er das gefälligst tun. Wenn er das Auffischen von herumlaufenden Deutschen für Gelegenheitsarbeit als Erfüllung seiner von der Miliz finanzierten Aufgabe ansehe, werde man ihn einsperren, bis er gefälligst das tue, wofür man ihn bezahle. Der Mann nahm die großen Worte gelassen hin. Er drehte sich ein Zigarette, brannte sie seelenruhig an, und als der Milizmann endlich schwieg, bemerkte er trocken: »Meinetwegen soll die Stadt weiter mit ihren deutschen Malermeistern und Amtsräten leben, die hier unter der Erde verfault sind und über der Erde mit tausend Firmenschildern das Auge aller Polen beleidigen. Ich werde mir einen Ort suchen, an dem meine Landsleute noch nicht zu Memmen geworden sind!«

Damit drehte er sich um und ging, ohne Fäustel und Meißel mitzunehmen.

»Am besten gehen Sie zur Hölle!« rief ihm der erboste Starost nach. Er war ehrlich empört. Seinesgleichen versuchten, hier wenigstens eine gewisse Ordnung herzustellen, aber Kerle wie dieser Gauner machten immer wieder jeden Erfolg zunichte. Piraten! Beutegeier! Statt eine notwendige Sache, wie das Entfernen deutscher Inschriften aus der Öffentlichkeit ernsthaft anzupacken, machten sie ein Geschäft daraus!

Es dauerte lange, bis er sich wieder beruhigte. Er sagte sich, letztlich seien es eben doch die Deutschen gewesen, die seine Landsleute in ein Elend gestürzt hatten, das solche Typen unweigerlich hervorbrachte wie das Meer Wellen.

Hirschke hatte die Auseinandersetzung schweigend verfolgt. Als ihn jetzt der Milizionär barsch fragte, was er denn
am frühen Morgen eigentlich auf dem Friedhof zu suchen
gehabt habe, gab er ziemlich unbeherrscht zurück: »Ghet-
toleichen habe ich angefahren. Krepierte Deutsche. Damit
sie nicht die nun polnische Luft verpesten, wenn sie da unten am Fluß verwesen!«
Der Milizionär fand das zu frech und holte aus. Aber der
Starost fing seine Hand auf und sagte schneidend scharf:
»Schluß damit! Wir sind keine deutschen Besatzungspoli-
zisten, daß wir Leute schlagen. Wir sind hier, um das Land
aufzurichten. Für Polen. Außerdem sagt der Mann die
Wahrheit.«
Es klang so militärisch scharf, daß der Milizmann still blieb.
Der Starost bedeutete Hirschke, mit ihm zu kommen und
Fäustel und Meißel mitzunehmen, die würden in der Sta-
rosterei zu brauchen sein. Praktisch veranlagter Mann,
dachte Hirschke. Daß er erst eine Stunde zuvor eine ganze
Handvoll Messingbuchstaben von einem bestimmten
Grabstein, statt sie auf den großen Haufen zu werfen, in die
Hosentasche gesteckt hatte, darüber sprach er nicht. Er
legte die Buchstaben, in der Starosterei angekommen, in
eine Schublade in einem der vielen herumstehenden
Schränke, und am Abend nahm er sie mit ins Ghetto.
Seitdem lagen unter Lattas tagsüber zusammengerollter
Schlafdecke die Lettern, die einmal den Grabstein seiner
Eltern geziert hatten.
Am nächsten Morgen erwischte es Latta.
Sie hatten, wie immer, die Toten der Nacht zum Fried-
hof gefahren, und Latta ging, nachdem Hirschke im Ein-
gang der Starosterei verschwunden war, die kurze Strecke
bis zur Bank allein. Aber er kam nicht dort an. Am
Straßenrand parkte einer jener Armeelastwagen, die die
Russen an die polnischen Schützlinge weitergegeben hat-
ten, ein Studebaker, Hilfsgut aus Amerika. Die Ladefläche war mit grüner Plane verspannt. Aus dem Führerhaus

kletterte ein Milizionär, der sich breitbeinig vor Latta auf-
pflanzte.

»Deutscher?«

»Ja«, antwortete Latta. Er ahnte Böses, aber es war zu spät
zu fliehen.

Der Milizionär deutete mit dem Daumen der linken Hand
zum Lastwagen, die Rechte blieb auf dem Griff eines riesigen Revolvers, den er am Gürtel trug.

»Da rauf!«

Latta deutete seinerseits mit dem Daumen der Linken zur
Bank und sagte: »Ich arbeite hier drin!«

»Rauf, sage ich!« Die Stimme war böse.

»Muß mein Glückstag sein«, murmelte Latta. »Kann ich
wenigstens Bescheid sagen? Meine Chefin wird mich suchen …«

Der Milizionär, der ein verständliches Deutsch sprach,
bellte scharf: »In den Wagen! Oder deine Chefin findet
dich. Tot. Hier.« Dabei knöpfte er die Revolvertasche auf.

Latta stieg auf die Ladefläche. Es gab Sitzbänke da oben,
und sie waren besetzt von älteren Männern. Auch einige
Jüngere waren dabei. Sie rückten zusammen, und Latta
klemmte sich zwischen sie. Er erkannte neben sich Kasok, den Jungen, der früher die Hitlerjugend in der Stadt
angeführt hatte. Oder wenigstens eine Gruppe davon.
Der Teufel mochte wissen, wie das gewesen war, Latta
hatte sich nie darum gekümmert, und Leute, die bei der
Eisenbahn arbeiteten, ließen die braunen Führer seltsamerweise aus, während sie andere schon einmal gegen ihren Willen zu dem schleppten, was sie Dienst nannten.

Einige der Männer kannte Latta aus dem Ghetto. Allesamt
waren sie nicht sehr kräftig, es gab Kranke unter ihnen, und
hungrig war wohl jeder.

Kasok, das glaubte Latta zu wissen, war zumindest nicht
krank oder gebrechlich. Er lebte im Ghetto, am anderen Ende der Fischerstraße. In der Umgebung von Lattas

Domizil war er noch nicht aufgetaucht. Jetzt machte er Platz, so daß Latta einigermaßen bequem sitzen konnte.

Mit einem Ruck fuhr der Lastwagen an. Kasok, ein etwas gedrungen wirkender Typ, schien sich in der Situation, in der sich das Land befand, nicht sonderlich bedrückt zu fühlen. Er machte einen aufgekratzten Eindruck und begrüßte Latta, obwohl sie in der Vergangenheit kaum miteinander zu tun gehabt hatten, leutselig: »Ja, mein Lieber, so schnell erwischt es einen! Dieses Scheißvolk nimmt sich eine Menge Frechheiten heraus ...«

Latta reagierte nicht gleich. Er hielt es für vernünftig, Fremden gegenüber zurückhaltend zu sein. Wer hatte neulich im Ghetto erzählt, die Miliz habe ein paar alte Parteimitglieder unter Druck gesetzt, ihre Landsleute zu bespitzeln? Wenn sie sich weigerten, so hieß es, wurden sie nach Lamsdorf gebracht, das war ein Lager, das die Polen auf dem Gelände eines alten Truppenübungsplatzes angelegt hatten, für Leute, die sie fürchteten oder derer sie sich entledigen wollten, ohne sie nach Deutschland zu schicken. War es möglich, daß sie auch Kasok unter Druck gesetzt hatten? Daß er deshalb jetzt so rüde Reden im Mund führte, um die Reaktion darauf der Miliz zu melden? Vermutlich war es Unsinn, was Latta da befürchtete, aber er gab sich erst einmal gleichgültig, ein wenig desinteressiert. Und er ging nur mit ein paar trägen Bemerkungen auf das ein, was Kasok sagte. Erkundigte sich, während der Wagen über Kopfsteinpflaster ratterte, beiläufig: »Weiß jemand, wohin das geht?«

Ein paar Männer schüttelten die Köpfe. Einer sagte, der Posten habe etwas von einem Bau erwähnt. Aber ihm widersprach ein anderer, der Polnisch konnte. »Kein Bau. Er hat gesagt, das ist eine Fuhre Handlanger. Für eine Spezialarbeit. Die Leute, die was davon verstehen, sind schon dort. Muß mit der Eisenbahn zu tun haben, soviel habe ich verstanden ...«

Am hinteren Ende der Ladefläche gab es keine Plane. Man konnte Häuser am Straßenrand sehen, Felder dazwischen, die voller Unkraut waren, unbestellt.

»Steinbrücken«, sagte einer. »Da hatte ich einen Bruder.«

»Die werden uns doch wohl nicht in die Sommerfrische fahren!« ulkte einer, der noch Lust auf Humor hatte.

In der Tat führte die Betonstraße, die durch Steinbrücken verlief, nach Südwesten, und dort begann das ausgedehnte Erholungsgebiet am Rande des Altvatergebirges, nahe der tschechischen Grenze.

Freigrund lag dort, das einst idyllische Waldbad, in dem Latta, Hirschke und Schliebitz genächtigt hatten auf ihrem Heimweg aus dem Krieg. Auch Latta erkannte die Gegend jetzt, durch die der Lastwagen rollte. Hinter Steinbrücken kamen eine Weile grüne Wiesen, auf denen das Gras hoch stand, dann ging es durch lichten Laubwald, in den sich mehr und mehr Nadelbäume mischten.

Freigrund, dachte Latta, Eisenbahn, das kann sich nur um das Stückchen der tschechischen Strecke handeln, die hier seit ewigen Zeiten einen Zipfel deutschen Gebiets durchkreuzt hat. Er sprach die Vermutung laut aus, und die übrigen Männer nickten zustimmend. Wenn es sich um Arbeit an einer Bahnlinie handeln sollte, dann gab es hier weithin keine andere als diese.

»Scheißbande«, grollte Kasok, zu Latta gewandt. »Nichts können sie ohne uns machen, aber behandeln tun sie uns wie Dreck. Sind zu wenige liquidiert worden. War ein Fehler.«

Unwirsch knurrte Latta: »Wer solchen Quatsch redet wie du, sollte sich nicht wundern, wenn sie bei uns noch größere Sauereien anstellen.«

Kasoks Widerspruchsgeist war geweckt. Er fragte: »Bist du ihr Freund, wie?«

Statt darauf zu antworten, fragte Latta zurück: »Wo warst du eigentlich während des Krieges? Im HJ-Büro? Oder hast du Kriegsgefangene bewacht?«

»Ich habe meine Pflicht getan wie andere auch!«

»Als Bannführer?«

»Du warst ja zu fein, zu uns zu kommen«, gab Kasok grollend zurück.

Latta lachte vergnügt: »Ja, war ich! Zu fein, um mir von anderen sagen zu lassen, ich hätte mich vor dem Krieg gedrückt. Du bist ein jämmerlicher Spaßvogel, Kasok!«

Er amüsierte sich über die Wut, die aus dem Gesicht des anderen sprach. Plötzlich hatte er begriffen, daß ein Mann wie Kasok keinen ernsthaften Streit wert war. Egal, ob er nun bloß sein altes Geschwätz anbringen oder ob er Latta aushorchen wollte, dieser begegnete ihm unernst, und das war das geeignete Werkzeug, um ihm beizukommen. Vielleicht brachte es ihn ja sogar zur Vernunft. Gerade wollte Latta ihm raten, als Zeichen seiner patriotischen Gesinnung einmal am frühen Morgen mit ihnen Leichen zu begraben, da ratterte der Lastwagen über einen löchrigen Feldweg und kam schließlich mit einem quietschenden Bremston zum Stehen.

»Raus!« brüllten die Milizionäre. Sie standen ein paar Kilometer nördlich des Freigrunder Waldbades, in einem Tal, das von einem Viadukt überbrückt wurde. Es trug die tschechische Bahnlinie.

Einst hatten hier, auf dem saftigen Klee des Einschnitts zwischen bewaldeten Abhängen, Kühe geweidet. Ein schmaler Bach floß durch das Tal, er führte, wie immer, im Hochsommer nur wenig Wasser, weil es im Waldbad gestaut wurde. Die Gebäude der weithin bekannten Gastwirtschaft Bischofsgrund standen noch am Bachbett. Um sie herum waren Fahrzeuge abgestellt, Geräte gestapelt. Der Bischofsgrund war eine jener gelungenen Kombinationen von Gasthaus, Rasthof, Übernachtungsstätte und landwirtschaftlichem Betrieb gewesen, die in dieser Gegend nicht selten waren. Die eigene Milcherzeugung war bedeutend gewesen, ebenso fiel in der eigenen Schlachterei Fleisch an. Ausgedehnte Gemüsefelder hinter den Gebäuden lieferten Beikost. So hatte man hier in den Sommermonaten Tausende von Gästen bedient, Hunderte quartierten sich für Tage oder Wochen ein. Ganz besonders beliebt war das Anwesen bei den besser verdienenden Schichten auf der tschechischen Seite der Grenze gewesen. Zahnärzte und Rechtsanwälte kamen von dort, meist mit den eigenen Skoda-Autos, um im Bischofsgrund ihre Ferien zu verbringen, im nahen Waldbad zu schwimmen oder die Gegend zu durchwandern. Es gab in den letzten Jahren vor dem Krieg sogar jene, die von hier aus dann mit ihren Autos Fahrten bis nach Breslau hinauf machten, nach Oppeln oder in die Glatzer Gegend. Vorbei.

Latta sah den Stapel Eisenschienen, der vor dem Hauptgebäude lag, und er ahnte, weshalb sie hierwaren. Er täuschte sich nicht. Der Posten ließ sie hinmarschieren, und dann wurden sie in Gruppen aufgeteilt. Einige hatten die Räume des verlassenen Gasthofs zu säubern, andere in den von zerschmettertem Inventar, Exkrementen und Abfall gereinigten Räumen aus angefahrenen Brettern zweistöckige Schlafpritschen zusammenzubauen. Latta überhörte das Gespräch zweier Milizionäre, während er Kot aus den Kochkesseln der Hotelküche kratzte. Sie machten sich darüber lustig, daß in kurzer Zeit schon die Soldaten der Armee Suppe essen würden, die in diesen von den Russen verunreinigten Kesseln gekocht war.

»Scheiß-Armee«, meinte der eine. »Das sind sowieso halbe Russen, denen macht das nichts.«

Der andere wunderte sich: »Was die hier bloß an Grenze bewachen wollen? Drüben sind die Tschechen. Die kommen doch sowieso nicht rüber …«

Aber sein Kumpan gab ihm zu bedenken: »Die haben da noch nicht genug Kommunisten in der Regierung. Wahrscheinlich gehen die Russen deshalb auf Nummer sicher und drücken drauf, daß unsere Wojsko die Ecke hier absichert.«

Am Nachmittag gab es für die Ghettoleute eine in Kübeln herbeigeschaffte Brühe und ein Stück Brot. Danach half

Latta beim Zusammenbau der Pritschen. Es waren nicht nur neue Bretter, manche waren schon einmal benutzt gewesen, und an einigen fand sich das Brandzeichen der Wehrmacht.

Es wurde Abend. An Heimfahrt war nicht zu denken.

»Mitkommen«, forderten die Posten die Deutschen auf. Sie trieben sie gruppenweise zu einem Nebengebäude, wo früher Vieh untergebracht gewesen war. Es lag altes Stroh auf dem Boden. Offenbar hatte das Haus schon als Massenunterkunft gedient. Sogar ein Stapel alter, zerrupfter Wehrmachtsdecken war da. Zwei Milizposten stellten sich vor der Tür auf. Ein Auto brachte noch Brotstücke, die verteilt wurden, dann schlossen die Posten die Tür.

Am nächsten Morgen kroch Latta ausgeruht und hungrig unter seiner Decke hervor. Die Posten öffneten die Tür, führten die Männer zum Bach und wiesen sie an, sich zu waschen. Eine Latrine gab es nicht, und so begleiteten Milizionäre die einzelnen Männer unmutig hinter die nächsten Gebüsche, wo sie ihre Notdurft verrichteten.

Kasok hockte nicht weit von Latta entfernt. Der Posten stand weit genug von ihnen, um nicht verstehen zu können, was sie sprachen. So wandte sich Kasok halblaut an Latta: »Machst du mit? Ich meine, wenn es soweit ist …«

»Was ist mitzumachen?« fragte Latta träge zurück. Kasok warf Blicke ringsum, bevor er sagte: »Du bist Deutscher. Es gibt Waffen. Vergraben. Zwei Maschinengewehre. Munition. Wenn wir losschlagen, wird jeder gebraucht.«

»Wozu gebraucht?«

»Die Polacken verjagen, Mann! Oder willst du ewig so leben wie jetzt?«

»Nein«, sagte Latta.

»Was, nein?« Kasok rieb ein Stück altes Zeitungspapier zwischen den Knöcheln.

Latta knurrte unwirsch: »Nein heißt nein. Ich jage niemanden. Weder Nazis noch Polen.«

Kasok lachte leise. »Angst?«

Eigentlich wollte Latta überhaupt nicht mehr antworten, die Sache war für ihn entschieden. Aber dann sagte er doch: »Keine Angst, mein Junge. Aber bei Schießereien gibts Leichen. Wenn du nicht weißt, wie die Leichen von Totgeschossenen aussehen, wenn du neugierig bist, dann schieß meinetwegen. Aber laß mich in Ruhe. Ich habe genug Leichen gesehen.«

»Gib zu, du bist einfach feige!«

»Leck mich am Arsch«, forderte Latta ihn auf.

Kasok sagte: »Danke!« Dabei zeigte er ihm den Zeitungsfetzen. »Tut es auch die Hälfte davon?« Als er keine Antwort erhielt, machte er sich lustig: »Hätte mir denken können, daß in dir nichts Deutsches mehr übrig ist. Wie in deinen beiden Freunden auch. Wer schon mit verlausten Zigeunerweibern zusammen haust ...«

Latta antwortete nicht darauf. Er beendete sein Geschäft, ohne sich sonderlich zu beeilen. Dabei warf er einen kurzen Blick auf den Posten, der gerade eine Zigarette drehte. Fast gemächlich ging er dann zu Kasok hinüber, blieb vor ihm stehen und forderte ihn auf: »Zieh deine Hose hoch!« Kasok war verdutzt. Er erhob sich. Latta ließ ihm Zeit, die Hose mit dem Strick, der den Gürtel ersetzte, in Ordnung zu bringen. Dann sagte er in jenem leisen Tonfall, hinter dem sich Zorn verbarg: »Du solltest gut überlegen, bevor du Leute beleidigst, die anständiger sind als du!«

Dann schlug er ihm eine Faust ans Kinn, und während Kasok benommen schwankte, versetzte er ihm mit seiner nicht gerade zierlichen Hand noch eine Ohrfeige, die ihn endgültig zu Boden warf. Er fiel in seine eigenen Exkremente und blieb still liegen. Latta wandte sich ab. Der polnische Posten war gerade damit beschäftigt, die Zigarette anzulecken und nach Streichhölzern zu suchen. Latta machte ihn aufmerksam: »Dem da hinten wirst du helfen müssen, dem ist von seinem eigenen Gestank schlecht geworden ...«

Er ignorierte das verblüffte Gesicht des Postens und ging zum Viehstall zurück, wo gerade Brotkanten und leicht gesalzenes heißes Wasser verteilt wurden.

Der Viadukt war eine elegant über das Tal gezogene Stahlkonstruktion. Latta sah, als sie den Hang erklettert hatten, daß sie an einigen Stellen Sprengschäden aufwies. Allerdings waren da Dilettanten am Werk gewesen, die sich in den Gesetzen der Statik nicht auskannten und einfach wahllos an gerade erreichbaren Verstrebungen Sprengstoff gezündet hatten.

In der Nacht waren die Soldaten eingetroffen, eine diszipliniert wirkende Truppe. Pioniere, die schon dabei waren, die Schäden eingehend zu untersuchen. Einige von ihnen kletterten in den Stahlverstrebungen herum, andere waren an der Schienenzufahrt damit beschäftigt, Stahlträger, Niethämmer und Schneidbrenner von einem offenen Güterwagen abzuladen, der ebenfalls in der Nacht bis vor die freitragende Brücke gefahren worden war.

Mit einem Mal fühlte sich Jakob Latta wieder wie früher, wenn er mit seiner Baukolonne zum Ausbessern an irgendeinem Streckenabschnitt angekommen war. Nach dem langen Aufenthalt in der Stadt mit ihren trostlos leeren Gassen, den verschreckten Einheimischen, den ratlosen Neuankömmlingen aus Galizien und den nackten deutschen Leichen an jedem Morgen, genoß er die grandiose Natur, die Weite der Landschaft, in der sich der Viadukt befand.

Rechts und links zogen sich in einiger Entfernung sanfte Hänge von Süd nach Nord. Da, wo der Schienenstrang auf die Stahlkonstruktion auflief, rahmten ihn blühende Büsche ein. Unten im Tal gab es das Gefunkel des Baches, in dem sich die Sonne spiegelte, den Schaum, wo das Wasser sich an den Steinen aufwarf. An den Ufern begannen blühende Wiesen, die dieses Jahr noch niemand gemäht hatte. Man konnte den Duft, den die Sonnenwärme aus dem hohen Gras zauberte, hier oben noch riechen. Wie ein frisch gesetzter Heuhaufen, dachte Latta. Vergangene Sommer. Vorbei. Er beobachtete einen Häher, der unter dem Viadukt durchschoß. Irgendwo hier, erinnerte er sich, etwas näher noch zur tschechischen Grenze, haben wir damals Alina aufgelesen. Da hatte der Sommer noch nicht richtig begonnen.

Eine Stimme riß ihn aus seinen Gedanken: »He, bist du schwindelfrei?«

Latta antwortete, ja, er sei es, warum? Der Rufer, ein Soldat, machte einen intelligenten Eindruck, obgleich er ein wahrer Riese mit schweren Händen war. Er unterschied sich, wie viele reguläre Soldaten, von den Milizionären dadurch, daß er nicht rüde polterte oder drohte, wenn er mit Deutschen umging, er blieb sachlich, als er Latta erklärte: »Sie haben da Streben weggesprengt. Pfusch. Wir müssen Stücke einsetzen. Nieten geht nicht. Schweißen auch nicht. Wir machen Löcher und ziehen Bandstahl ein, Stücke eben. Schrauben sie fest. Auf der einen Seite kann ich die Muttern festziehen, wirst du es schaffen, auf der anderen Seite gegenzuhalten mit dem Schlüssel? Oder kotzt du in den Bach, wenn du da in der Luft hängst?« Er grinste leicht, als er Latta nun genauer musterte und der ihm antwortete: »Ich werde mich hüten, die Handvoll Brot, die ich drinhabe, wieder auszukotzen! Ist Werkzeug da?«

Der Soldat machte eine beschwichtigende Handbewegung: »Langsam. Kommt alles. Bist du von hier?«

Latta nickte. Der andere sagte: »Ich bin aus Lublin.«

Er griff in die Tasche und nahm aus einer Schachtel eine Zigarette. Als er sie anbrennen wollte, besann er sich und hielt Latta die Schachtel hin. Es waren bulgarische Zigaretten. Latta griff sich eine. Der Soldat schob ihm die ganze Packung zu. »Behalte sie. Ich kriege neue. Zu fressen geben sie euch nicht viel, wie?«

Ein Mensch, dachte Latta. Einer, wie man sie von früher kennt. Bevor Hitler bei ihnen einmarschierte. Schon der Vater hat mit solchen gearbeitet, und manchmal kamen sie ins Haus. Tranken was. Aßen was. Erzählten. Würfelten mit mir Mensch ärgere dich nicht. Bin ich plötzlich wieder in meiner Heimat?

Der Soldat betrachtete ihn nachdenklich. Sah hinüber, dorthin wo der Viadukt an der Hangkante in Beton verankert war. Wo jetzt die Soldaten alles mögliche Werkzeug bis hinauf zu den Schienen schleppten und sich dabei von den Deutschen helfen ließen.

»Dauert noch«, bemerkte er. »Woher haben sie euch geholt?«

»Neuhof. Aus dem Ghetto.«

»Jammerfiguren. Sind das alles Nazis?«

Latta lachte. »Du wirst nicht viele Braune unter ihnen finden. Einfach Deutsche. Sowas, das jetzt den Aussatz hat. Zusammengeholt aus allen Ecken der Stadt, in eine Straße. Zugesperrt. Nur raus, wenn sie für Arbeit gebraucht werden. Oder mit den Füßen voran, zum Friedhof.«

Der Soldat hatte zu grinsen aufgehört. Sein Gesicht war ernst, als er fragte: »Neuhof?«

»Ja. Liegt da drüben.« Latta deutete es mit der Hand an.

»Und du? Kriegsgefangener?«

»Ich bin aus Neuhof«, gab Latta zurück. »Bin aus dem Krieg heimgekommen. Und jetzt das ...«

»Polen, wie?«

»Ja, Polen. Immer Polen gewesen. Kein Deutscher hier aufgewachsen, alles Lüge. Keiner seine Eltern hier beerdigt. Alles nicht wahr. Die Generation der glücklichsten Oberschlesier, die es je gab. Auf dem Grabstein meiner Eltern steht nicht mal mehr der Name. Die Buchstaben habe ich nachts unterm Kopf. Deutscher Name. Darf nicht gewesen sein. Müssen uns beim lieben Gott dafür entschuldigen, daß wir hier gelebt haben. Die Miliz sollte uns der Einfachheit halber alle erschießen, dann ist Ruhe.«

Der Soldat hatte dem Ausbruch mit wachsender Betroffenheit zugehört, ohne den Versuch, Latta zu unterbrechen. Er zog an seiner Zigarette, blies den Rauch aus und spuckte hinterher. Murmelte: »Scheiß-Politik.« Dann: »Soldat warst du?«

Als Latta nickte, sagte er: »Zwei Soldaten. Nach dem Krieg. Keiner glücklich.«

»Bist der erste Pole, der das behauptet«, grollte Latta.

Der andere ließ sich nicht beirren. »Das kommt, weil ich Soldat war. Wie du. Da ist die Welt anders. Denke ich. Wir haben aufeinander geschossen, haben Granaten geschmissen. Haben uns sozusagen solange geprügelt wie früher in einer Vorstadtkneipe, bis nur noch einer stand. Dann war Schluß. Ein gemeinsamer Schnaps. Am nächsten Tag konnte man sich ansehen, ohne die Zähne zu fletschen. Oder war das nicht so?«

»War so«, mußte Latta bestätigen. »Immer. Bloß – der letzte Krieg war was anderes. Der hat alles verdorben. Geht nicht, wie früher mal …«

»Trotzdem«, meinte der Soldat. »Man muß sich wieder ansehen können. Verflucht. Ihr habt euren Kummer, wir haben unseren. Verheiratet?«

Latta sagte ihm, daß er ledig sei. Die Unterhaltung hier oben, über dem Tal, auf den Schienen, die über den Viadukt liefen, hatte etwas Unwirkliches. Ein Pole und ein Deutscher, über dem Abgrund, und keiner wollte den anderen hinunterstürzen.

»Hast du eine Frau?« wandte Latta sich an den Polen, der so gar nicht dem entsprach, was sich einem in diesen Tagen als Pole präsentierte.

»Hatte«, gab der zurück. »Bevor ich von Lublin wegging. Ich war Schlosser, damals. Dann kamen die Deutschen. Man hörte alles Mögliche, bevor sie noch richtig da waren. Und dann machten die das auch wahr. Trieben Leute zusammen, erschossen sie. Nicht bloß Juden. Zuerst kamen die Gebildeten dran. Lehrer, Anwälte, alle, die Schule hatten. War System. Weil der Rest, der übrigblieb, einfach ratlos war. Wehrlos auch. Bin ich abgehauen, damals …«

»Nach Osten?«

»Zu den Russen, ja. Frau blieb bei den Eltern. Mich haben die Russen gleich auf den Bahnhof geschafft. Paar Tage später rollten wir ab. Sibirien. War ein Fehler von mir gewesen. Hatte vergessen, daß Stalin ja mit Hitler halbe-halbe gemacht hatte. Ostpolen nahm Josef. Uns konnte er dabei nicht brauchen. Damals noch nicht. War noch dicke Tunke mit Hitler.«

»Und du? Sibirien?«

»Güterwagen, von Kowel bis Ust Makab. Dreißig Leute in einem Waggon. Bei der Ankunft lebten noch achtzehn. Ust Makab. Das hieß vier Jahre lang Holz schlagen. Tags Mücken und Hunger, nachts Hunger und Mücken. Dünnschiß von nichts zu fressen. Lungenbrand von nichts zu rauchen. Das einzige, was sie nicht machten, war, uns mit Gas umzubringen, wie die Deutschen das in Auschwitz gemacht haben. Tags arbeiten wie Hund, nach der Arbeit Prügel, weil die Norm nie stimmte. Asyl beim lieben Bruder im Osten.«

»Aber du hast es überlebt! Bist rausgekommen!«

»Bin ich«, sagte er. »Weil sie uns nach vier Jahren als Soldaten brauchten. Ausbildung, Klamotten, ab an die Front. Warst du auf der deutschen Seite, bei Görlitz?«

Die Frage kam unerwartet für Latta. Aber er sah keinen Grund zu leugnen. Ja, da sei er auch gewesen. Unter anderem. In der letzten Phase des Krieges.

»Da hätte einer von uns den anderen leicht erschießen können«, der Pole lächelte dabei. »Gut, daß wir uns verfehlt haben, oder?«

Er streckte die Hand aus und sagte: »Heiße Globczyk. Janusz. Wir sollten uns vertragen. Sind wir nicht ein und dieselbe Generation von Verlierern?«

»Sind wir wohl«, stimmte Latta zu. Drückte die schwere Hand. Auf dem Hang krochen die Deutschen herum. Schleppten Bandstahl, Schrauben, Gasflaschen, Hämmer. Einer der Milizionäre plärrte: »Los, ihr deutschen Säue! Macht schon, daß ihr da raufkommt!« Um die Anfeuerung zu bekräftigen, schoß er in die Luft.

»Sie hassen uns«, sagte Latta. »Warum hassen gerade sie uns am meisten?«

Globczyk holte tief Luft. »Ich glaube, Haß ist die letzte Zuflucht von Leuten, die in Wahrheit feige sind. Diese grünen Kerle da, trotz ihrer Flinten, haben noch nie den Tod wirklich gesehen. Das fehlt ihnen.«

Er ging voraus von Schwelle zu Schwelle. Prüfte, ob die Haltebolzen fest angezogen waren. Ein Hüne in lehmgelber Uniform. Er fragte Latta noch einmal, ob er auch wirklich schwindelfrei sei, als sie etwa in der Mitte der Konstruktion waren. Unten lag das Tal. Grün und idyllisch. Latta erkundigte sich: »Soll ich Handstand machen?«

»Das nicht. Aber wir werden uns beide anseilen müssen und die verfluchten Streben wieder zusammenflicken. Ich will nicht, daß du den ganzen Tag mit vollgeschissenen Hosen da hängst.«

»Edler Mensch«, sagte Latta. »Keine Angst, ich war Eisenbahner. Und in der Luft hänge ich nicht zum ersten Mal ...«

Der Pole drehte sich um. Grinste. »Sag nicht, ich habe dich nicht gewarnt! Noch ist Zeit. Ich kann auch einen von den Halbgaren, von den Milizbengels hier herauf holen. Könnte ein Spaß für dich werden ...«

Latta riet ihm: »Laß den da, wo er ist.«

»Also – zurück. Seile holen. Franzosen. Schrauben. Muttern ...«

Sie gingen über die Schwellen zurück. Was der Pole gesagt hatte, arbeitete in Latta. Warum muß ich dabei an Alina denken? Auschwitz. Ein Leben gelebt. Den Tod gesehen. Plötzlich fiel ihm ein: »Was ist nun mit deiner Frau?«

Es dauerte eine Weile, dann gab Globczyk zurück: »Tot.«

»Tut mir leid.«

»Hör jetzt auf damit«, sagte der Pole. Und er meinte es ernst. -

Eine Stunde später kletterte er, an einem Seil hängend, zwischen die Stahlträger hinunter. Hinter ihm Latta, ebenfalls angeseilt, den Schweißbrenner in der Hand.

Es sah von weitem so gefährlich aus, daß die anderen, am Ende des Schienenstranges, ihnen in gespanntem Schweigen nachblickten.

Latta bewegte den Schlauch des Brenners, der bis zur Gruppe der anderen reichte, wo die Gasflaschen lagen. Er mußte darauf achten, daß der Gummi nicht über eine der messerscharfen, schartigen Sprengstellen scheuerte und einen Riß bekam. Er hörte Globczyk unter sich husten und blickte hinab. Der Pole sah herauf. Krächzte: »Jetzt ein Bier! Mutter Gottes, was haben wir getan, daß du uns so züchtigst, bei dieser Hitze! Deutscher, laß den Brenner runter, ich fange an …«

Es war wie früher auf dem Bau.

Latta ließ den Gummischlauch langsam durch die Hände gleiten. Als er sah, daß Globczyk den Brenner ergriff und sich mit den Füßen gegen eine Bahn gesunden Stahls stemmte, um eine Sprengstelle zu erreichen, signalisierte er dem Seilsicherer auf den Schienen, er solle anziehen. Der tat es.

Globczyk hatte das zerfetzte Ende des Bandes in Gesichtshöhe vor sich. Machte eine Faust. Das hieß, alles in Ordnung, so halten. Schnippte den Brenner an und zog sich die Brille vor die Augen. Bevor das Zischen lauter wurde, hatte Latta gerade noch Zeit, ihm zuzurufen: »Schön gerade brennen, wenn ich bitten darf, der Herr! Und versenge dir mit der Flamme nicht deinen wertvollen polnischen Arsch!«

Der Pionier grinste nach oben, man sah es nur an den Mundwinkeln, weil die dunklen Gläser die Augen abdeckten. Er war in seinem Element. Vor sich das angeschwärzte Stück Stahl, in der Hand den Brenner, unten das grüne Tal mit dem Wasserrinnsal, an den Hängen die sattgrünen Tannen, dazwischen ein bißchen rötliches Buchenlaub. Und oben dieser schwere, dunkelblaue Sommerhimmel ohne den geringsten Wolkenfetzen, so gewaltig und so weit.

Der Deutsche war anstellig. Mann vom Fach. Jesus, dachte Globczyk, während er durch das gefärbte Glas sah, wie sich die Flamme in den Stahl fraß, warum haben die Deutschen uns nicht in Ruhe gelassen? Warum mußten wir diesen Krieg hinter uns bringen? Löcher in den Planeten reißen, bis wir begriffen, daß die kleinen Leute keinen Grund haben, sich gegenseitig umzubringen! Er hatte eine Menge Gedanken, denn es dauerte, bis er das schartige Ende des Bandes abgebrannt hatte und es hinabfiel in den Bach, eine kleine Dampfwolke verursachend. Dann signalisierte er Latta, daß er höher gezogen werden wollte. Der gab das Zeichen weiter. Wieder ein Stück zerfranster Stahl. Wieder die Flamme. Und darüber der Himmel, aus dem der Deutsche zu sprechen schien, wenn er ab und zu etwas rief. Beispielsweise daß man mal einen Skrind rauchen könnte als kleine Unterbrechung. Und statt eines Tichauer Bieres.

Sie ließen sich beide an den Seilen so hochziehen, daß sie sich auf einen der Querträger setzen konnten. Globczyk klopfte seine Taschen ab, dann fiel ihm ein, daß er dem Deutschen seine Zigaretten gegeben hatte. Aber der hielt ihm schon die Packung hin. Nebeneinander saßen sie und rauchten. Sahen ins Tal hinunter. Redeten kaum. Zwei Leute, die sich mit den Stahlträgern eines Viadukts abquälten – wen scherte es, daß der eine in Lublin aufgewachsen war und der andere in Neuhof? Latta wunderte sich darüber, daß er, immer wenn er Globczyk ansah, eigenartigerweise nicht an prügelnde Milizionäre denken mußte und nicht an die Leichen von Verhungerten morgens im Ghetto. Eher an Anton Walentek. Aber das war eine andere Geschichte.

Am nächsten Tag hing noch ein zweites Team an Seilen über dem Tal. Und gegen Abend waren die letzten Sprengstellen gerade abgebrannt. Am Morgen begannen sie, Löcher für die Schrauben zu bohren. Oben hämmerte das Stromaggregat, am Stahl kreischten die Bohrer. Den Hang hinauf keuchten Kolonnen der Deutschen, die Material aus dem Tal heraufschleppten. Und wie immer kläfften die Milizionäre, es müsse alles schneller gehen.

Inzwischen hatten die Pioniere damit angefangen, den Schotter unter den Schwellen an der Zufahrt zum Viadukt stellenweise neu zu stopfen. Offenbar war die Linie lange weder befahren noch gepflegt worden.

Nach und nach wurden die Stahlbänder geflickt. Globczyk und Latta bohrten abwechselnd, und dann schraubten sie die neuen Teile fest. Eine anstrengende, ermüdende Arbeit. Am Abend fiel Latta in dem Unterkunftsstall ins Stroh, und am Morgen spürte er alle Knochen. Im Genick und unter den Achseln schälte sich die Haut, das war auf die Reibung durch das Halteseil zurückzuführen. Latta tröstete sich damit, daß es Globczyk genauso ging. Auch den beiden Polen des zweiten Teams.

Aber das Ende war abzusehen. Latta rechnete sich aus, daß eine Woche vergehen würde, bevor sie mit dem Viadukt fertig waren, und er hoffte, daß er dann nach Neuhof zurückgebracht würde, daß er wieder in der Bank arbeiten könnte.

Kasok, der auf dem freiliegenden Schienenstrang des Viadukts dazu eingesetzt war, Schrauben und Muttern in groben Jutesäcken anzuschleppen, wollte gehört haben, daß auch die Bewacher von der Miliz sich darauf vorbereiteten, bald wieder in die Stadt zurückzukehren.

Latta machte sich über den ehemaligen Hitlerjugendführer kaum Gedanken, aber es blieb ihm nicht verborgen, daß Kasok seine Nähe suchte und es dabei unterließ, ihn zu provozieren, im Gegenteil, er zeigte sich freundlich, brachte sogar gelegentlich, wenn er Material anschleppte, Wasser aus dem Tal mit, das Globczyk und Latta gierig tranken, weil die Hitze der Sonnentage sie hier oben, wo es keinen Schatten gab, erbarmungslos ausdörrte.

»Komm, Deutscher«, rief Globczyk von unten, »bring drei Schrauben mit und Muttern, dann haben wir dieses Stück fest!«

Latta signalisierte der Seilmannschaft. Die ließen nach. Kasok reichte ihm den Sack mit den Schrauben und Muttern herab, und Latta hangelte abwärts. Unter ihm stemmte sich Globczyk mit den Füßen gegen einen Träger, lehnte sich weit zurück in seiner Seilschlinge, um das Kreuz zu dehnen. Die Augen hatte er geschlossen. Sein Uniformhemd war schweißnaß, und die Haare im Genick waren feucht. Auch sein Käppi war am Rand dunkel vom Schweiß. Müde war Globczyk. Er hörte, wie Latta sich über ihm Stück um Stück tiefer arbeitete. Und dann hörte er von einer Sekunde auf die andere gar nichts mehr. Sah auch nichts. Die Müdigkeit überwältigte ihn so unvermittelt, daß seine Knie einknickten und er den Halt verlor. Die Sohlen glitten am Stahlträger ab, und Globczyk fiel ins Leere.

Er schreckte noch auf, bevor ihn das Seil fing, mit einem schmerzhaften Ruck unter den Armen und im Nacken, aber er konnte es nicht verhindern, daß er nach vorn schwang, auf den untersten Träger zu. Er schlug mit dem Kopf an, und sogleich war er bewußtlos, obwohl der Anprall nicht allzu heftig gewesen war. Latta hörte den leisen Schrei und hielt im Herabklettern inne, sah, was geschehen war.

Allein würde sich Globczyk nicht auf den Träger ziehen können, dafür hing er zu tief. Ob er überhaupt Kraft genug hatte, etwas zu seiner Rettung zu tun?

»He, Kasok!« schrie Latta, nach oben gerichtet.

Der Angerufene war schon auf dem Rückweg über die Schwellen gewesen, jetzt hielt er an, drehte sich um, meldete sich.

»Komm zurück!«

»Soll ich nicht Wasser holen?«

»Sollst nicht quatschen! Komm zur Mitte, hier hängt einer am Seil und ist weggetreten. Wink der Seilmannschaft, sie sollen mich hochziehen, ich muß weiter seitlich runter, wo der Pole hängt …«

Kasok hüpfte über die Schwellen zurück. Warf einen Blick auf den hin- und herpendelnden Globczyk und meinte: »Den kannst du abschreiben. Kriegt keiner mehr hoch …«

»Halt keine Volksreden, beeil dich!« Latta merkte, daß die Seilmannschaft anzog. Er arbeitete sich hoch, bis er neben

Kasok stand. Dieser machte einen hilflosen Eindruck. »Wie willst du den raufzerren, wenn er nicht wenigstens aufwacht ...?«

»Du wirst zerren!« Latta nahm ihn am Arm und hieß ihn mitkommen. Sie gingen noch ein Stück weiter, bis sie genau über Globczyk waren. Kasok zog den Kopf ein. »Ungemütlich hier. So weit raus war ich noch nicht ... Wenn wir jetzt schwindlig werden und runterfallen, alles wegen einem Polen – lohnt das?«

Latta belehrte ihn: »Wenn wir nicht so hoch wären, würde ich dir wieder eine kleben.«

Er wartete nicht auf Antwort, sondern drückte Kasok das Seil in die Hand. »Du bremst ab. Langsam. Bis ich unten den Polen gepackt habe. Klar?«

»Ich bin kein Idiot«, antwortete Kasok leise.

»Die Sache läuft so«, erläuterte ihm Latta, »daß ich ihn zurück auf die Längsstrebe ziehe. Da mache ich uns beide an meinem Seil fest. Und du signalisierst der Mannschaft, sie sollen langsam ziehen. Ziehst mit. Paßt dabei auf, daß das Seil hier an keine scharfe Kante kommt. Wenn ja, ziehst du es ab. Wirst du das können?«

»Ich bin kein Idiot«, sagte Kasok noch einmal.

Latta grinste ihn entwaffnend an. »Das spielt dabei keine Rolle. Hauptsache, du läßt das Seil nicht durchschaben. Ich kann das von unten nämlich nicht sehen. Immer von der Schwelle abziehen. So ... mit beiden Händen.«

»Weiß ich doch!«

»Wirst Haut dabei verlieren«, machte Latta ihn aufmerksam, und er fügte an: »Alles für einen Scheiß-Polen. Ob du bis an dein seliges Ende darüber hinwegkommst?«

Wütend blaffte Kasok: »Der Idiot bist scheinbar du. Läßt den da unten hängen und maulst mich an ...«

»Also – auf gehts!« Latta schien es, als täte er dem Jungen Unrecht, wenn er ihn noch weiter aufzog. Er ließ sich auf die Knie nieder, wartete, bis das Seil straff war, dann ließ er sich hinunter.

Oben legte sich Kasok auf eine Schwelle und beobachtete das Seil, das über die Kante lief. Als Latta die Hälfte des Abstiegs hinter sich hatte, begriff er, daß der Rückstieg erst das Seil hart über die Schwellenkante zerren würde.

Globczyk kam nicht zu sich, als Latta ihn packte, seine Arme unter die Achseln des Polen schob und beide Füße zwischen seine Beine hakte.

»Hoch!« kommandierte er. »Aber langsam!«

Kasok gab das Signal weiter. Die Mannschaft hatte inzwischen begriffen, was da vor sich ging, und sie arbeitete bedachtsam. Sechs Mann, die um eine Trommel standen, auf die sie das Seil langsam aufwickelten. Zwei von ihnen waren allein zum Abbremsen da.

Auf halbem Wege spürte Latta, daß Schluß war: das Seil, an dem Globczyk hing, verlief um einen Träger und straffte sich, es war zu Ende. Höher konnte Latta den Polen nicht mehr ziehen, solange er an seinem Seil hing. Ihn abmachen?

»Sie sollen das Seil von dem Polen nachlassen!« rief er Kasok zu. Der winkte der Mannschaft. Von dort kam Winken zurück, vermischt mit unverständlichen Rufen.

»Ende«, rief Kasok zu Latta hinab. »Seil ist nicht länger. Was jetzt?«

Frag mich was Leichteres, dachte Latta. Es gelang ihm, Globczyk auf einen Längsträger zu zerren. Da streckte er ihn auf den Rücken aus. Er hockte sich über seinen Kopf und klopfte ihm auf die Backen. Dabei mußte er geschickt balancieren, um nicht herabzufallen, denn sein Seil war jetzt schlaff.

Der Pole grunzte. Öffnete kurz die Augen, murmelte etwas und schloß sie wieder. Wenigstens hat er nicht versucht, sich auf die Seite zu drehen, dachte Latta. Er wollte sich nicht vorstellen, was da passiert wäre. Eine Weile überlegte er. Da hörte er Kasok über sich rufen: »He, falls du ihn an deinem eigenen Seil festmachen willst – das ist halb durch, und das hält keine zwei Mann mehr!«

Wütend brüllte Latta zurück: »Dann hast du Aas es nicht richtig von der Schwellenkante abgezogen!«

Aber Kasok antwortete: »Habe ich wohl! Da!« Er hielt die Handflächen so, daß Latta sie sehen konnte. Sie waren blutig.

»Scheiße«, knurrte Latta. Jeden Augenblick konnte Globczyk zu sich kommen und sich unvorsichtig bewegen. Verletzt schien er nicht zu sein, an seinem Schädel gab es keine Wunde, er war wohl nur hart an die Strebe geschlagen.

Ehe er einen weiteren Gedanken fassen konnte, wie sie beide von der Stelle kommen sollten, hörte er von oben die Stimme Kasoks: »Ihr seid in einem zu ungünstigen Winkel, das schafft kein Seil, das über die Schwellenkante läuft. Anders können wir es aber nicht legen. Kannst du da unten mit ihm warten?«

»Auf den lieben Gott?«

»Auf mich! Ich hole ein Stahlseil. Unten am Hang haben sie welche. Aber es dauert. Zehn Minuten ... geht das bei euch?«

»Es muß«, entschied Latta. Ein Stahlseil würde an der scharfen Kante der eisernen Schwelle nicht durchgescheuert werden, da hatte Kasok recht. Aber es durfte nicht sehr lange dauern.

»Beeil dich, Junge!« rief er hinauf. Er bekam keine Antwort, Kasok hetzte schon über die Schwellen zurück.

Latta kam es vor, als verginge eine endlose Zeit, bis sich von oben die Stimme Kasoks wieder meldete. »Bist du wach?«

»Dumme Frage«, knurrte Latta, »denkst du, wir schlafen hier?«

»Guck hoch, da kommt das Ding auf dich zu!«

Es war eine der Trossen, die bei den Pionieren zum Abschleppen defekter Fahrzeuge verwendet wurden, nur länger. Die beiden polnischen Soldaten, die mit Kasok gekommen waren, hatten bereits eine Schlinge gemacht, und jetzt drängte Kasok: »Leg das Ding um euch beide. Es wird unangenehm drücken, aber anders geht es nicht!«

Während er zusah, wie Latta die Schlinge aus der Luft griff und sie vorsichtig um Globczyks Schultern zog, sich dann auf den Polen legte und auch noch mit dem eigenen Oberkörper durch die Schlinge kroch, kamen weitere Soldaten über die Schwellen gelaufen und griffen nach dem anderen Ende der Trosse. Neidvoll sah Kasok, daß sie Handschuhe aus dickem Rauhleder trugen. Er rief Latta: »Zieh dem Polen das Hanfseil ab. Deins kannst du so lassen, das stört nicht. Und dann … beten!«

Hitlerjunge, dachte Latta, und beten! Er versuchte, einfach darüber hinwegzudenken, daß er sich in Gefahr befand. Das Hanfseil um Globczyks Schultern ließ sich lockern und schließlich abstreifen. Noch einmal versuchte er, den Polen aus seiner Bewußtlosigkeit zu reißen, aber Globczyk grunzte nur wie trunken. Deshalb rief er Kasok zu: »Fertig!«

»Los!« kommandierte Kasok. Er packte die Trosse selbst auch an, aber er nahm die blutigen Hände mit einem Schmerzschrei sogleich wieder weg. Die polnischen Soldaten drängten ihn beiseite. Sie sahen selbst, was zu tun war. Zug um Zug holten sie Latta und Globczyk hoch, bis unter die Schwelle, dann griffen einige von ihnen nach den beiden und zogen sie in Sicherheit.

Auf dem Rückweg mußte Kasok sich plötzlich hinsetzen. Sein Gesicht war blaß, die Welt drehte sich vor seinen Augen. Latta wurde aufmerksam. Er klopfte ihm auf die Schulter. »Was ist? Mau geworden?«

Keine Antwort. Jetzt sah Latta auf einmal die Handflächen Kasoks, die keine Haut mehr hatten, nur noch blutiges Fleisch waren. Er winkte einem der Soldaten und bat ihn auf polnisch: »Hilf mir, er ist fertig …«

Ein Milizionär war ihnen entgegengekommen, hatte sich Globczyk besehen, den zwei Pioniere trugen, betrachtete jetzt Kasok unwillig und begann zu schreien, während er mit der Mündung der Maschinenpistole vor Kasoks Gesicht herumfuchtelte. Der Soldat, den Latta herbeigewinkt hatte, entdeckte die Handflächen Kasoks, als er an ihn her-

240

antrat. Er sah Latta an, der besorgt auf den Milizionär blickte, und dann holte er plötzlich aus und brüllte den Milizburschen an: »Hau ab, Mutterschänder, oder ich schmeiß dich eigenhändig da runter ins Tal!«

Von dem Lärm wachte Globczyk auf und erkundigte sich müde: »Was ist?«

Latta winkte ihm, er solle sich gedulden, und griff sich die Beine Kasoks. Als sie ihn am Fuße des Bahndamms neben Globczyk setzten, erschienen zwei Sanitäter. Sie wollten auch Latta versorgen, aber der meinte, ihm sei ja nichts passiert. Das bißchen Haut unter den Achseln, das die Stahltrosse wundgerieben hatte, sei nicht der Rede wert. Sie pinselten ihn trotzdem mit Jod ein, bis er jaulte, und da schlug Globczyk endgültig die Augen auf.

»Sagt mir mal jemand, was da war?«

Einer der herumstehenden Soldaten erklärte es ihm. Globczyk wollte wissen, wer ihn hochgezogen hatte. Sie wiesen auf Latta, aber der deutete seinerseits auf den immer noch etwas abwesend dahockenden Kasok, der seine inzwischen verbundenen Hände vor den Oberkörper hielt, als wären sie etwas Fremdes. »Der da war es. Hat uns beide nicht runterfallen lassen. Ich hab dir bloß die Trosse umgelegt und bin mit in die Schlinge gekrochen …«

Globczyk sah Kasok an und knurrte: »Melde dich, wenn ich Löhnung kriege. Hast ein Bier gut.«

Am nächsten Morgen stieg das zweite Team noch einmal in den Viadukt und befestigte die letzten Stahlbänder. Am Nachmittag rollten die Leute aus dem Neuhofer Ghetto in zwei Lastwagen wieder zur Stadt zurück. Latta saß neben Kasok. Er hatte ihm eine von den bulgarischen Zigaretten Globczyks angebrannt und hielt sie ihm in Abständen an die Lippen, damit er daran ziehen konnte.

»Hast du den Polen noch gesehen, bevor sie uns in die Wagen trieben?« wollte Kasok wissen.

Latta schüttelte den Kopf. Am vergangenen Abend hatte er sich von Globczyk verabschieden können, sehr kurz nur, bevor dessen Kameraden ihn in ein Lazarett brachten, wo man, um sicherzugehen, seinen Kopf röntgen wollte. Wie im Krieg, dachte Latta noch, immer wenn es einen erwischte.

Latta hielt Kasok die ziemlich kurz gewordene Zigarette noch einmal hin, blinzelte ihn an und fragte: »Kannst du dich erinnern, wie du mit deiner sogenannten Streife am Abend nach neun auf dem Ring Leute wie mich gejagt hast, weil wir verbotenerweise rauchten?«

Darauf sagte Kasok nichts. Und Latta verriet ihm: »Ich habe dich immer für ein ziemliches Arschloch gehalten. Sieht aus, als müßte ich meine Meinung ändern. Auf die alten Tage …« Er grinste Kasok an und rauchte die Zigarette zu Ende.

Oswald Hirschke wurde auf die Russin aufmerksam, die vor ihnen ging. Eine schlanke, beinahe graziöse Erscheinung in der olivfarbigen Uniform, das Käppi keck zur Seite gesetzt. Sie trug kurze Stiefel, und die Waden, die aus den weichen Schäften hervorkamen, hatten Idealform. Hirschke fing sehr leise an, eine Melodie zu pfeifen.

Sie gingen über die westliche Ringseite, auf die Unterführung am Stadthaus zu, wo der Weg zum Ghetto führte. Es war später Nachmittag, und Hirschke hatte Schliebitz unterwegs getroffen, der kam ebenfalls von der Arbeit und hatte von seinem Schornsteinfegermeister eine Tüte mit Kuchen, Zucker und Bohnenkaffee geschenkt bekommen, aus einer Laune heraus, weil irgendein Krakauer Schieber das Zeug billig abgegeben hatte.

Was Hirschke anbetraf, so hatte der noch nie in seinem Leben echten Kaffee getrunken, lediglich Kornkaffee, wie das bei Leuten vom Verdienst seiner Eltern üblich gewesen war. Aber Schliebitz hatte ihn neugierig gemacht, und jetzt wollten sie Alina, die in der Behelfsküche wohl mit der Arbeit fertig war, überraschen mit einer hochherrschaftlichen Vesper, wie Schliebitz das nannte.

Sie hatten sogar schon beraten, wie die Kaffeebohnen klein-
zumachen wären, weil es keine Kaffeemühlen weit und breit
gab. Schliebitz schwebte eine Eisenpfanne vor, und dann
brauchte man vielleicht noch einen Hammer ...

»Einen knackigen Arsch hat die«, bemerkte Hirschke, den
Blick nicht von der Russin wendend, die vor ihnen ging. Wo
wollte sie hin? Ins Ghetto?

»Erinnert mich an die Zeit, wo ich Unterhosen gewaschen
habe«, bemerkte Schliebitz. »Sahen alle mehr oder weniger
so aus, die Weiber von denen. Wenn sie nicht Knallkorken
waren mit Beinen wie Krautstampfer.

Sie waren kurz hinter der Russin, als Hirschke schwärmte:
»Bei der Figur sind ungewaschene Ohren ein Kavaliers-
delikt, selbst ungewaschene Füße würden mich nicht
stören, bei den Waden ...«

Die Russin blieb abrupt stehen. Wartete, bis die beiden an
ihr vorbeigingen. Blickte sie an. Und sagte plötzlich: »Du
warst schon immer ein frecher Hund, Ossi! Hast nichts da-
zugelernt ...«

Hirschke starrte sie an, während Schliebitz sich verlegen
damit beschäftigte, die Papiertüte von einer Hand in die
andere zu bugsieren.

»Na?« fragte die Russin. Sie hatte ein schmales, überraschend schön geformtes Gesicht mit sehr dunklen Augen,
umrahmt von bis zu den Schultern reichendem schwarzen
Haar. Hirschke starrte dieses Gesicht an, als wäre es ein
Phantom. Dieses Gesicht und die russische Uniform paß-
ten nicht zusammen, denn das war Susanne Hanig, oder er
wollte fortan nur noch Toiletten schrubben.

»Susi ...« sagte er unsicher. Und er war erleichtert, als die
Frau schmunzelte, obwohl er sogleich merkte, daß dies nicht
mehr das alte, übermütige Lachen von Susi Hanig war, es war
vielmehr das Lächeln einer Frau, die eigentlich durch nichts
mehr zu überraschen ist. Das also war aus dem Mädchen geworden, dem die Lehrer in der Volksschule nicht selten gesagt hatten, es wäre besser als Junge zur Welt gekommen.

»Ich möchte dir gern um den Hals fallen«, sagte Susi Hanig, »aber ich werde das lieber nicht tun, in dieser dämlichen Uniform. Irgendein Knilch könnte mich für übergeschnappt halten, und ich will kein Aufsehen. Wo geht ihr hin? In dieses Ghetto?«

Schliebitz krähte vergnügt: »Ich bin übrigens Kuli! Schliebitz, der Name, Frau Oberleutnant. Schornsteinfeger, umständehalber!

»Ja, wir gehen ins Ghetto«, sagte Hirschke. Was war das? Eine Fata Morgana? Er wischte sich die Augen. Das Bild von Susi Hanig in der russischen Uniform blieb. Susi, aus der ersten Bank in der Schule. Cordsamtkleid mit kleinen Blümchen drauf. Immer zuerst fertig, wenn es um Rechenaufgaben ging. Immer bereit, einen abschreiben zu lassen. Maschinistin in der Weberei, dann später. Wie oft habe ich sie gesehen, wenn sie morgens zur Arbeit ging, und ich auch gerade aus dem Haus kam, auf dem Sprung zum Bahnhof, zur Frühschicht! Ein Gruß. Ein Scherzwort. Verabredung für den Sonnabend, im Sommer, wenn man mit einem Pulk anderer zusammen auf Fahrrädern nach Freigrund hinausfuhr. Baden. Eis essen. Sich müde dösen, am Wasser. Spät abends, nachdem alle Besucher weg waren, vom Sohn des Kaffeehausbetreibers in eine Bude dirigiert, wo man sich in eine Decke wickelte und einem Sonntag entgegenschlief, voll Sonne und Nußölgeruch, voll Gelächter und Wasser und erster, zaghafter Liebe …

»Das bist du wirklich, Susi?«

Die junge Frau nickte. Flüsterte: »Guck mich nicht so an, du weißt, ich muß leicht heulen! Und in diesen Klamotten …«

Es war wirklich Susi Hanig. Warum habe ich eigentlich nie versucht, mit Susi zu schlafen? Und Hirschke fiel Alfons Brinsa ein. Alfons war nicht nur so etwas wie ein Maskottchen gewesen, das Fahrräder reparieren konnte und Grammophone, wenn es hochkam auch mal eine Uhr. Er war ein Maskottchen, das von Susi Hanig angehimmelt wurde. Lag das so weit zurück?

»Und du willst ins Ghetto?«

»Ja. Kann man da eine Nacht verbringen? Oder zwei?«

»Im Ghetto? Bei uns? Mit dieser Uniform?«

Sie fuhr ihn ungeduldig an: »Mensch, Ossi, stell dich nicht so dumm! Ich bin auf dem Wege nach Deutschland. Dazu brauche ich diese Uniform. Macht es leichter. Aber ich muß hier zwei Tage totschlagen. Den Rest erzähle ich euch später …«

Hirschke schüttelte den Kopf. »Daß einer sich als Nonne zurechtmacht, um durchzukommen, das hatten wir schon. Aber als Russin …«

»Die Nonne war ich!« Schliebitz grinste vergnügt. »Im übrigen können Sie bei mir und Alina schlafen, Frau Oberleutnant. Sicher.«

»Hauptsache Victor ist noch nicht da«, meinte Hirschke. Und zu Susi Hanig gewandt, erläuterte er: »Das ist ein wolgadeutscher Russe. Pennt mit der Wirtin von der Blücherquelle.«

»Die in der Schloßgasse?«

»Dieselbe.«

»Ich gehe voraus«, bot Schliebitz an. »Ich bereite die Weiber im vorderen Zimmer auf euch vor.« Er drückte Susi die Papiertüte in die Hand, ein praktischer Mann, wie immer: »Wenn Sie die Freundlichkeit hätten, Frau Oberleutnant, das durch die polnischen Posten zu bringen – bei Ihnen drücken die sicher ein Auge zu …«

Susi Hanig mußte unwillkürlich lachen. Sie fühlte sich um Jahre zurückversetzt. Jungen wie diesen kleinen Spitzbuben hatte sie immer gemocht, obgleich – der König aller Träume war Alfons gewesen, von dem die anderen sagten, er sei ein armer Hund, wenn er nicht gerade in der Nähe war.

»Dir drücke ich gleich beide Augen zu«, drohte sie Schliebitz, »wenn du nicht mit dieser Frau Oberleutnant aufhörst!«

Schliebitz verkrümelte sich feixend. Das Mädchen paßt zu uns, dachte er. Was hat sie gesagt? Auf dem Weg nach

Deutschland? Russin? Quatsch, wie kann sie dann Ossi kennen? Und so genau in der Stadt Bescheid wissen? Er konnte das alles noch nicht so recht zusammenbringen. Die Posten winkten ihn durch, als er den Ghettoeingang passierte. An der Behelfsküche pfiff er, und eine der dort arbeitenden Frauen steckte den Kopf aus der Tür und rief ihm zu, daß Alina bereits weg wäre.

Sie saß in dem kleinen Zimmer und knotete aus den Resten von Gardinenschnüren einen Gürtel zusammen, der den weit fallenden Kaftan, den sie sich aus aufgelesenen Fetzen gebastelt hatte, um die Hüften raffen sollte. Nachdem Schliebitz sie geküßt und ihr gesagt hatte, sie sei ohnehin die Schönste, rückte er mit der Neuigkeit heraus: »Bist du einverstanden, wenn heute nacht eine Russin hier bei uns schläft?«

»Russin? Wie kommt das?«

Schliebitz setzte zu der umständlichen Erklärung eines Sachverhalts an, an dem ihm selbst noch einiges unklar war: »Eigentlich nicht Russin. Sie heißt Susi, soweit ich verstanden habe, und ist eine Freundin von Ossi. Aus der Schule noch. Aber sie hat die Uniform an. Und sie hat den Kuchen. Habe ich ihr zum Tragen gegeben. Den Kaffee auch. Gibts eigentlich noch die eiserne Pfanne hier und den Hammer …?«

Alina erkundigte sich: »Was für einen Stuß redest du? Und woher kommt Kuchen in dieses verlauste Land? Oder Kaffee?«

Schliebitz seufzte: »Später! Sie kommen gleich. Ich geh rüber zu Irene und frage nach der Pfanne. Ist Victor drüben?«

Sie schüttelte den Kopf. »Victor ist gar nicht da. Die Pfanne hat Irene, den Hammer auch, aber was willst du damit?«

»Den Kaffee mahlen«, brummte Schliebitz noch, dann war er aus dem Zimmer.

Als Susi Hanig in der Unterführung an den Milizposten vorbeiging, tippte nur der eine, der noch sehr jung war, lässig mit zwei Fingern an den Mützenschirm.

Hirschke, der ein paar Schritte hinter Susi kam, interessierte die Posten ebensowenig wie Schliebitz. Hier zu stehen war Routine geworden. Deutsche zu prügeln machte zwar Spaß, aber es genügte, wenn man es zwei, dreimal am Tag tat, denn es kostete natürlich auch Anstrengung, wie man inzwischen gemerkt hatte.

»Heilige Mutter Gottes!« rief Hermine Kandzik, die verwirrte Sängerin, und ohne daß sie jemand daran hindern konnte, stimmte sie »Großer Gott wir loben dich« an. Susi kniff die Lippen zusammen.

»Alles gut«, beschwichtigte Hirschke Ida und Mieze, die sich in eine Ecke flüchten wollten. Er dirigierte Susi in die winzige Kammer, wo Alina ihr erstaunt entgegensah.

»Sdrastwuitje«, sagte sie dann.

»Tu mir den Gefallen und red deutsch«, bat Susi das Mädchen. »Die Uniform ist Tarnung. Was hast du mit deinen Haaren gemacht? Typhus?«

»Läuse«, gab Alina zurück.

Schliebitz erschien in der Tür, mit Pfanne und Hammer. Hirschke klärte die Mädchen übereinander auf: »Das ist Alina. War in Auschwitz. Und das ist Susi. Aus Neuhof. Wie sie in die Uniform kommt, kann sie selbst erzählen. Was wird aus dem Kaffee und Kuchen, Kuli?«

Der machte sich daran, eine Bohne nach der anderen mit dem Hammer vorsichtig zu zerdrücken. Aber es waren eine ganze Menge Bohnen, und es würde eine Weile dauern.

»Willst du dich waschen?« erkundigte sich Alina bei Susi. Die sagte ja, gern, aber als sie hörte, daß der Fluß das Bad sei, meinte sie, dann müsse sie im Unterrock gehen, die Leute würden nicht mit einer Russin fertigwerden, die sich im Ghetto der Deutschen am Fluß wusch.

Alina gefiel diese seltsame Fremde. Natürlich war sie keine Russin, und es war ganz schön gewagt, in der Uniform herumzulaufen, aber sie würde ihre Gründe haben. Ohne lange zu überlegen, zog sie ihren selbstgebastelten Kaftan aus und hielt ihn Susi hin. »Da, wenn du das anhast, erkennt dich keiner!«

Susi sah die Tätowierung auf dem Unterarm, und erst jetzt erinnerte sie sich, daß Ossi von Auschwitz gesprochen hatte. Die kleine Zigeunerin mit den Stoppeln auf dem Kopf stand, nur mit einer schwarzen Männerturnhose und einem löcherigen Hemd bekleidet, vor ihr und lachte sie an. Das war zuviel. Sie umarmte sie und weinte.

»Jetzt geht das schon wieder los!« schimpfte Hirschke. »Susi, reiß dich zusammen, Wiedersehen soll Freude machen, nicht Tränen. Hast du am Koppel tatsächlich eine Pistole, oder ist die Tasche leer?«

Susi schnallte das Koppel mit dem Stern am Schloß ab und reichte es ihm. In der Tasche war eine Tokarew, ein Modell, das Hirschke kannte, weil er es unter Beutestücken zuweilen gesehen hatte. Er ließ das Magazin herausgleiten: acht Patronen. Als er den Schlitten vorsichtig zurückzog, sah er, daß eine neunte im Lauf steckte. Dafür mußte man schon zu allem entschlossen sein.

»Durchgeladen«, sagte er. »Ist das nicht ein bißchen gefährlich?«

Susi löste sich von Alina. »Ich lebe gefährlich, wenn du das meinst.« Sie betrachtete den selbstgenähten Kaftan genauer, den Alina ihr angeboten hatte. Dann begann sie, sich kurz entschlossen auszuziehen. Schliebitz unterbrach das Zerquetschen der Kaffeebohnen und ging aus dem Zimmer, zu Irene Kostka, von der er sich bei der ungewohnten Arbeit helfen lassen wollte, wie er sagte. Hirschke folgte ihm. Es war besser, wenn die beiden Mädchen allein blieben, bis sie wieder angezogen waren. Die Enge im Ghetto, das Eingepferchtsein, hatte zwar seit langem Taktfragen in den Hintergrund gedrängt, aber wann immer man konnte, nahm man doch Rücksicht auf den Nächsten.

»Habe ich die Sängerin falsch verstanden, oder habt ihr tatsächlich eine Russin angeschleppt?« wollte Irene Kostka wissen.

»Russin nur äußerlich«, wich Hirschke aus. »Ist eine Deutsche. Aus Neuhof. Vermutlich kennst du sie.«

»Ist der Kaffee, den Kuli zerklopft, von ihr?«

Hirschke verneinte das, und dann bat er Irene Kostka leise: »Mach kein Gerücht daraus. Besonders wenn Victor kommt. Die Kleine ist auf dem Durchzug, und da geht sie eben in dem Zeug. War mit mir in der Schule. Susi Hanig, aus der Textilfabrik.«

»Tochter vom alten Erdmann Hanig, am Bergweg?«

»Die, ja.«

Irene Kostka schüttelte verwundert den Kopf über soviel Wagemut, als deutsches Mädchen in einer russischen Uniform herumzulaufen, aber sie würde schweigen. Schließlich, als sie der Klopferei überdrüssig wurde, die Schliebitz vollführte, nahm sie das Kaffeequetschen selbst in die Hand und forderte die Jungen auf: »Verzieht euch ans Wasser. Ich bringe euch den Krug mit Kaffee. Den Kuchen auch.«

Draußen am Fluß trafen sie Lehrer Karwath, der aus irgendeiner Quelle erfahren hatte, daß der verschwundene Latta zusammen mit einer Anzahl anderer Zufallspassanten nach Freigrund geschafft worden war, nur für ein paar Tage. Die Jungen nahmen das mit Erleichterung auf. Wenn sie Latta auch zutrauten, von einem dieser unangenehmen Arbeitskommandos bei nächster Gelegenheit wieder zu entfliehen, so hatten sie doch einige Sorgen gehabt. Hirschke hatte mit der Pani Borsutzki gesprochen, und die wollte sogar ihrerseits Nachforschungen betreiben, wo ihr Angestellter verblieben war.

»Wie ich hörte, wird er bald zurückkommen«, versicherte Karwath. Er selbst war froh, daß man ihn nicht auch nach Freigrund geschafft hatte, denn er war in den letzten Wochen nun schon mehrmals von Streifen im Ghetto aufgegriffen und zum Arbeitseinsatz getrieben worden.

In der Stadt hatte sich einiges verändert, seit die Jungen hier angekommen waren. Inzwischen waren es mehrere tausend Leute geworden, die von der Flucht zurückkehrten und bleiben mußten.

Die Behelfsküche erlangte immer mehr Bedeutung. Nicht nur weil der Hunger zunahm, sondern auch deshalb, weil es den Betreibern mit den verschiedensten Tricks immer wieder gelang, Eßbares aufzutreiben, nicht selten, indem man Russen und Polen gegeneinander ausspielte, denn daß es da eine lange gewachsene gegenseitige Abneigung gab, war offenkundig geworden.

Es fanden sich auch ein paar Leute zusammen, die, wie man so sagte, eine reine Weste besaßen, was ihre politische Vergangenheit betraf. Sie gründeten, obwohl das offiziell verboten war, eine Art Komitee, und so gab es jetzt wenigstens eine deutsche Autorität, die mit polnischen Dienststellen verhandeln konnte, obwohl diese immer wieder erklärten, deutsche Autoritäten gäbe es nicht mehr.

Allerdings scherte sich die Miliz weiterhin um gar nichts, was mit Recht und Ordnung zu tun hatte, sie tat, was ihr gefiel. Es hatte sich eingebürgert, daß Streifen am Vormittag regelmäßig arbeitsfähige Männer und Frauen aus dem Ghetto holten, die dann entweder zum Reinigen der verdreckten Stadtstraßen, zum Aufräumen polnischer Quartiere oder zum Abriß gefährlicher Ruinen verwendet wurden. Andere mußten in der Brauerei aufräumen, weil dort bald für die zugewanderten Polen Bier gebraucht werden sollte, wie es hieß. Sie hatten Müllberge abzutragen oder Möbel aus beschädigten Häusern in unbeschädigte zu transportieren, die von Zugewanderten bezogen wurden. So oft auch das neue Komitee des Ghettos versuchte, zu einer anderen Regelung als dem willkürlichen Abfangen der Leute auf der Straße oder dem Herausholen aus den Quartieren zu kommen, es waren stets vergebliche Bemühungen.

Obwohl in diesem Komitee ein paar ehemalige Kommunisten saßen, auch einige als alte Zentrumsmitglieder und Gegner Hitlers bekannte Leute, wurden sie nicht als Vertreter der Deutschen anerkannt. Es schien eine Prinzipfrage zu sein, daß die Miliz keinen deutschen Partner zu haben wünschte.

In den Nächten schickte sie weiterhin Trupps ins Ghetto, die Razzien veranstalteten, unter dem Vorwand, es gäbe da Verschwörungen. Wenn diese Trupps Lust hatten, nahmen sie Leute mit, verprügelten sie die Nacht hindurch und luden sie dann im Morgengrauen wieder am Ghettoeingang ab.

Hirschke und Schliebitz, die nach wie vor als Leichensammler arbeiteten, hatten erst vor wenigen Tagen, morgens, als sie mit ihrer Ladung das Ghetto verließen, zwei von den Verprügelten am Eingang aufladen müssen, die gestorben waren. Es war ihnen wie ein Hohn vorgekommen, als einer der Posten die Plane des Handwagens anhob und meinte: »Los, drauf mit den beiden, die haben noch Platz, ihr habt da doch bloß drei heute …«

Das letzte, was der Miliz eingefallen war, gipfelte in der Weisung, daß fortan alle Deutchen eine weiße Binde um den Oberarm zu tragen hatten, auf der sich der Buchstabe »N« für Niemiec befand, was »Deutscher« hieß.

Susi Hanig sah in Alinas Kaftan aus wie eine Großmutter mit zu jungem Kopf. Als sie auf das Wasser zukam, runzelte Lehrer Karwath die Stirn, weil er dieses Gesicht kannte, aber er wußte nicht, wer sie war. Erst als sie vor ihm stand und ihren Namen sagte, fand er sich in den tausend Gesichtern ehemaliger Schülerinnen zurecht und erinnerte sich. Er nahm sie in die Arme, ohne etwas zu sagen. Karwath wußte, wie ein Mensch aussah, der die Hölle hinter sich hatte, und er wußte auch, daß es da weiter nichts zu sprechen gab. Vorerst.

Später, als Irene Kostka mit dem Krug voll Kaffee kam und verkündete, sie habe alle Kniffe angewandt, damit es in der Wohnung keinen Kaffeegeruch gäbe, um nicht alle anderen Leute aufmerksam zu machen, löste sich die Spannung etwas.

»Sie hätten mich gehängt und mir das Zeug ausgesoffen!« plapperte sie, holte aus einem Tuch ein paar zusammengelesene Tassen hervor und begann einzugießen, als handle es sich um eine feierliche Tafel.

Schliebitz und Alina teilten den Kuchen auf. Eine Weile saßen sie dann alle still da und kauten, schlürften Kaffee, der mit Flußwasser gekocht war, trotzdem aber wie himmlischer Nektar schmeckte – so jedenfalls sagte es Irene Kostka.

»Und du bist die mit der Uniform?« erkundigte sie sich nach einiger Zeit neugierig bei Susi.

»Ja«, gab die zurück, aber sie sagte vorerst nicht mehr, obwohl sie spürte, daß die ehemalige Blücherquellen-Wirtin gern mehr erfahren hätte. Erst als Karwath sich erinnerte: »Warst du nicht noch in der Stadt, damals im Februar, als die Russen kamen? Ich glaube, ich habe dich gesehen, als sie uns zusammentrieben …«, da entschloß sich das Mädchen zu sagen, was wohl gesagt werden mußte.

»Ja, ich war da. Sie brachten mich in das Haus der NSDAP. War wohl eine besondere humoristische Einlage, die sie sich leisteten.«

»Ich habe gehört, es wäre nicht so sehr humoristisch zugegangen«, warf Irene Kostka ein. »Jemand erzählte mir davon. Ich selbst war ja ins Sudetenland gemacht …«

Es bestand keine Gefahr, daß das, was Susi Hanig jetzt erzählte, sie zum Weinen bringen würde. Dafür hatte sie zu oft darüber nachgedacht. Hatte sich selbst und ihr Schicksal verflucht. Bis sie dann eines Tages den Zorn wiederfand, der ihr den Wunsch eingab zu leben. Alles zu überleben, selbst den Dreck dieser Tage. Später einmal zu wissen, wie es wirklich gewesen war. Es anderen mitteilen zu können. Dafür lohnte es sich zu leben. Sie wurde so spröde wie ein Kristall. Man hätte sie fortan töten können, verletzbar war sie nicht mehr. Auch jetzt sprach sie unbewegt, als ob sie einen Vorgang schilderte, der weit entfernt von jeder Beziehung zu ihr selbst lag.

»Das Braune Haus, in der Adolf-Hitler-Straße, ihr kennt es ja alle. In jedem dieser Bürozimmer dort warteten etwa ein Dutzend Russen. Meist mit schon aufgeknöpften Hosen. Als einzigen männlichen deutschen Gefangenen hatten sie den alten Krawiez dort. Der war in dem Parteigebäude

252

Hausmeister gewesen. Sie hatten ihm eine braune Uniform angezogen, eine Schirmmütze aufgesetzt, und sie ließen ihn immer abwechselnd eine Tür nach der anderen aufmachen, dann mußte er strammstehen, den Arm heben und »Heil Hitler« schreien. Worauf die anwesenden stockbetrunkenen Russen jedesmal antworteten: »Geil Gitler!« Hört sich lustig an, wie? Bloß es war nicht lustig. Jedenfalls für mich. Ich war nicht das einzige Mädchen dort, sie hatten alle angeschleppt, die sie fanden. Und dann lag man eben ausgezogen auf dem Fußboden und begann nach dem fünften Kerl zu bluten. Vielleicht war es auch der neunte, das weiß ich nicht mehr so genau ...«

»Jesus«, machte Irene Kostka, »als ob ich das nicht kennen würde! Ich kam aus dem Sudetenland zurück. Ahnungslos, daß die scheinbar zur Strafe dafür, daß Deutschland den Krieg angefangen hatte, nun alle deutschen Frauen aufs Kreuz legten, die sie erwischten. Ich habe immer gedacht, man legt sich hin, weil man sich mag. Nun, von denen mochte ich keinen. Fünf Wochen ging das, bis ich dann an Victor geriet ...«

Als sie wieder schwieg, sprach Susi Hanig weiter. Hirschke hatte Zigaretten gedreht, und sie rauchte. Blickte versonnen den blauen Wölkchen nach, die zum Wasser drifteten. »Ging etwa eine Woche so. Dann zogen die Soldaten weiter. Wir waren um die zwanzig Frauen dort. Von zwölf bis siebzig. Sie trieben uns zu Fuß durch die Stadt zum Bahnhof. Waggons. Männer, Frauen, alles. Wir fuhren eine Woche. Vielleicht etwas länger, keiner von uns zählte die Tage, und man verliert das Zeitgefühl, wenn man in einem solchen Viehwagen liegt, neben einem eine Tote, auf der anderen Seite das Loch im Boden, für die Exkremente. Drüberhocken, aus. Charkow war Endstation. Ziemlich zerstört. Wir räumten von Trümmern übersäte Straßen auf. Rissen kaputte Gebäude ab. Schwerarbeit. Krautsuppe. Soldatenbrot. Vom Hellwerden bis zum Dunkelwerden Arbeit. In der Nacht die Bewacher. Drei bis vier. Dann kam

Konstantin. Major. Holte mich in die Schreibstube, wo die Arbeitseinheiten zusammengerechnet wurden. Wir haben uns angefreundet. Er ist anständig. Hat Rußland satt. Seine Leute, sagt er, haben sie aus irgendeinem Grunde in sowas wie ein Lager eingesperrt. Noch wissen sie nicht, daß es ihn als Verwandten gibt. Er hat Angst, daß sie ihn herausfinden. Wir gehen nach Deutschland deswegen. Von hier in die russische Zone, das ist einfach. Und von dort in die amerikanische. Alles auf eine Karte. Das ist es, was passierte …«

Die Runde saß eine Weile schweigend. Zu dem, was Susi Hanig erzählt hatte, gab es kaum etwas zu sagen. Jeder hatte solche Geschichten erlebt, gehört, gesehen. Es war das Schicksal des östlichen deutschen Landesteils, das Ende eines unseligen Krieges auf diese Weise zu erfahren. Schließlich sagte Karwath: »Es ist eine Zeit der Rache. Deutschland hat sie herausgefordert. Aber es ist wie immer in der Geschichte, die Rechnung der Politiker wird vom Volk bezahlt. Und wir können leider nicht behaupten, daß wir versucht hätten, die Politiker zu bremsen. Die einzige Entschuldigung dafür ist, daß wir alle Angst hatten.«

»Und die will keiner hören«, bemerkte Susi Hanig.

Wieder schwiegen sie, bis Irene Kostka anbot: »Noch ein bißchen Kaffee?«

»Übrigens«, lachte Susi, »man hat mich nicht ein einziges Mal geschlagen. Hier und da Püffe, Ohrfeigen, aber keine systematischen Prügel. Ich bin richtig froh darüber: Eine Deutsche, die von den Siegern nicht verprügelt wurde, das ist doch was, oder?«

»Soll das Ironie sein?« erkundigte sich Hirschke. »War Braunes Haus leichter als Prügel?«

Susi Hanig antwortete nicht, sie sah Hirschke nur an, und es hatte den Anschein, als wolle sie nicht weiter darüber reden. Sie ist innerlich tot, dachte Lehrer Karwath, oder nahezu tot. Es wird viel Liebe brauchen, bis sie in einen Menschen, in irgendeinen, wieder Vertrauen setzt. Bis sie sich an die Vergangenheit nur noch gelegentlich in einem

Alptraum erinnert, und bis nach und nach auch diese Art der Erinnerung vielleicht gnädig ausgelöscht wird von Neuem. Besserem. Ob es das gibt? Ob sie das bei diesem Russen findet, mit dem sie flieht?

»Wir bezahlen für ganz Deutschland«, sagte er, nur um überhaupt etwas zu sagen, um die Stille nicht weiter spüren zu müssen wie eine Giftwolke, die alles einhüllte. Niemand antwortete ihm.

Schließlich wollte Hirschke von Susi Hanig wissen: »Wo ist dieser Major? Habt ihr euch verabredet?«

»Haben wir«, gab Susi zurück. »Übermorgen früh, ab Sonnenaufgang, auf dem Markt. Bis dahin ist er in der Kaserne. Es fahren Autos von hier über die Grenze nach dem russisch besetzten Deutschland. Er will erreichen, daß wir mitfahren können. Die Fahrer nehmen alle einen Ring, oder eine Uhr ...«

Wieder war es still. Alina legte Susi eine Hand auf den Unterarm und erwiderte ihren Blick, ohne etwas zu sagen. Zwischen den beiden Frauen gab es so etwas wie ein stillschweigendes Verstehen. Und dann kam Hirschke auf die Idee, von Alfons Brinsa zu sprechen.

Susis Gesicht veränderte sich. Sie hatte bis zuletzt in Neuhof gelebt. Sie hatte nicht nur erfahren, daß die Freundin Ossi Hirschkes bei einer Explosion in der Muna in Krappitz zerrissen worden war, sie hatte auch – zu spät – gehört, daß die Polizei letztendlich Alfons geholt hatte, nach seiner Mutter. Kein Abschied. Nur das Gerücht: Alle weg.

»Du willst sagen, er hat es überlebt?«

Sie hing an Ossis Lippen, ihr Gesicht war gespannt. Der ganze Körper schien wie eine Feder zu sein, die jede Sekunde hochschnellen konnte.

Hirschke wollte, daß die Düsternis, die Susis Erzählung verbreitet hatte, verflog, er wollte, daß sie sich wie früher unterhalten konnten, unbeschwert, voller Heiterkeit. Und er versuchte es, Susi in eine andere Welt zu versetzen, zurück in die frühe Jugend, als alles voller unerfüllter und doch erfüllbar scheinender Träume gewesen war.

»Er hat es überlebt, und er ist hier.«

Sie fuhr auf, obwohl sie genau das hatte vermeiden wollen.

»Hier im Ghetto?«

»Sie erlauben ihm, außerhalb zu wohnen.«

»Kann man hin?«

»Jetzt nicht. Darf keiner mehr raus aus dem Ghetto um die Zeit.« Hirschke lachte. »Du kämst durch in deiner Uniform, ja. Aber du weißt nicht, wo Alfons wohnt. Ich weiß es auch nicht genau, aber ich weiß, wo er arbeitet und wo wir ihn morgen früh finden ...«

Susi Hanig kam nicht mehr dazu, Überlegungen anzustellen, wie ein Wiedersehen mit dem Schwarm ihrer Jugend verlaufen würde. Plötzlich meldete sich von den Häusern her die Stimme Lattas, der herausfordernd rief: »Wo, zum Teufel, seid ihr alle?«

Susi erkannte ihn sofort. Sie fragte: »Ist das Jako, der alte Schwellenleger?«

»Er ist es!« bestätigte Latta, der schon bei ihnen war. Ein Blick auf Susi genügte ihm, um zu erkennen, daß er nicht mehr das kleine, übermütige Mädchen vor sich hatte, das er gekannt und dem er gelegentlich viel Aufmerksamkeit geschenkt hatte, immer bedauernd, daß es da Alfons gab, und den auszustechen, das hätte er als Gemeinheit empfunden, weil Alfons nicht die gleichen Waffen zur Verfügung standen wie allen anderen.

Latta spürte die Spannung der Runde, und er ahnte, um was es sich da handelte. Susi. Man mußte etwas tun, um die Traurigkeit zu vertreiben. Der Mensch wurde kleiner und schwächer, wenn er traurig war. Wenn er lachte und alle Mißhelligkeiten verachtete, war er ein Riese.

»Küßchen!« spielte er Theater und hielt Susi die Wange hin. Dann ließ er sich neben ihr nieder, klopfte sie aufs Knie und lästerte: »Endlich mal ein richtiger Mensch unter all diesen Abbildern unterdrückten Deutschtums! Rauchst du noch?« Er hielt ihr mit einer großartigen Geste die Packung mit den letzten bulgarischen Zigaretten Globczyks hin. Sie nahm eine und verzog anerkennend das Gesicht. Jakob Latta konnte man nicht böse sein. Jakob Latta mußte man gernhaben, auch wenn man nie mit ihm im Bett gewesen war oder in einem Haufen Heu auf der Wiese.

»Siehst du«, lachte er jetzt, »das können dir alle diese ortsgebundenen Knilche nicht bieten! Ich komme aus weiter Ferne! Bin zwar noch ziemlich dreckig, aber die Seele ist rein wie der Tabak dieser Zigaretten.«

Am Morgen ging Susi Hanig, wieder in Uniform, die Pistole am Koppel, in einiger Entfernung hinter dem Handwagen her, den Hirschke und Latta zogen. Drei Tote heute. Ein normaler Tag. Die Posten kontrollierten nicht weiter. Auch bei Susi tippten sie nur schläfrig an die Quadratka.

Auf dem Ring, wo sich bereits um diese Zeit die ersten Kleinhändler eingefunden hatten mit Tabak oder Eiern, fragwürdigem Öl und irgendwo gestohlenem Talg, verbrachte Susi zwei Stunden. Sie wanderte ringsherum, blieb hier und da stehen, besah sich die Angebote, dann wieder hielt sie sich bei der verkohlten Ruine des Hotels Goldenes Kreuz auf und erinnerte sich daran, wie sie als Kind manchmal an einem der Fenster ihre Nase plattgedrückt hatte, um die bunten Fische im Aquarium hinter dem Glas zu betrachten. Wieder ein Blick in die Runde: Konstantin war nirgends zu sehen.

Schließlich machte sich Susi zur Friedrichstraße auf, wo Ossi sie um diese Zeit vor der Starosterei erwarten wollte. Er war da. Nebeneinander gingen sie zurück, bis sie an der Einfahrt zum Hof des Klosters angekommen waren, wo Alfons arbeitete. Er war gerade dabei, unter einem Traktor liegend, die Verschlußschraube der Ölwanne anzuziehen, und sah die beiden nicht gleich.

»Soll ich lieber draußen bleiben?« fragte Hirschke. Zur Antwort gab ihm Susi einen Schubs, der ihn in den Hof beförderte. Alfons Brinsa merkte nichts, bis er plötzlich zwei Militärstiefel neben seinem Gesicht auftauchen sah. Sahen zierlich aus. Nicht wie Männerstiefel. Mehr war aus seiner

Perspektive nicht zu erkennen. Er legte den Schlüssel aus der Hand und rollte sich unter dem Traktor hervor. Sah die Gestalt, das Gesicht, sah Hirschke, der feixend danebenstand, und dann erkannte er unter dem Käppi mit dem roten Stern die Augen Susis. Er setzte sich auf das Trittbrett des Traktors und holte tief Luft.

»Das muß ein Stück aus dem Kino sein ...«

Susi Hanig spürte, wie Verlegenheit sie förmlich lähmte. Einem anderen wäre sie jetzt einfach um den Hals gefallen, hätte ihm zumindest die Hand hingestreckt, das hier aber war Alfons, und mit Alfons war das immer etwas anders gewesen.

Die Beklommenheit, dieses verdammte Gefühl, rührte daher, daß man nicht wußte, wie Alfons eine so selbstverständliche Geste aufnehmen würde. Und man wollte nichts kaputtmachen, es gab viel zuviel, was da kaputtzumachen ging. Sie setzte sich neben ihn. Zu ihrer Erleichterung schob ihr Alfons den Arm um die Hüfte und drückte sie leicht an sich.

»Dich gibt es also auch noch ...« Er tastete das Koppel ab, geriet an die Pistolentasche.

»Es gibt mich, Alfons.« Sie lehnte den Kopf an seine Schulter. In diesem Augenblick forderte Hirschke, der dabei war, sich eine Zigarette zu drehen, den Freund auf: »Nun gib ihr endlich einen Kuß, die fängt sonst an zu flennen!«

Er tat es, aber ihr kamen trotzdem die Tränen. Susi Hanig, wie man sie kannte.

»Mädchen«, sagte Alfons, der endlich in die Wirklichkeit fand, anerkennend. Er musterte ihre Uniform. Bevor er eine Frage dazu stellen konnte, klärte sie ihn auf, daß dies eine Verkleidung sei, riskant zwar, aber bisher immerhin erfolgreich. Hirschke fand, er sei überflüssig. Winkte den beiden noch einmal kurz zu, ließ die Bemerkung fallen, Latta sei zurück, und dann machte er sich davon.

Auf ihn warteten ein Stapel Fensterglas, den der Starost aufgetrieben hatte, und ein Glasschneider. Er würde ein

Dutzend Fenster einglasen, fürs erste. Bis der Starost neues Glas besorgte, für den Rest der leeren Rahmen.

»Ich habe an dich gedacht«, gestand Alfons Brinsa dem uniformierten Mädchen. Sie sagte, sie sei damals herumgelaufen, um ihn vielleicht noch am Bahnhof zu erwischen, aber da sei der Transport schon weggewesen. Seitdem habe sie immer darüber nachgegrübelt, ob es nicht schon früher nötig gewesen wäre, Vorkehrungen zu treffen, vielleicht ein Quartier in einer Gartenlaube zu suchen, wo er hätte verschwinden können. Aber dann – wer hatte damals schon sicher gewußt, für wie lange das hätte gehen müssen? Alfons lächelte über ihre abenteuerlichen Überlegungen.

»Laß mal«, sagte er, »ich weiß, was ich von dir oder von den anderen zu halten habe. Niemand soll sich entschuldigen, für etwas, das er nicht getan hat. Wir leben, das ist die Hauptsache. Was gewesen ist, wird es wohl nicht mehr geben …«

In der nächsten Stunde sprachen sie über das, was sie seit dem Frühjahr hinter sich gebracht hatte und er seit dem vergangenen Spätsommer.

Brinsa hatte niemanden, der ihn direkt beaufsichtigte. Nur gelegentlich ließ sich jemand von diesem Fahrzeugpool blicken und fragte nach eventuell fahrbereit gemachten Traktoren. Es war Brinsa klargeworden, daß die Leute einen gewissen Respekt vor ihm hatten.

Auf der Hinterseite des Hofes, in einem ehemaligen Büro, hatte er sich sein Quartier eingerichtet: eine Matratze, Waschschüssel, Topf, Rucksack, Löffel, Messer, ein paar Fetzen Kleidung. Er fand dort eine zweite Combination und bestand darauf, daß Susi sie anzog statt der Uniform. Zu gefährlich, in diesem Zeug herumzulaufen, befand er, es könnte Polen, die Susi zufällig sahen, mißtrauisch machen. In einer Ecke hatte er eine Handvoll alte Kartoffeln liegen, ein paar Zwiebeln und eine Büchse amerikanisches Schweinefleisch, das ihm ein Schieber für einen alten Bowdenzug eingetauscht hatte. Davon bereitete Susi ein Mittagessen für sie beide.

Alfons Brinsa staunte, wie praktisch sie dabei vorging, zumal man ihr früher kaum zugetraut hätte, einmal hausfrauliche Eigenschaften zu entwickeln. Einen Ofen gab es nicht. Aber Susi wußte sich zu helfen. Sie tränkte drei Ziegelsteine mit Dieselöl aus dem Tank eines Traktors und setzte sie in Brand. Die Pfanne mit dem Gemisch aus Kartoffeln und fettem Schweinefleisch brauchte nur Minuten, bis sie heiß war.

»Wirst du den Russen morgen wieder suchen?« wollte Brinsa wissen. Sie sagte, das würde sie tun, es sei verabredet.

»Und dann verschwindest du mit ihm?«

Sie sah ihn an, unsicher. Jetzt kam die Stunde der Wahrheit, sie spürte es. Ja, sie würde verschwinden von hier. Deutschland, was davon übrig war, dahin wollte sie.

»Mit dem Russen?«

»Du meinst, ob ich mit ihm zusammen leben werde? Konstantin ist ein Freund, dem ich einiges verdanke. Aber ich will schon meine eigenen Wege gehen.«

»Allein?«

Sie ließ eine ganze Weile verstreichen, ehe sie zurückfragte: »Wer sollte schon mit mir leben? Ich bin wie ein Handtuch, an dem eine Menge Kerle ihre dreckigen Finger abgewischt haben.«

Brinsa ignorierte diese zaghaft hervorgebrachte Klage. Er war nicht nur froh, Susi wiedergefunden zu haben, er fand sie schöner und reifer als früher, begehrenswerter. Und er war nicht der Mann, der über nicht mehr ungeschehen zu machendes Geschick grübelte. Susi Hanig war von einem Schicksal betroffen worden, das in diesem Teil deutschen Gebietes wahrlich keine Seltenheit darstellte. Sie wird davon loskommen, dachte er, eines Tages, vielleicht schon, wenn sie mit einem Mann zu leben anfängt.

Er schlug ihr vor: »Warum lassen wir beide nicht das, was gewesen ist, jetzt mal beiseite und denken über uns nach, Susi? Du bist allein, ich bin allein, und wir wollten eigentlich immer zusammenkommen, früher, als es keine Chance für mich gab. Jetzt könnten wir das tun, was wir damals nicht konnten, warum tun wir es nicht?«

Sie dachte, wir könnten es versuchen. Es wäre die Erfüllung eines alten Traumes. Aber nicht hier. Nicht in dieser Stadt, die jetzt schon einen fremden Namen hat. Sie erinnert mich an das Braune Haus. Nein, nicht hier, wo ich jeden Tag die hellbraunen, ausgeblichenen Uniformen sehen werde, und mich erinnern.

»Gehst du mit?« fragte sie Brinsa. Der erkundigte sich: »Deutschland?«

»Weit weg von hier. Deutschland, ja.«

»Du hast gesagt, du würdest mit diesem Russen gehen …«

»Mit ihm nach Deutschland gehen, ja. Dorthin, wo noch Deutschland ist. Aber nicht mit ihm zusammenleben. Davon ist keine Rede. Er hat mir in Rußland geholfen zu überleben. Ich werde ihm in Deutschland helfen, Fuß zu fassen. Mehr nicht.«

Eigentlich war Alfons Brinsa, was das Weggehen betraf, ziemlich unentschlossen. Obwohl er schon einige Male mit Ossi Hirschke und Latta darüber beraten hatte, war seine Entscheidung noch nicht gefallen. Zu vieles verband ihn mit der Stadt, trotz der Schikanen, die er hinter sich hatte. Trotz der schmerzlichen Erinnerung an die Mutter, den gelben Stern. Aber das alles war schließlich Vergangenheit.

»Ist Neuhof nicht Heimat?« fragte er Susi.

Sie verneinte das. »Heimat ist hier nicht mehr. Nur noch Erinnerung.«

Am Abend, als Latta und Hirschke in den Hof kamen, um sich zu erkundigen, ob Susi bei Alfons bleiben oder wieder ins Ghetto kommen würde, sagte Brinsa ihnen, sie wollten sich beide zusammen mit dem Russen auf den Weg nach Deutschland machen. Es war nicht viel darum herumzureden, jeder wußte, daß es in Neuhof keine Zukunft gab, die zu leben lohnte: Entweder man paßte sich an, optierte, dann wurde man Pole zweiter Klasse, oder man blieb hartnäckig Deutscher, und dann würde man noch schlechter dran sein.

»Also geht ihr«, sagte Latta nachdenklich. Erneut wurde er selbst daran erinnert, daß die Entscheidung über Bleiben oder Gehen ihm nicht erspart bleiben würde. Eines Tages war sie fällig.

»Ich finde es vernünftig«, meinte Hirschke zu seiner Überraschung. »Vielleicht machen wir alle einen Fehler, wenn wir auch nur noch einen Tag länger bleiben. Manchmal denke ich, je früher wir nach Deutschland gehen und dort anfangen, uns eine neue Existenz zu schaffen, desto besser …«

»Das wollen sie ja gerade«, bemerkte Latta. »Daß wir alle ganz schnell abhauen. Dann können sie sagen, wir haben das Land selbst aufgegeben, und sie haben es nur menschenleer übernommen.«

Susi warf ein: »Leute, das hier erinnert mich an die Ukraine. Der Mensch lebt von Hoffnungen. Er merkt es nicht, wenn sie trügerisch sind, und auch nicht, wenn man sie ihm gezielt vorgaukelt. Immer wieder findet er Gelegenheit zu sagen: Hier ist ein Zeichen, daß alles gut wird! Hier ist das Signal für Besserung, für Zukunft. Nur – wenn das Signal wieder verlischt, ist er nicht etwa klüger geworden, das nächste Mal fällt er genauso auf diese Illusion herein!«

Alfons Brinsa zuckte die Schultern. Was Susi da sagte, war schlecht zu widerlegen. Seine Eltern und er hatten lange genug an solchen vagen Hoffnungen festgehalten. Bis es zu spät war. Aber – was war eine Welt ohne Hoffnung? Was war der Mensch ohne sie? Er dachte noch darüber nach, als er schon erschöpft neben Susi eingeschlafen war, sehr spät nachts, auf der kratzenden Seegrasmatratze. Und er war sich darüber klar, daß er Susi nicht allein gehen lassen würde, wenn sie wirklich ging.

Susi Hanig erschien pünktlich am Ring und verbrachte hier die mit Konstantin ausgemachten zwei Stunden, ohne daß er erschien. Beunruhigt machte sie sich danach wieder auf den Weg zu Alfons. Warum kam Konstantin nicht? War ihm etwas zugestoßen? Nicht ganz von der Hand zu weisen, denn seine Marschpapiere waren, wie Susi wußte, gefälscht. Hatte man ihn überführt? Versuchte Desertion hieß in dieser Armee Tod. Und – würde er über Susi schweigen?

Alfons Brinsa war ratlos. Aber er war nicht untätig gewesen. Aus neu eröffneten polnischen Geschäften hatte er zwei Brote und verschiedene andere Lebensmittel besorgt, dazu polnischen Landtabak. Fast seine gesamte Barschaft war dabei draufgegangen. Als Ossi und Latta vorbeikamen, am späten Nachmittag, hockten sie sich zu dritt über eine Landkarte, die Brinsa irgendwo aufgelesen hatte.

Susi informierten sie knapp: »Falls dein Russe verschwunden bleibt, suchen wir jetzt die beste Route für euren Fußmarsch nach Deutschland aus. Rauf ins Gebirge, und immer den Kammweg entlang. Wir kennen den Weg nämlich ganz gut …«

Konstantin erschien auch am nächsten Tag nicht. Es war ein Sonnabend.

Hirschke und Latta war es gelungen, das Ghetto zu verlassen, indem sie, wie immer am Morgen, mit einer Leichenfuhre am Einlaß erschienen. Rechtzeitig waren sie auf dem Ring und beobachteten Susi. Aber zu der gesellte sich niemand, und als sie schließlich zum Klosterhof ging, um mit Alfons zu beraten, folgten sie ihr.

Susi hatte eingesehen, daß es nicht mehr ratsam war, weiter auf Konstantin zu warten, was immer auch der Grund für sein Wegbleiben sein mochte. Und auch Alfons riet ihr: »Besser weg von hier. Wir wollten ohnehin gehen. Also warten wir nicht weiter. Denn es ist möglich, daß man nach dir sucht …«

Er hatte aus den verschiedensten Abfallhaufen im Kloster und in der Umgebung weibliche Kleidungsstücke zusammengeklaubt und notdürftig gesäubert: Rock, Pullover, Socken, Wäsche. Susi wußte, daß Alfons recht hatte. Zumal auch Ossi und Latta ihr rieten zu verschwinden. Am Sonnabend, obwohl amtlich noch bis Mittag zu arbeiten war, sei von den Polen kaum jemand unterwegs, es war möglich, vom Kloster bis zum Friedhof ohne nennenswerte Gefährdung zu gelangen. Hinter dem Friedhof begann dann ohnehin unübersichtliches Buschgelände, auf dessen Ostseite die Kasernen lagen. Auch hier hielten sich kaum Polen auf, und die Russen würden sich nicht sonderlich für zwei Zivilisten interessieren, die ihrer Wege gingen: Die Zeiten, in denen sie noch Uhren besaßen, die man ihnen abnehmen konnte, waren vorbei.

Hinter dem Buschgelände begann der Weg in die Wälder, in die Berge. Von dort waren auch Ossi, Latta und Schliebitz mit Alina gekommen. War der Gebirgsrücken der Sudeten erst einmal erreicht, gab es kaum noch Gefahr.

»Ihr lauft auf den Kammwegen, da begegnet euch niemand. Höchstens Leute, die aus ähnlichen Gründen unterwegs sind wie ihr. Die Nächte sind warm genug zum Schlafen im Freien – macht euch auf, zögert nicht mehr ...«

Hirschke riet das den beiden, obwohl es ihn schmerzte, sich von ihnen zu trennen. Doch es war besser für sie. Wenn Konstantin etwas zugestoßen war, würde jede Nachforschung bei Susi anfangen, sobald er ihre Existenz zugegeben hatte, und damit war sie in Lebensgefahr. Die Russen waren dafür bekannt, daß sie mit Leuten, die ihre Uniform mißbrauchten, kurzen Prozeß machten.

»Gar keinen«, sagte Susi. »Sie stellen dich an die Wand und schießen dich in den Kopf. Ich habe das Risiko gekannt, als ich die Sachen anzog. Ihr habt recht, es ist hohe Zeit zu verschwinden.«

Sie wandte sich Brinsa zu. Der nickte. Alles, was er auf den Marsch mitzunehmen beabsichtigte, hatte in einem kleinen Rucksack Platz. Das Ziel war bekannt. Leute, die aus Deutschland in die Stadt zurückgekommen waren, um zu erkunden, ob man hier nicht doch leben, etwas an der Lage verändern könnte, hatten davon berichtet, daß man aus dem

264

Isergebirge an Friedland vorbei in Richtung auf die Neiße zu marschieren habe. Westlich der kleinen Stadt Ostritz gäbe es eine noch nicht abgebrochene Brücke über den Fluß. Teile des Bretterbelages wären zwar morsch und löchrig, aber die Brücke sei passierbar, und da sie in übersichtlichem, flachem Gelände läge, seien Streifen schon von weitem zu sehen. Auf der anderen Seite des Flusses sei man im von den Russen besetzten Deutschland. Sicher vor den Polen.

Alfons Brinsa war es, der die Frage aufwarf, ob dies nun der Abschied für immer sein sollte.

Ossi Hirschke widersprach ihm: »Unsinn, Alfons, wir werden vermutlich auch eines Tages gehen müssen, so oder so, Deutsche, die wir sind …«

»Habt ihr ein Ziel? Verwandte? Familie?«

Hatten sie nicht. Susi Hanig warf ein: »Wir gehen nach Bayern. Da habe ich vom Arbeitsdienst her eine Freundin, die hat mir gesagt, bei ihr sollte ich mal vorbeikommen, wenn der Krieg vorbei ist. Jetzt ist er vorbei, oder?«

»Sag uns, wo das ist«, griff Hirschke den Hinweis auf. »Wenn wir eines Tages nachkommen, wird es gut sein zu wissen, wo die alten Freunde leben …«

Latta blickte in den Himmel und erkundigte sich: »Warum brecht ihr nicht auf? Es ist Mittag. Vorsprung ist immer gut.«

Susi nannte Hirschke den Namen der Freundin und den Ort, in dem sie wohnte. Hirschke meinte, das würde schon genügen, sie hätten Erfahrung, was das Suchen und Finden betraf.

Dann zog sich Susi das Zivilzeug über, das Alfons besorgt hatte. Alfons behielt die Schlossercombi an.

»Los!« kommandierte Latta kurz entschlossen. »Ossi und ich ziehen den Wagen, ihr schiebt. Sieht wie eine normale Fuhre aus, falls uns jemand begegnet.«

Es begegneten ihnen ein paar polnische Umsiedler, ein Russe, der schon um diese Zeit angetrunken vor sich hin sang, und ein polnischer Soldat, der sich aber nicht um sie kümmerte. Am jenseitigen Rand des Friedhofes trennten sie sich. Hirschke und Latta sahen den beiden eine Weile nach, bis die Büsche sie schluckten.

»Wieder zwei weniger«, sagte Latta. »Werden wir uns bald wie Schiffbrüchige auf einer einsamen Insel vorkommen?« Hirschke hatte keine Lust, darüber nachzudenken. Er war froh gewesen, Alfons Brinsa damals wiederzusehen. Jetzt würde er fehlen. Und dabei war es wie eine Erleichterung gewesen zu wissen, daß er überlebt hatte.

»Ich wünsche den beiden, daß sie durchkommen«, sagte er. »Und wir werden uns in absehbarer Zeit auch entscheiden müssen, ob wir nun bleiben oder nicht.«

Am Montagmorgen wurde Latta wieder einmal darauf aufmerksam gemacht, wie kurz das Leben manchmal sein konnte.

Er fuhr, wie üblich, mit Hirschke Leichen einsammeln. Sie mußten diesmal die Tour des zweiten Wagens mit übernehmen. Und so kam es, daß Latta, als er das zerknautschte Papier vom Gesicht eines Toten nahm, der in der oberen Fischerstraße lag, verblüfft auf die Leiche starrte. Hirschke, der schon nach den Füßen griff, drehte sich um und sah hin.

»Das ist … Kasok«, sagte er dann ungläubig.

Latta bestätigte es: »Kasok.« Er hob den zerdroschenen Kopf des Toten an, und da wurde die Schnittwunde am Hals plötzlich unter dem wegrutschenden Papier sichtbar, die Stiche am ganzen Oberkörper waren zu sehen, Blutergüsse.

»Den hat jemand umgebracht«, konstatierte Hirschke.

Es war zu sehen, daß der ehemalige Jugendführer nicht eines natürlichen Todes gestorben war. Hatten sich da Gegner von früher gerächt? Hirschke bezweifelte das. Sie wußten beide, daß dieser Kasok, der jetzt hier tot und entstellt vor ihnen lag, nicht gerade ein angenehmer Mensch gewesen war. Aber ihn so zurichten?

Latta erinnerte Hirschke an einen anderen Toten, der so ähnlich ausgesehen hatte, den alten Wuttke.

»Der polnische Pfarrer wieder?« Hirschke überlegte. Von der Hand zu weisen war der Verdacht nicht. Er entschloß sich, die Leute im Haus zu fragen, ob sie etwas beobachtet hatten. Und er hatte unerwartet schnell Erfolg. Auf ihr Rufen erschienen andere Bewohner und berichteten ihnen, daß es ein Mann in der Kleidung eines Geistlichen gewesen war, der spät abends in gebrochenem Deutsch Kasok zum Bleiben im Zimmer und die anderen zum Verlassen des Hauses aufgefordert hatte ...

»Das Blut haben wir aufgewischt«, sagte eine alte Frau. »Es sah aus wie früher beim Schweineschlachten.«

Später, als Latta am Friedhof den Toten an Pfarrer Weinkopf übergab, erzählte er von Bischofsgrund, und am Ende meinte er: »Der Kerl war nicht so unbrauchbar, wie es den Anschein hatte. Es sah so aus, als ob er sogar denken könnte. Schade um ihn. War zu früh ...«

Es klang wie eine Grabrede.

Anton Walentek, den sie am späten Nachmittag nach der Arbeit am Wallgraben aufsuchten, schüttelte verwundert den Kopf, als sie ihm von dem gebrochen deutsch sprechenden polnischen Pfarrer berichteten, der sich im Ghetto nun zum zweiten Mal verdächtig gemacht hatte.

»Nie was gehört.« Er nahm sie aus seiner Wachstube, in der noch ein Schreiber saß, mit hinaus auf den Hof, wo sie sich auf eine Bank hockten und rauchten.

Walentek bot ihnen an: »Wollt ihr nicht zu mir kommen? Was trinken? Ich habe zu Hause Schinken, eine amerikanische Büchse. Eier auch. Wir könnten lange Nacht machen, Männer!«

Sie lehnten ungern ab, denn Essen war eine Sache, die man nicht jeden Tag angetragen bekam. Und sie versprachen Antek, an einem der nächsten Tage zu kommen.

»Weißt du«, sagte Hirschke, »dieser Kerl da, den die Leute als polnischen Pfarrer ansehen, wird wiederkommen. Er war zum zweiten Mal bei uns. Wer weiß, wen es dann trifft!«

Walentek nickte bedächtig. Er war über die Situation, in der sich seine ehemaligen Kameraden befanden, nicht glücklich. Manchmal machte er sich Vorwürfe, weil er damals, als er auf Urlaub nach Rybnik kam, seine Chance wahrgenommen hatte und nun ein vergleichsweise üppiges Leben führen konnte.

»Raucht noch eine«, bot er an. »Ich sehe euch viel zu selten. Kommt doch zu mir schlafen, statt in diesem verdammten Ghetto zu schwitzen. Ich habe das ganze Haus. Wenn ihr wollt, besorge ich ein paar Weiber, und wir haben Spaß. Könnt ihr euch erinnern, wie wir damals in Holland, in diesem Eisenbahnwagen, im Karree gepinselt haben – Jesus, da ein Kapo, wenn er gekommen wäre, die hätten uns zur Strafkompanie gejagt, samt den Weibern!«

Die gemeinsamen Erinnerungen – ein Kapitel für sich. Es war so unwirklich: Gestern noch hatte man das Schicksal geteilt, heute stand jeder auf einer anderen Seite.

»Weißt du«, sagte Latta, »wir überlegen Tag und Nacht, ob es nicht besser ist, wenn wir abhauen. Chancen haben wir sowieso keine mehr hier. Und ich denke an Kasok.«

»Was für ein Kasok?«

»Du kennst ihn nicht«, klärte Latta ihn auf. »Wir haben ihn heute früh zum Eingraben gebracht. So alt wie wir. Im Ghetto totgeschlagen. Die Leute sagen, es war ein polnischer Pfarrer, der gebrochen Deutsch sprach.«

»Aber wir haben noch gar keinen polnischen Pfarrer hier«, wunderte sich Walentek. »Ich weiß es nur, weil es immer mal Zirkus gibt, wenn ein Kind getauft werden soll. Angeblich wird einer aus Radom übersiedeln …«

Latta hörte ziemlich uninteressiert zu und staunte nicht einmal über sich selbst dabei.

»Weißt du, Antek«, sagte er zu dem alten Freund, der in der Uniform der polnischen Armee zwischen ihnen saß, als wäre das die natürlichste Sache der Welt, »als ich in der Stadt ankam, wußte ich, daß Deutschland nicht nur den Krieg angefangen hat, es hat auch in Polen und in anderen

Ländern entsetzlich gewütet. Daß wir als Deutsche dafür eine Rechnung präsentiert kriegen, war mir klar. Ich würde jederzeit bereit sein, mit daran zu bezahlen. Aber ich bin nicht bereit, mein ganzes Leben auf Knien zu verbringen und mich von jedem verprügeln zu lassen, dem es gerade einfällt. Sag mir, was sind das für Menschen, die hier mit den Deutschen umgehen, als wären sie Dreck? Sind sie wirklich besser als die Deutschen, die das vorher mit den Polen so gemacht haben?«

Walentek sah die beiden vorwurfsvoll an. »Warum, Männer, seid ihr böse mit mir? Habe ich euch nicht immer geholfen? Es wird sich alles einrenken, ihr müßt eben Geduld haben ...«

»Geduld haben wir zu lange gehabt, Antek.«

Ein Jeep fuhr in den Hof.

Zwei Milizionäre führten einen Zivilisten in abgerissener Kleidung zum Gebäude, in dem die Verhöre abgehalten wurden. Einer trat ihn fast spielerisch in den Rücken. Der Mann schrie: »Auuu!«

»War das deutsch oder polnisch?« fragte Latta ironisch.

Walentek war nicht gleichgültig genug, um das alles einfach wegzuwischen, was die Freunde ihm sagten. Nur blieb da eben die Frage, ob sie nicht besser doch gingen. Es gab bei nüchterner Betrachtung keine Chance für sie. Plötzlich, so sagte er sich, sind wir verschiedene Menschen.

»Ach, wißt ihr«, begann er, um die Gedanken zu vertreiben, »das ist eine verfluchte Sache mit diesen Bengeln von der Miliz. Die meisten sind kleine Gauner. Vom Krieg verdorben, und von der Besatzung. Nichts gelernt als Gemeinheiten und Heimtücke. Das müßt ihr verstehen, es sind wenige gebildete Polen übriggeblieben, das ist schon ein Jammer, aber das Pack beherrscht die Lage. Und täglich kommen mit den Ausgesiedelten, die sie hierher schicken, neue Gauner an. Es war der Krieg, Männer, er hat aus ihnen Leute gemacht, die selbst den dreckigsten Trick noch kennen, wenn er nur dazu verhilft, was zum

Fressen zu klauen, oder was zum Anziehen. Glaubt mir, es war der Krieg. Und wir haben jetzt alles auf dem Hals. Manchmal könnte man die beneiden, die es irgendwo erwischt hat, für immer …«

Hirschke nahm die Zigarette, die Walentek anbot. Der Pole war ein Freund. Es hatte hier in Oberschlesien immer Freunde gegeben, die Polen waren, Tschechen manchmal, oder sie waren eben Deutsche gewesen – was für ein Unterschied, wenn man im Grenzland lebt? Nur jetzt war alles anders.

»Es ist eigentlich schon seit Hitler anders gewesen«, meinte Walentek nachdenklich. »Hat mir der Vater erzählt. Da fing das an. Kaum daß die Aufstände nach dem Ersten Weltkrieg einigermaßen vergessen waren, ging es wieder los. Auf der polnischen Seite verschwand Korfanty, und auf der deutschen erschien Hitler. Was meint ihr, warum ich mir nach dem Einmarsch der Deutschen die Volksliste habe geben lassen damals? Ich wollte zu denen gehören, denen es besser ging, die was waren, die Zukunft hatten. Und das waren zu jener Zeit die Deutschen …«

»Jetzt sind es die Polen.«

»Hört auf«, bat Latta. »Es hat keinen Sinn, wenn wir das immer wieder durchkauen, wir zwei haben das Pech, in einem Landstrich zu stecken, in dem wir nichts zu sagen haben. Sind Dreck. Also – wann trinken wir endlich mal einen bei dir, Antek?«

Das Gesicht Walenteks hellte sich auf. »Sofort, Männer! Das heißt – heute abend, wenn ihr wollt. In einer Stunde bin ich hier fertig …«

Sie entschlossen sich schnell. Nicht jeden Tag ergab sich die Chance, bei einem mit Nahrungsmitteln gut versorgten Freund eingeladen zu sein. Also machten sie sich auf den Weg zu Walenteks Villa.

Keiner der beiden hatte damit gerechnet, plötzlich in dieser Ecke der Stadt, im Villenviertel hinter dem Park, auf Schliebitz zu stoßen. Als dieser sie entdeckte, hockte er gerade auf dem Dach eines der Häuser und zog seine Bürste aus dem Schornstein. Er brüllte zu ihnen hinunter: »He, ihr da, legt kein Feuer an fremdes Eigentum!«

Schliebitz war allein unterwegs. Gegen Mittag pflegte sein Chef neuerdings Schluß zu machen. Dann trug er dem Gehilfen noch ein halbes Dutzend weiterer Häuser auf und empfahl sich. Zum Waschen erschien Schliebitz dann später bei ihm, wobei er auch den Anteil an den kassierten Gebühren ablieferte, der dem Chef zustand. Für gewöhnlich gab es noch etwas zu essen, und dann machte Schliebitz sich auf ins Ghetto.

»Scher dich nach Hause!« ulkte Latta zurück. »Alina weint sich die Augen aus!«

Schliebitz ließ sich nicht stören. Es war sein letzter Schornstein für heute, und er leistete ganze Arbeit. Die Freunde würden nicht weglaufen, wie es aussah. Das da war das Haus ihres Kumpans Walentek, und man brauchte kein Hellseher zu sein, um zu ahnen, daß sie auf den warteten, um von seiner Verpflegung zu profitieren. Also beendete Schliebitz in aller Ruhe, was er angefangen hatte, dann stieg er auf den Boden zurück und rief im Haus nach der Besitzerin, einer noch ziemlich jungen Polin, etwas zu üppig für Schliebitz' Geschmack, aber durchaus von der Art Frauen, an der man nicht gerade absichtlich vorbeisieht. Zumal sie sogar die deutsche Sprache leidlich beherrschte. So meldete sie sich jetzt auch aus dem Garten, in dem sie ein verunkrautetes Beet nach Erdbeeren durchforscht hatte.

»Macht zwanzig Zloty«, verkündete Schliebitz. Sie kassierten immer noch bei den Hausbewohnern, obwohl sie von der neuen Obrigkeit, die im Grunde nur eine Abteilung der Miliz war, eine monatliche Bezahlung bekamen. Die junge Frau kramte in ihrer Schürzentasche.

»Da haben Sie nun aber mindestens ein halbes Jahr die Sicherheit, daß es keinen Schornsteinbrand gibt, und der Zug ist auch gewährleistet ...« Schliebitz sagte, wie stets, sein Sprüchlein auf, das der Meister Milewski ihm eingepaukt hatte und das nötig war, um die Kunden zu überzeugen, daß sie lediglich zu ihrem eigenen Vorteil ihr Geld ausgaben.

Die Frau blickte, als sie Schliebitz schließlich zwei zerknautschte Zehn-Zloty-Noten hinhielt, nicht ihn an, ihr Blick hing viel mehr an den beiden Fremden im Garten des Sierzanten Walentek, bis sie schließlich, immer noch ohne sich um Schliebitz zu kümmern, krähte: »He, kommt her! Seid ihr Jako und Ossi? Oder brauche ich eine Brille?«

Schliebitz steckte schnell das Geld ein. Mit einer galanten Handbewegung versicherte er ihr: »Schöne Frau, Sie brauchen keinesfalls eine Brille – es sind die beiden!«

Die Polin warf ihm einen kurzen Blick aus ihren wassergrauen Augen zu, als sei sie überrascht, daß er die beiden kannte. Dann ging sie an ihm vorbei aus dem Gartentor und betrat das Nachbargrundstück. Sie blieb überrascht stehen, während sich die beiden Jungen ihr näherten, und dann warf sie sich Hirschke an den Hals, der die Arme ausbreitete und sie an sich drückte.

»He, Dicke«, lachte er. Klopfte ihr auf den Hintern.

Sie bog den blonden Wuschelkopf ein wenig zurück und fauchte ihn in gespieltem Zorn an: »Sag noch einmal Dicke zu mir, und ich verrate den Leuten, wo du ein Muttermal hast!«

Latta war grinsend nähergetreten. Jetzt sagte er: »Das wissen wir, seit der Musterung. Rechts vom Pimmel, am Oberschenkel. Sei gegrüßt, Marlena!«

»Jako!« Sie umarmte ihn ebenfalls. Schliebitz stand hüstelnd daneben und machte große Augen, bis die Polin das merkte und ihn ansprach: »Was guckst du so lila, kleiner Kaminkehrer? Die beiden kenne ich schon, da warst du vermutlich noch Hitlerjunge!«

»Hitlerjunge war er nicht«, baute Hirschke vor. »Er gehört zu uns. Er war Nonne.«

Sie lachte laut und übermütig. »Derselbe alte Komiker wie früher! Haben sie dir im Krieg nicht ein paar Zähne gezogen?«

»Ein paar schon«, gestand Hirschke.

Sie stand zwischen den beiden Jungen und berührte ihre Arme, Hände, sah immer wieder abwechselnd in ihre Gesichter, bis sie schließlich sagte: »Es war lausig einsam auf dem Bahnhof, nachdem sie euch zu den flatternden Fahnen geholt hatten. Gut daß ihr es überstanden habt ...«

»Du auch«, bemerkte Latta. »Hättest ebensogut vor die Hunde gehen können, als der Zirkus hier losging.«

Sie schüttelte den Kopf. »War nur eine heiße Woche. Dann kamen die Russen.«

»Und?«

»Und was?«

»Kreuzlage für die Sieger?« Latta grinste vorsichtshalber nicht, als er das sagte. Aber das Mädchen nahm es gelassen, winkte ab. »Aah, die haben mich nicht angerührt, die Scheißer. Polnisches Mädchen legt sich nur aufs Kreuz, wenn es Lust hat. Stimmts, Ossi?«

Der nickte verlegen. Die Polin fuhr belustigt fort: »Denen hätte ich die ... na ja, jedenfalls hätte ich sie ihnen abgerissen!« Sie warf einen Seitenblick auf Schliebitz. So als wäre zu bedenken, daß er ja ein Fremder sei. Doch Schliebitz, den es schon nicht mehr überraschte, wenn seine beiden Freunde hier in ihrer Heimatstadt laufend auf alte Bekannte stießen, sagte gelassen: »Gnädiges Fräulein, wetten, daß ich weiß, was Sie denen abgebissen hätten? Ich habe Abitur!«

»Abgerissen habe ich gesagt!« Sie wandte sich an Hirschke: »Wo habt ihr den bloß her?« Der erzählte es ihr lachend.

Latta teilte währenddessen Schliebitz mit, es handle sich bei Marlena um ein polnisches Mädchen aus irgendeinem Nest hinter Krakau. Sie war dienstverpflichtet gewesen, als sogenannte »Ausländische Arbeiterin«, und hatte auf dem Neuhofer Bahnhof die Fußböden gescheuert, einschließlich der Toiletten, die Bahnsteige gekehrt, zweimal im Monat auch die Halle des Güterbahnhofs, sowie die Ladestraße, und außerdem habe sie in der Gastwirtschaft des Bahnhofs Gläser gespült. Abends habe sie in eine Lagerunterkunft einziehen müssen. Hunger habe sie schon gehabt, natürlich, aber als sie auf dem Bahnhof zu sowas wie einer täglichen Erscheinung geworden war, hätten sich dann trotz offizieller Verbote eben täglich Frühstücksbrote angefunden, ab und zu Obst aus einem Schrebergarten oder ein Stück Speck von einem, der geschlachtet hatte. Selbst der Bahnhofswirt hatte sich nicht lumpen lassen.

»Und niemand hat euch verpetzt?«

»Kuli«, erläuterte ihm Latta geduldig, »sowas machte man nicht so, daß es jeder sah. Man kannte seine Leute und wußte, wer dicht hielt und wer nicht.«

»Bei uns haben sie wegen sowas Leute eingesperrt.«

»Bei uns auch. Bloß – hier lief das doch etwas anders. Uns konnten sie über die Polen viel erzählen – wir kannten sie von Kind auf. Da half man sich. Trotz Krieg. Und da rede ich von Leuten, wie Ossi und ich es waren. Aber andere auch. Nicht die Parteibonzen, die haben Polen grundsätzlich so behandelt, wie die jetzt uns behandeln.«

»Sind eben auch nicht alle von denen«, wendete Schliebitz ein. Latta gab ihm recht. Aber er ermahnte ihn: »Mach darüber keine Bemerkung zu Marlena. Das verdient sie nicht. Sie ist ein gutes Mädchen.«

»Und sie hat eine Villa mit einwandfreiem Schornstein!«

»Weißt du«, sagte Latta, »wir beide haben sie einfach anständig behandelt, mehr nicht. Oder doch. Ossi traf sich manchmal in einem leeren Güterwaggon mit ihr. Sie war allein. Da braucht man manchmal weiter nichts als einen Menschen, mit dem man reden kann. Oder bißchen Liebe. Benimm dich anständig zu ihr …«

Marlena war auf die Unterhaltung der beiden aufmerksam geworden. Jetzt fragte sie dazwischen: »Was habt ihr da zu flüstern? Geht es um mich?«

Latta zog die Sache ins Komische: »Mädchen, diesem schwarz gefärbten Abiturienten muß man gelegentlich sagen, auf welchem Bahnsteig der Zug ankommt. Wie ist es dir ergangen, die ganze Zeit?«

Schliebitz wollte sich verabschieden, aber da erschien plötzlich Anton Walentek, und nachdem er die erste Überraschung verdaut hatte, entschied er kurzerhand, es wäre eine Feier fällig. Schliebitz befahl er: »Du gehst in meine Waschküche, im Keller, da ist Wasser. In dem grünen Eimer ist Schmierseife. Was nicht abgeht, bleibt dran. Und du bleibst hier. Ißt mit uns. Trinkst. Klar?«

»Jawohl, Herr Sierzant!« machte Schliebitz sich lustig. Alina würde sich denken können, daß er mit den beiden anderen unterwegs war. Er tippte an die Krempe des Zylinders, die er auf dem Kopf trug. Der Hut selbst war ihm abhanden gekommen. Marlena schob ihn ins Haus und rief ihm nach, er solle sich beeilen, sie werde Bratkartoffeln mit Spiegeleiern machen, und das ginge ziemlich schnell.

»Kuchen gibts auch!« hörte er sie rufen, als er schon in der Tür war.

Latta und Hirschke lachten laut, als wäre das besonders lustig. Aber was es damit auf sich hatte, erfuhr Schliebitz erst viel später, als seine beiden Freunde ihn aufklärten, wie das damals mit Marlena gewesen war, als sie noch den handtellergroßen quadratischen Lappen mit dem »P« auf der Brust tragen mußte, zum Zeichen ihrer Nationalität.

Satans linke Hand

Als das Mädchen auf dem Bahnhof erschien, beachtete sie kaum jemand. Sie kam mit einem Transport von sogenannten Ostarbeitern, die das gelbe »P« trugen. Während die anderen zu den Textilfabriken gebracht wurden, wo sie in Baracken einzogen und in der Weberei arbeiteten, blieb Marlena Chrobok auf dem Bahnhof zurück, bis der Personalbeauftragte sie an der Ladestraße, wo sie aus dem Güterwaggon ausgestiegen war, in Empfang nahm und ihr eröffnete, sie wäre ab sofort die Scheuerfrau des Bahnhofs. Er führte sie zu einer Baracke, in der schon ein Dutzend weiterer Polinnen hauste, auch ein paar Männer bewohnten einen Raum hier, sie alle waren beim Be- und Entladen von Waggons tätig. Hier bekam Marlena eine Schlafstelle mit Strohsack zugewiesen, empfing eine Waschschüssel, Decke sowie ihr Arbeitsgerät, das aus Besen, Schrubbern, Lappen, Eimern und Schmierseife bestand, und zum Schluß erfuhr sie noch, daß sie nach der Arbeit stets in ihrer Unterkunft zu sein hätte, mit Ausnahme der vom Bahnhofsvorsteher genehmigten Ausgänge, bei denen sie deutlich sichtbar das »P« zu tragen hätte.

Marlena Chrobok gab sich Mühe, bei der Einweisung ein einigermaßen freundliches Gesicht zu machen. Sie war siebzehn, eine dralle, blonde Person, kräftig und gut gewachsen, und sie hatte alle acht Klassen der Schule mit guten Noten durchgestanden. Seitdem die Deutschen Mogila erobert hatten, den kleinen Ort, östlich von Krakau, war Marlenas Leben in die Veränderungen der Zeit geraten. Der Vater, Wachtmeister der polnischen Armee, der seine Familie in einem geerbten Haus in Mogila unter-

276

brachte, während er sich bei den verschiedenen Einheiten der Armee aufhielt, kehrte nach den fatalen achtzehn Kriegstagen gegen die Deutschen nicht zurück, blieb verschwunden.

Die Mutter war am zweiten Kriegstag von den Deckenbalken des unter Beschuß einstürzenden Hauses erschlagen worden. Marlena half gegen Essen und Quartier in einer der drei Gaststätten Mogilas bei der Küchenarbeit. Bis dann, als das Gebiet schon längst von den Deutschen den klangvollen Namen Generalgouvernement erhalten hatte, und eine deutsche Verwaltung, die vor allem an Rohstoffen und Arbeitskräften interessiert war, die Rekrutierung begann.

Um der Sache das nötige Gewicht zu geben und außerdem die höheren Befehle zu erfüllen, wurden zunächst Juden und Gebildete mit unbekanntem Ziel abtransportiert. Eine nicht unbeträchtliche Zahl von ihnen wurde auch kurzerhand erschossen, man fackelte nicht lange, wenn jemand sein Gepäck nicht tragen konnte oder einen anderen Defekt aufwies.

Die Hilfsgendarmen der Deutschen fingen danach zunächst ein Dutzend junge Frauen ein und erklärten, sie hätten sich vor der Arbeit für das Reich drücken wollen, man habe sie deshalb zur Erziehung in ein Lager geschickt. Das genügte Marlena als Warnung. Sie beschloß, der Rekrutierung zu einer sogenannten Hundearbeit zuvorzukommen, indem sie sich in einem Vermittlungsbüro meldete, wo man ihr prompt eröffnete, die Deutsche Reichsbahn suche genau ihren Typ. Als Scheuerfrau.

»Es gibt auch Geld«, teilte ihr der Personalbeauftragte in Neuhof mit, nachdem er sie eingewiesen hatte. »Zwanzig Mark Taschengeld pro Monat.«

Und etwas leiser fügte er hinzu: »Übrigens – der Wirt der Bahnhofsgaststätte legt was drauf, wenn du bei ihm den Schankraum und die Küche putzt. Kannst gleich vorbeigehen und die Sache mit ihm aushandeln …«

So verdiente Marlena etwas mehr als zwanzig deutsche Mark. Am Morgen bekam sie im Quartier Brot und Gerstenkaffee, am Abend auch. Mittagessen fiel in der Küche des Bahnhofswirts ab. Keine Schnitzel oder Omeletten mit Konfitüre, aber immerhin Kartoffeln mit Einheitssoße und Gemüse, Eintopf manchmal, Makkaroni oder eine andere, aus dem verbündeten Italien hereingenommene Speise, die wie aufgequollene Weizenkörner aussah, aber ganz angenehm schmeckte. Gelegentlich war sogar Fleisch dabei. Hunger litt sie nicht, wenngleich sie ihr Essen stets für sich allein, in einer Ecke, verzehren mußte, denn es war verboten, Polen an einen deutschen Tisch zu bitten. Marlena hatte nach ihren Erfahrungen im Heimatort Mogila ohnehin keine Illusionen gehabt, was ihren Status in Deutschland betraf.

Auf dem Bahnhof war sie bald bekannt, ein gut gewachsenes Mädchen pflegten die Eisenbahner nicht zu übersehen. Mancher steckte ihr gelegentlich ein Wurstbrot zu, wenn sie in seiner Nähe schrubbte. Arbeitskleidung stellte die Reichsbahn. Also waren die wichtigsten Dinge des Lebens für Marlena gesichert, und sie hatte der Zwangsverpflichtung in einen Rüstungsbetrieb entgehen können.

Wer den Krieg letztlich gewinnen würde, darüber machte sie sich keine Gedanken. Marlena Chrobok war zwar Polin, aber sie verspürte kein Bedürfnis, Widerstand gegen die Deutschen zu leisten – sie wollte leben, nicht als unbekannte Patriotin sterben. Der Groll über die Deutschen, die Polen nach der Eroberung zu einer Art Kolonie machten, war nichtsdestotrotz in ihr. Sie wußte auch von den Kommandos, die immer wieder in Mogila aufgetaucht waren, um Leute zu fangen und zu erschießen. Es waren vorwiegend Lehrer und Beamte gewesen, Anwälte manchmal, Leute, die die Deutschen bei ihren ersten Aktionen übersehen hatten. Als Marlena Mogila verließ, gab es dort kaum noch Gebildete. Und über die Juden hatte sich herumgesprochen, sie würden irgendwo in einer Art riesiger

Fabrik getötet und zu Düngemitteln und Seife verarbeitet. Gewiß, das klang unglaubhaft, aber es gewann an Wahrscheinlichkeit, weil nie auch nur einer von den Abtransportierten zurückkehrte.

Im ersten Jahr nach dem Einmarsch der Deutschen waren Freundinnen an Marlena herangetreten. Ob sie bereit wäre, mit ihnen in den Untergrund zu gehen. Reste der Armee hatten sich in die dichten Wälder im Südosten geflüchtet und wollten von geheimen Lagern aus in kleinen Gruppen weiter Krieg gegen die Deutschen führen. Es würde Verletzte geben, sie zu pflegen, wären junge, resolute Mädchen erforderlich. Marlena erbat sich Bedenkzeit. Einerseits wäre sie gern zu einer solchen Gemeinschaft gestoßen, weil sie das Leben ganz allein nur mit Mühe meisterte. Aber schließlich fürchtete sie doch die Entbehrungen im Wald, die Gefahren. Sie sagte nein. Ihre beste Freundin, die sich an sie gewandt hatte, zuckte bedauernd die Schultern und meinte: »Gut, wenn du lieber Sklave sein willst …«

Marlena fühlte sich in Neuhof eigentlich nicht so recht als Sklavin. Früher hatte sie Küchen, Flure und Zimmer geschrubbt, und jetzt schrubbte sie einen Bahnhof, das machte nicht viel Unterschied. Und die Deutschen? Es gab die Verhaltensregeln, die Ausgehverbote, die Kasernierung in der Wohnbaracke, die von einem alten, zahnlosen Landsturmmann bewacht wurde, bei dem die Mädchen ernsthafte Zweifel hatten, ob er das Gewehr, das er über der Schulter trug, überhaupt abfeuern konnte. Immerhin aber wurde sie nicht geprügelt, es gab keine unmittelbare Gefahr für Leib und Leben. Manchmal lobte einer der Eisenbahner die Sauberkeit, die nun auf den Bahnsteigen herrschte, oder der Bahnhofswirt Urban klopfte einem im Vorbeigehen auf den Hintern, wobei er nie vergaß, dieses Körperteil ausdrücklich zu loben. Weiß der Teufel, selbst wenn ein Parteibonze oder der Fahrdienstleiter in der Nähte war, traute er sich das. Wenn man sah, wie Marlena sich mit ihrem neuen Schicksal abfand, ohne zunächst auf

Rache zu sinnen, konnte man zu der Annahme gelangen, polnische junge Mädchen hätten geradezu darauf gewartet, daß die Deutschen sie zum Scheuern ihrer Bahnhöfe ins Dritte Reich holten.

Aber da gab es solche Kerle wie Hirschke unter den deutschen Eisenbahnern, die den Krieg, und alles, was es darum herum noch gab, gern ignorierten, jedenfalls solange es möglich war. Die sich einen Dreck um die Vorschrift scherten, als Deutscher habe man mit den »P«-Leuten privat nicht zu sprechen. Sie waren, als es das »P« noch gar nicht gab, mit Polen zusammen aufgewachsen, hatten Lakritzstangen mit ihnen geteilt oder sich in der Schulpause geprügelt, wie es eben gerade kam. Sie hatten nicht das, was man Berührungsangst nennen konnte. Aber sie verlagerten Berührungen auch nicht auf die Ebene der Hinternklopferei wie der alte Urban. Der gehörte einer Generation an, die noch am Annaberg mit der Flinte dafür gekämpft hatte, daß Oberschlesien da deutsch blieb, wo es deutsch war – eine andere Generation eben. Nein, Hirschke etwa, oder sein Freund Latta, wenn die aus dem Schwellenlager kamen, von der Sonne geröstet, verstaubt, mit rissigen, verölten Händen, wenn sie beim Urban ihr Bier tranken, machte schon einmal einer einen Scherz mit Marlena. Ohne ihr auf den Hintern zu klopfen, obwohl sie das vermutlich bei den Jungen nicht einmal sonderlich übelgenommen hätte. Man hielt ihr eine Zigarette hin. Ein Bonbon. Keine milden Gaben, eher Selbstverständlichkeiten, wie sie unter Leuten üblich sind, die sich ohne Hintergedanken begegnen.

Wenn die Jungen davon sprachen, daß man sie nun auch bald zum Krieg einberufen würde, und Marlena überhörte das, während sie den Wartesaal wischte, wenn sie manchmal so die beiden kräftigen Gestalten da stehen sah, mit den Biergläsern in der Hand, und hinter der Theke den alten, kahlköpfigen Urban, die Hand am Zapfhahn, dann dachte sie, eigentlich sollten sie solche wie den Urban in

280

den Krieg schicken und die Jungen hierlassen, mit denen könnte man leben. Ein wenig machte sich Marlena Chrobok schon in Gedanken die Welt zurecht, so wie sie sie gern gehabt hätte.

Und da war Hirschke, den sie alle Ossi riefen, selbst der Bahnhofsvorsteher sprach ihn so an, weil er ihn schon als Kind gekannt hatte. Sohn vom Stellwerkswärter Hirschke. Aufgeweckter, unternehmungslustiger Bursche, der oft an der Ladestraße stand, wenn die Rangierlok die auszuladenden Waggons anschob. Oder auf der Eisenbrücke, die über alle Bahngeleise hinwegführte und von der aus man die Züge schon von weitem erkennen konnte, lange bevor sie das Einfahrtssignal passierten. Ebenso wie man sie langsam in der Ferne untertauchen sah, wenn sie den Bahnhof südwärts verließen. Wenn der Umriß des letzten Wagens immer mehr schrumpfte, bis er sich in der flimmernden Luft des Sommers endlich auflöste, oder bis das Schneegestöber eines frühen Winters ihn gleichsam wegwischte.

Fernweh hatte Hirschke manchmal als Jungen auf die Brücke getrieben. Die Bahner kannten ihn. Wie sie den Alten kannten. Und wenn Ossi Hirschke jetzt nach Feierabend beim Bahnhofswirt die scheuernde Marlena fragte, woher sie käme, fand keiner der Umstehenden, daß er damit den Endsieg Großdeutschlands gefährdete.

Das Mädchen hatte Ossi Hirschke von der ersten Begegnung an gemocht. Und er hatte es gespürt. Es gab strenge Vorschriften über den Verkehr mit polnischen Arbeiterinnen, aber Hirschke scherte sich einen Teufel darum, obgleich er sich nach außen hin so verhielt, daß er keinen Anlaß für eine Anzeige lieferte. Spitzel gab es immer. Das hatte er aus dem Krach in der Schule gelernt. Und daß man gewisse Dinge einfach tut, ohne darüber zu reden, ohne um Erlaubnis zu fragen. Oder wäre man etwa um eine Genehmigung eingekommen, bevor man zu Weihnachten eine Gans aus Polen herbeischmuggelte?

Also gab er Marlena bei Gelegenheit zu verstehen, daß sie ihm ebenfalls gefiel, und am Anfang ahnte nicht einmal Jakob Latta etwas davon. Andere erfuhren es nie.

Es war nicht das, was man die große Liebe hätte nennen können. Eher eine heftige Bettgeschichte, nur daß sie sich eben nicht in Betten abspielte, sondern entweder in der Lampenkammer eines Stellwerks, auf dem Transportstroh in einem abgestellten Güterwagen, hinter einem Holunderbusch, am Ende des Bahnhofsgeländes, wo das Nebengeleis zum Schwellenlager abzweigte.

Es begann damit, daß einem der biertrinkenden Streckenleute in der Bahnhofswirtschaft das Schild auf Urbans Theke auffiel, das bestimmte »AN JUDEN UND POLEN WIRD KEIN KUCHEN VERKAUFT«. Marlena wischte gerade den Fußboden. Der Gleisbauer von der Strecke, der vor einer Stunde seinen Lohn empfangen hatte, sah ihr zu. Er war guter Laune. Spendierfreudig hatte er bereits für seine Freunde eine Runde Bier bezahlt. Jetzt erkundigte er sich bei Marlena: »Kuchen … magst du?«

Sie mochte, aber sie durfte keinen kaufen. Abgesehen davon, daß sie keine Brotmarken hatte. Aber – sie aß für ihr Leben gern Kuchen, und sie sagte es.

Der Gleisbauer von der Strecke hatte keine Brotmarken bei sich. Hirschke hatte welche. Er polkte sie aus der Tasche und klaubte soviele davon zusammen, daß es für eine Mohnschnecke und einen Amerikaner reichte. Der Gleisbauer bezahlte. Und da er in bierseliger Stimmung war, warnte er den Bahnhofswirt gutmütig: »Dreh das Schild um! Und wenn du ein Wort petzt, klemme ich deine Eier in eine Weiche.«

Was als Bierlaune begann, machte Hirschke zur Gewohnheit. Nachdem er von Marlena gehört hatte, wie sehr sie in Deutschland ab und zu ein Stück Kuchen vermißte, sorgte er stillschweigend dafür, daß sie damit versorgt wurde. In diesem Teil Deutschlands gab es viel Landwirtschaft. Nahrungsmittel waren hier bei weitem nicht so rar, wie etwa in

Mitteldeutschland oder in den großen Industriebezirken des Westens. So behielt Hirschke regelmäßig genug Brotmarken, auch welche für Zucker übrig, um Marlena damit zu versorgen. Und nachdem Latta die Sache gerochen hatte, beteiligte er sich. Keiner empfand das etwa als Hilfeleistung – es war eine jener Selbstverständlichkeiten, über die man nicht weiter sprach. Die Antwort auf das idiotische Schild mit dem Verbot, das auf jeder Theke, in jedem Bäckerladen aufgestellt worden war.

Wenn Latta manchmal eine Handvoll Marken anbrachte, und wenn er den Kuchen auch noch kaufen mußte, weil es Marlena nicht erlaubt war, das selbst zu tun, zog er sie auf: »Mädchen, friß nicht so eine Menge Süßes, du nimmst zu, und wenn sie dich mal nach Hause gehen lassen, mußt du den angefressenen Speck hier zurücklassen!«

Sibylle erschien in Hirschkes Leben. Es war Liebe. Marlena sah die beiden aus der Entfernung, ohne neidisch zu sein. Es wäre nicht ihre Art gewesen. Hirschke steckte ihr weiter Kuchen zu, ab und an brachte er Obst mit, oder er trieb einen Fetzen Kattun auf, aus dem sie sich eine Bluse nähte. Sie blieben Freunde, obwohl die impulsiven, ungestümen Treffen in den leeren Güterwaggons oder in der Lampenkammer vorbei waren.

Marlena nahm es gelassen. Sie war klug genug zu wissen, daß sie im Gegensatz zu den meisten ihrer Landsleute, die unter der Besatzung litten, Glück gehabt hatte. Glück muß man genießen, solange es anhält, sagte sie sich.

Nun gab es nicht nur das Berührungsverbot von deutscher Seite, auch die eigenen Landsleute hatten sehr viel dagegen, wenn eine Polin sich in dieser Zeit mit einem Deutschen einließ. Eine Art politisch motivierter Eifersucht, die ohnehin schlechte Beziehungen, die der Krieg geschaffen hatte, weiter zersetzte.

Als Hirschke zum Militär einrückte, merkte es Marlena nicht einmal, sie erfuhr es erst Tage später in der Bahnhofswirtschaft.

Sie hatte nicht geglaubt, ihn wiederzusehen. Aber es ergab sich nach dem Einzug der Russen für sie die Gelegenheit, in der Stadt zu bleiben, und so war es eine angenehme Überraschung für sie gewesen, daß an dem Tag, als der Kaminkehrer dagewesen war, Ossi Hirschke auftauchte.

Als er jetzt, einige Tage danach, bei ihr lag, am frühen Abend im Schlafzimmer der Villa, die sie bewohnte, dachte sie über die Vergangenheit zwar auch nach, aber viel mehr beschäftigte sie die Zukunft. Hirschke war nach einer Stunde, in der jeder der beiden mit dem Körper des anderen Wiedersehen feierte, erschöpft eingeschlafen.

Sie lagen in einem einigermaßen sauberen, mit Leinen bezogenen Ehebett, es gab sogar Kissen, wenngleich keine Zudecken – die hatten die Russen zerschlitzt und die Federn vom Wind wegblasen lassen, bevor Marlena sie von diesem kindischen Spiel hatte abbringen können. So zog sie ihrem deutschen Liebhaber eine Decke über die Schultern. Die strahlte einen leichten Pferdegeruch aus wie alles, was diese Kasachen mit ihren Panjewägelchen und den kleinen, flinken Pferdchen auch nur für ein paar Stunden in Besitz genommen hatten. Doch – was war schon der Geruch nach Pferdeschweiß in einer Zeit, in der man sich entweder am Fluß wusch oder gar nicht!

Ossi ist anders geworden, dachte das Mädchen. Aus dem, was der alte Urban nicht selten einen Hallodri genannt hatte, war ein seltsam besonnen wirkender Mann geworden. Nachdenklich. Und nicht mehr lustig. Nicht zu den tausend Clownereien aufgelegt, an denen sie ihre Freude gehabt hatte. Eine ganz besondere Freude, weil Hirschke nicht, wie andere, Polen über die Schulter ansah. Nein, er trieb seine Scherze mit ihr ebenso wie mit den Fahrkartenmädchen oder der Kellnerin Urbans, er bezog sie ein, und das tat gut in dieser Zeit, in der man einen gelben Lappen auf der Bluse tragen mußte, am Abend in der Baracke zu verschwinden hatte und in keiner Bäckerei bedient wurde, selbst wenn man ein paar Brotmarken ergaunert hatte.

Untermenschen, das war ein Wort, das für die von Deutschland Besiegten geprägt worden war und was nicht wenige Leute damals wie selbstverständlich im Munde führten. –

»Träumst du von besseren Zeiten?« fragte er plötzlich neben ihr.

Sie drehte sich zur Seite und sah ihn an. Er hatte die Augen geschlossen, aber er war wach.

»Du guckst mit den Ohren, wie?«

Er verzog die Mundwinkel. »Gar nicht so falsch. Daran, wie einer atmet, merkt man, ob er wirklich schläft oder ob er nur so tut.«

»Die besseren Zeiten«, sagte sie, »scheinen angebrochen. Du bist wieder da.«

»Aber es gibt keinen Kuchen.«

»Ich backe ihn bald selbst. Mehl habe ich, Zucker auch, und Butter bekomme ich. Dieser Bonze, der hier gewohnt hat, hinterließ zwar keine Million, aber einen vernünftigen Küchenherd mit Backröhre. Morgen gibts Erdbeerkuchen. Im Garten sind noch welche zu finden …«

Er ließ sie eine Weile erzählen, wie sie den Erdbeerkuchen machen würde. Dann, als sie schwieg, sagte er gleichmütig: »Der Bonze, der hier gewohnt hat, war der Hauptlehrer Karwath. Hat einer Legion solcher Kerle wie mir das Lesen beigebracht. Und das Denken.«

»Jetzt gehört das Haus mir. Ich habe es auf der Miliz schon eintragen lassen. Dein Hauptlehrer ist vermutlich in Bayern und raucht amerikanische Zigaretten, die so schön riechen.«

Er bewegte leicht den Kopf. Mit dem Blick zur Zimmerdecke sagte er: »Der ist Nichtraucher. Ist auch nicht in Bayern. Lebt in der Fischerstraße. Ulitza Rybak. Im Haus nebenan kampiere ich. Vierzehn Leute leben in der Bude mit Karwath zusammen. Ohne Möbel. Löffeln Kartoffelsuppe, wenn sie dort welche kochen, in der Notküche bei Alina. Warst du schon mal im Ghetto?«

»Die Deutschen haben bei uns zu Hause die Leute in Ghettos gesperrt, jetzt geht das eben umgekehrt. Wer ist Alina?«

»Zigeunerin. Aus einem Transport von Auschwitz getürmt.«

»Deine Freundin?« Sie fragte beherrscht, aber das Mißtrauen war herauszuhören.

Er schilderte ihr, wie Kuli Schliebitz in das Minenfeld gekrochen war, um Alina herauszuholen, und er klärte sie auf, daß die beiden zusammenlebten.

»Der Schornsteinfeger?«

»Der, ja.«

»Und du? Lebst mit niemandem?«

»Mit niemandem.« Er wollte nicht über Sibylle sprechen, aber sie fragte ahnungslos nach ihr, und als er ihr mitteilte, sie sei von einer Explosion in der Krappitzer Muna in Stücke gerissen worden, murmelte sie eine ehrlich klingende Entschuldigung. Es habe damals das Gerücht von der Explosion gegeben, aber mehr nicht. Es täte ihr leid, sagte sie.

»Laß nur. Vielleicht ist es ganz gut so. Sonst wäre sie jetzt auch in diesem Ghetto. Und sie hätte Angst vor jedem Mann, der sie auch nur im Vorbeigehen ansieht. Wie die eine alte Tante in unserem Zimmer, nach ihren zweiundsiebzig Russen. Oder dreiundsiebzig, der Teufel soll da mitzählen …«

Danach war es längere Zeit still. Bis Marlena sich auf die Ellbogen stützte und über ihn beugte. Er hatte ihre vollen Brüste vor dem Gesicht, und er küßte sie, wie er das nicht selten getan hate, damals in der hungrigen Zeit, in den Waggons. Wie lange lag das zurück?

»Du hast dich auch verändert«, sagte er. »Hast du eine Arbeit in der Stadt?«

»Noch ist es Arbeit, ja. Dreck wegräumen, Wände reparieren, Stühle und Tische zusammensuchen. Aber wenn alles klappt, wird es einmal ein gutes Auskommen sein …«

»Machst einen Laden auf?«

»Café. In der Neuen Straße.«

»Swoboda?«

286

»So hieß das mal, ja. Klingt tschechisch, wie?«

»Weiß der Teufel. Café Swing.« Er lächelte. »Da haben wir manchmal getanzt. Verbotenerweise. Die Musik war auch verboten. Und wenn die Streife der Hitlerjugend uns erwischte, haben wir uns mit Kasok und seinen Tranlampen geprügelt. Wirst Gastwirtin, soso …«

»Wer ist Kasok?«

Er streichelte ihre Brüste. »Wir haben ihn auf dem Handwagen zum Friedhof gefahren und begraben. Jako und ich besorgen früh, vor der Arbeit, die Entfernung der Toten aus dem Ghetto, mußt du wissen. Hygiene. War wohl in Polen in den Ghettos ähnlich geregelt, oder?«

Sie rollte sich von ihm weg, auf den Rücken. Stöhnte: »Jesus, was für eine Zeit!«

Sie kroch aus dem Bett und holte Zigaretten. Als sie rauchten, sah sie ihn ernst an und fragte: »Ossi, warum vergessen wir das nicht alles? Warum fangen wir nicht von vorn an? Kümmern uns einen Dreck um die Welt und ihre Verrücktheit. Du bist bei mir. Wir machen das Café auf. Leben. Wir werden Kinder haben. Mit der Zeit wird alles blaß werden, was uns jetzt schwer ist. Erinnerung. Sag ja, und wir zwei allein sind die Welt … Warum nicht?«

Er streckte die Hände nach ihr aus. Zog sie über sich. Sie liebten sich wieder. Er vermeinte, eine geradezu verzweifelte Intensität zu spüren, die von ihr ausging. Und er ergab sich dem Augenblick. Bis die Lust sie beide erlöste, wieder sehend machte, hörend, denkend.

Es war spät geworden. Er hatte Hunger bekommen, aber er traute sich nicht, etwas zu verlangen. Schämte sich. Er zog sie an sich, als er den Schlaf nahen spürte. Dämmerte hinüber ins Nirgendwo, den Geruch ihrer Haut in der Nase. Als er aufwachte, roch er gebratenen Speck. Eier. Sie war vor ihm herausgekrochen, hatte Frühstück zubereitet. Sie hatte auch Wasser für ihn bereitgestellt, hielt ihm ein Handtuch hin. Küßte ihn fast verschämt. Er sah nach der Sonne. Der Starost würde schon da sein. Aber er hatte zum

Glück nicht die Angewohnheit, zu sehr auf Pünktlichkeit zu achten, trotz seiner beinahe preußisch anmutenden Korrektheit.

»Hast du es dir überlegt?« wollte Marlena wissen, während sie aßen. Es war nicht drängend gefragt, eher etwas nebenhin. Und doch spürte Hirschke ihre Gespanntheit. Er beschloß, sie nicht im Zweifel zu lassen.

»Ich habe geschlafen«, gab er zurück. »Aber ich habe auch überlegt. Bevor ich einschlief. Nicht zum ersten Mal. Wirst du mich verstehen, wenn ich dir die Wahrheit sage?«

»Ich habe dich immer verstanden, oder?«

»Dann vergiß mich.«

Sie lächelte, aber es steckte keine Heiterkeit in diesem Lächeln. »Das werde ich wohl nicht können.«

»Es wird besser sein, wenn du es trotzdem versuchst. Wir sind sozusagen alte Vertraute, wir sollten uns nicht belügen. Marlena. Ich möchte, wenn ich überhaupt etwas möchte, als Deutscher leben. Freier Mann sein. Wie du endlich wieder freie Polin bist. Ich will kein Geduldeter sein. Nicht einmal so, wie man vor langer Zeit, damals, als die Welt noch in Ordnung war, in Polen den deutschen Ehemann einer Polin wohlwollend duldete. Oder bevor Hitler kam, die polnische Frau eines Deutschen. Wir haben die Misere, in der wir heute sind, nicht verhindern können, selbst wenn wir allen Mut dafür aufwenden würden – rückgängig ist auch nichts zu machen, von Deutschen nicht, auch nicht von Polen. Ich muß mich mit Vernunft entscheiden. Das Herz hat zu akzeptieren, auch wenn es bitter ist. Wirst du das eines Tages begreifen?«

Sie wich seinem Blick nicht aus. Sagte schließlich: »Ossi Hirschke, ich bin gespalten. Einerseits möchte ich dir am liebsten raten, ganz schnell aus meinem Haus zu verschwinden. Aus dem Haus deines Lehrers. Aber andererseits besitze ich Vernunft genug, um zu begreifen, was dich bewegt. Werden wir Freunde sein, wenn wir uns jemals wieder begegnen?«

Er trank den Tee, den sie gebrüht hatte. Ließ sich Zeit, bis er die Tasse absetzte, und sagte dann: »Wir werden Freunde sein wie vorher, Marlena. Wir zwei, die wir schon vergessen hatten, daß wir aus verschiedenen Nationalitäten sind. Vielleicht wäre das alles nicht über uns gekommen, was uns jetzt drückt, wenn alle Leute an dieser verfluchten Grenze so ähnlich gehandelt hätten ...«

Sie brachte ihn zu dem schief in den Angeln hängenden Gartentor. Er forschte in ihrem Gesicht nach Tränen, aber sie weinte nicht. Gab ihm einen Klaps auf die Schulter und schärfte ihm ein: »Wenn du einen brauchst, der dir hilft, komm ...«

Am späten Vormittag setzte Latta im Schalterraum der Bank die letzte noch fehlende Scheibe eines Außenfensters ein. Pani Borsutzki hatte sie, da Latta kein Glas in der passenden Größe finden konnte, über die Miliz besorgen lassen. Latta verkittete sie mit einer Masse, die er selbst aus Ölfarbenresten und Weißkalk zusammengemischt hatte. In den Tagen zuvor hatte er den mehrmals grob gereinigten Fußboden gescheuert und dann mit Heizöl, das im Schuppen eines verlassenen Malergeschäftes herumstand, eingepinselt. Jetzt machte der Schalterraum den Eindruck, er sei neu gedielt worden. Schußlöcher an den Wänden hatte Latta verschmiert, die Theke poliert. Alles sah ordentlich aus im Rahmen der hier herrschenden Verhältnisse.

»Jetzt können die ersten Kunden kommen«, sagte er zu Pani Borsutzki, die sein Werk staunend begutachtete. »Der Tresor allerdings ist nicht mehr verschließbar, das Geld müßte anderswo aufbewahrt werden. Oder ein guter Schlosser mit Ausrüstung muß an die Tür ...«

Pani Borsutzki bezweifelte, daß dieser Schaden an der Tresortür sich überhaupt in absehbarer Zeit würde reparieren lassen. Was die Russen nur in der Stahlkammer vermutet hatten, daß sie sie mit einer Sprengladung demolierten? Geld? Wofür? Schmuck?

»Vielleicht das Suspensorium des Kreisleiters«, brummte Latta so leise, daß sie es nicht verstehen konnte. Er erinnerte sich an die Berge von Reichsmarkscheinen, die er in den ersten Tagen seiner Tätigkeit im Kassenraum zusammengefegt und auf den Müll gebracht hatte, zusammen mit dem Kot und den leeren Patronenhülsen, den Glasscherben und den Resten zerschlagenen Mobiliars.

»Wir werden noch warten müssen«, bemerkte Pani Borsutzki. Sie hatte sich erholt. Ihr Gesicht wies etwas Farbe auf. Aber sie schien eine neue Brille zu brauchen, denn immer öfter fiel Latta auf, daß sie ihr Gesicht ganz nahe an einen Gegenstand brachte, wenn sie ihn genauer erkennen wollte. Wo soll sie wohl diese dicken Gläser kaufen? dachte er. Gab es sie überhaupt in ganz Polen? Und konnte jemand eine Bank leiten, wenn er Schwierigkeiten hatte, Zahlen zu lesen?

»Warten Sie«, sagte er. »Ich werde wohl nicht mehr da sein, wenn die Bank öffnet.«

Sie war nicht überrascht. Latta deutete ihr nicht zum ersten Mal an, daß er die Stadt wahrscheinlich eines Tages verlassen würde.

Sie machte ihn aufmerksam: »Sie können immer noch die polnische Staatsangehörigkeit beantragen, das wissen Sie, Herr Latta. Ich würde mich dafür einsetzen, daß alles richtig geregelt wird. Wollen Sie es nicht doch überlegen? Die Arbeit hier ist Ihnen sicher ...«

Latta wollte ihr da nicht widersprechen. Aber er war in den letzten Wochen, wie Hirschke auch, immer mehr zu der Einsicht gekommen, daß er an einer Wendemarke seines Lebens stand. Er hatte zu wählen: Entweder die Heimat ohne Chancen, jemand, an dem jeder der neuen Herren seinen berechtigten oder nicht berechtigten Zorn auslassen konnte – oder der lange Weg dorthin, wo das Deutschland lag, das die Alliierten den Deutschen ließen und in dem es Gerechtigkeit geben würde, Arbeit, ein Zuhause wieder, an das man sich als erwachsener Mensch erst gewöhnen mußte, aber immerhin ...

Sie versuchte nicht weiter, ihn zu überreden. Zu oft hatte sie den Versuch gemacht, in der letzten Zeit aber immer mehr das Gefühl dabei gehabt, das, was sie ihm sagte, gar nicht mehr selbst vertreten zu können. Ein Deutscher ging wohl doch am besten aus diesem Landstrich weg. Kein Platz mehr für ihn.

Wiewohl die Meinungen selbst unter ihren wenigen polnischen Bekannten in der Stadt geteilt waren, was diese Verfahrensweise anging, so wagte es doch keiner, offen zu erklären, hier geschähe Unrecht. Dafür war in Polen zuviel Unrecht geschehen, das Deutsche zu verantworten hatten. Jeder, der heute für sie eintrat, riskierte, das sogleich vorgehalten zu bekommen. Schlimmstenfalls würde man ihn als Verräter bezeichnen, als Freund der Deutschen, der vielleicht sogar einmal mit ihnen kollaboriert hatte, wer weiß ...

Pani Borsutzki nahm Latta mit in das Zimmer, das ihr immer noch als Büro und Schlafraum zugleich diente. Aus einem von Latta notdürftig wieder verwendungsfähig gemachten Schrank nahm sie ein mit Zeitungspapier umwickeltes Päckchen in der Größe eines Ziegelsteines und übergab es dem Deutschen.

»Sie werden das brauchen können, wenn Sie den Weg antreten. Da Sie nicht auf einen Bahntransport rechnen können, müssen Sie zu Fuß gehen, das sind viele Tage. Bedanken Sie sich nicht.«

»Was ist das?« Er drehte das Päckchen in den Händen. Sie überhörte die Frage, und er schlug das Zeitungspapier auseinander. Es war ein Kilo russischer Krimtabak, hell und würzig. Latta kannte ihn, manchmal hatte Victor eine Handvoll davon herausgerückt, wenn er gute Laune hatte. Überrascht wickelte er das Päckchen wieder ein. Sagte dann: »Danke, Pani Borsutzki. Ich hoffe, es hat in Polen ähnliche Augenblicke gegeben, damals, als die Verhältnisse umgekehrt lagen ...«

Hirschke schnupperte an dem Päckchen, als Latta es ihm am Abend zeigte. Dann sahen sie einander an, und sie wußten beide, daß sie das gleiche dachten: Reiseproviant. Sie versteckten den Tabak hinter einem gelockerten Ziegel in der Mauer im Keller.

»Ihr seid wirklich entschlossen?« Alina wollte das wissen, als sie sich, wie meist an den langen Abenden, am Fluß trafen.

»Du mußt mitkommen«, machte sie Latta aufmerksam, »Kuli auch, natürlich. Wir bleiben zusammen.«

»Und in Deutschland?« Latta fühlte ihre großen, dunklen Augen auf sich gerichtet. Er kannte die stumme Frage, die darin stand, und er antwortete ihr: »Hab keine Angst. Das ist nicht mehr das alte Deutschland. Ich glaube nicht, daß sie dir dort was tun werden, und vergiß nicht, diesmal sind wir mit dabei. Wir werden jeden, der dir dumm kommt, in die Fresse hauen, bis er nach Darm riecht.«

Alina sagte nichts weiter. Unbewußt fuhr sie mit der Hand über ihr einige Zentimeter gewachsenes Haar. Die Wollmütze trug sie im Ghetto nicht mehr, sie hatte sich daran gewöhnt, daß manche Leute sie länger als üblich anblickten, aber hier kannte man sich ohnehin und wußte so gut wie alles vom anderen. Es hatte sich schnell herumgesprochen, wer sie war, woher sie kam und warum sie so aussah. Wesentlich besser sah keiner hier aus, bis auf die Haare vielleicht, jeder hatte Lumpen am Leib, und nicht wenige der früher ordentlich frisierten Frauen hatten sich ihr Haar so gekürzt, daß es dem Ungeziefer nicht mehr als unvermeidbar Unterschlupf bot.

»Ich sehe euch bei ernstem Palaver«, witzelte Schliebitz, der unbemerkt herbeigekommen war. Er küßte Alina, wie er das immer tat, wenn er von Arbeit kam, dann ließ er sich neben ihr nieder und steckte ihr ein grob gebrochenes Stück Zucker zu. Auch für die anderen holte er solche Stücke aus der Hosentasche.

»Irgendwo in Polen machen sie wieder Zuckerhüte«, erklärte er, »so wie zu Zeiten meiner Großmutter. Der

Meister hat einen aus dem Osten mitgebracht. Was beratschlagt ihr?«

Sie sagten es ihm. Schliebitz drehte sich gemächlich eine Zigarette, schob seine gut gefüllte Tabakschachtel den anderen hin, und als sie alle den ätzend scharfen Qualm des nach Salmiak riechenden Landtabaks in die schwüle Abendluft bliesen, sagte er nachdenklich: »Harter Entschluß. Fällt mir aber vielleicht nicht ganz so schwer wie euch, weil ihr hier aufgewachsen seid. Wenn ihr geht, kommen wir mit, Alina und ich ...« Er wandte sich Alina zu: »Oder?«

»Ich glaube auch, es wird am besten sein.«

Schliebitz erinnerte sich an das Papier, das er in der Tasche hatte, einen in polnischer Sprache bedruckten Flugzettel, den sein Meister ihm gegeben hatte, nicht ohne ihn vorher einigermaßen zu übersetzen. Das Blatt war an alle Polen in der Stadt verteilt worden.

»Ich werde euch wiederholen, was mir Milewski übersetzt hat«, sagte Schliebitz, nachdem sie alle den Fetzen betrachtet hatten.

»Also«, begann Schliebitz, »bei Berlin liegt Potsdam, und dort sitzen seit Mitte des Monats die Chefs von den Alliierten zusammen. Beraten, wie es mit Deutschland weitergeht. Sieht gar nicht so schlecht aus. Verschiedene Besatzungszonen, ausländische Kontrolle, aber ansonsten Aufbau. Und Demokratie, was immer die darunter verstehen. Gilt allerdings alles nicht für uns hier. Schlesien, Pommern und Ostpreußen gehören nicht mehr zu Deutschland, haben die Herren beschlossen. Ostpreußen wird zwischen Polen und Russen geteilt, und die anderen Provinzen sind unter polnischer Verwaltung. Das steht in dem Blatt für die Polen in der Stadt, damit die sich nicht mehr fürchten, sie müßten wieder mal fort ...«

»Fort müssen wir«, bemerkte Latta, »und zwar solange wir noch können. Sie werden die Grenzen bald dichtmachen.«

Als Hirschke ein Geräusch hinter sich hörte und sich um-

293

drehte, sah er, daß Lehrer Karwath unbemerkt herange-
kommen war. Er hatte mitgehört und stand jetzt betroffen
da, mit gesenktem Kopf.

»Setzen Sie sich zu uns«, forderte Hirschke ihn auf. Der alte
Mann hockte sich neben Alina und nahm das Flugblatt, das
Schliebitz ihm hinhielt. Lesen konnte er es auch nicht, aber
er drehte es hin und her, bis er es Schliebitz wieder zurückgab. Nach einer längeren Pause, in der die Jungen schweigend rauchten, sagte Karwath: »Es war zu erwarten. In den
letzten Tagen haben sie eine Menge alter Leute abtransportiert. Halbtote dabei, die mußten auch in die Waggons.
Sie wollen uns loswerden.«

»Uns nicht«, wandte Latta ein, »wir sollen ihre zugeschis-
senen Latrinen weiter saubermachen.«

Der Lehrer kommentierte das nicht. Er kannte die Bedeutung einzelner polnischer Wörter, und er hatte aus dem
Blatt entnommen, daß die Entscheidung endgültig war.

»Ausgerechnet im Zentrum Preußens beschließen die
das«, sagte er kopfschüttelnd. »Wenn es nicht den Alten
Fritz gegeben hätte, der dieses Land den Österreichern abnahm, wären wir jetzt vielleicht gar keine deutschen Staatsbürger und hätten eine Menge Probleme weniger. So spielt
Geschichte!«

»Sie spielt mit uns«, sagte Alina vor sich hin. »Und ich habe
langsam genug von dieser Spielerei.«

In die Stille, die ihren Worten folgte, sagte Karwath: »Ich
glaube, hier geht eine der großen weltgeschichtlichen Gau-
nereien vor sich. Im Krieg noch habe ich manchmal heimlich den Londoner Sender gehört. Sie haben da, kurz nachdem der Rußlandfeldzug begann, die Kriegsziele der
Alliierten deklariert. Und ich erinnere mich ganz genau,
daß es darin hieß, die Alliierten wünschen keine Gebiets-
veränderungen, die nicht mit den Wünschen der beteiligten
Bewohner im Einklang stehen …«

»Haha«, machte Latta. »Wetten, daß die sich nicht mal
mehr daran erinnern? Sie sind nicht besser als Hitler, der

hat auch immer was ganz anderes getan, als er öffentlich gesagt hat.«

Aber Karwath schüttelte seinen weißbehaarten Kopf, lächelnd, wie es seine Art war, und korrigierte Latta: »Jakob, das ist ein Urteil, das bestenfalls auf Stalin zutrifft, glaube ich. Wie ich die Dinge verfolgt habe, ist die Sache so gewesen, daß Stalin sich 1939 von Hitler Ostpolen zuschanzen ließ. Er ist dort einmarschiert. Interessensphäre wurde das damals genannt. Schutz der dort wohnenden Bürger russischer Abstammung. Die dort eigentlich hingehörenden Polen wurden vertrieben. Noch während des Krieges hat die polnische Exilregierung in London sich bei den Alliierten darüber beschwert, zumal Stalin damals schon verlauten ließ, die Gebiete gehörten zur Sowjetunion. Und als die Alliierten Stalin die polnische Klage vortrugen, schläferte er ihren Gerechtigkeitssinn dadurch ein, daß er ihnen versicherte, er werde Polen für die im Osten abgetrennten Gebiete im Westen auf Kosten Deutschlands reich entschädigen …«

»Und das machten die mit, die lieben Alliierten!«

»Du sagst es. Sie machten es mit. Was wir heute erleben, sind die Folgen eines Tricks, mit dem Stalin die übrigen Alliierten hereinlegte. Es hört sich banal an, aber so pervers kann Geschichte sein, mein Junge.«

Latta knurrte unwillig: »Sie könnten das wenigstens heute korrigieren, die Herren, oder?«

»Das werden sie nicht tun«, meinte Schliebitz. »Leute, die auf dem hohen Pferd sitzen, pflegen sich nicht zu korrigieren. Ich verstehe euch also recht – ihr seid entschlossen, den Weg zurück zu machen? Deutschland?« Hirschke nickte. »Wahrscheinlich unsere einzige Chance, als Menschen zu leben.«

»Hoffentlich auch für mich«, sagte Alina sehr leise.

Dann saßen sie alle wieder schweigend und blickten in den Sonnenuntergang. Da war das glucksende Geräusch des Flusses, wo das Wasser über Steine sprang. Da waren die summenden Geräusche der Menschen in den Häusern, dieses Gemisch von Stimmen, in denen Kindergeplärr sehr selten war, weil kaum jemand mit kleinen Kindern von der Flucht vor den Kriegshandlungen zurückgekommen war. Da war ab und zu Autogebrumm von jenseits der Ghettogrenzen, ein vereinzelter Schuß irgendwo. Es roch nach Flußwasser und feuchter Ufererde. Keine Blüten mehr. Die Leute hatten sie gegessen.

Der große, stattlich wirkende Priester ging nach Einbruch der Dunkelheit an den Posten vorbei, er zeigte ihnen kurz einen Ausweis und setzte seinen Weg nach ein paar polnischen Worten fort. Zwischen den Häusern der Fischerstraße verschwand er. Wie ein Nachttier auf seinem Raubzug.

Victor, der Wolgarusse, hämmerte einen Nagel ins Futter der Küchentür, an den er statt des verblichenen Zettels von vorher ein Schild hängte, auf dem nun in dicken Lettern in polnischer und russischer Sprache stand, daß die Bewohnerin der Küche, Frau Irene Kostka, unter dem besonderen Schutz des Kommandanten der in Neuhof stationierten sowjetischen Truppen stand und in keiner Weise zu belästigen sei. Er wollte verhindern, daß man sie, wie die polnische Miliz das praktizierte, plötzlich in einen Transportzug nach Deutschland setzte, ohne daß er davon erfuhr.

»Kannst du es in deutsch auch noch drunterschreiben?« bat er Hirschke, als der heimkam. Hirschke nahm den Stift und malte, was ihm Victor ansagte. Ob sich einer daran halten würde? Er äußerte seine Zweifel nicht. Victor war total in die mollige Wirtin verschossen. Aber welch eine Tragödie würde es sein, wenn die Armee ihn einmal woanders hin verlegte? Höhere Offiziere, das war der Brauch in der Roten Armee, schleppten zwar unter den verschiedensten Begründungen Frauen mit sich, sogar in den Schützengräben des Krieges waren sie dabeigewesen, nur – Victor war kein höherer Offizier!

»Was würdest du machen, wenn sie dich in deinem Heimatland so behandelten wie uns hier?« fragte Hirschke ihn. Victor wurde nachdenklich. Er kratzte sich am Kopf, zog Papyrossi aus der Rubaschka, und als er eine Weile geraucht hatte, meinte er: »Schwierig. Heimatland ist bei mir Wolga. Aber von dort mußten alle weg.«

»Und wo gehst du hin, wenn sie dich entlassen? Wo ist für dich das, was du Zuhause nennst?«

Die Frage versetzte Victor in höchste Verlegenheit. Schließlich meinte er: »Ich bleibe mit Irene. Ist beschlossen.«

»Hier? In Polen?«

Der Wolgarusse zuckte hilflos die Schultern. »Vielleicht Deutschland besser … weiß nicht.«

»Deutschland – da müßtest du desertieren.«

»Nein, nein. Sie werden mich entlassen. Alle, überhaupt.«

Victor hatte so weit noch nicht gedacht. Er lebte eben mit Irene Kostka eines dieser Soldatenverhältnisse, und daß er es konnte, machte ihn ebenso glücklich wie bedenkenlos, was die Zukunft betraf. Deutschland? Nun ja, nach den Erfahrungen der deutschen Volksgruppe in der Sowjetunion wäre das vielleicht die bessere Lösung. Aber dieser Junge da hatte recht mit seinem Zweifel, ob man einen sowjetischen Sergeanten nach Deutschland entlassen würde. Noch dazu einen mit deutschen Vorfahren. Eine deutsche Frau nahm man sich als Sieger, wenn man Lust auf Weiberfleisch hatte. Notfalls mit ein paar Ohrfeigen. Nur daß es mit Irene eben etwas anderes war. Wie sich das lösen ließ, dafür hatte Victor noch kein Rezept. Ach was, vertrau auf die Zeit, wie die Russen sagen!

»Es wird sich finden«, sagte er zu Hirschke. Dann drückte er ihm noch ein paar Papyrossi in die Hand und schlüpfte wieder in die Küche zu seiner Irene zurück.

Hirschke war müde. Er wickelte sich in die zerlöcherte Pferdedecke, die er aus einem Haufen Schutt herausgeklaubt hatte, zusammen mit ein paar anderen Fetzen, mit denen er die alten Frauen in der Stube versorgt hatte. Rechts von ihm lagen Ida und Mieze, die beiden Korsagenhändlerinnen, eng aneinandergeschmiegt, links Hermine Kandzik, die NSV-Tante mit dem Singetick. Sie hob den Kopf, als Hirschke sich hinlegte.

»Die Kinder sind schon in ihrem Kämmerchen ...« flüsterte sie geheimnisvoll. Meinte Alina und Schliebitz damit.

Von der Wand, die zur Straßenseite lag, wo die Fenster mit Brettern und Pappe verschlagen waren, kam das leise Schnarchen Jakob Lattas. Ab und zu kratzte sich eine der Frauen im Schlaf. Die Flöhe, die in den Ritzen der abgetretenen Dielenfußböden nisteten, wurden mit zunehmender Sommerhitze immer aggressiver. Zuerst hatten die Leute sie noch gejagt, einzeln zwischen den Daumennägeln geknackt, aber das hatten sie längst aufgegeben. Das Ungeziefer hatte über die Menschen gesiegt.

»Der Sommer ist die Zeit der heißen Nächte«, schwärmte Hermine leise. »Nach Johanni, wenn die Dunkelheit nur kurz ist, haben Mensch und Tier die schönste Zeit!«

Sie kicherte. Latta warf sich im Schlaf herum. Draußen auf der Straße tappten Schritte über das Kopfsteinpflaster. Hirschke grunzte anstandshalber in Richtung Hermine, als er merkte, daß sie auf eine Äußerung wartete. Dann kam der Schlaf. Schnell räkelte er sich noch so zurecht, daß der Hüftknochen nicht gerade platt auf den Dielen lag, dann vernahm er weder das erneute Geflüster der Sängerin noch das Schnarchen Lattas, auch nicht die Schritte, die am Haus vorbeitappten.

Er fuhr hoch, als Latta ihn rüttelte. Im selben Augenblick hörte er den langgezogenen Schrei, der aus dem Nebenhaus zu kommen schien. Ein gräßlicher Schmerzensschrei.

»Los«, drängte Latta, »da ist einer an der Milch!«

Hirschke rappelte sich hoch, warf die Decke ab. Aus dem Kämmerchen erschien, nur als Schatten erkennbar, Schliebitz.

»Da ist was!«

»Merkst alles! Mir nach!« Latta war von einem ersten, er-
stickten Schrei aufgewacht. Im Nebenhaus schien etwas
Ungewöhnliches vorzugehen. Als er Hirschke weckte, war
dann der zweite Schrei gekommen. Jetzt flitzte er in den
Flur. Instinktiv bückte er sich nach dem Hammer, den Victor achtlos liegengelassen hatte. Rannte hinaus in den
Hausdurchgang. Die anderen beiden waren hinter ihm. Ida
und Mieze schmiegten sich angstvoll noch enger aneinan-
der. Hermine Kandzik faltete die Hände über den mageren
Brüsten und betete leise.

Die Jungen schlichen sich durch den in Richtung Fluß liegenden Hinterhof an das Nachbarhaus heran. Hier trafen
sie die alte Frau, die ein steifes Bein hatte und deshalb wohl
nicht weit vom Haus weggelaufen war. Sie deutete erregt
auf das mit Pappe verschlagene Fenster zum ersten Stock:
»Er ist da drin! Allein mit dem Herrn Karwath! Uns hat er
weggejagt. Schnell …!«

Latta lief voran. Er kannte die Stube, in der Karwath mit
den anderen Leuten hauste. Die Tür war nicht verschlossen, als Latta sie aufstieß, sah er das Hindenburglicht, das
den Raum schwach erhellte. Und er sah den Mann in der
schwarzen Pfarrerkleidung, der sich gerade über eine am
Boden liegende Gestalt beugte und mit einem verkürzten
Gummiknüppel ausholte. Die Gestalt am Boden war Lehrer Karwath.

Der Fremde fuhr herum. Sein Gesicht war seltsam verzerrt,
so als habe er Schmerzen. Er sah Latta und brüllte einen
polnischen Fluch. Sprang auf und hob den Knüppel gegen
ihn.

Doch er hielt irritiert inne, weil er sah, daß zwei weitere
junge Männer in die Stube stürzten. In diesem Augenblick
sah Latta das Blut, das Karwaths Gesicht bedeckte. Der
Lehrer rührte sich nicht. Seine Augen waren offen, aber sie
blickten nirgendwohin. Es waren Augen, wie Latta sie von
vielen Toten kannte, aus dem Krieg.

Im selben Augenblick fuhr der kurze Knüppel auf seinen Kopf zu. Er sprang beiseite. Der Mann in der Pfarrerkleidung reagierte blitzschnell: Drei Gegner waren zuviel für einen Knüppel! Er faßte in die Tasche und hatte die Pistole schon in halber Höhe, als Latta ihn ansprang.

Latta ließ sich nicht auf eine Balgerei ein. Leute mit einer Pistole sind keine Partner für einen Ringkampf. Er hob den Hammer und schlug zu. Einmal, dann noch einmal, und dann fiel der Fremde mit einem gurgelnden Laut rückwärts um. Herr Moskowsky aus Lemberg war für den wütenden Jakob Latta zu langsam gewesen. Er war tot, bevor er auf den Dielen neben Karwath aufschlug.

Schliebitz hielt das Hindenburglicht so, daß Karwaths Gesicht erhellt wurde. Ein zerschlagenes Gesicht, von Blut und Hirn zu einer grausigen Maske verunstaltet.

»Aus«, sagte er.

»Das ist der Pfarrer!« stellte Hirschke fest.

Hinter ihnen humpelte, als es ruhig war, die alte Frau herein. Sie sah den toten Karwath und den ebenfalls toten Fremden und erstickte einen Schreckensschrei hinter der schnell vorgehaltenen Hand. Begann zu weinen.

»Bernhard Wuttke, Hitlerjunge Kasok und jetzt noch Karwath«, sagte Hirschke. Er beugte sich über den Lehrer und begriff, daß ihm nicht mehr zu helfen war.

»Warum?« sinnierte Schliebitz. Er bekam keine Antwort.

Nach und nach fanden sich die Leute aus der Etage wieder ein. Die meisten blickten nur stumm auf die beiden Toten, waren nicht in der Lage, auch nur etwas zu sagen. Gewiß, man lebte in außergewöhnlichen Umständen, man stand dem Tod nahe, jede Stunde, aber trotzdem lähmte der Anblick toter Menschen die Zunge.

»Loswerden müssen wir ihn«, überlegte Hirschke.

Latta fand in die Wirklichkeit zurück. Er wandte sich an einen noch rüstig aussehenden Mann, der zu den Leuten gehörte, die die Stube bewohnten: »Legt sie beide früh vor das Haus. Aber – laßt unserem Lehrer seine Kleidung, bitte!«

Der Mann versprach es. Latta griff sich die Pistole, den kurzen Knüppel und zog aus der Tasche des Fremden eine der behelfsmäßigen polnischen Identitätskarten mit dem roten Querstrich. Amtsperson. Mochte der Teufel wissen, von welchem Amt. Er ging ein Stück den Fluß abwärts, bis zum Wehr, dort warf er die zerrissene Karte, Pistole und Knüppel ins tiefe Wasser.

Er versuchte, sich über das Geschehene klarzuwerden. Einen Polen zu erschlagen, aus welchem Grund auch immer, würde vermutlich zur Folge haben, daß man ihn aufknüpfte, sobald man es herausfand. Und Latta hatte wenig Hoffnung, daß die Sache sich länger als ein paar Tage geheimhalten ließ. Man wußte inzwischen, daß es Ghettobewohner gab, die der Miliz für ein Stück Brot flüsterten, was im Reservat der Deutschen geschah.

In der Stube angekommen, zog Latta einen aus einer alten Kopfkissenhülle gefertigten Sack unter seiner Schlafstelle hervor. Er hatte ihn irgendwo aufgelesen, und einen Strick auch. Nach dem Muster der Schultersäcke, wie die russischen Soldaten sie trugen, um Brot, Tabak, Patronen oder auch ein paar persönliche Utensilien mit sich herumzuschleppen, hatte er ihn angefertigt, für den Tag, an dem sie die Stadt würden verlassen müssen.

Hirschke und Schliebitz waren seinem Beispiel gefolgt, hatten sich ebenfalls solche Rucksäcke gebastelt. Lattas Sack enthielt weiter nichts als den Tabak, den Pani Borsutzki ihm geschenkt hatte. Als Hirschke sich flüsternd erkundigte, was er suche, flüsterte Latta zurück: »Leg deinen auch bereit. Was wir an Geld haben, machen wir morgen zu Brot. Es wird Zeit. Und sag Kuli, er soll sich mit Alina auch darauf einstellen …«

Am Morgen luden sie die beiden Leichen auf den Leiterwagen. Drei weitere Männer und eine Frau kamen darüber. Mit der Last zogen sie ohne Aufsehen an den Posten in der Unterführung vorbei. Während sie die Toten durch die noch stillen Straßen in Richtung Friedhof beförderten, sagte Latta zu den beiden anderen: »Heute ist Donnerstag. Am Sonnabend mittag hau ich ab. Geht ihr mit?«

Sie wurden sich schnell einig, daß ihnen gar nichts anderes mehr übrigblieb.

»Eine Landkarte bräuchten wir«, gab Schliebitz zu bedenken.

Pfarrer Weinkopf besah sich die traurige Fracht. Dann holte er sein Brevier, während die Jungen neben der großen Grube noch eine kleine aushoben. In die legten sie den Fremden. Die erstaunte Frage Weinkopfs beantwortete Hirschke: »Er war kein Deutscher, Herr Pfarrer. Bei jedem anderen würde es uns nichts ausmachen, ihn zu den Landsleuten zu legen, bei ihm schon. Und – bitte, fragen Sie nicht nach dem Grund.«

Sie schaufelten noch Erde auf die Toten. Dann entfernten sich Hirschke und Schliebitz. Latta blieb zurück. Der Pfarrer sah ihm an, daß er etwas auf dem Herzen hatte.

»Was ist geschehen, Jako?«

Latta schilderte es ihm. Der Pfarrer erschrak nicht. Es war eine Zeit, in der der Tod alltäglich geworden war, allgegenwärtig.

»Den alten Wuttke hat er damals auch …!«

»Und Kasok. Ich denke, es ist besser, es Ihnen zu sagen. Ich werde mich leichter fühlen.«

Der Pfarrer schüttelte bekümmert den Kopf. »Das wirst du nicht, mein Junge. Einen Menschen getötet zu haben, wird man sein ganzes Leben nicht mehr los.«

»Ich habe Menschen im Krieg getötet, ich weiß, wie das ist. Aber – vielleicht muß ich es ja gar nicht mehr so sehr lange mit mir herumschleppen. Vielleicht ist es nicht mehr sehr lang, das Leben. Wir verlassen die Stadt. Es hat keinen Sinn mehr. Nur – mit der Sünde werde ich leben müssen …«

Weinkopf sah ihn ernst an. Schließlich sagte er: »Jakob, ich weiß, du bist keiner, der oft betet. Ich werde es für dich tun.«

»Danke.«

Weinkopf wehrte ab: »Kein Danke! Auch ich werde die Schuld nicht von dir nehmen können. Obwohl ich es möchte, weil ich weiß, daß du es getan hast, um einem anderen zu helfen. Aber der Tod ist der Tod. Endgültig. Nicht mehr rückgängig zu machen. Nicht zu rechtfertigen vor dem Herrn.«

Als Latta ihm mit einem bedauernden Schulterzucken die Hand reichte, nahm er sie und gab ihm mit auf den Weg: »Versuche, nicht daran zu verderben. Wir alle schleppen Dinge mit uns herum, mit denen wir leben müssen, so oder so. Gott sei deiner Seele gnädig ...«

Er schlug sein Brevier auf und betete, während Latta davonging.

Hirschke befürchtete den ganzen Vormittag, daß da ein Jeep vor dem Gebäude hielt, mit Männern, die ihn holen wollten. Aber es kam keiner. Inzwischen zimmerte er eine Tür zurecht, die aus den Angeln gerissen worden war, und als sie wieder schloß, war es Mittag. In der Kuchnia Ludowa traf er Latta. Es gab die übliche Krautsuppe. Auch bei Latta hatte sich nichts ereignet. Sie löffelten schweigend, dann gingen sie zu einem der Schieberläden und kauften Brote.

Am Nachmittag, als Pani Borsutzki durch den Hauptraum der Bank ging, wo Latta ein Loch im Parkett ausbesserte, bat er sie, etwas früher gehen zu dürfen. Sie hatte nichts dagegen. An diesen jungen Deutschen hatte sie sich so gewöhnt, daß sie oft gar nicht mehr an seine Nationalität dachte. Und gelegentlich erwischte sie sich dabei, daß sie ihn bedauerte. Wir haben gehofft, daß die Welt nach diesem Krieg wieder in Ordnung kommen würde, sagte sie sich, aber sie ist überhaupt nicht in Ordnung gekommen. Für zu viele Leute ist sie jetzt ungeordneter als je zuvor.

Kurt Schliebitz war vom Friedhof zur Wohnung seines Meisters unterwegs wie jeden Morgen. Er überquerte den Ring, in dessen Mitte das Rathaus stand, als zwei Milizionäre vor ihm auftauchten und ihn anhielten.

»Deutscher?« Sie fragten es, obwohl sie seine weiße Armbinde sehen konnten.

»Deutscher, ja.«

»Mitkommen!«

Schliebitz folgte ihnen betroffen. Wieder eines dieser Arbeitskommandos. Menschenfang, der geregelte Arbeitsverhältnisse unmöglich machte. Morgen würde der Kaminkehrermeister maulen. Er wird mir Geld abziehen, dachte Schliebitz. Erstaunt sah er, daß ein junger Bursche in abgerissener Khakiuniform, aus einer Seitenstraße kommend, auf die beiden Milizionäre zuging, freundlich lachend, und sie dann fragte, wo es denn zum Bahnhof ginge. Der kann nicht von hier sein, dachte Schliebitz, er würde sonst lieber des Teufels Großmutter nach dem Weg fragen, als ausgerechnet die Miliz! Der junge Bursche sprach Deutsch, aber es war ein stark akzentgefärbtes Deutsch, wie Schliebitz es noch nie zuvor gehört hatte. Ein paar Jahre älter als ich, dachte er. Eine Stofftasche, an einem Riemen über der Schulter hängend, so etwas, wie es im Soldatenjargon Avanti-Tasche genannt wurde.

»Bahnhof?« fragte der eine Milizionär lauernd zurück. »Was willst du da?«

Der Bursche grinste vergnügt und deutete eine Verbeugung an. »Zwaart«, sagte er. »Jan Zwaart. Ich bin aus Holland. Will nach Hause. Mit der Eisenbahn, wenn möglich.«

Die Milizionäre sahen sich an. »Und woher kommst du jetzt?«

»Warschau. Mußte da für die Deutschen arbeiten. Verpflichtet.«

»Ach! Für die Deutschen hast du gegen die Polen gearbeitet! Jetzt wirst du hier arbeiten. Für Polen, verstanden?«

Der Holländer nickte verwirrt. Protestierte dann: »Was soll das? Ich war dienstverpflichtet. Ausländischer Arbeiter. Wissen Sie nicht, was das war? Warum halten Sie mich hier fest?«

»Weil du gebraucht wirst«, bellte ihn der Milizionär an. Dann winkte er ihm mit dem Lauf der Maschinenpistole voranzugehen.

»Mach keinen Aufstand«, riet Schliebitz dem Holländer gedämpft. »Ich heiße Kurt. Wir werden was arbeiten müssen, dann lassen sie uns wieder laufen. Das haben die so drauf. Du kannst gegen die Kerle nichts machen ...«

So kam es, daß Schliebitz mit dem Holländer und drei weiteren jungen Neuhofern, die die Streife aufgriff, am Vormittag in dem mitten auf dem Ring gelegenen, von verschiedenen Granattreffern durchlöcherten Rathaus eine Spezialarbeit verrichtete: Sie schraubten im Ratsherrensaal die Füße von dem dort stehenden unbeschädigten Flügel, den die Russen offenbar vergessen hatten, und seilten das Instrument dann auf den Vorplatz ab, durchs Fenster, weil es nicht durch die Türen paßte. Unten verluden sie es auf einen Lastwagen.

Beinahe wäre es Schliebitz geglückt, danach wieder seiner Wege zu gehen, aber da erschien ein Kommando der Miliz, das etwa ein Dutzend Deutsche bewachte, und dieses Kommando hielt die Flügeltransporteure erneut auf.

»Ich gehe jetzt«, erklärte der Holländer kategorisch, »oder ich beschwere mich bei der Regierung. Ich bin kein Deutscher, mit dem man hier machen kann, was man will!«

Die Milizionäre hatten den Auftrag, nur Deutsche einzusammeln, sie wendeten nichts ein, bedachten ihn nur mit unfreundlichen Blicken.

»Tust du mir einen Gefallen?« fragte Schliebitz leise.

»Warum nicht!«

Schliebitz beschrieb ihm hastig, während die Milizionäre noch untereinander beratschlagten und dabei rauchten, den Weg zur Bank, wo Latta arbeitete, und trug ihm auf, auszurichten, daß er geschnappt worden sei und Latta über Antek versuchen sollte, ihn freizubekommen. Der Holländer versprach, das zu erledigen. Er hatte Glück. Zwar stellte ihn der Anführer der Streife nochmals zur Rede:

»Du bist tatsächlich Holländer? Kannst du das beweisen?«
Aber Jan Zwaart zog aus der Jacke ein zusammengefaltetes
Dokument und wies es vor. Es war in Polnisch und Englisch
abgefaßt, von einer in Warschau tätigen Repatriierungs-
kommission, und bescheinigte ihm, daß er sich als von den
Deutschen Verschleppter auf dem Heimweg befand.

Die Milizionäre berieten wieder, dann winkte der Anführer Zwaart: »Kannst gehen!« Er drückte ihm das Papier
wieder in die Hand und interessierte sich nicht weiter für
ihn.

Schliebitz und die drei anderen Neuhofer mußten sich den
übrigen anschließen und wurden weitergetrieben.

Latta hörte dem Holländer stirnrunzelnd zu, als der ihm
die Botschaft überbrachte. Zwaart hatte noch beobachtet,
wie die Milizionäre die zusammengeholten Leute aus der
Stadt dorthin trieben, wo der Bahnhof lag.

»Das heißt, sie schaffen sie von Neuhof weg«, vermutete
Latta. Ein schlimmes Zeichen. Leute, die von der Miliz per
Bahn verfrachtet wurden, waren bisher nie zurückgekehrt.
Besorgt wandte er sich an Pani Borsutzki, und die erklärte
sich bereit zu intervenieren, aber Latta bat um eine Stunde
Urlaub, er wollte zuvor lieber mit Walentek sprechen, der
würde wissen, was man unternehmen konnte.

Es gelang ihm, zu Antek vorzudringen, und der hörte sich
die Sache etwas verdutzt an, bevor er fragte: »Eine Gruppe
Leute, sagst du? Richtung Bahnhof?«

»So schildert es der Holländer.«

»Warte auf dem Hof«, befahl Antek und verschwand.

Als er schließlich wieder erschien, knurrte er wütend:
»Heilloses Chaos. Große Schweinerei, Cholera!«

»Kannst du was machen?«

Walentek hockte sich neben Latta auf einen Stein, der einmal zu einer Brunneneinfassung gehört hatte, und sagte:
»Zug ist weg. Mittag schon. Nach Lamsdorf.«

»Aber – das liegt oben, bei Falkenberg! Warum so weit
weg?«

306

Bekümmert gab Walentek zurück: »Es war kein Arbeits-kommando. War eine Norm. Sie hatten für diesen Zug zwanzig gefährliche Elemente zu sammeln. Kommen nach Lamsdorf. Da ist ein Lager. Kennst du die Gegend?«

Latta bewegte die Schultern. »Vom Ansehen. Das war früher mal Truppenübungsplatz.«

»War es mal. Später hatten sie dort ein Lager für Kriegsge-fangene. Jetzt für gefährliche Nazis.«

»Aber – Kuli Schliebitz war kein Nazi! Schon gar nicht ein gefährlicher!«

»Du Idiot!« schalt ihn Walentek. »Kannst immer noch nicht die Welt verstehen. Sie hatten Befehl, zwanzig Nazis zu finden, und weil sie die nicht fanden, haben sie eben zwanzig Leute von der Straße gegriffen und abgeführt. Be-fehl ausgeführt. Klar?«

»Ich verstehe«, sagte Latta ernüchtert. In was für eine böse Falle war Schliebitz da geraten! Man mußte etwas unter-nehmen. Er wandte sich an Walentek: »Was meinst du, An-tek, kriegen wir ihn da wieder raus?«

Walentek ließ sich Zeit mit einer Antwort. Schließlich brummte er: »Wir werden ihn entweder rauskriegen, oder er geht kaputt.«

»Du meinst, er steht es nicht durch?«

»Nicht lange. Habe noch keinen getroffen, der von da kam. Lamsdorf ist Endstation, wenn du verstehst, was ich meine. Prügel, beschissenes Fressen und Arbeit wie für Tiere.«

»Und das sagst du so einfach? Ist dir klar, daß Kuli ein Freund ist, den wir nicht im Stich lassen dürfen?«

»Ist mir klar. Weiß es die kleine Zigeunerin schon?«

»Sie ahnt nichts. Wir werden es ihr heute abend beibringen. Aber nicht, ohne daß wir ihr sagen, wie wir ihn da raus-holen.«

Walentek zog Zigaretten aus der Tasche. Sie rauchten beide schweigend, bis Latta den Freund erinnerte: »Fällt dir nichts ein? Kann man nicht von hier aus verlangen, daß sie ihn zurückschicken? Wegen eines Irrtums? Oder weil Kaminkehrer gebraucht werden?«

»Das ist denen scheißegal.«

»Dir auch, wie?«

Walentek verteidigte sich ungehalten: »Halt die Klappe, ich denke nach. So einfach, wie du denkst, ist das Ding nicht!« Er paffte so intensiv an der Zigarette, daß er sich am Rauch verschluckte. Dann, nachdem er den Husten besiegt hatte, erkundigte er sich: »Du hast mir gesagt, ihr werdet nach Deutschland gehen. Geht ihr?«

»Nicht ohne Kuli.«

Walentek war ein Mann mit vielen Ideen. Er hatte zuweilen die verblüffendsten Einfälle gehabt. Aber das, was es hier zu entscheiden gab, war eine politische Angelegenheit, wenn man etwas genauer hinsah. Lamsdorf war Politik. Es galt, behutsam vorzugehen.

Nach einer ganzen Weile fragte er vorsichtig: »Jako, angenommen ich riskiere was, kann ich auf euch rechnen?«

»Hast du nicht immer auf uns rechnen können? Was willst du? Drei Mann und ein Mädchen mit Maschinenpistolen in das Lager und Kuli rausholen?«

Walentek grinste. »Um Himmels Willen, so geht das nicht! Du bist doch ein Brechstangen-Deutscher!«

»Und wie geht es?«

»Angenommen, wir holen ihn raus, und ich kann mich danach nicht mehr hier blicken lassen – nehmt ihr mich mit nach Deutschland?«

»Mit uns kannst du immer gehen. Ein Wort von dir, und du bist wieder Deutscher, und wir beschwören das vor jedem Gericht! Mußt nur wollen.«

»Ihr müßtet tatsächlich in Deutschland für mich bürgen, damit sie mich nicht rauswerfen …«

»Wo wir sind, wirft dich niemand raus. Was machst du dir Sorgen? Du hast Volksliste gehabt, bist zur Wehrmacht gegangen, hast den Arsch für den Endsieg hingehalten – wer sollte dich aus Deutschland rausschmeißen?«

»Aber – ich bin jetzt in der polnischen Armee?«

»Bist du?« tat Latta erstaunt. »Habe ich gar nicht gewußt!«

»Ihr würdet mich nicht verraten?«

»Hast du soviel Angst?«

Walentek blies einen Schwaden Rauch in die Luft, dann sagte er gedämpft: »Du kennst mich. Weißt, wie das bei mir mit Angst ist. Ich will bloß sichergehen, für den Fall, es gelingt nicht. Dann hätten sie mich hier grausam am Arsch …«

Latta schüttelte ungeduldig den Kopf. »Du machst dir schon Gedanken über Probleme, die ganz weit weg sind – sag lieber, was dir einfällt, um Kuli zu helfen!«

Walentek sagte es ihm. Er würde am Sonnabend den Jeep nehmen. Ließ sich machen, gegen eine kleine Gefälligkeit, die man dem Chef erwies. Wochenendfahrt. Andere machten das auch. Gondelten nach Krakau, holten was zum Verschieben. Schnaps. Tabak.

»Ich würde euch vor der Stadt aufnehmen«, schlug er Latta vor. »Sagen wir, einen Kilometer auf Freigrund zu. Da seid ihr. Nix Arbeit. Wie ihr das macht – mir egal. Wir fahren Lamsdorf an. Ich mache das Geschäft mit dem Chef dort. Luchse ihm Schliebitz ab. Ein Deutscher mehr oder weniger – das zählt sowieso nicht. Wenn alles gut geht, ich keinen Ärger kriege, haut ihr danach mit Schliebitz ab, Richtung Deutschland. Ohne mich. Wenn es mir aber selber am Arsch brennt, gehe ich mit euch. Als Deutscher. Einverstanden?«

Latta sah keinen Grund zu zögern. Dies war die Stunde der Entscheidung, die sie immer wieder hinausgezögert hatten. Gehen. Gut oder nicht gut, es ging um das Leben von Kuli. Aber wie wollte Antek den Jungen aus dem Lager kriegen?

»Mach dir darüber keine Sorgen«, brummte Walentek. »Ich weiß, wie ich mit meinen polnischen Landsleuten umzugehen habe. Und worauf sie anspringen.«

Unwillkürlich mußte Latta grinsen, obwohl es dafür gar keinen Grund gab, wenn er an Kuli dachte. Aber er sagte:

»Wie du mit deinen deutschen Landsleuten umzugehen hast, weißt du auch, oder?«

Walentek zog es vor, die Frage zu überhören. Er sagte: »Ich nehme mit, was ich brauche. Ihr packt euer Zeug ein ...«

Latta überlegte, daß es kaum etwas zu packen gab, nur ein paar Lebensmittel für die ersten Tage. Getrocknetes Brot. Tabak. Ein in der Bank gestohlenes Stück Seife. Ein Rasierapparat mit einer Vorkriegsklinge, irgendwo auf einem Müllhaufen gefunden.

Er machte sich auf den Weg ins Ghetto. Auf Antek war Verlaß. Und die paar hundert Kilometer durch das Gebirge, bis an die legendäre Brücke bei Ostritz, von der nicht viel mehr als ein paar Doppel-T-Träger übriggeblieben sein sollen, wie die Leute berichteten, würde man schaffen. Jenseits des Flusses lag Deutschland ...

Sie saßen abends unten am Fluß. Dachten daran, daß zum ersten Mal Lehrer Karwath nicht bei ihnen war. Und daß Schliebitz fehlte. Alina hatte die Nachricht überraschend gefaßt aufgenommen. Man lebte auf Abruf, das kannte gerade sie. Und man hatte es im Falle des Lehrers Karwath erst unlängst bei einem guten Freund erlebt. Für Schliebitz, so glaubte Alina, gab es Hoffnung. Wie Hirschke auch, hatte sie sich sofort entschlossen, mit Walentek gemeinsam den Versuch zu wagen, Schliebitz zu befreien. Latta hatte sie ermutigt: »Da ist eine gute Chance drin, daß wir es schaffen, Mädchen. Und – wir haben seit Ende des Krieges immer gefährlich gelebt. Jederzeit hätte uns irgendein Trupp aufgreifen und einsperren können. Das hier ist ein rechtloses Land für uns. Selbst die Russen hätten uns, wenn sie uns auf dem Heimweg damals aufgegriffen hätten, nach Sibirien geschafft. Alles wäre dann schon aus gewesen. So können wir wenigstens noch was tun ...«

Ein dünner Trost, aber Alina nahm ihn trotzdem dankbar auf. Sie war sicher, daß eine der anderen Frauen die Notküche weiterführen würde. Trotzdem trennte sie sich nicht gern von dieser Stadt. Zum ersten Mal in ihrem Leben war sie, trotz Hunger und Ghetto, glücklich gewesen. Mit Kuli Schliebitz, diesem unbekümmerten Jungen.

An ihm habe ich erfahren, daß Menschen anders sind, als jene dort in Auschwitz waren. So macht wohl jeder seine Erfahrungen. Auch diese hier gehört dazu. Die Befreiung aus der Hölle, und danach das Fegefeuer in den Häuserschluchten der Fischerstraße. Ob Deutschland ein neues Fegefeuer für mich und Kuli bereithält? Egal, solange wir einander haben, wird das Leben, so armselig es ist, schön für uns sein!

Am Sonnabend packten sie in aller Stille ihre wenigen Habseligkeiten in die kleinen Säcke, die sie an einer Schnur über der Schulter tragen konnten, und sie sprachen mit niemandem in der Stube über ihr Vorhaben, obgleich ihnen das nicht leichtfiel.

Am Morgen zogen sie los. Hirschke und Latta beförderten die Rucksäcke unter der Plane, mit der sie die nächtlichen Toten abdeckten, an den Posten vorbei. Alina blieb auf dem Friedhof und half dem Pfarrer, die Toten mit Erde zu bedecken, während Latta und Hirschke zu ihren Arbeitsstellen gingen und sich dort am späten Vormittag für die Zeit bis Arbeitsschluß freinahmen, um möglichst wenig Verdacht zu erwecken.

Der Starost winkte nur ab, als Hirschke ihm die Bitte vortrug. Es war ihm ganz recht, daß Hirschke Schluß machte, denn er selbst hatte vor, noch ein paar der neuen Läden in der Stadt aufzusuchen. Und Pani Borsutzki wünschte Latta mit einem verlegenen Lächeln ein gutes Wochenende.

Das werde ich brauchen können, dachte er. Eine Weile haderte er mit sich selbst, weil er diese im Grunde gutmütige und ihm wohlgesonnene Frau hinterging. Aber dann sagte er sich, daß es trotzdem unklug wäre, sie einzuweihen. Vermutlich würde sie es verstehen. Solange es zwischen einem Polen und einem Deutschen diese Barriere gab, die den einen zum herrschenden Sieger und den anderen zum rechtlosen Besiegten in der eigenen Heimat machte, konnte Vertrauen lebensgefährlich sein. Vertrauen mußte, wenn es überhaupt wieder einmal entstand, auf einem neuen Boden wachsen.

Er legte sein Werkzeug ordentlich zusammen, nahm die blaue Arbeitsjacke vom Haken, warf sie sich über die Schulter und ging. Er sah hundert Meter vor sich Hirschke gehen. Zum Glück gab es keine Streife, die sie anhielt.

Am Friedhof weihten sie Pfarrer Weinkopf als einzigen ein. Latta sagte: »Wir können nicht anders, das müssen Sie verstehen. Wenn Sie es als eine Sünde gegen unsere Mitgefangenen im Ghetto betrachten, dann bitten wir Sie, uns zu vergeben.«

»Aber erst lassen Sie uns Land gewinnen«, fügte Hirschke hinzu, als der Pfarrer ihnen die Hand gab. Alina umarmte ihn. Sie weinte. Der Pfarrer legte seine Hand einen Augenblick lang auf die eintätowierte Nummer auf ihrem Unterarm, dann strich er sanft über ihr Haar und sagte leise: »Geht mit Gott, Kinder. Daß zwei Neuhofer Eisenbahner, eine Zigeunerin und ein polnischer Sierzant gemeinsam losziehen, um einem Jungen aus dem Riesengebirge zu helfen, ist für mich ein Zeichen der Hoffnung in dieser düsteren Zeit. Ich glaube nämlich selbst angesichts der Toten, die ich jeden Tag mit der letzten Gnade versehe, daran, daß Menschen eines Tages wieder Menschen sein werden …«

Am frühen Nachmittag, als sie das erste Dorf umgangen hatten, sahen sie auf der Landstraße den Jeep stehen. Walentek hatte Wort gehalten, wie es von ihm nicht anders zu erwarten gewesen war. Und er war auch nicht böse über die Verspätung. Erzählte lachend: »Um ein gekrümmtes Frauenhaar wäre es nichts geworden. Alarm auf der ganzen Linie. Hoher Beamter verschwunden. Chef der neuen Zivilpolizei. Kriminaler. Wegen Schwarzmarkt und deutscher Gefahr und russischen Eigenmächtigkeiten eingesetzt. Aber ich habe die Flucht ergriffen, bevor sie mich zur Suche einteilen konnten!«

Die Freunde verteilten sich auf die Sitzflächen des Jeeps. Walentek erzählte, er habe in den beiden Blechkästen neben den Rücksitzen eine Menge Eßbares dabei. Wurst aus Krakau, Brot, Zucker.

»Alles aus der Kantine geklaut, Männer!« freute er sich. »Kein Freund von Anton Walentek soll leben wie Hund! Ist immer so gewesen, oder? Tabak ist auch genug da ...« Er zog aus der Uniformtasche eine Landkarte von Schlesien hervor, die er den Jungen hinhielt. »Da, ihr werdet sie brauchen können. Auch geklaut, wie die Eßwaren. Über all, wo mit Bleistift ein Kreuz eingezeichnet ist, gibt es eine Milizstation. Wird gut sein, wenn ihr da nicht zu nahe dran vorbeigeht ...«

»Antek, großes Organisator«, machte Hirschke den Versuch, die Sache humoristisch zu nehmen. Er besah sich die Karte. »Lamsdorf, sagst du?«

»Lamsdorf, ja. Kleines Nest. Zwischen Neisse und Oppeln. Sie haben dort, wie ich erfuhr, früher mit der Wehrmacht den Endsieg geübt. Später hatten sie Russen und Engländer dort eingesperrt. Ich weiß nicht, ob die in den ehemaligen Wehrmachtsunterkünften gehaust haben, oder ob es für sie ein extra Lager gab. Wir müssen sehen ...«

»Und wie holen wir Kuli raus? Nachts reingehen und schießen?« Hirschke schielte auf die Maschinenpistole Walenteks, die in einer Klemme zwischen den Vordersitzen steckte. Aber Walentek tippte an die Stirn.

»Meinst du, ich bin Selbstmörder? Ihr beide habt den alten Antek schon immer unterschätzt, ihr Spunde. Nein, das machen wir ganz legal. Behördlich genehmigt, sozusagen!« Er kicherte und zog ein mit der Schreibmaschine beschriebenes, zusammengefaltetes Schriftstück aus der Rocktasche. Mit einem Stempel versehen. Polnischer Adler. Unterschrift. Wedelte es vor ihren Augen hin und her.

»Da steht, ich habe den Auftrag, den Gefangenen Schliebitz nach Neuhof zu überführen, zwecks Vernehmung als Zeuge in einer hochpolitischen Strafverhandlung. Klar?«

»Wenn du meinst, daß du ein schlauer Hund bist, dann ist das sonnenklar«, sagte Latta. »Wir werden dir nach dem deutschen Endsieg ein Denkmal setzen.«

»Schiebt euch den deutschen Endsieg in den Arsch! Kriegsrat. Ich sage euch, wie wir es machen. Euch beiden binde ich mit einem Strick die Handgelenke an den Rahmen der Sitze fest. Ihr seid offiziell auch Gefangene. Meine. Alina ist meine Freundin. Auto mit euch bleibt draußen vor dem Lager stehen. Alina paßt auf euch auf. Wenns schiefgeht, bindet sie euch los, ihr nehmt die MPi und die Freßwaren und haut ab.«

»Und du?«

»Ich verhandle. Muß den Chef finden, dort. Schnaps habe ich dabei. Verlaßt euch drauf, ich tue, was ich kann.«

Hirschke war nicht nach Scherzen zumute, wenn er an Schliebitz dachte, aber er schlug vor: »Eigentlich müßtest du uns, damit es echter aussieht, blaue Augen hauen, oder?«

Grinsend machte ihm Walentek den Gegenvorschlag: »Ich kann euch auch in die Eier treten, ihr Scheißer. Bis nach Deutschland braucht ihr sie sowieso nicht mehr!«

Latta meinte: »Marschiert sich schlecht mit dicken Eiern.« Er fing einen Blick Alinas auf und verstummte verlegen.

»Also, fahren wir«, schlug Walentek vor. »In zwei Stunden können wir da sein …« Er drückte den Anlasserknopf, ließ den Motor aufheulen, knurrte grimmig: »Ein Glück, daß sie uns Luftstürmern beigebracht haben, wie man ein Auto fährt!« Dann preschte der Jeep los. -

Das erste, was Schliebitz sah, als die Klappe des Lastwagens geöffnet wurde, war ein Wachturm. Eines jener hohen Bauwerke aus dicken Stämmen, obenauf ein Verschlag, über dessen Brüstung ein Maschinengewehrlauf ragte. Dahinter ein Gesicht unter einer Quadratka.

»Raus!« brüllten mehrere Stimmen zugleich. Der Wagen war umringt von einem halben Dutzend junger Polen mit

Quadratkas, Phantasieuniformen und feuerbereiten Waffen. Die allerdings trugen sie vor der Brust, in den Händen hatten sie Knüppel oder vierkantige Holzlatten. Sie brüllten ohne Unterlaß in einem kunterbunten Gemisch von Polnisch und deutschen Brocken.

Während er vom Wagen sprang, erwischte Schliebitz den ersten Schlag. Er traf die Schulter, verursachte einen stechenden Schmerz und führte dazu, daß Schliebitz sich im Zickzack bewegte, um weiteren Hieben möglichst auszuweichen. Hinter ihm blieb ein Mann liegen, der ihm im Wagen anvertraut hatte, er sei pensionierter Studienrat in Neuhof gewesen und habe zuletzt im Ghetto gelebt, in der Töpfergasse. Er verlor seine Brille, und Schliebitz beobachtete aus den Augenwinkeln, wie einer der polnischen Burschen mit dem Stiefel auf sie trat. Sie zersplitterte. Der Bursche holte aus und schlug den Studienrat über den Kopf. Blut schoß aus einer klaffenden Wunde. Der Mann sank zu Boden und blieb liegen.

Einer der Burschen deutete auf eine leere Fläche zwischen zwei niedrigen Gebäuden und brüllte: »Los, los, dahin!« Gleichzeitig trat er die Vorüberhastenden in die Beine. Es gelang Schliebitz, ohne getroffen zu werden, an ihm vorbeizukommen, und er rannte drauflos. Kam auf dem Platz an, atemlos, aber ohne zerschlagene Rippen. Die Älteren aus dem Transport schafften es meist nicht, ohne erhebliche Verletzungen zu erleiden. Einige blieben liegen.

Schliebitz hatte Hunger. Aber noch schlimmer war der Durst. Es war ein heißer Sommertag. Wer den unter der Plane eines Lastwagens zu verbringen hatte, der über löchrige, staubige Landstraßen holperte, dem schwoll die Zunge im Mund an.

Als Schliebitz einigermaßen zu Luft gekommen war, blickte er sich um. Wir sind vom Gebirge aus nordostwärts gefahren, dachte er. Die Berge haben sich hier so gut wie verloren. Ein paar Hügel in der Ferne, hinter dem Stacheldraht ...

Lamsdorf also. Im Ghetto waren Gerüchte umgegangen, daß die polnische Verwaltung hier, auf halbem Wege zwischen Neisse und Oppeln, ein Sammellager einrichtete, für alle Deutschen, die gegen polnische Anweisungen verstießen. In Wirklichkeit hatte es diese Ansammlung von Gebäuden im Stil billiger Kasernenbaracken schon lange gegeben. Nach und nach waren ganze Divisionen von Soldaten hier untergebracht gewesen, die im Umland den Angriff übten, das Vorgehen in Schützenlinie, das Eingraben bei Alliiertenbeschuß und alles andere, was Soldaten zu erlernen hatten, bevor sie sozusagen ihren Gesellenbrief erhielten.

Während des Krieges waren die zentral gelegenen Gebäude als Unterkünfte für das Wachpersonal der zwei an der Peripherie errichteten Gefangenenlager verwendet worden. Aus dieser Zeit stammten die hohen Stacheldrahtzäune und die Türme, auch die Splittergräben. Bei Kriegsende waren die Russen eingezogen und hatten angefangen, in den Splittergräben herumliegende deutsche Leichen einzuscharren. Sie hatten das Lager an die Polen abgeben müssen, zähneknirschend wohl, jedenfalls richtete die polnische Administration hier das Sammellager für angeblich widerspenstige Deutsche ein, die den polnischen Neuaufbau Schlesiens gefährdeten. Dabei gab es unter den verbliebenen Deutschen so gut wie keinen Widerstand, und es ging der polnischen Administration wohl auch eher darum, den hartnäckig im Lande verbleibenden Deutschen, die sich weigerten, polnische Staatsbürger zu werden, zu demonstrieren, was ihnen blühte.

Wie meist in der Geschichte hatte man auch hier für die Ausführung einer dreckigen Arbeit Leute ausgesucht, die den Bodensatz der Gesellschaft darstellten. Intelligente Polen, soweit sie die Ausrottungsmaßnahmen der Deutschen überlebt hatten, wurden anderswo nötiger gebraucht. In den Konzentrationslagern Hitlers eingesperrt gewesene Polen winkten ebenfalls ab, falls man sie zur demonstrativen Bestrafung Deutscher abkommandieren wollte. So zog ein Platz wie Lamsdorf Entwurzelte an, durch den Krieg verkommene und auch moralisch abgesackte Existenzen, die eine Schlächtermentalität aufwiesen. Denen kam es weniger darauf an, Rache für an Polen verübte Grausamkeiten zu nehmen, es machte ihnen vielmehr einfach Spaß, Leute zu quälen, Prügel auszuteilen, jemanden zu erschlagen, ohne dafür belangt zu werden. Von dieser Negativauslese polnischer Aufseher hatten die ersten Deutschen, die man hier einlieferte, kaum eine Vorstellung, sie lernten sie im Laufe der ersten Tage kennen, falls sie diese überlebten ...

»Ausziehen!« brüllte ein untersetzter, kräftiger Typ, der aus einer der Unterkünfte gekommen war, die wohl als Büro diente.

Er trug eine aus verschiedenen Einzelstücken deutscher und russischer Herkunft zusammengestellte Phantasieuniform und die unvermeidliche Quadratmütze, deren Schirm am Rand mit Silberborte verziert war. In der rechten Hand hielt er eine geflochtene Reitgerte, mit der er sich gelegentlich an den Stiefelschaft klatschte. Janek Fuhrmann war allerbester Laune. Die Leute, über die er herrschen würde, rollten an! Zu sagen hatte ihm nur noch Ceslaw Gimborski etwas, ein Bursche, der fünfzehn Jahre jünger als er war, der aber nie etwas mit Deutschen zu schaffen gehabt hatte. Im Gegensatz zu Fuhrmann. Der war in Oberschlesien zu Hause, hatte es in der polnischen Vorkriegsarmee bis zum Kapral gebracht, nach der Niederlage war ihm seine Zweisprachigkeit wieder eingefallen, und er beantragte die Volksliste drei. Schlug sich mit den unterschiedlichsten Gelegenheitsarbeiten und kleinen Schiebereien bis zum Zusammenbruch der Deutschen durch und besann sich dann wieder auf seinen polnischen Patriotismus. Um ihn zu beweisen und um »Affen auf die Bäume zu jagen«, wie er sich an einen irgendwo aufgeschnappten Ausdruck erinnerte, war er jetzt hier und vertrat den noch abwesenden Gimborski. Als die in Oppeln residierende polnische

Verwaltung das Lager einrichtete und er sich um den Posten eines Aufsehers bewarb, hatte man ihm weiter nichts mit auf den Weg gegeben als die Weisung: Macht mit den Kerlen und ihren Weibern, was ihr wollt, keiner wird euch kontrollieren. Beschwerden gibt es nicht. Ihr seid dort, um die Bande so einzuschüchtern, daß sie parieren wie Zirkushunde. Daß sie laufen, so weit die Füße sie tragen. Raus aus diesem Landstrich, der jetzt uns gehört. Am Ende wird es hier keine Deutschen mehr geben, wenn ihr eure Sache gut macht. Nur noch Polen. Und Gräber …

»Herhören!« brüllte Fuhrmann, nachdem etwas Ruhe unter den Neuankömmlingen eingetreten war. »Ich bin deutscher Chef des Lagers. Von der Administration eingesetzt. Ihr werdet hier arbeiten, bis euch die Ohren rot sind. Werdet fressen, was wir in Polen während der deutschen Zeit fressen mußten. Kartoffelschalen und Dreck. Wer nicht pariert, kriegt Prügel. Dann Bau, und dann …« Er zog mit einer theatralischen Geste einen schweren russischen Revolver aus der Ledertasche am Gürtel. »Kugel. Los, ansehen, wo ihr schlaft, wo ihr scheißt und wo schon Löcher für euch gegraben sind!«

Damit drehte er sich um und ging ins Büro zurück. Ein paar Burschen hatten inzwischen einen Tisch aufgestellt, dort saß ein Schreibkundiger, an dem prügelten die Posten nun die Neuankömmlinge vorbei, und jeder hatte seinen Namen und den Heimatort anzugeben. Danach jagten die Bewohner sie zu einer Baracke, in der es Stroh auf blankem Fußboden gab: die Unterkunft.

Trotz des Hungers schlief Schliebitz in der Nacht zum Sonnabend tief, und er fühlte sich am Morgen ausgeruht, obwohl er auf nacktem Boden gelegen hatte, ohne Decke. Es wurde grau vor den Fenstern der Baracke, die kein Glas hatten, dafür aber mit Stacheldraht verspannt waren. Ein paar zaghafte Vogelstimmen waren in der Stille hörbar. Schliebitz drehte sich auf den Rücken und starrte an die mit Kalk geweißten Balken der Deckenkonstruktion. Die Haut juckte ihm an vielen Stellen. Wie im Ghetto gab es hier Flöhe, die im Stroh und in den Fußbodenritzen nisteten.

Was mag Alina machen? dachte Schliebitz. Sie wird jetzt auch aufwachen. Wird an den Fluß gehen, sich waschen. Dann zu der Notküche eilen, damit dort angeheizt wird, für die Zubereitung der täglichen Suppe. Vielleicht gibt es Kartoffeln. Oder sie haben wieder irgendwo, in einem verwüsteten Lager, Erbsen zusammengekehrt, waschen sie und kochen sie als Eintopf.

Es schmerzte ihn, an Alina zu denken. Ein Leben ohne sie war für ihn nicht mehr so recht vorstellbar. So armselig es gewesen war, in diesem Ghetto in Neuhof: Abends hatte es einen Menschen gegeben, der auf ihn wartete, wenn er von der Arbeit kam. Die Gefährtin. Geliebte. Er blickte zur Seite und sah, wie sein Nachbar sich gequält an die Hüfte griff. Blaugeschlagen von den Wächtern.

»Meine Schulter ist auch angeknackst«, sagte er tröstend. Der Nachbar war ein alter Mann. Schliebitz kannte ihn aus dem Ghetto und wußte, daß er früher als Briefträger gearbeitet hatte. Wie lange war es her, daß man einen Brief bekommen konnte?

Unvermittelt flog die Tür auf. Rechts und links je ein Wächter, Knüppel in der Hand, den Mund aufgerissen: »Raus, raus! Los, dalej, dalej!«

Sie hatten keine Erfahrung, und sie drängelten sich an der Tür, ermöglichten so den Wächtern viele gezielte Schläge. Schliebitz betastete sein linkes Ohr, als er endlich draußen auf dem Platz stand. Er spürte etwas Blut. Die Wächter droschen sie zu einer in Reihe und Glied fast militärisch anmutenden Kolonne zusammen. Ließen sie an einem Tisch vorbeilaufen, wo jeder ein Stück Brot in der Größe einer Zigarettenschachtel zugeworfen bekam. Dann wählten sie ein Dutzend der Jüngeren und Kräftigeren aus. Führten sie zu zwei Pferdewagen, die sie zu ziehen hatten. Leer. Aus dem stacheldrahtbewehrten Tor des Lagers hinaus, in die flache Landschaft.

»Los, los! Dalej, dalej!« Dazwischen das Klatschen der
Schläge, wenn einer sich nach Meinung eines der fünf
Wächter nicht genügend anstrengte.
An der Sonne erkannte Schliebitz, daß es nach Nordosten
ging, auf einer beschotterten, schmalen Straße. Rechts und
links gab es lichtes Gebüsch, zuweilen Wiesenland, hin und
wieder Bäume, die teilweise angekohlt waren. Ein paar
ausgebrannte Autowracks lagen herum. Der Krieg hatte
die Gegend gezeichnet, und niemand hatte bisher etwas
aufgeräumt.
Sie gelangten an das ehemalige Lager der englischen
Kriegsgefangenen. Verrottende Steinbauten mit Granat-
schäden, leere Fensterhöhlen, ein paar blitzschnell flüch-
tende Wildkaninchen. Die Wächter ließen die Wagen ab-
stellen. Auf einem Haufen lag schweres Werkzeug.
Hacken, Brecheisen, Hämmer. Zum ersten Mal redete
einer der Wächter in einigermaßen vernünftigem Tonfall,
als er erklärte, was der Trupp tun sollte.
»Da drin, überall, Waschbecken, Duschen, Rohre für Wasser, Scheißbecken – wird alles abgemacht. Kommt auf die
Wagen. Los!«
Einer der Wächter gab Schraubenzieher und Zangen aus.
Schliebitz bekam eine Metallsäge und den Auftrag, Rohre
jeglicher Art abzuschneiden, in möglichst großer Länge. Es
schien, als würde die Prügelei aufhören. Die Posten verteilten sich, hockten sich hin und dösten, rauchten, unterhielten sich. Aber sobald einer der Arbeitenden sich aufrichtete, um zu pausieren, hoben sie den Kopf. Eine
drohende Geste. Es bedurfte keines weiteren Hinweises,
der Betroffene arbeitete sofort weiter.
Sie haben uns hergeholt, um diese Bauten auszuschlachten,
überlegte Schliebitz, während er an einem Wasserrohr
sägte. Wenn wir Glück haben, lassen sie uns wieder laufen,
nachdem wir fertig sind. Brauchen das Zeug wohl drüben,
in dem anderen Lager, das nicht so komfortabel eingerichtet war, wie dieses hier. Ob es bald mal Fabriken gibt, die

320

Rohre und Becken und all das Zeug neu herstellen, damit
man sich das Fleddern herrenlos gewordenen Eigentums
sparen kann? Und – was habe ich doch für ein Pech, daß
nirgendwo in einem der Rohre auch nur noch ein Schluck
Wasser steht! Er hatte Durst. Das klebrige Brotstück hatte
er heruntergewürgt und sich gewundert, daß es ihm nicht
in der Kehle steckenblieb. Jetzt wurde es langsam Mittag,
aber etwas Trinkbares war nicht in Sicht.
Ein altes deutsches Auto kam angerattert, und es wurde
wieder Brot verteilt. Schliebitz nahm all seinen Mut zusammen und fragte den Wächter, der es ausgab: »Trinken,
nichts?« Er klopfte dabei an seine Kehle.
Der Wächter stutzte. Nahm ihm das Brotstück wieder aus
der Hand und knurrte in verständlichem Deutsch: »Hau
ab! Oder …!«
Am Nachmittag waren die beiden Wagen schließlich beladen. Wieder spannten sich die Gefangenen ein und zogen
sie, schoben sie an, stemmten sich in die Speichen, wenn
eines der Räder nicht aus einem Schlagloch herauskommen wollte. Es ging zurück zum Hauptlager. Wir werden
das Zeug noch abladen müssen, überlegte Schliebitz, aber
dann wird wohl Schluß für heute sein. Ob es irgendwo zwischen diesen Baracken Wasser gibt? Vielleicht teilen sie
auch welches aus. Andere, die er fragte, litten ebenso unter
dem Durst. Die Sonne brannte das letzte Quentchen
Feuchtigkeit aus den Körpern. Die Nacht wird auf jeden
Fall Erleichterung bringen, dachte Schliebitz, in der Nacht
wird es kühl. Vielleicht ein Gewitter …«
Sie hielten an. Die Posten merkten, daß die Gefangenen
immer schwächer wurden, und entschieden sich für eine
Pause. Und da sah Schliebitz unweit des rechten Straßen-
randes, wo üppiges Gebüsch wucherte, ein paar Binsen
hochstachen, das dünne Wasserrinnsal. Ein Graben, zwischen zwei verwilderten Feldern, mehr war es nicht.
Die Posten standen beieinander. Schliebitz beobachtete, daß
sie eine Flasche die Runde machen ließen. Bei dieser Bären-

hitze Schnaps, dachte er, sie werden einen Rausch kriegen, der ihnen drei Tage lang den Schädel zertreibt! Und sein Blick wanderte wieder zu dem kläglichen Wasserrinnsal.

Er entschloß sich spontan. »He, Ihr Herrn Posten!« rief er. Und als einige ihm den Kopf zuwandten, deutete er auf das Wasser und klopfte mit dem Finger an die Kehle.

Die Posten reagierten nicht. Wandten sich wieder ab und soffen weiter. Es war unter ihrer Würde, auf einen solchen Ruf zu reagieren, es sei denn mit einer Tracht Prügel, und das wäre in dieser Hitze zu anstrengend. So tratschten sie weiter, lachten schallend. Da legte Schliebitz kurz entschlossen die paar Schritte bis zu dem Wassergraben zurück, kniete sich an den Rand und schöpfte mit zusammengelegten Händen, trank, bespritzte sein sonnenverbranntes Gesicht, trank wieder. Die anderen Deutschen zögerten noch. Schliebitz winkte ihnen. »Kommt, ist genug da!«

In diesem Augenblick fiel der Schuß.

Einer der Posten hatte, ohne sich die Mühe eines Anrufes zu machen, den Karabiner gehoben und abgedrückt. Als er sah, daß Schliebitz vornüber in den Wassergraben kippte, hängte er das Gewehr wieder um und brüllte den Deutschen zu: »Los! Holen! Weiter!«

Drei der Älteren hoben Schliebitz auf. Er war bei Bewußtsein, aber als er etwas sagen wollte, rann Blut aus seinem Mund. An der Hüfte färbte sich sein durchgeschwitztes Hemd rot. Einer der Posten befahl, ihn auf die Eisenrohre zu legen, mit denen der Wagen beladen war. Er sah dabei zu und knurrte böse: »Ausreißen geht nicht. Wird geschossen.«

Es klang ein wenig wie eine Rechtfertigung, aber keiner der Männer hatte Lust, ihn aufmerksam zu machen, daß Schliebitz überhaupt nicht fliehen wollte. Bis dann einer vorschlug: »Man müßte ihn verbinden, er verliert Blut …«

Aber der Posten meinte nur gleichmütig: »Nichts dabei. Bißchen Blut macht nichts …« Und dann schickte er die Männer mit einem Fluch wieder auf den Weg.

Als Walentek endlich in der Ferne die Wachttürme des Lagers und die Stacheldrahtzäune entdeckte, ging es auf den Abend zu.

Sie hatten sich irgendwo hinter Neisse verfahren, als die Straße plötzlich durch einen Haufen rostender Panzerwracks blockiert gewesen war und sie auf die Felder ausweichen mußten. Lange rollten sie neben der Straße her, aber dann kamen sie an ein mit Schildern markiertes Minenfeld und mußten erneut ausweichen. Der Fahrweg, auf dem sie schließlich landeten, erwies sich als der falsche. Sie merkten es erst, als sie alte Straßenschilder mit der Aufschrift »Oppeln 12 km« entdeckten.

»Zurück!« murrte Walentek. Er ärgerte sich, daß er sich verfahren hatte, Anton Walentek war in seiner Truppe immer ein Meister der Orientierung gewesen. Hirschke tröstete ihn. Auf der Landkarte war die Straße, die sie schließlich befuhren, gar nicht eingezeichnet. Vermutlich hatte das Gelände zu dem ehemaligen Truppenübungsplatz gehört, und das registrierten die Landkarten der damaligen Zeit so gut wie nicht. Es war ohnehin für den Zivilverkehr gesperrt gewesen.

Schließlich schafften sie es doch. Im Straßengraben fand sich ein Wegweiser nach dem Ort Lamsdorf. Und als sie dort ankamen, hungrig, verstaubt, durstig, von der Sonne verbrannt, machte Walentek einen verschlafenen Milizionär in dem sonst menschenleeren Ort ausfindig, der ihm erklärte, dies sei nur der Orts Lamsdorf, das Lager befände sich – er deutete nach Südwesten: »Da, auf den Wald zu. Ist nicht viel Wald. Dahinter dann …«

Als sie den Wald passiert hatten, sahen sie die Wachttürme und den Stacheldraht. Walentek hielt an und ließ die Wasserflasche herumgehen.

»Schluckt so viel wie möglich – ich werde ein bißchen Zeit brauchen, und ihr seid angebunden. Alina kann euch nur sehr vorsichtig was geben, damit die Posten nicht Verdacht schöpfen …«

Er band ihnen die Handgelenke an den Sitzrahmen fest, drückte Alina die Maschinenpistole in die Hand, und dann stellte er den Jeep vor dem Drahtgittertor auf, wo ein Posten ihm neugierig entgegentrat.

Walentek knurrte nur noch: »So, Männer, jetzt werde ich lügen wie Doktor Goebbels – drückt die Daumen, daß sie es mir abnehmen! Wenn alles schiefgeht, Alina, bindest du die beiden los, und Jako fährt. Wie der Teufel. Irgendwohin. Aussteigen, und weg. Klar?«

Es war oft genug besprochen worden, wie alles ablaufen sollte, also wartete er nicht auf eine Bestätigung, griff sich die Avanti-Tasche mit dem Schnaps, schob seine Quadratka weit aus der Stirn und grüßte den Posten lässig, mit zwei Fingern am Mützenschirm: »Ist das jetzt endlich das Scheiß-Lager mit den Deutschen?«

»Ist es«, gab der Posten zurück. Er hatte den richtigen Tonfall getroffen. Walentek ließ dem Mann nicht viel Zeit zum Nachdenken, er überfuhr ihn mit der Anweisung: »In dem Jeep da bewacht eine Minka zwei Deutsche, die ich zur Verhandlung bringen muß. Sollte sie Hilfe brauchen, greifst du ein. Aber nur, wenn sie es verlangt. Wo sitzt hier der Chef?«

Der Posten zeigte ihm die Richtung, in der die Baracke mit dem Büro lag, grinste dabei und bemerkte ironisch: »Wenn du dich beeilst, kannst du die linke Hand des Satans noch drücken, bevor er unter den Tisch rutscht!«

»Name?«

»Meiner?«

»Der vom Chef!«

»Fuhrmann. Janek. Kleiner Chef. Großer Chef ist noch in Oppeln.«

Walentek gab ihm eine von seinen geschobenen bulgarischen Zigaretten, und der Posten steckte sie an. Auf den Jeep warf er nur noch einen uninteressierten Blick. Er sah, daß dort das junge Mädchen, die Maschinenpistole in der Hand, auf dem Kühler saß. Verhandlung, dachte er träge, warum dieser Unsinn? An die Wand. Eingraben. Aus. Aber – eine ganz fesche Puppe hat der Kamerad von der Wojsko sich da geangelt!

»Hehehe!« krähte Jan Fuhrmann, als er den fremden Soldaten eintreten sah. Seine flinken braunen Augen musterten den Besucher mit einem vom Alkohol etwas unsteten Blick. Jan Fuhrmann, der gewesene Kapral der Wojsko, der spätere Volkslistendeutsche, der jetzt wieder die polnische Staatsangehörigkeit besaß, hatte eine halbe Flasche Kartoffelschnaps hinter sich und war in jenem Zustand, der je nach Laune gemütliche oder rabiate Reaktionen zeitigte. Bei Walentek war er etwas vorsichtig, der Mann trug Uniform, war groß und kräftig, und er sah nicht wie jemand aus, der sich leicht einschüchtern ließ. Also erkundigte er sich erst einmal: »Was gibts?« Dabei hatte er Mühe, seine Aussprache verständlich zu halten. Walentek erkannte sogleich den zweisprachigen Oberschlesier am Akzent. Der Mann war gefährlich, das sah man auf den ersten Blick, aber Leute wie ihn konnte man, je nach Sachlage einschüchtern oder einwickeln. Walentek entschloß sich zu letzterem.

»So gefiele mir das auch«, lachte er. »In der Bude sitzen und einen löffeln! Gib mal einen raus!«

Fuhrmann ließ sich nicht lange bitten. Er goß ein Wasserglas voll und schob es Walentek hin. »Willst du bloß einen Schnaps abstauben, oder hast du sonst noch was im Ärmel? Kannst mir alles sagen, ich mache alles möglich, ich bin Satans linke Hand …«

»Prost, linke Hand!« Walentek hob das Glas, setzte es an und schluckte den Fusel in einem langen Zug. Es würde sich herausstellen, wer hier zuerst unter dem Tisch landete. Als Fuhrmann nachgegossen hatte, hielt Walentek ihm das Papier hin, das er sich in Neuhof selbst ausgestellt hatte, und weil er nicht sicher war, ob dieser Gefangenenwächter imstande sein würde, es zu lesen, sagte er: »Schliebitz, Kurt. Siebzehn Jahre. Vor zwei Tagen hertransportiert. Klingelt was?«

Der betrunkene Fuhrmann schüttelte kichernd den Kopf. Glaubte dieser Armist, er würde sich alle Namen von diesen Deutschen merken, die da im Lager hockten?

Walentek räusperte sich. »Ich bin der Verbindungsmann von der Wojsko zur Stadtmiliz. Neuhof. Das ist ein Haftbefehl. Wichtige Sache. Klar?«

»Trink erst noch einen«, ermunterte ihn Fuhrmann. Auch er erkannte an der Aussprache den Ostoberschlesier. Verwandte Seele. »Auch Volksliste gehabt?«

»Aber nicht lange«, erwiderte Walentek. »Laß den Kerl abmarschbereit machen. Er hat in Neuhof als Zeuge auszusagen, gegen ein paar ganz große Tiere. Eigentlich dürftest du das gar nicht erfahren, also vergiß es wieder. War ein Versehen, den Kerl hierher zu schicken …«

Noch einmal goß Fuhrmann die Gläser voll. Schleuderte die leere Flasche wütend in eine Ecke, wo sie zerbarst. Als sie getrunken hatten, zog er die Schublade seines Schreibtisches auf. Brot und durchwachsener Speck, von der Hitze etwas glasig geworden, in Zeitungspapier gewickelt. Fuhrmann machte eine einladende Handbewegung. Legte ein Messer hin. Walentek schnitt sich Brot und Speck ab. Abzulehnen wäre falsch gewesen. Während er aß, dachte er, der Mann ist nicht schwer zu behandeln. Bißchen saufen, und er wird zahm.

»Wie heißt der Kerl?« erkundigte sich Fuhrmann.

»Schliebitz.«

»Keine Ahnung.« Fuhrmann griff nach dem riesigen russischen Revolver, den er am Koppel baumeln hatte, das er über ein graues Sommerjackett geschnallt trug. Das Fenster hinter ihm stand offen. Er spannte den Hahn und schoß aus dem Fenster. Der Knall strapazierte die Trommelfelle, aber Walentek verzog keine Miene. Aß seelenruhig weiter, so als ob ihm der Fraß schmeckte. Bis einer der Wächter auf den Schuß hin in der Tür erschien und Fuhrmann ihn anlallte: »Hol den her, den Schliebitz. Verstanden? Los!«

»Schliebitz«, wandte sich Walentek nochmals an den Wächter. »Ist ein junger Bursche. Vor zwei Tagen gekommen. Aus Neuhof.«

Der Wächter verschwand. Fuhrmann schimpfte, daß irgendjemand Schnaps hätte bringen wollen, aber nicht gekommen war. Da griff Walentek in seine Avanti-Tasche und stellte die mitgebrachte Flasche auf den Tisch. Wischte sich das Fett von den Lippen und bot Zigaretten an. Fuhrmanns rundliches Gesicht hellte sich auf. Trotz seiner Trunkenheit gelang es ihm, die Flasche ohne Mühe zu öffnen. Er roch an dem Schnaps und lobte: »Guter Stoff! Kannst noch ein paar mehr Deutsche mitnehmen, wenn du willst!« Walentek brummte, er sei nur an dem einen interessiert. Habe ohnehin noch zwei andere im Auto. Angebunden. Von einer Minka bewacht, die Auschwitz hinter sich hat.

Fuhrmann ging darauf nicht ein. Zuckte die Schultern. Meinte gleichgültig: »Nimmst du eben den einen. Macht aber auch Arbeit. Muß in der Liste suchen. Streichen.«

Grimmig machte ihn Walentek aufmerksam: »Kannst ihn gleich für immer streichen. Kreuz dahinter, meinetwegen.«

»Wir machen nur Kreuze, Freund«, vertraute Fuhrmann ihm an. »Wir haben ein schweres Leben, du verstehst?« Er rülpste, und Walentek wünschte ihm Gesundheit.

Der Wächter erschien wieder in der Tür und verkündete: »Schliebitz ist da. Kann nicht stehen. Angeschossen.«

»Angeschossen?« erkundigte sich Walentek erschrocken.

Der Wächter wiegelte ab: »Noch lebt er. Außenkommando gestern. Hat nicht gespurt. Deshalb.«

»Auch noch angeschossen!« schimpfte Fuhrmann. »Warum erfahre ich sowas nicht? Hat der Doktor ihn verbunden?«

»Der Doktor ist zu Hause. Wochenende. Aber die anderen Deutschen haben ihn verbunden.«

Walentek gab sich Mühe, sein Erschrecken zu verbergen. Um im Stil zu bleiben, knurrte er unwillig. »Scheiße. Was mache ich mit einem angeschossenen Zeugen?«

»Sieh ihn dir an«, brabbelte Fuhrmann. Er machte keine Anstalten, sich zu erheben, also ging Walentek kurz entschlossen allein hinter dem Wächter her, zu der Baracke, wo man ihn zu Schliebitz führte, der auf dem Stroh lag, ohne sich zu bewegen. Er hatte die Augen geschlossen, und hin und wieder stöhnte er leise.

»Wo sitzt der Schuß?« wandte sich Walentek an einen der verschüchtert herumstehenden Deutschen. Der Mann antwortete: »Ist oberhalb der Hüfte rein. Ziemlich hoch oberhalb. Scheint in der Lunge zu stecken …«

Walentek sah, daß Schliebitz Blut auf den Lippen hatte. Wieviele Verwundete mit Lungenschüssen habe ich gesehen? Und wieviele sind durchgekommen? Er hockte sich auf das Stroh und lauschte auf die Atemzüge von Schliebitz. Sie waren kurz, stockend. Walentek sprach Schliebitz leise an, und als der Junge reagierte, indem er die Augenlider bewegte, flüsterte ihm Walentek ins Ohr: »Schnauze halten. Ich bin Antek aus Neuhof. Ich hole dich hier raus. Es wird alles gut. Gleich …«

An den Wächter wandte er sich: »Der Arzt?«

»Wohnt in Goldmoor. Hat sich da das Haus von dem deutschen Arzt gekrallt. Über Sonntag ist er immer dort. Aber …«

»Was aber?«

Der Wächter grinste. »Der ist kein richtiger Arzt. Bloß Sanitäter. Kann aber bißchen was …«

Walentek dachte, ich bete zur Schwarzen Madonna, daß er viel kann! Dann fuhr er den Wächter an: »Habt ihr eine Trage hier?« Lachen. »Wir sind kein Sanatorium, Sierzant!«

»Hebt ihn vorsichtig auf«, befahl Walentek den Deutschen. Es war keine Zeit zu verlieren. Wenn die Täuschung gelingen und wenn Schliebitz geholfen werden sollte, mußte alles jetzt sehr schnell gehen. »Raustragen. Am Büro warten, auf mich!«

Er flitzte zu Fuhrmann zurück. Der goß gerade wieder Schnaps ein. Walentek beschwatzte ihn, es müsse schnell geholfen werden, der Zeuge sei wichtig. Wo der Arzt zu finden wäre, in diesem Goldmoor.

Fuhrmann erläuterte ihm mit schwerer Zunge, das sei ganz einfach, es sei das erste Haus am Ortsrand, wenn man vom Lager her kam. »Kannst es nicht verfehlen. Sieht nicht wie Bauernhaus aus. Fein. Mit Balkon. Garten. Alles.«

Er hielt Walentek das gefüllte Glas hin, und der stürzte es hinunter. Griff seine Tasche. Schmiß Fuhrmann den gefälschten Papierfetzen hin und riet ihm: »Streich ihn aus deiner Liste. Überführt wird er.«

Der beduselte Fuhrmann, des Satans linke Hand, wie man ihn hier nannte, hörte schon nicht mehr, der Kopf war ihm auf die Brust gesunken, er schnarchte.

Draußen befahl Walentek den Leuten, die den Verletzten trugen, ihn zum Tor zu bringen. Der Posten dort öffnete es gleichmütig, kam gar nicht auf die Idee, eine Frage zu stellen.

Schon aus einiger Entfernung warf Walentek der erschrockenen Alina einen warnenden Blick zu. Lief voraus und erklärte ihr, was geschehen war. Ließ den Verletzten auf den Rücksitz legen und schickte die Deutschen mit dem Wächter zurück. Warf sich hinter das Lenkrad und startete den Jeep, nachdem er Hirschke und Latta losgebunden hatte und sie sich neben ihm auf den Vordersitz quetschten.

»Jesus«, machte Latta, als sie ein Stück gefahren waren, »was haben sie mit ihm gemacht?«

Walentek erzählte es ihm. »Und jetzt fahren wir zu einem Arzt, sehen, was zu machen ist!«

Hinten bettete Alina den Kopf des Freundes in ihren Schoß und flüsterte ihm etwas zu. Schliebitz reagierte nur schwach. Alina wischte ihm mit ihrem Ärmel das Blut vom Mund. Dann wandte sie sich an Walentek: »Bitte, es rüttelt so! Kannst du langsamer fahren?«

Walentek gab zurück: »Kann ich. Aber dann sind wir mit ihm später beim Arzt.« Er drosselte trotzdem das Tempo. Die Straße war schlecht. Einer dieser löchrigen Verbin-

dungswege zwischen Dörfern, in denen es bis zu Kriegs-
ausbruch nur Pferdefuhrwerke gegeben hatte.

»Außerdem bist du besoffen«, stellte Latta fest. Er legte
ihm die Hand auf den Arm. »Komm rüber, laß mich fahren.«

Walentek schimpfte: »Ihr seid ein undankbares Volk!
Glaubt ihr, es hat mir Spaß gemacht, mit diesem verkom-
menen Arschloch da zu saufen? Ich habe euren guten Kuli
buchstäblich freigesoffen! Ohne Rücksicht auf mich ...«

Aber er hielt den Jeep an, und Latta schob sich an seiner
Stelle hinter den Lenker. Langsam kam die Dämmerung.
Das Licht wurde grau. Die Schlaglöcher in der Fahrbahn
ließen sich immer schwerer ausmachen.

»Goldmoor«, sagte Walentek plötzlich, »da liegt das umge-
kippte Ortsschild. Es muß das erste Haus sein ...« Er hatte,
obwohl ihm der Kopf immer schwerer wurde, die Augen of-
fengehalten. Das Haus fiel auf. Es war unzerstört, selbst
der Vorgarten machte einen einigermaßen gepflegten Eindruck.

Gegen den Besuch von herumstreifenden Diebesbanden
sollte es wohl eine große weiß-rote Nationalflagge Polens
schützen, die vom Balkon im Oberstock in die Abenddäm-
merung baumelte.

Walentek schoß aus dem Sitz, sobald der Jeep vor dem
Gartentor anhielt. Er traf auf eine verschüchterte Frau, die
die Mitte des Lebens überschritten hatte. Sie stand vor ihm
in der Haustür und grüßte artig, wobei Walentek bemerkte,
daß es sich um eine Deutsche handelte, die die zwei polnischen Grußworte zwar auswendig gelernt hatte, die Aussprache aber nicht meisterte. Er grüßte hastig in deutsch
zurück und drängte: »Der Doktor – wo finden wir ihn?«

Die Frau sah ihn verblüfft an. »Sie sprechen unsere Sprache?« »Ja, zum Teufel, und ich will zum Doktor!«

Sie legte die Hand auf den Mund. Eine Frau, die bessere
Tage gesehen hatte und die jetzt in einem Hauskittel
steckte.

»Leider, mein Herr, er ist gar nicht da.«

»Im Dorf? Wo?«

»Der Pan Doktor ist nicht im Dorf. Er ist in Oppeln.« Sie sagte tatsächlich Pan Doktor.

»Und Sie? Ärztin?«

Die Frau schüttelte den Kopf. Als sie merkte, daß der polnische Soldat, der da verstaubt, leicht schwankend vor ihr stand, auf eine Erklärung wartete, klärte sie ihn auf: »Ich bin Deutsche, Herr Offizier. Mein Mann war Arzt hier im Dorf. Es ist unser Haus. Mein Mann blieb in Rußland. Der Pan Doktor, der neue, ist hier eingezogen. Er ... nutzt die Einrichtung, die mein Mann hinterließ ...«

»Und Sie? Verstehen Sie was von Medizin?«

»Ich war Krankenschwester. Und dann Sprechstundenhilfe bei meinem Mann. Jetzt besorge ich das Haus für den ...«

»Ja, ja«, unterbrach Walentek sie ungeduldig, »für den Pan Doktor! Ich weiß, wie das geht. Hören Sie auf, mich für einen Offizier zu halten, ich bin Sierzant. Haben Sie Erfahrung mit verletzten Leuten?«

»Ich weiß nicht ...«

»Können Sie einem Angeschossenen einen Verband anlegen, der ein paar Stunden hält?« Als sie zögerte, fügte er an: »Einem Deutschen!«

Hirschke tauchte im Vorgarten auf. »Was ist nun?«

Walentek drängelte die Frau: »Können Sie nun, oder fallen Sie dabei um?«

Da sagte sie: »Ich habe oft Wunden versorgt, ja ...«

Walentek zischte Hirschke zu: »Los, tragt ihn rein!«

Das Haus war überraschend gut eingerichtet. Vermutlich hatten die Russen einen Offizier hier einquartiert gehabt. Später dann hatte der polnische »Pan Doktor« es übernommen. Im Behandlungszimmer befand sich noch das meiste vom Inventar einer Arztpraxis. Auch eine mit Leder bezogene Couch war da. Auf die legten Latta und Hirschke jetzt den gelblich-blassen, aus dem Mund blutenden Schliebitz.

Die Frau stand zuerst fassungslos da, ratlos, was zu tun wäre. Aber das dauerte nur einen Augenblick. Dann schien sie Angst und Unterwürfigkeit gleichsam abzustreifen, als sie sich hinter einem Wandschirm einen weißen Kittel anzog und zum Waschbecken ging, um ihre Hände zu reinigen. Sie goß Wasser aus einem Porzellankrug in das Becken, und während sie die Finger mit einer Bürste schrubbte, sagte sie mit erstaunlicher Festigkeit: »Ziehen Sie ihm das schmutzige Zeug aus!«

Alina war eingetreten. Sie besorgte das Ausziehen. Fragte die Frau: »Er ist in den Rücken geschossen worden, sollen wir ihn umdrehen?«

Die Frau blickte sie an. Wenn sie sich über das schöne Zigeunermädchen mit dem Borstenhaar wunderte, verstand sie es, das gut zu verbergen. »Etwas auf die Seite, bitte«, sagte sie.

Die Einschußöffnung war blutverkrustet, wie blau angelaufen. Walentek schluckte. Er hatte solche Wunden gesehen, wenn er Kameraden ins Lazarett brachte. Brand kündigte sich mit solcher Verfärbung an. Sie hatten in diesem verdammten Lager Schliebitz zu lange unversorgt liegengelassen. Und – warum hatten sie überhaupt auf ihn geschossen? In den Rücken!

Die Frau brachte eine Petroleumlampe, drückte sie Alina in die Hand und forderte sie auf: »Halten Sie sie so, daß ich gut sehen kann …«

Dann besah sie sich die Wunde, betastete ihre Umgebung, murmelte dabei, daß es Gummihandschuhe schon lange nicht mehr gäbe, warf einen Blick auf den Bauch des Verletzten, wohl um zu kontrollieren, ob es nicht doch einen Ausschuß gab, dann richtete sie sich auf.

»Der Mann muß operiert werden. Die Kugel muß raus.«

»Und operieren können Sie nicht, wie?«

Sie schüttelte den Kopf. »Ich weiß nicht einmal, ob es in Oppeln jemanden gibt, der das kann. Vielleicht in einem russischen Lazarett …«

»In Oppeln?«

Sie nickte. Sagte dann leise, als habe sie Angst, daß der Verletzte es hören könnte: »Hier gibt es keine Russen mehr. Unser Pan Doktor könnte da auch nicht helfen. Und – ob der Mann eine Fahrt nach Oppeln übersteht ...« Sie öffnete Schliebitz den Mund und wischte mit etwas Watte das Blut weg. Aber bei jedem seiner hektischen Atemzüge erschienen neue rote Bläschen auf den gesprungenen Lippen.

»Lunge«, sagte die Frau. »Da könnte nur ein sofortiger Eingriff helfen.«

»Ja – sollen wir ihn denn einfach umkommen lassen?« Es klang wie ein Aufschrei, als Alina das sagte. Die Frau hatte die Tätowierung auf ihrem Unterarm entdeckt, und ihr Blick haftete versonnen darauf. Sie überlegte. Ein polnischer Soldat, der deutsch konnte, ein Mädchen mit einer Nummer auf dem Arm, zwei junge Deutsche, die betretene Gesichter machten, und dazu dieser Junge mit der Kugel, die vermutlich in der Lunge steckte, und an der er sterben würde, in zwei Stunden, in einer, einer halben vielleicht.

»Ich möchte ehrlich sein«, sagte sie, »deshalb kann ich Ihnen wenig Hoffnung machen. Wir können ihm etwas geben, das den Schmerz lindert.«

»Gibt es denn weit und breit keinen Arzt, der ihm helfen könnte?« Alina konnte sich nicht damit abfinden, daß Schliebitz weiter leiden mußte, ohne den Versuch, das Schicksal aufzuhalten. Sie hatte genug Sterbende gesehen, um zu wissen, daß Schliebitz vom Tode gezeichnet war. Wenn er überhaupt noch eine Chance hatte, dann war sie hauchdünn.

Die Frau schüttelte betrübt den Kopf. »In Oppeln, da gab es noch Ärzte, aber jetzt wird da keiner mehr sein. Die meisten haben nicht einmal gewartet, bis die Russen kamen. Falkenberg hatte ein Krankenhaus, aber davon steht kaum noch ein Gebäude. Neisse, aber das ist weit ...«

»Wenn wir ihn fahren«, fiel ihr Walentek ins Wort, »denken Sie, er könnte es schaffen, bis an die Grenze?«

»Nach Deutschland?«

»Ja. Da oben, bei Görlitz vielleicht. Das ist doch eine große Stadt. Oder in der Nähe …«

Die Frau gab zurück: »Das sind mehr als zweihundert Kilometer. Ich bin kein Arzt, aber ich glaube nicht, daß er die Kraft hat.« Sie ging zu einem Regal und entnahm einem Karton eine Ampulle, aus einem Glasbehälter zog sie eine Injektionsspritze und eine Nadel.

»Leider nicht sterilisiert«, bedauerte sie. »Es ist vom Boden aufgelesenes Zeug. Aber ich spritze es ihm sowieso nur in den Muskel. Er muß wahnsinnige Schmerzen haben, und dies ist ein starkes Mittel dagegen. Kein Morphium, aber es hat immer geholfen …«

Sie sah Alina fragend an. Das Mädchen nickte. Warum klagte er nicht, wenn er Schmerzen hatte? Warum kein Laut von ihm? Nur dieser röchelnde, kurze Atem. Der Gedanke, daß Schliebitz litt, machte sie unbeherrscht, und sie fuhr die Frau an: »So machen Sie schon, los!«

Latta wandte sich an Hirschke: »Was tun wir? Ihn hierlassen können wir nicht.«

»Nein.« Hirschke rechnete. Fragte Walentek: »Wenn wir ihn wieder in den Jeep packen – wie lange fährst du bis an die Grenze da oben?«

Walentek schob sich die Mütze aus der Stirn. Wischte den Schweiß ab. Er fühlte noch die Wirkung des Schnapses, er hatte Hunger, und am liebsten hätte er sich irgendwo in eine Ecke getrollt, um ein paar Stunden zu schlafen, bis wenigstens das Hämmern in den Schläfen aufhörte.

»Also«, sagte er gedehnt, »es sind alles krumme und lahme Straßen. Wenn wir durchfahren … wir könnten uns ablösen, aber vor morgen um diese Zeit sind wir kaum da oben. Und dann müßten wir an den Posten vorbei, über die Grenze, und dafür habe ich kein Papier.« Er hob hilflos die Hände.

»Hast du genug Benzin?« Latta hielt es nicht mehr aus, in diesem Haus zu stehen und zuzusehen, wie Schliebitz litt.

»Ich habe zwei volle Kanister, das reicht üppig.«

Die Frau hatte Schliebitz' Oberschenkel entblößt und stach ihm die Nadel in den Muskel. Alina wandte sich Walentek zu: »Was ist, polnischer Soldat? Fährst du? Oder mußt du nach Neuhof zurück, Deutsche beaufsichtigen?«

Hirschke mahnte sie leise: »Sei nicht ungerecht, Alina, er tut, was er tun kann.«

»Er tut mehr«, stellte Latta fest. Aber Alina murrte nur: »Wenn ihn einer angeschossen hätte, der aus Auschwitz kam und der sich hätte am erstbesten Deutschen rächen wollen, egal wer er war – ich hätte es verstanden. Was diese uniformierten Pinsel in dem Lager da mit ihm gemacht haben, verstehe ich nicht. Für mich sind sie Barbaren. Ich habe genug Barbaren gesehen, ich erkenne sie, egal welche Landesfahne sie wedeln …«

Walentek legte Alina seine riesige Hand auf die Schulter und bat: »Mädchen, sei so gut und schimpfe nicht auf uns drei. Auch nicht auf mich allein, weil ich diese Uniform trage. Ich schleppe deinen Freund auf den Händen bis Görlitz, wenn es sein muß! Ich bin doch keiner von diesen Barbaren, die da im Lande herumtoben! Ich weiß bloß nicht, ob der Junge es bis Görlitz durchhält …«

Hirschke und Latta schwiegen. Da waren drei ehemalige Soldaten derselben Armee, die wußten, wie es aussah, wenn der Tod kam. Einer von ihnen gehörte jetzt zu einer anderen Armee. Und da war das Mädchen, das aus Auschwitz kam, wo der Tod sozusagen das Kommando gehabt hatte. Sie mußte entscheiden, was geschah, das war gerecht. Sie blickte Schliebitz an. Er lag wieder auf der Seite, mit geschlossenen Augen. Es schien, als ging sein Atem ein wenig leiser, nicht so röchelnd wie zuvor. Hoffnung. Kurz entschlossen, forderte sie Latta und Hirschke auf: »Packt an, wir versuchen es wenigstens.«

Der Frau hielt sie die Hand hin und sagte: »Danke.«

Walentek meinte: »Vielleicht machen wir ja unterwegs irgendwo einen Arzt ausfindig …« Alina trat an ihn heran und flüsterte: »Sei nicht böse, ich habe es nicht so gemeint.«

Er nahm sie an der Schulter und führte sie hinter den anderen her. Versuchte, sie zu trösten: »Mädchen, ich muß mir selber Mühe geben, nicht laut zu heulen, ob du es glaubst oder nicht!«

Er überlegte, was man noch tun konnte, um wenigstens die Hoffnung zu nähren, daß sich alles zum Guten kehren würde, aber es fiel ihm nichts ein. Warum nur, dachte er, muß ich als Pole, der ich jetzt bin, zusehen, wie dieser deutsche Junge, den ein verwilderter Rüpel angeschossen hat, sich zu Tode röchelt? Wäre ich Deutscher geblieben, sähe die Sache für mich einfacher aus. Oder? Jedenfalls hätten die beiden alten Freunde mich nicht im Stich gelassen, wenn mir das passiert wäre, was Schliebitz passierte. Warum steckt mir ein Kloß in der Kehle? Ich habe doch kein schlechtes Gewissen! Oder habe ich jemanden verraten? Im Gegenteil, ich riskiere meine Haut! Ach, der Teufel soll diese Welt holen: Da findet dieses Mädchen aus Auschwitz ausgerechnet einen deutschen Jungen, fürs Leben, und nun muß sie zusehen, wie er verendet! Er schüttelte sich, als wolle er auf diese Weise die Gedanken loswerden. Dann packte er mit an, und sie trugen Schliebitz wieder in den Jeep.

Die Frau raffte im Haus ein paar Fetzen auf, wickelte sie zusammen und schob sie dem Verletzten unter den Nacken, der in Alinas Schoß lag.

Als Walentek den Jeep mit einem Satz anfuhr, legte ihm Latta die Hand auf den Arm: »Langsam, Bruder, denk an den Jungen!« Und Walentek knurrte wütend: »Was meinst du, an was ich die ganze Zeit denke, Jako?«

Sie fuhren durch die Nacht, ohne Pause. Nur wenn sie mit der Orientierung Schwierigkeiten hatten, hielt Walentek kurz an, und dann suchten sie im Licht von Walenteks Taschenlampe den Weg auf der Karte.

Bald waren sie am Rande des Gebirges. Hier gab es einigermaßen befahrbare Asphaltstraßen, und sie kamen gut vorwärts. Ab und zu begegneten ihnen polnische Fahrzeuge oder Gruppen von Bewaffneten. Aber einen polnischen Militärjeep mit einem Uniformierten am Lenkrad hielt niemand an.

Nach Mitternacht befuhren sie eine Straße, die ins Gebirge verlief. Die Abstände, in denen es Ortschaften gab, wurden größer. Dazwischen schwarze Nadelwälder, Felswände, Brücken über schmale, schnelle Bäche, deren Bett stets voller Geröll lag, an dem das Wasser im Mondlicht silberne Reflexe warf. Um diese Zeit merkte Latta, daß Walenteks Kopf immer öfter auf die Brust sank und dann mit einem erschrockenen Ruck wieder hochkam. Der Sierzant war todmüde und bemühte sich, es nicht merken zu lassen.

»Halt an, Antek«, forderte ihn Latta auf. Walentek war insgeheim froh, als er den Jeep am Straßenrand zum Stehen bringen konnte. Latta löste ihn hinter dem Lenker ab und schärfte ihm ein, neben ihm immer deutlich sichtbar zu bleiben, in seiner Uniform, mit der Mütze. Dafür wollte Hirschke sorgen, er erbot sich, Walentek im Bedarfsfalle zu stützen.

»Jako!« meldete sich vom Rücksitz her zaghaft Alina. Als Latta, der schon die Hand am Ganghebel hatte, sich umdrehte, flüsterte sie ihm zu: »Warte eine Minute, ich halte es nicht mehr aus ...«

Latta kletterte nach hinten. Alina hatte den Kopf zu Schliebitz herabgebeugt. Sie weinte. Latta strich ihr über die Haarstoppeln. Er wollte sie trösten, ihr abverlangen, daß sie durchhalten mußte, bis man Schliebitz jenseits der Grenze in irgendeine Klinik bringen konnte, die es da vielleicht gab, aber da sah er das Blut, das auf den Schoß des Mädchens gelaufen war.

Er faßte den Jungen mißtrauisch am Hals an, öffnete dann die Jacke und legte die Hand auf die Herzgegend. Als er sich aufrichtete, sah er, daß Alinas Mund blutverschmiert war. Sie drückte Schliebitz' Kopf an sich, als wolle sie ihm ihre Kraft übertragen.

»Tut mir leid, Alina«, sagte Latta heiser. Seltsam, er hatte im Krieg so manchen Kameraden verloren, aber diesmal hätte er am liebsten ebenso wie Alina geweint, nur daß er das nicht mehr konnte.

»Ich habe es gemerkt«, gestand Alina hilflos.

Hirschke sprang herbei, erstarrte. Anton Walentek war plötzlich wieder hellwach. Er sah Schliebitz ins Gesicht, drehte sich um, knallte seine Quadratka wütend auf die Straße und fluchte.

»Hör auf, Antek«, beruhigte ihn Hirschke, »das hilft nicht mehr, und du mußt dir keine Vorwürfe machen.«

Walentek fuhr ihn an: »Muß ich nicht, nein? Es war ein Pole, der auf ihn geschossen hat, oder? Warum muß ich nach diesem verfluchten Krieg in einer so bestialischen Welt leben? Warum, zum Teufel?«

»Sei still«, bat ihn Alina. »Wir alle müssen es. Und keiner weiß, ob er damit fertig wird.« Dann sagte sie, eher an sich selbst gewandt: »Wie soll ich den Rest meines Lebens damit verbringen, daß es ausgerechnet mein Geliebter sein mußte, der für das zu büßen hatte, was andere Deutsche Zigeunern angetan haben, und Juden, und Polen …?«

»Früher sagten wir, es trifft immer die Falschen«, bemerkte Hirschke unbeholfen, und sogleich schalt er sich innerlich für den dummen Spruch. Es war Alina, die zuerst wieder in die Realität zurückfand. Sie wandte sich an Latta: »Wir müssen ihn begraben, Jako. Aber nicht hier. Können wir einen Platz suchen, der vielleicht auch ihm selbst gefallen hätte?«

Latta nickte nur. Wieviele Tote hatten er und Hirschke mit Schliebitz zusammen auf dem schäbigen Leiterwägelchen zum Friedhof befördert, eingescharrt? Ist dies hier der letzte? Wenigstens für einige Zeit?

Er setzte sich hinter das Lenkrad, und sie fuhren los. Nach und nach wich die Dunkelheit dem ersten Grau, das um diese Sommerzeit den Morgen ankündigte. Hirschke machte Latta auf einen von der Straße abzweigenden Weg aufmerksam, der zu einer Anhöhe führte, auf der eine

Gruppe hoher Fichten stand, und als der Freund zustimmte, bogen sie in den Weg ein. Auf der Anhöhe angekommen, fanden sie alle, es sei ein schöner Platz, von dem aus man einen Blick weit ins Land hatte. Nirgendwo ein Haus.

Walentek löste den Spaten, der an der Seitenwand des Jeeps klemmte, aus seiner Halterung. Unter den Fichten begannen sie zu graben, mit einer Kraft, die aus der Wut auf die Welt gespeist wurde, in der sie leben mußten.

Als Hirschke Walentek ablösen wollte, knurrte der wie ein gereiztes Tier. Alina hatte inzwischen mit Lattas Hilfe den Toten vom Sitz gehoben und ins Gras gelegt. Sie sah Hirschke beim Graben zu, dann Latta, als der den Spaten nahm, und zuletzt wieder Walentek. Und sie hockte neben dem Toten und summte, für die anderen unhörbar, Melodien vor sich hin, die Schliebitz manchmal auf der längst verlorenen Mundharmonika gespielt hatte, abends am Fluß.

Die Sonne schob sich über die fernen Berge, als sie das Grab zuschaufelten. Am Abhang suchten sie Steine zusammen und legten aus ihnen die Anfangsbuchstaben des Namens. Alina wollte wissen, welcher Tag es sei, aber keiner wußte es.

»Sonntag«, sagte Walentek hilflos. »Ihr werdet die Tage von jetzt an zählen müssen, bis ihr in Deutschland an einen Kalender kommt, und dann zurückrechnen.« Dabei wußte er gar nicht, wozu das gut sein sollte. Schliebitz hatte außer Alina keinen Menschen mehr auf der Welt gehabt. Wer sollte sich wohl dafür interessieren, wann genau er gestorben war?

Als er es Latta sagte, bekam er zur Antwort: »Ich fürchte, es wird sich selbst für die, die lebend von hier nach Deutschland kommen, kaum jemand wirklich interessieren. Vielleicht geben sie uns ein paar neue Hosen, dabei wirds bleiben. Du weißt, was das mit dem Dank des Vaterlandes für eine Sache ist! Beim Mitempfinden von Unglück anderer ist das ebenso!«

Am Mittag waren sie wieder auf der Straße. Hirschke machte Walentek aufmerksam: »Du bist weit weg von Neuhof, besser, du drehst jetzt um und bist bei Dienstbeginn zurück. Wir schaffen es von hier auch zu Fuß.«

Walentek brauchte Zeit zum Nachdenken. Es war zuviel, was er in den letzten Tagen zu verarbeiten gehabt hatte. Dazu brummte sein Schädel immer noch von dem Fusel, den er mit diesem verdammten Lagerhenker hatte saufen müssen, um Schliebitz wenigstens davor zu bewahren, daß er in einem der Luftschutzgräben von Lamsdorf verscharrt wurde. Ja, er würde zurückfahren. Keine Chance in Deutschland, nach dem verlorenen Krieg. Vielleicht in Polen eben. Wenn nur dieser Abschied nicht käme. Man nimmt von der Hälfte des Lebens Abschied in einem solchen Augenblick, in dem man Freunde verläßt.

»Werde ich euch wiedersehen?« erkundigte er sich zögernd. Latta lachte. »Antek, du glaubst doch nicht, daß wir freiwillig zurückkommen! Deine neuen Landsleute haben das Land von einem geschenkt gekriegt, der es auch gestohlen hat – was solls, die Welt dreht sich weiter, man wird die Gaunerei früher oder später vergessen machen. Oder ein paar Politiker werden sie unter einen schönen roten Teppich kehren. Wir kleinen Leute müssen sehen, daß wir mit der Zukunft fertig werden, egal wie sie aussieht.«

»Nehmt ihr mich mit?« fragte Alina.

Latta blickte sie verblüfft an. »Dachtest du, wir ließen die Witwe von unserem Freund im Wald stehen? In einem Land, in dem sie auf Deutsche schießen? Auf Zigeuner wohl auch, wenn sie Deutsche sind … Komm! Adieu, Antek!«

»Nehmt wenigstens die MPi mit!« Er hielt ihnen die Waffe hin. »Wenn ihr Schwierigkeiten kriegt. Ich kann mir leicht eine neue besorgen …«

»Bist du bei Troste?« grollte Latta. »Verteidige Polen damit. Gegen Leute wie Schliebitz.«

Alina küßte Walentek zum Abschied. Flüsterte ihm zu: »Sei nicht traurig, er ist wütend, aber er meint das nicht so. Es ist diese verfluchte Zeit, die uns auffrißt, wenn wir nicht aufpassen. Ich danke dir für alles!«

Walentek blieb betroffen zurück, als sie sich mit Handschlag und Umarmung verabschiedet hatten und loszogen. Wie lange werde ich das böse Wort nicht vergessen können? dachte er. Ich habe es nicht verdient, und das weiß Latta auch. Ebenso wie Hirschke. Aber nur Alina hat vermutlich begriffen, wie es schmerzt, wenn Freunde von einst so etwas sagen.

Er sah, wie die beiden das Zigeunermädchen in die Mitte nahmen und im Wald verschwanden. Das Gegenlicht löschte ihre Umrisse. Und Anton Walentek saß lange in seinem Jeep, ehe er die Kraft fand, auf den Anlasser zu drücken …

Inhalt

ISBN 3-354-00808-3

© mdv Mitteldeutscher Verlag GmbH • 1993
2. Auflage, Halle, 1994
Printed in Germany
Gesamtherstellung: Offizin Andersen Nexö Leipzig GmbH
Schutzumschlaggestaltung: Peter Hartmann
Schutzumschlagfoto: Sebastian Kaps